SOKO METROPOLREGION RHEIN-NECKAR (Hrsg.)

Mörderischer Erfindergeist

FREI ERFUNDEN Auto oder Fahrrad? Keine Frage, beides! Denn diese Fortbewegungsmittel haben etwas Entscheidendes gemeinsam: Sie wurden beide in der Metropolregion Rhein-Neckar erfunden.

Der Großraum Mannheim – Heidelberg – Ludwigshafen – Neustadt ist eine wahre Erfinderregion. Dass er auch Schauplatz für raffinierte Kriminalgeschichten sein kann, beweist die vorliegende Anthologie. Kriminelle Machenschaften, erdacht und aufgeschrieben von den besten Krimierfindern der Region – versammelt in Kurzgeschichten, die an den verschiedensten »mörderischen« Schauplätzen der lebendigen Metropolregion Rhein-Neckar spielen und die Vielfalt der wunderbaren Menschen, die hier leben, widerspiegeln.

Claudia Senghaas ist gelernte Buchhändlerin, leitet seit 20 Jahren eine Bücherei und ist zudem als Anwendungsbetreuerin für ein Regionales Rechenzentrum tätig. Sie ist Dozentin für Literatur, hat viele Bilderbuchkurse sowie Kinder- und Jugendbuchpräsentationen geleitet, stellt einmal im Jahr in Mosbach vor dem dortigen Literaturkreis neue Bücher vor und ist seit acht Jahren als Lektoratsleiterin beim Gmeiner-Verlag beschäftigt.

Claudia Schmid wohnt zwischen Mannheim und Heidelberg. Die Germanistin ist Mitglied der Mörderischen Schwestern, im Syndikat und eine der beiden Vorsitzenden des Literarischen Zentrums Rhein-Neckar e. V. Ihre Texte sind in mehreren erfolgreichen Anthologien veröffentlicht, durch zahlreiche Lesungen ist sie in der Region bekannt.

Harald Schneider lebt in Schifferstadt bei Ludwigshafen. Der Betriebswirt arbeitet in einem Medienkonzern im Bereich Strategieplanung. Bekannt geworden ist er als Autor von Rätselkrimis und Detektivgeschichten für Kinder und Jugendliche. 2008 startete er seine beliebte Romanreihe um den Schifferstadter Kommissar Reiner Palzki. Lesern der regionalen Tageszeitungen ist Palzki bereits seit 2003 aus zahlreichen Kurzgeschichten gut bekannt.

SOKO METROPOLREGION RHEIN-NECKAR (Hrsg.)

Mörderischer Erfindergeist

Kriminelles aus der Metropolregion Rhein-Neckar

GMEINER Original

Besuchen Sie uns im Internet:
www.gmeiner-verlag.de

Im Ehnried 5, 88605 Meßkirch
Telefon 07575/2095-0
info@gmeiner-verlag.de

1. Auflage 2011

Lektorat: Claudia Senghaas, Kirchardt
Herstellung: Julia Franze
Korrekturen: Doreen Fröhlich, Katja Ernst, Sven Lang, René Stein
Umschlaggestaltung: U.O.R.G. Lutz Eberle, Stuttgart
unter Verwendung der Fotos
»industrieanlage«: © Peter38 / fotolia.de;
© Manny Proebster / sxc.hu; © tom-sawyer / PIXELIO;
© Jurec / PIXELIO; dioxin / photocase.com
Druck: Fuldaer Verlagsanstalt, Fulda
Printed in Germany
ISBN 978-3-8392-1127-4

VORWORT ZUR ANTHOLOGIE

DER TÄTER AUS KURPFALZ …

Manchmal ist es der Gärtner, unverhofft auch mal der Butler, und in nicht seltenen Fällen sogar der Jäger – und man erinnert sich spontan an das gleichnamige Lied, dessen Melodie wohl jeder trällern kann. Um spannende Geschichten aller Art zu verbreiten, haben sich bekannte Krimiautoren zusammengefunden, um über die Region und ihre Eigenarten, über Erfindungen in diesem Gebiet und nicht zuletzt über die Abgründe der menschlichen Seele zu schreiben. Ziel ist es, die Bevölkerung in der Metropolregion Rhein-Neckar zu unterhalten und für Verbrechen aller Art zu sensibilisieren. Lokalkolorit und Autoren zum ›Anfassen‹ sind das Ziel der Anthologie und des geplanten Festivals. Natürlich sind die Kriminalfälle nicht zur Nachahmung empfohlen, sondern nur zur Unterhaltung und fürs Lesevergnügen gedacht.

Die Themen der Geschichten sind ebenso vielfältig wie ihre Umsetzung. Von der klassischen Ermittlerstory, der Satire, dem Gesellschaftskrimi, der Detektivstory ist alles vertreten, was lesenswert ist. Die SOKO Metropolregion hat es sich zur Aufgabe gemacht, nicht nur die Autoren der Region, sondern auch die Menschen, die hier leben, zusammenzubringen.

Weit entfernt von trockener Kost kommen die Geschichten in diesem Buch nicht nur spannend, sondern auch skurril und humorvoll daher. Damit nicht genug, haben die drei Herausgeber das 1. Krimifestival der Metropolregion Rhein-Neckar geplant und auf die Beine gestellt, das vom 21.03.-31.03.2011 erstmalig stattfindet. Hier können LeserInnen und interessierte Bürger sich bei zahlreichen Veranstaltungen treffen, kennenlernen und unterhalten. Alle teilnehmenden Krimiautoren werden präsent sein und Interessantes und Spannendes zum Besten geben. Nach der Lektüre dieser Anthologie und eines Besuchs einer Festival-Veranstaltung sollte es jedem Kurpfälzer möglich sein, seine Mitbürger besser einzuschätzen …

Es sei denn, man steht unverhofft einem Gärtner, Butler oder Jäger gegenüber …

Gegendarstellungen der Gärtner-, Butler- und Jägervereinigungen sowie Infos zum Festival finden Sie hier: www.metropolkrimi.palzki.de

ZU DIESER ANTHOLOGIE

Es waren arbeitsreiche, aber auch sehr unterhaltsame Treffen der drei Herausgeber in Sinsheim. Wir haben unsere Kräfte gebündelt und uns viel vorgenommen: nicht nur eine Anthologie, sondern ein Festival, das möglichst jährlich für und in der Metropolregion Rhein-Neckar stattfindet, immerhin im siebtgrößten Ballungsgebiet Deutschlands.

Unsere Begeisterung ließ uns die Sache schnell angehen. Bloß nicht auf die lange Bank schieben, war unser Motto, denn langfristig sind wir alle tot, so unsere mörderische Taktik. Von kleinen Schlüsseldiebstählen und ein paar Namensverwechslungen abgesehen, haben sich die Autoren und die Lektorin, die in der SOKO Metropolregion mitwirken, prächtig verstanden. Schnell hatten wir eine Liste mit Autoren unterschiedlichster Verlage zusammen, die in dieser Region wirken oder gewirkt haben. Unsere Freude war groß, als uns die Zusagen der Kollegen in großer Zahl erreichten. In kürzester Zeit mussten wir Angebote ablehnen, da der vorgegebene Buchumfang nicht überschritten werden sollte. Deshalb bitten wir Sie, liebe Leserin und lieber Leser um Verständnis, wenn gerade ›Ihr‹ Autor nicht in dieser Anthologie enthalten sein sollte. Wenn dieser Band erfolgreich, weltweit und darüber hinaus gelesen wird, und davon gehen wir aus, steht einer Fortsetzung nichts im Wege.

Besonders freuen wir uns darüber, dass unser Schreibwettbewerb auf solch reges Interesse gestoßen ist. Die

Zahl der Einsendungen war enorm, unsere motivierten Jurymitglieder hatten aufgrund der benötigten Lese- und Bewertungszeit viel zu lesen und zu bewerten. Die Entscheidungsfindung war nicht einfach, denn fast alle eingereichten Geschichten bestachen durch einen tollen Schreibstil und kriminellen Sachverstand.

Leider musste man sich auf drei Geschichten einigen, deren Lektorat René Stein vom Gmeiner-Verlag übernommen hat: Freuen Sie sich nun auf diese Neuentdeckungen. Exklusiv in diesem Buch!

Danksagungen sind immer so eine Sache für sich. Gern schreibt sie niemand. Berechtigt sind sie immer. Was wäre dieses Buch ohne den Gmeiner-Verlag? Ganz einfach: Es wäre nicht gedruckt worden und Sie könnten es nun nicht in der Hand halten. Dem Gmeiner-Verlag danken wir aber außerdem für die vielfältige Unterstützung, für wunderschön gestaltete Plakate und Flyer und für viel Kompetenz.

Danke auch an die Autoren, die dieses Buch mit ihren spannenden, teils skurrilen und humorvollen Geschichten gefüllt haben. Es war eine wunderbare Zusammenarbeit!

Jetzt bleibt uns nur noch zu hoffen, dass Sie, Ihre Freunde und Bekannten die Veranstaltungen des 1. Krimifestivals der Metropolregion Rhein-Neckar zahlreich besuchen, und dadurch mithelfen, es zu einem regelmäßigen Event zu etablieren.

Denn Sie wissen ja:

Wenn wir Kurpfälzer nicht das Automobil erfunden hätten, würde die Menschheit noch Fahrrad fahren.

Wenn wir Kurpfälzer nicht das Fahrrad erfunden hätten, würde die Menschheit noch zu Fuß gehen.

Ob wir Kurpfälzer die Schuhe erfunden haben, ist zurzeit noch nicht gesichert. Aber wir arbeiten daran, dies zu klären …

Wir Kurpfälzer entdeckten die Bewegung. Wir bändigten die Chemie. Zum Wohle der Menschheit.

Die SOKO Metropolregion

Claudia Senghaas, Lektoratsleiterin, Kirchardt
Claudia Schmid, Autorin, Mannheim
Harald Schneider, Autor, Schifferstadt

Die Jury

Cornelia Dorn, Stadtbibliothek Mannheim
Barbara Schlosser, Galerie & Buch, Mannheim

INHALTSVERZEICHNIS

THOMAS WÖRTCHE

MANNHEIM, BLOODY MANNHEIM …

… na ja, so blutig ist Mannheim dann doch vielleicht nicht. Auf jeden Fall sucht man Mannheim in der Gesellschaft von Chicago, Kapstadt, London, New York oder wenigstens Ciudad Juárez eher nicht. Deswegen ist Mannheim so interessant und hat meine Vorstellung von Kriminalität und Verbrechen zwar still und leise, dafür aber ziemlich nachhaltig geprägt.

Wenn man wie ich in den 1950er- und den frühen 1960er-Jahren (1963 wurde aufs Land gezogen, weil, zumindest in meiner Erinnerung, die Ludwigshafener Chemiewerke den Regen gelb und den Schnee grün färbten – dass so was ein Umweltverbrechen avant la lettre war, das war mir als jungem Menschen immerhin schon wort- und begrifflos klar) im nicht so guten Teil der Oststadt, in der Werderstraße zwischen Augustaanlage und Seckenheimer Straße aufgewachsen ist, konnte man sich unter Gewalt und Verbrechen, Tod und Vernichtung irgendwas vorstellen, das mit Bomben und Ruinen zu tun hat. Oder, ein paar Levels tiefer, mit den Jungs, gegenüber denen man sich auf dem Schulweg und auf dem Schulhof durchsetzen musste. Erfahrungen, die etwas später auf dem Land nützlich wurden: Auch bei der männlichen Dorfjugend musste ich, um in Ruhe gelassen zu werden, demonstrativ ein paar Unterlippen spalten und das eine oder andere Nasenbein … lassen wir das, heute heißt dergleichen ›Jugendgewalt‹ und kommt sofort ins Fernseh' …

Naja, und dass es in der eigenen Familie einen grimmigen, schwarze Zigarrenstummel dauerkauenden Herrn im grauen Mantel und dito Hut gab, der ›Onkel Ede‹ hieß, so aussah und wirkte wie Al Capone persönlich und irgendein höheres Tier im Hafen war, wo es »nicht immer nett zugeht und wo man sich Respekt verschaffen muss«, das verbuchte ich genauso wenig unter ›Crime‹, wie die für mich lustige Tatsache, dass bei anderen hochanständigen Nebenzweigen meiner Familie plötzlich ganze Rollständer aus dem C&A voller nigelnagelneuer Klamotten im Wohnzimmer rumstanden, und dass der Onkel, der auf dem Wohnungsamt arbeitete (Stichwort: Wohnungsknappheit in dem plattgebombten Mannheim der Nachkriegsjahrzehnte) ein auffallend vergnügtes Leben weit über seiner Besoldungsklasse führte ... Oder dass mein Urgroßvater ein klassischer Defraudant & Lebemann war, der das Familienvermögen mit seiner minderjährigen Geliebten verjubelt und verprasst hatte ... all das fand ich damals einfach normal. Gehörte dazu, war okay, nix Besonderes.

Auch dass meine Mutter (Jahrgang 1920) immer gerne erzählte, wie sie als junge Frau mit dem Fahrrad prima Grünzeug bei einem (Klein-)Gärtner eingekauft hat, der angeblich seine gesamte Familie in den Gemüsebeeten verscharrt hatte (»Er hat halt gut gedüngt«, meinte meine gelassene, stoisch coole Mutter später immer), hielt ich für völlig normal im alltäglichen Wahnsinn.

Nein, wirklich, zu Extremen neigt die Kriminalität nicht im Delta ... Auch das Mannheimer Gefängnis, in dem Herr Kachelmann momentan sitzt, wogegen das Wetter gerade so schlimm protestiert, hat nur den üblichen Durchlauf von Räubern, Mördern, Autoschiebern (tja,

Maurizio Gaudino, dumm gelaufen) und »Vater Graf«, der in dem Knast, in dessen Knastshop es gärungsfördernde Hefe (zweifelsohne zum Backen im Zellenofen; danke, Carlo, für dieses großartige Detail!) zu kaufen gab, seinen Alkoholismus, hick, losgeworden zu sein behauptete, bringt Mannheim auf der Shocks-&-Thrill-Skala nicht wirklich weiter nach vorne.

Reden wir nicht von extremer ästhetischer Gewalt, mit den Haupttätern Xavier Naidoo und den Söhnen Mannheims – wenn ich für jede hämische ›Söhne Mannheims‹-Bemerkung, die ich in Berlin abkriege, nur zehn Cents einstreichen dürfte, wäre ich längst an der Côte d'Azur –, reden wir lieber von einem Verbrechensmuster der Region, einem Typus *homo criminalis kurpfalzii* oder einem *crime mapping* des Deltas, um festzustellen: Nö, nichts Spezifisches. Die Gangs of Mannheim sind nichts Besonderes, der Jungbusch ist auch nicht mehr, was er so recht nie war und ein paar Satanisteriche auf dem Friedhof, nu …

Bitte halten Sie das alles nicht für den bornierten Blick aus der Hauptstadt, der verächtlich auf mittelstädtische Kriminalität herabblickt. Soooo outstanding ist – sieht man mal von der üblichen Regierungskriminalität ab – auch die Metropole kriminalitätsmäßig nicht aufgestellt.

Der aktuelle Mannheimer Kriminalreport berichtet genauso von den üblichen Untaten – Raub, Diebstahl, häusliche Gewalt, Zwangsprostitution, Roheitsdelikte mit einem leider üblich gewordenen Schuss Rassismus, *hate crimes* in allerlei medien-üblicher Sortierung usw., usw. Daraus ein besonders hartes Pflaster zu konstruieren, wäre unserem wunderbaren Dialekt angemessen – denn der kommt, wie wir wissen, immer noch hammerhart rüber in, sagen wir Köln, München oder Hamburg –, würde aber das wirklich kriminell Interessante völlig übertäuben: Mannheim, bloody Mannheim (und das ganze Delta gleich mit) ist ein Lehrstück dafür, dass Gewalt & Verbrechen eben immer und überall sind, auch wenn sie kein großes Trara machen und herumkrakeelen. Die eine oder andere *cause célèbre,* die statistisch in jeder Region früher oder später ebendiese Region ins Visier der angstlustverbreitenden Medien bringt, bestätigt ja nur die Regel. Selbst der Ludwigshafener »Tatort« tut sich auffallend schwer, wirklich *local crime* herauszupräparieren. Naja, Hafen, Industrie, Konzerne und so ... aber wie typisch ist das denn? Und wenn ich mich an den meines Erachtens allerersten Mannheim-»Tatort« entsinne, geschrieben immerhin von Leonie Ossowski – in dem der knurrige Herr Lutz nach einem Messerstecher im Hafen suchte, was so gefühlt 1971 gewesen sein muss – fällt mir nur dazu ein, dass Mannheim & der Jungbusch zwar irgendwie eine wiedererkennbare Kulisse für eine drollige Geschichte geboten hat, die auch in Shanghai (minus Kommissar Lutz, klar) hätte spielen können, oder so ...

Und als ich neulich mal wieder in Mannheim City war, die Augen und Ohren für diesen Text weit offen, da sind mir zwar ein paar bemerkenswert scheußliche, mit hoher krimineller Energie betriebene Architekturgräueltaten aufgefallen, aber es beschlich mich schon das Gefühl, dass für einen Text über das Delta & die Kriminalität nur die Erkenntnis zählt, dass Gewalt & Verbrechen wirklich ubiquitär sind. Sogar in Mannheim. Doch, doch ...

MARLENE BACH
KURPFÄLZER GEWÜRZMISCHUNG

Ob wir in der Kurpfalz besondere Spezialitäten haben, möchten Sie wissen? Aber sicher doch. Jede Menge: Schwetzinger Spargel, Heidelberger Studentenküsse, Mannemer Dreck. Nein, nein, das ist keine Blumenerde, eher so eine Art Makrone. Dann natürlich den Saumagen. Und die Kurpfälzer Gewürzmischung. Aber die können Sie nirgendwo kaufen.

Wie das schmeckt, Saumagen?

Tja, was soll ich dazu sagen. Ich habe schon lange keinen mehr gegessen. Dabei mochte ich den früher so gerne, vor allem den mit Kastanien drin. Ich garantiere Ihnen auf jeden Fall: Er schmeckt besser, als sich sein Name anhört. Aber ich vertrage ihn nicht mehr. Mir wird schlecht davon. Inzwischen von allem Fleisch.

Ja wirklich, jammerschade. Erst waren es nur die Würstchen und Sachen mit viel Fett dran. Doch dann wurde es immer schlimmer. Und das, wo ich einmal für Wildschweinbraten gestorben wäre! Beim Fleischkäse musste es immer eine extra dicke Scheibe sein. Und was ist schon der beste Schwetzinger Spargel ohne eine ordentliche Portion Schinken?

Nachdem ich ihn erst einmal probiert hatte, habe ich den Saumagen ganz besonders geliebt. Ich komme nicht hier aus der Gegend, müssen Sie wissen. Aber mein Herrmann, der kam von hier, und der hat immer vom Saumagen geschwärmt.

Der war überhaupt so begeistert von seiner Kurpfalz. Was der nicht alles wusste. Über die Kurfürsten, vor allem über diesen Karl Theodor, dass der das Theater in Mannheim gebaut und dafür gesorgt hat, dass die in Heidelberg mal endlich eine ordentliche Brücke bekommen, eine aus Stein, nicht so einen wackeligen Holzsteg.

Und wie schön es in der Kurpfalz ist, hat mein Herrmann immer erzählt, mit dem Wald und dem Neckar, und dass sie in dem alten Schloss in Heidelberg ein Weinfass haben, das so groß ist, dass man eine ganze Blaskapelle drin ertränken kann. Es war eben seine Heimat und dahin wollte er zurück.

Da bin ich mit, weil der Herrmann der Richtige für mich war, das wusste ich sofort. Und in der ersten Zeit war auch alles prima, und ich sag Ihnen, der Saumagen war wirklich genauso lecker, wie mein Herrmann versprochen hatte. Mindestens einmal die Woche gab es den bei uns.

Und jetzt? Nicht mal mehr das allerkleinste Odenwälder Bauernwürstchen geht noch. Es reicht schon, wenn ich so was nur rieche.

Doch, doch, ich weiß, woher das gekommen ist. Aber Sie kennen ja den Spruch: *Zu Risiken und Nebenwirkungen fragen Sie Ihren Arzt oder Apotheker.* Wenn es einen erwischt, dann muss man sich halt damit abfinden. So ist das manchmal im Leben.

Ich weiß sogar noch genau, wann das so schlimm wurde mit der Übelkeit. Das war in der Zeit, kurz bevor der Dackel vom dicken Grum starb. Der Hund war ja fast noch ein Jahr bei mir. Ich habe schon sehr an ihm gehangen, ein netter Kerl. Den Hund meine ich, nicht den Grum.

Wieso der Hund vom Grum überhaupt bei mir war? Das ist eine schwierige Geschichte. Vor allem für mich. Normalerweise bin ich nämlich ein gutmütiger Mensch. Mein Herrmann, Gott hab ihn selig, hat immer zu mir gesagt: ›Annchen, du hast das Herz auf dem rechten Fleck.‹ Leider ist er viel zu früh gestorben, sonst wäre das mit dem Hund vom Grum wahrscheinlich auch gar nicht passiert.

Der Grum, müssen Sie wissen, war nämlich früher unser Nachbar. Eigentlich hieß der nicht Grum. Grum hieß der nur, weil ich den mal im Flur getroffen habe. Da schleppte er gerade zwei dicke Tüten hoch und hat mir irgendwas von Grumbeeren erzählt und wie günstig er die bekommen hätte. Dabei kam er mir so nah, dass ich die Mitesser auf seiner Nase zählen konnte.

Ich bin automatisch einen Schritt zurück, bis ich fast mit dem Rücken an der Wand stand. Ich hätte es nicht so mit Beeren, habe ich gesagt, da bekäme ich immer Ausschlag von. Von allen Beeren, egal welchen. Von Grumbeeren bestimmt auch. Dann habe ich mich an ihm vorbeigequetscht und bin weg.

Mein Herrmann hat gelacht, als ich ihm davon erzählt habe. Dass das keine Beeren wären, hat er mir erklärt, sondern Kartoffeln. Na, woher sollte ich das denn damals wissen, so ganz neu hier. Seltsame Sprache, habe ich mir gedacht. Es gibt *Gutsel* statt Bonbons, und *Worscht* statt Wurst. Und alles *hebt*. Der Nagel in der Wand und die Worscht hebt auch noch eine Weile. Da habe ich vielleicht gebraucht, bis ich dahintergestiegen bin.

Also, auf jeden Fall hieß der Mensch für mich nur noch die Grumbeere. Vielleicht, weil der auch so aussah, als wäre er selber eine. In der Mitte ziemlich dick. Und als das Julchen sprechen konnte, da wurde aus der Grumbeere von nebenan der Grum. Und das ist er auch geblieben.

Die Steiners, die wohnten damals auch schon hier, auf der gleichen Etage. Drei Parteien waren wir auf dem Flur, Steiners, der Grum und wir. Der Grum hatte die Eingangstür quer über den Flur, gegenüber unserer. Der Grum und seine Frau, genauer gesagt, und der Hund natürlich. Ein liebes Tier. So ein kleiner Rauhaardackel.

Das mit dem Hund tut mir wirklich sehr leid. Der hat immer mit dem Schwanz gewedelt, wenn er mich im Flur gesehen hat. Der Grum dagegen, das war so ein richtiger Widerling. Ungepflegt, das Hemd bekleckert. Und wenn der sich bückte, rutschte ihm die Hose so weit runter, dass man einen Euro in die Spalte zwischen die Hinterbacken hätte stecken können.

Der Grum war das auch, der ein paar Mal in den Flur gepinkelt hat, da bin ich mir ganz sicher. Wahrscheinlich, als er mal wieder betrunken war. Außer Saufen hat der ja auch nicht viel gemacht. An Arbeiten war bei dem gar nicht zu denken, spätestens nach drei Tagen haben sie den wieder entlassen.

Mein Herrmann war auch einmal arbeitslos, aber der hat darunter gelitten. Geweint hat er, als er die Arbeit verlor. Wie es denn jetzt mit uns weitergehen sollte, wo wir doch das Geld brauchten und die Julia mit der Klasse ins Landschulheim in den Odenwald wollte. Aber zum Glück hat er wieder was gefunden. Abgerackert hat er sich für uns. Der Herrmann, das war einer von den ganz Lieben. Immer hat er nur an seine Familie gedacht, ans Julchen und an mich. Der war schon was Besonderes.

Eben anders als der Grum. Der war ständig betrunken und wenn er nach Hause kam, konnte man darauf wetten, dass gleich nebenan das Geschrei losging. Verprügelt hat er seine Frau, was das Zeug hielt. Einmal hat sie so geschrien, dass wir die Polizei gerufen haben. Hier hört man ja alles. Man braucht sich nicht mal dafür anzustrengen.

Anonym haben wir angerufen. Weil wir keinen Ärger haben wollten. Und was war? Als die gekommen sind, war der fette Grum die Freundlichkeit in Person und seine Frau hat das Maul nicht aufgekriegt.

Irgendwann ist sie dann weg. Durch den Spion habe ich gesehen, wie sie mit ihrem riesigen Koffer zum Aufzug ist, als der Alte mal gerade für vier Tage Arbeit hatte. Da habe ich die Tür aufgemacht und mich verabschiedet. Und ihr gesagt, dass das schon lange überfällig war und ihr alles Gute gewünscht. Rotz und Wasser hat die geheult! Vor allem, weil sie den Hund nicht mitnehmen konnte. Der Kerl, bei dem sie jetzt lebt, wollte nicht, dass sie ihn mitbringt.

Kurz darauf ist mein Herrmann gestorben. Er kam von der Arbeit und musste am Bismarckplatz in die andere Straßenbahn umsteigen. Da ist er einfach umgefallen. Es war so heiß an dem Tag. Herzinfarkt.

Erst wollte ich gar nicht mehr. Ich hätte mich am liebsten auf dem Friedhof dazugelegt. Und die Julia kam auch völlig von der Bahn ab. Mitten in der Pubertät hat es sie erwischt. Da haben es die Kinder sowieso schon schwer genug.

Aber irgendwie musste es weitergehen, vor allem wegen dem Julchen. Das war eine furchtbare Zeit, das kann ich Ihnen sagen. Zum Glück habe ich in der Metzgerei zwei Straßen weiter das Schild gesehen: ›Aushilfe gesucht‹.

Früher hatten Nachbarn von uns eine Metzgerei, da habe ich manchmal geholfen, bevor ich mit dem Herrmann in die Kurpfalz bin. Ich also direkt rein in den Laden und in der nächsten Woche konnte ich anfangen. Hinten in der Wurstküche helfen. Keine schöne Arbeit, aber besser als nichts.

Dem Grum ging es auch nicht gut. Nachdem seine Frau weg war, hat er erst recht mit dem Saufen weitergemacht, und mit seinen Hormonen ist er auch nicht mehr klargekommen.

Als er hörte, dass mein Herrmann gestorben ist, war er erst ganz nett. Kam vorbei und hat angeboten zu helfen, wenn mal was gemacht werden müsste.

Es war aber schnell klar, aus welcher Ecke der Wind wehte. Der suchte nur jemand Neues, den er tyrannisieren konnte. Ich habe ihm die kalte Schulter gezeigt, aber der fette Grum wurde immer unverschämter. Irgendwann hat er völlig besoffen an meiner Tür Sturm geklingelt und über den ganzen Flur gegrölt: »Komm raus, ich will dich ficken.«

Das war mir vielleicht peinlich. Und eine Angst hatte ich, dass der mir gleich die Tür eintritt. Julchen stand neben mir und hat gekichert. Aber ich fand das nicht zum Kichern. So einen wie den hätte ich nicht mal mit der Kneifzange angefasst.

Das Widerliche an dem war nicht, dass der dick war. So was macht mir nichts aus. Aber der Grum, der war hässlich, innerlich hässlich meine ich.

Ich habe ihn gemieden, so gut es ging. Erst hat er noch manchmal bei mir vor der Tür gestanden, aber irgendwann hat er aufgegeben. Endlich kapiert der es, habe ich gedacht. Gott sei Dank.

Ich wusste nicht, dass das Julchen damit zu tun hat. Auf die Idee bin ich wirklich nicht gekommen. Auch wenn ich mich schon gewundert hatte, dass die nicht mehr ständig kam von wegen ›Mama, hast du mal zehn Euro?‹. Prima, dachte ich, lernt das Kind doch noch, mit dem Geld umzugehen. Dann klingelt eines Morgens die Steiner bei mir, ob sie mich mal sprechen könnte. Dafür bin ich ihr noch heute dankbar.

Sie hatte den fetten Grum und die Julia im Keller gesehen. Die beiden standen hinten im Flur und haben sie wohl nicht kommen hören. Die Julia hätte gesagt, dass sie es nicht mehr tun würde für 20 Euro. Das wäre zu billig. Und der Grum hatte ihr gedroht, wenn sie nicht weitermacht, würde er es mir sagen. Was genau, wusste die Steiner angeblich nicht. Dabei wurde sie ganz rot.

Stein und Bein hat die Julia mir geschworen, dass sie ihn nur ›da unten‹ ein bisschen angefasst hätte. Eigentlich habe ich ihr geglaubt. Nur dass sie mich so gar nicht ansehen konnte, als sie es erzählt hat, das hat mir Bauchschmerzen gemacht. Gefragt habe ich und noch mal gefragt. Bis das Kind anfing zu weinen. Da habe ich sie in Ruhe gelassen.

Nächtelang konnte ich nicht mehr schlafen, so fertiggemacht hat mich die Sache. Meine Julia ist nämlich ein gutes Mädchen, wissen Sie. Und mir war sofort klar: Was auch immer passiert war, die Julia wäre nie auf so etwas gekommen, wenn der Grum es ihr nicht aufgedrängt hätte.

Sie hat keinen Ausgang mehr gekriegt. Von der Schule direkt nach Hause und ab in ihr Zimmer. Sicher ist sicher. Aber das war auf Dauer keine Lösung.

Ich habe mir den Kopf zerbrochen, was ich machen sollte. Den Grum zur Rede stellen? Völlig zwecklos. Anzeigen? Was hätte das wohl gebracht? Am Ende hätte der noch geschafft, dass alle glauben, die Julia hätte das so gewollt. Was das Schwätzen anging, da war der Grum schon immer obenauf. Wochenlang habe ich mir das Hirn zermartert und Zwiesprache mit meinem toten Herrmann gehalten.

Der Herrmann hat immer gesagt, in der Kurpfalz, da gab es lauter kluge Leute. Das Auto hätten sie hier erfunden und so eine Laufmaschine, eigentlich so etwas wie ein Fahrrad, aber noch ohne Pedale, und in Heidelberg, da gab es einen Mann, der den Schlossgarten geplant hat, und der hat lauter komische Automaten und Maschinen erfunden und war sozusagen der Vater der Dampfmaschine.

Daran habe ich mich erinnert und meinen Herrmann angefleht, ob er sich nicht mal mit den klugen Leuten da oben zusammensetzen könnte. Ich bräuchte jetzt Hilfe, eine Idee, die uns rettet. Alles hatte ich alleine geschafft, die Arbeit gefunden, dass wir nicht aus der Wohnung rausmussten, dass das Julchen sich die Turnschuhe kaufen konnte, die alle anderen in der Klasse auch hatten. Aber wie das mit dem Grum weitergehen sollte, dass er das Julchen in Ruhe lässt, da hatte ich keine Ahnung, wie ich das hinkriegen sollte.

Und ob Sie es glauben oder nicht, irgendwann wurde ich morgens wach und da wusste ich, wie es gehen konnte. Vielleicht waren es nicht nur die Kurpfälzer Erfinder, die da geholfen haben. Ich glaube, das lag auch mit daran, dass ich am Abend vorher Saumagen gegessen hatte und da so große Kartoffelstücke drin waren.

Ich habe dann die Julia zur Ferienmaßnahme bei der Caritas angemeldet. Die ersten drei Wochen von den Sommerferien. In der Zeit sind die Steiners auch immer weg. Das machen die schon seit Jahren so – zum Königssee am Alpenrand.

»Schätzelein«, habe ich zur Julia gesagt, als ich sie zum Bus gebracht habe, »wenn du zurückkommst, darfst du auch wieder raus.«

Da hat sie mich ganz fest gedrückt. Ist schon ein gutes Mädchen, meine Julia.

Von dort aus bin ich direkt zum Arzt. Der wusste ja, dass mein Herrmann gestorben war. Geheult habe ich wie ein Schlosshund, mindestens eine Viertelstunde lang. War auch nicht so schwer, weil ich in der Zeit sowieso nur noch hätte heulen können. Valium hat er mir verschrieben. 15 Milligramm das Stück. Das hatte ich früher schon mal, hat immer ganz gut geholfen.

Zu Hause habe ich mich ordentlich zurechtgemacht. Kurzer schwarzer Rock und den rosa Pulli, den mit dem weiten Ausschnitt. Dann bin ich rüber zum Grum, klingeln.

»Ach was, die Frau Nachbarin!« Er stand da, an den Türrahmen gelehnt, mit offenem Hemd über der Hose und der üblichen Fahne. Honigsüß war ich. Sonst hätte ich schließlich darauf achten müssen, was die Nachbarn von mir denken würden. Wegen dem Trauerjahr und so. Aber auf dem Flur wären ja nun alle weg. Ob er nicht morgen zum Essen vorbeikommen wollte. Da hat er sich richtig gefreut. Noch am gleichen Abend wollte der kommen. Aber das ging nicht, ich musste ja erst was vorbereiten.

Gekocht und gebacken habe ich, was das Zeug hält. Ich bin eine gute Köchin. Die Valiumkapseln habe ich aufgemacht und das Pulver rausgeholt. Alles, was es an dem Abend geben sollte, habe ich vornweg aufgeteilt auf Portionen.

Fleischpastete. Für jeden eine. Mal mit, mal ohne Valium. Sogar den Cocktail habe ich schon ausprobiert. Campari hat so einen bitteren Geschmack, der überdeckt allerhand. Die Dosis, die ich mit dem Essen in den Grum reinkriegen konnte, hätte eigentlich reichen müssen. Dachte ich zumindest.

Am nächsten Abend stand er pünktlich um acht vor der Tür. Mit Hund. Ich hatte ihm gesagt, er soll den Kleinen mitbringen. Richtig proper sah der Grum aus. Hatte ein sauberes Hemd an und roch sogar nach Aftershave. Zum Glück war er ziemlich verfressen. Der hat in sich reingeschaufelt bis zum Gehtnichtmehr.

Nach meiner Berechnung hätte der Grum spätestens beim Pudding zusammensacken müssen. Stattdessen lehnte der sich über den Tisch und grapschte mir an den Busen.

»Na«, nuschelte er, »bist du doch noch vernünftig geworden, was?«

Speiübel ist mir geworden, aber ich habe mir nichts anmerken lassen. Nett gelächelt und schnell ins Wohnzimmer, die Cognacflasche vom Herrmann rausgeholt. Alkohol und Valium, das soll man ja nicht.

Der Grum war hocherfreut über den guten Tropfen. Mir hat es leid darum getan, aber ich glaube, mein Herrmann hätte auch gesehen, dass das ein Notfall war. Doch der Grum mochte nicht mehr als einen. Erst wollte er sich mal das Schlafzimmer ansehen, hat er gesagt und dabei gegrinst wie ein Honigkuchenpferd. Ganz klar war der noch.

Da saß ich ganz schön in der Patsche. Oben liefen bei mir die Rädchen heiß. Erstmal verzögern, habe ich mir gedacht. Irgendwann muss der umfallen. Am ganzen Körper habe ich gebebt, so einen Bammel hatte ich. »Nun mal nicht so eilig«, habe ich gesagt und rasch selbst einen großen Cognac runtergekippt.

Schon wieder grapschte der Grum mit seiner Pranke über den Tisch, nicht mehr so ganz treffsicher, aber immer noch ziemlich munter. Der Schweiß ist mir ausgebrochen und der Grum hat es genau gesehen.

»Na, du kleine Schnecke, du bist wohl schon ganz heiß auf mich, was?«

Ich mich erst einmal zurückgelehnt, damit der mit seinen Wurstfingern nicht mehr an meinen Busen kommt. Der Grum leckte sich über die fetten Lippen und beugte sich nach vorn. Und wieder kamen die Finger auf meine Seite. Gezittert hat er dabei. Aber ich wusste eben nicht, ob das von dem Zeug kam oder davon, dass der so gierig war.

Es musste etwas geschehen und zwar schnell. Und dann hatte ich noch einen prima Einfall. Ganz ohne Hilfe von oben.

»Also«, sag ich, »ich brauch da immer die richtige Stimmung zu. So ein bisschen Romantik und so. Wir beide könnten doch in die Wanne gehen. Kleine Massage, Kerzenschein, das wäre doch jetzt genau das Richtige für uns zwei.«

Wanne war ja für alles Weitere auch ganz gut, da bin ich vorher gar nicht draufgekommen.

Der Grum hat etwas dumm aus der Wäsche geschaut. Aber zu dem Zeitpunkt muss der schon ziemlich hinüber gewesen sein. Kein Schwein hätte sonst geglaubt, dass wir beide zusammen in die Wanne passen. Ich ihm was vorgeflötet von wegen ganz besonderem Massageöl und sorg dafür, dass der Grum ins Badezimmer kommt.

Als der sich aus den Klamotten schält, muss er sich am Waschbecken festhalten, damit er beim Hose-Ausziehen nicht umfällt. Geschwankt hat er, als wäre er auf hoher See.

»Na und du?«, fragt der Grum.

»Ich? Ich leg dir jetzt einen Strip hin«, sag ich, »da fällst du tot um.« Ich habe von unten angefangen mit den Knöpfen. Sie glauben gar nicht, wie schwer das ist, so einen Knopf im Zeitlupentempo aufzumachen und dabei noch rumzutänzeln. Sechs Stück waren es.

Erst schaut der Grum interessiert, aber beim dritten Knopf wird er unruhig. Er stützt sich am Wannenrand ab und versucht doch tatsächlich, aufzustehen. »Nun mach schon. Ist jetzt genug Romantik.«

Ich habe gesehen, wie er schwankte. Die Luft habe ich angehalten.

»Komm schon«, nuschelt der Grum und kriegt die Zähne kaum auseinander.

»Setz dich«, sag ich. »Dann komm ich auch rein.«

Der Grum schwankt noch mal hin und her und lässt sich in die Wanne sinken wie ein riesiges Walross. Das Wasser schwappt fast raus.

Ich einen Schritt auf ihn zu und lächle ihn an. »Jetzt geht's zur Sache, Grum.«

Und der Grum grinst ganz selig.

Es war das letzte Mal, dass er grinsen konnte. Der Kopf sackte ihm auf die Brust und weg war er. Ich nicht lange gewartet, ihn an den Beinen gezogen, bis er unter Wasser war.

Und dann bin ich schnell in die Küche zum Aufräumen.

Da liegt der Dackel von ihm an der Heizung und guckt mich mit seinen dunkelbraunen Knopfaugen so komisch an. Ganz anders ist mir in dem Moment geworden. Und wie der Hund mich so traurig ansieht, da habe ich mir geschworen, für den Kleinen immer gut zu sorgen. Als Abbitte, sozusagen. Ich bin kein schlechter Mensch, wissen Sie.

In den nächsten Tagen bin ich abends immer mit der großen Reisetasche zur Metzgerei, in der ich arbeite. Den Schlüssel hatte ich ja.

Als das Julchen nach Hause kam, war die Kühltruhe randvoll und ich fix und fertig. Wieso denn der Hund vom Grum bei uns auf dem Sofa liegt, wollte sie wissen. Ich also erzählt, dass der arme Köter heulend beim Grum vor der Tür gesessen hatte und der aber nicht da war. Und dass der Grum jetzt schon seit zwei Wochen nicht mehr aufgetaucht wäre und wahrscheinlich irgendwo eine Neue hätte, der er das Leben zur Hölle macht.

»Hoffentlich bleibt das Schwein weg«, meinte das Julchen.

Da wusste ich, dass das alles so in Ordnung war, wie ich es gemacht hatte.

Den Sommer über haben wir dann oft gegrillt. Die ganze Nachbarschaft war da. Allen hat es gut geschmeckt. Und an manchem Abend wurde es auch ziemlich laut und lustig, weil die so viel Bier dazu getrunken haben. Von den

Würstchen bekam man einen ziemlichen Durst. Die Steiner war ganz begeistert von denen. Die hätten so einen eigenen Geschmack, so etwas Leckeres hätte sie noch nie gegessen. Was denn da drin wäre, wollte sie wissen.

Kurpfälzer Gewürzmischung, habe ich erklärt. Eine besondere Spezialität. Thymian, Salbei und Pfeffer. Sehr viel Pfeffer. Weißer und schwarzer. Die Karl-Theodor-Gewürzmischung. Die hätten sie in irgendeinem Archiv gefunden. Das sei etwas ganz Besonderes. So hätten die vornehmen Leute das früher gegessen. Ich hoffe, der Kurfürst verzeiht mir.

Natürlich wurde auch über den Grum geredet, wo der wohl abgeblieben wäre. Ich habe mich da rausgehalten und lieber aufgepasst, dass nichts anbrennt. Essen konnte ich aber von dem Zeug nichts. Da war mir schon nicht gut.

Es wurde dann immer schlimmer. Ich musste nur an irgendeiner Würstchenbude vorbeigehen, schon wurde mir schlecht. Richtig geekelt habe ich mich. Fettrand am Schinken? Ging nicht mehr. Irgendetwas mit Speck? Pfälzer Leberwurst? Vergessen Sie es. Bis ich schließlich nicht mal mehr das kleinste Stückchen Saumagen runterbekam.

Ich konnte auch nicht mehr in der Metzgerei arbeiten. Wenn ich morgens in den Laden sollte, hatte ich schon eine halbe Stunde vorher Herzrasen und meine Beine haben gezittert.

Sie haben mir gekündigt. Ausgerechnet an dem Tag klingelte die Polizei abends bei mir. Ob ich etwas über den Nachbarn wüsste. Sie hätten gehört, sein Hund wäre jetzt bei uns.

Da habe ich erzählt, wie ich das arme Tier auf dem Flur gefunden habe. Und dass ich leider jetzt nicht reden könnte, weil ich so eine Art Wurstvergiftung hätte und mir übel wäre. Das haben sie wohl auch geglaubt, so kreidebleich muss ich gewesen sein.

Ich wollte das Zeug auf jeden Fall nicht mehr in meiner Kühltruhe haben. Die Grillsaison war irgendwann zu Ende, also habe ich immer mehr an den Hund verfüttert. War vielleicht ein bisschen viel, aber er konnte gar nicht genug davon kriegen.

Richtig fett ist der Kleine geworden. Der immer fetter und fetter, und ich immer dünner und dünner. Und getrunken hat der Hund, das können Sie sich nicht vorstellen. Das muss wegen der Kurpfälzer Gewürzmischung gewesen sein. Wenn der sich bewegt hat, gluckerte es immer in seinem Bauch. So schnell konnte ich das Wasserschälchen gar nicht auffüllen, wie der das weggeschlabbert hat.

Irgendwann lag der Hund morgens tot in seinem Körbchen. Geheult habe ich und die Julia hat geschimpft, ich hätte ihn totgefüttert. Da hab ich noch mehr geheult.

Tut mir jetzt noch leid um den kleinen Kerl.

Was wollen Sie wissen? Wie ich heute über das Ganze denke?

Nun, ich sag ja, manche Einfälle haben eben ihre Nebenwirkungen. Soll man deshalb immer alles gleich sein lassen? Aber natürlich weiß ich, dass ich einen Fehler gemacht habe. Und wenn ich noch einmal in die Situation käme, würde ich eines ganz bestimmt anders machen:

Mehr Thymian, weniger Pfeffer.

MONIKA GEIER

DER SEEBECK-EFFEKT

An einem besonders schönen Sommertag saß ein junger Arzt im schattigen Büro der Kriminalkommissarin Bettina Boll und bangte um seine Karriere.

»Digitalis«, sagte er mit einem ungläubigen Tonfall in der Stimme. »Sind Sie sicher? Kann es nicht Herzversagen gewesen sein? Herr Nickel war vierundachtzig! Da ist so was doch drin!«

»Herr Dr. Peltier«, erwiderte Bettina, »Sie selbst haben die Leichenöffnung veranlasst. Also müssen Sie das doch geahnt haben.«

Dr. Peltier betrachtete seine Hände. Er war Vertragsarzt des Alten- und Pflegezentrums St. Morphinius in Ludwigshafen-Mundenheim, und er war es noch nicht lange. Konnte er gar nicht, so jung, wie er aussah. »Das ist eine Katastrophe«, murmelte er niedergeschmettert. Dann hob er sein Haupt und sah Bettina an. »Wir machen das routinemäßig«, sagte er laut.

»Was?«, fragte Bettina.

»Wir lassen routinemäßig die Leichen öffnen, in praktisch hundert Prozent aller Fälle. Es ist auch eine Art Werbung, verstehen Sie?«

Werbung? Bettina starrte ihr Gegenüber an.

»Ja, viele ältere Herrschaften haben anfangs Angst, sich dem unbekannten Pflegepersonal anzuvertrauen. Die wünschen sich Kontrolle. Man hört schließlich die ungeheuerlichsten Geschichten über –«, Dr. Peltier schluckte, »Serienmorde in Altenheimen.« Er knetete seine Hände.

»Bei einer Serie sind wir zum Glück noch nicht«, tröstete Bettina. »Vielleicht lässt sich die Sache ja ohne großes Aufsehen klären.«

Doch der Arzt schüttelte verzweifelt den Kopf. »Digitalis! Wer könnte das getan haben?«

»Wer hat denn in St. Morphinius Zugang zu Digitalispräparaten?«

»Na ja, unter das Betäubungsmittelgesetz fällt so was nicht, das bewahren wir ganz normal in der Apotheke auf, die ist aber nicht üppig bestückt, nur Medikamente für den täglichen Bedarf, und wir halten sie grundsätzlich verschlossen, doch –«

»Wer?«

Er schniefte. »Ich.«

»Aha«, sagte Bettina. »Das schränkt den Kreis der Verdächtigen natürlich ein.« Sie schenkte Dr. Peltier testweise ein verlockendes Lächeln. Mörder genossen diesen spielerischen Ton.

Der Arzt ging nicht darauf ein. »Pflegerin Anja Bauer«, zählte er auf, »Pflegerin Olga Reval und Pflegerin Rosa Boyé verteilen morgens die Medikamente der Residenten auf die Blister. Die könnten theoretisch auch –« Er brach ab. »Aber das sind ausgeglichene Frauen und Fachkräfte, die arbeiten teils schon seit Jahrzehnten in St. Morphinius, die würden nie und nimmer einen Residenten vergiften! Und ganz bestimmt nicht Herrn Nickel! Der war ja nicht schwierig!«

Nicht schwierig. »Hat Herr Nickel denn selbst Gelegenheit gehabt, sich Digitalis zu beschaffen?«, fragte Bettina.

»Kaum. Ich habe ihm ein paar homöopathische Mittel gegen seine Altersbeschwerden gegeben, das hat bei ihm gut angeschlagen. Doch eigentlich war Herr Nickel gesund und hatte selbstverständlich keinen Zugang zur Hausapotheke. Und er konnte nichts von anderen Residenten bekommen, bei uns werden Medikamente grundsätzlich nur in Tagesrationen ausgegeben. Wir achten auch drauf, dass die eingenommen werden.«

»Wie steht's mit Besuchern von außerhalb?«

»Das entzieht sich meiner Kontrolle.«

»Ich meine«, präzisierte Bettina, »zu wem hatte er Kontakt? Wer hat ihn besucht? Hat er selbst viele Ausflüge nach draußen unternommen?«

Dr. Peltier schüttelte den Kopf. »Sein Sohn ist ab und zu vorbeigekommen. Ausgegangen ist er kaum. Er hat sich für technische Spielereien interessiert, und er hat gern Rätsel gemacht, auf seinem Zimmer. Kelvin, unser Zivi, hat ihm am Kiosk Sudokuheftchen besorgt. Mit Kelvin hat sich der Herr Nickel ganz gut verstanden, obwohl –« Der Arzt zögerte und wurde rot.

»Obwohl?«, hakte Bettina nach.

Dr. Peltier wurde noch um einiges röter. »Na ja, das ist jetzt blöd – das dürfen Sie nicht ernst nehmen – aber für viele Residenten ist es ein Thema, verstehen Sie? Die alten Leute haben noch so ihre Ansichten, die lassen sich jetzt nicht mehr ändern, und –«

»Ist Kelvin schwul?«, fragte Bettina.

»Schwarz«, sagte Dr. Peltier hastig.

Bettina dachte an ihre dunkelhäutige Tochter und wurde plötzlich ärgerlich. Wie gut, dass die Ewiggestrigen jetzt in den Altenheimen saßen und ausstarben. Zwar wuchsen an jeder Ecke neue nach, wusste sie, doch das war ein anderer Schlag. Diese Typen erkannte man an der Bierfahne, die trafen keine Entscheidungen mehr, die stellten keine Leute ein, die wurden nur gefährlich, wenn man die falsche Straße entlangspazierte, schlimm genug – sie blickte auf und bemerkte, dass Dr. Peltier sie betrachtete.

»Tja, der Herr Nickel«, sagte er, »war echt eisern in seinen Ansichten, aber den Kelvin hat er einfach gemocht. Das kommt bei uns gar nicht selten vor. Manchmal ist es ein Glück, dass die Menschen unlogisch sind, nicht wahr?«

Bettina räusperte sich. »Möchten Sie noch etwas anfügen? Haben Sie einen Verdacht?«

Dr. Peltier dachte lange und ernsthaft nach und nickte dabei unbewusst vor sich hin. Schließlich sagte er: »Nein.« Doch offenbar schien ihm diese Antwort zu mager, und er setzte hinzu: »Vielleicht eins. Wir haben noch einen Sterbefall, Frau Wismuth. Sie ist vorgestern von uns gegangen, also nur zwei Tage nach Herrn Nickel. Frau Wismuth war sehr krank, sie hatte kürzlich einen schweren Schlaganfall, das hat ihr den Lebensmut genommen, man konnte regelrecht zusehen, wie sie verfiel. Es war natürlich garantiert ein völlig normaler Tod.« Er sah auf und es schien, als wünschte er, sein Ton hätte nicht so trotzig geklungen. »Allerdings ist die Obduktion der Frau Wismuth erst für übermorgen angesetzt. Bis dahin weiß man eben nicht – nichts Genaues.«

Sie schauten sich an. Bettina nickte schweigend. Da lauerte sie, die Serie.

»Und dann«, fügte Dr. Peltier an, »ist da noch die Frau Poggendorff.«

»Was ist mit ihr?«, fragte Bettina.

Dr. Peltier dachte wieder so lange nach.

»Ist sie schwierig?«, reizte Bettina.

Sofort blickte der Arzt empört. »Aber nein! Im Gegenteil! Sie ist – klar im Kopf.«

»Was meinen Sie?«

»Frau Poggendorff ist jetzt ein halbes Jahr bei uns und hat die ganze Zeit neben Herrn Nickel gewohnt … Tja, man hat nie den Eindruck, dass sie neugierig ist, aber sie bekommt die unglaublichsten Dinge mit, sie wusste, dass Pflegerin Juliane schwanger ist, als die erst im dritten Monat war, und sie hat den Ehering von Frau Drude gefunden, in einer Ritze des Sessels neben dem Kamin im Fernsehzimmer. Da soll Frau Poggendorff gar nicht allein hingehen, dazu ist sie eigentlich zu schwach, aber die Drude hat sich dermaßen aufgeführt, und – du lieber Himmel!« Dr. Peltiers Stimme hatte nun den aufgeregten Ton eines Menschen, der beim Sprechen neue Erkenntnis gewann. »Frau Poggendorff wollte unbedingt Herrn Nickels Zimmer haben! Sie wurde plötzlich so – bestimmt! Dabei sind dessen Sachen noch nicht mal aussortiert …« Er blickte rechtfertigend auf. »Ich habe versucht, ihr das auszureden! Der Umzug war eigentlich zu schnell und zu anstrengend für unsere Frau Poggendorff, aber sie war nun mal die nächste Anwärterin auf das Zimmer. Und dann ist da noch was –« Der Arzt starrte Bettina plötzlich verzweifelt an und vergrub dann sein Gesicht in den Händen. »Oh Gott«, sagte er dumpf zwischen seinen Fingern hervor.

»Was?«, fragte Bettina sanft.

»Das Digitalis«, antwortete Dr. Peltier. »Ich weiß ja

nicht, wie, aber das könnte theoretisch –« Er hob den Kopf und holte Luft.

»Ja?«

»Man könnte es stehlen, wenn sie schläft – aber wer würde denn an Frau Poggendorffs Blister herummachen?«

Bettina konnte nicht mehr folgen. »Bitte drücken Sie sich klarer aus«, bat sie.

»Frau Poggendorff«, erläuterte Dr. Peltier, »ging es kürzlich ungewöhnlich schlecht, da glaubte ich tatsächlich, dass ihre Medikamente manipuliert wurden.« Auf seiner Stirn bildete sich eine steile Falte. »Es war kein Argwohn gegen irgendwen, mehr ein medizinisches Rätsel, wenn Sie verstehen?«

Bettina schüttelte den Kopf.

»Frau Poggendorff ist herzkrank. Sie bekommt ein starkes Digitalispräparat, das braucht sie dringend, es abzusetzen, bedeutet Lebensgefahr für sie.« Der Arzt erhob sich. »Sie ist sehr sorgfältig und würde bemerken, wenn etwas fehlt, aber man könnte dieses Medikament vielleicht vertauschen, es hat keine auffällige Form – das würde ihre Krise in der letzten Woche erklären – oh! Ein Wunder, dass sie noch da ist! Ich muss sofort nach ihr sehen!«

»Ich komme mit.«

Doch ein Piepsen aus Dr. Peltiers Sakko hielt beide auf.

»Moment.« Der Arzt zog sein Handy hervor, drückte einen Knopf und hielt es sich ans Ohr. Eine Weile lauschte er ungeduldig, dann schniefte er plötzlich und sank auf seinen Stuhl zurück. »Okay«, murmelte er tonlos. »Ich verstehe. Ein Jammer. Bis gleich.«

»Frau Poggendorff?«, fragte Bettina misstrauisch.

Dr. Peltier nickte. »Ein Anfall. Sie bekommt Intensivbehandlung. Der Notarzt war da.« Er starrte trostlos vor sich hin.

»Sie lebt noch?«

»Ein bisschen«, sagte Dr. Peltier. Es hörte sich endgültig an.

Vierzehn Tage später bestand nicht mehr die geringste Hoffnung, die Sache ohne großes Aufsehen zu klären. Die Presse hatte sich des Falles Nickel angenommen und aus dem Gifttod des alten Herrn eine Mordserie konstruiert, obwohl Frau Wismuth, das ›Serienopfer‹ Nummer zwei, nachweislich an den Folgen ihres Schlaganfalls gestorben war und Frau Poggendorff, die Nummer drei, sogar noch lebte – ein äußerst zartes und leichtes Leben allerdings, das durch jede Aufregung beendet werden konnte. Daher durfte sie nicht besucht oder gar verhört werden, in dem Punkt war Dr. Peltier unerbittlich: Was immer die alte Dame wusste oder ahnte, es musste warten. Bettina fand das unklug. Doch sie hielt sich an das medizinische Gebot, befragte inzwischen das Personal und verbrachte sehr viel Zeit im Heim, um da zu sein, wenn Dr. Peltier das Besuchsverbot endlich lockerte. So war sie schließlich anwesend, als Frau Poggendorff tot aufgefunden wurde. Dr. Peltier bekam fast selbst einen Herzanfall, als er begriff, was geschehen war.

»Bringt ihn her!«, brüllte er und schwenkte einen Brief, den Frau Poggendorff wohl unmittelbar vor ihrem Tod noch aufgesetzt hatte. »So ein arroganter Idiot! Bringt ihn her und zeigt ihm das, na los!« Voll Trauer und Wut wies er auf das Bett, in dem winzig und verhutzelt die alte Frau Poggendorff lag, ein kleiner, friedlich aussehender Kopf auf einem weißen Kissen, vom Sonnenlicht freundlich beschienen, mehr war von ihr nicht zu sehen. Um sie herum hatte sich jede Menge Pflegepersonal versammelt. Alle sahen betreten und unglücklich aus, alle wussten: Frau Poggendorff hätte nicht sterben dürfen. Nicht jetzt. Das konnte der Gnadenstoß für St. Morphinius sein.

»Wen sollen wir bringen?«, wagte Kelvin, der dunkelhäutige Zivi, in das unbehagliche Schweigen zu fragen.

Fiebrig überflog Dr. Peltier den Abschiedsbrief. »Eben erst geschrieben! Datum von heute! Der Herr Nickel-Sohn! Der muss kürzlich hier drin gewesen sein!« Er schaute in die Runde. »Konnten Sie ihn nicht aufhalten?«, fuhr er nun Pflegerin Olga an, die lange am Empfang gesessen und Personalpläne gemacht hatte.

»Er hat sich nicht angemeldet«, erwiderte sie ruhig. »Ich habe ihn nicht gesehen.« Sie versuchte, einen Blick auf den Brief zu erhaschen.

Dr. Peltier feuerte ihr den Zettel vor die Füße. »Wieso war nicht abgeschlossen?«

»Das war es«, mischte Pflegerin Anja sich ein.

Der Doktor zitterte vor Wut. Im Heim durfte es keine verriegelten Türen geben, aus Feuerschutzgründen. Daher hatten sie – als Kompromiss – Frau Poggendorffs Tür abgesperrt und mit Verbotsschildern versehen, aber den Schlüssel stecken lassen. Doch dem Herrn Nickel junior war das offensichtlich gleichgültig gewesen. »Wie groß soll man denn noch auf die Tür schreiben ›Eintritt verboten‹?«

»Vielleicht kann er nicht lesen«, höhnte Kelvin und erntete böse Blicke.

»Der schreibt doch für die Rheinpfalz«, warf irgendwer tadelnd ein.

»Na eben«, sagte Kelvin und wurde fortan ignoriert.

Indessen bückte sich Pflegerin Olga mit leicht gerötetem Haupt und überflog nun ihrerseits den Brief. »Wir sind keine geschlossene Anstalt«, empörte sie sich dabei. »Wir können doch niemanden ununterbrochen bewachen, wenn, dann wäre das die Aufgabe der Polizei.«

Nun blickten alle Bettina an, und nicht sehr freundlich. Da hatte sie alle genervt mit ihrem Drängen auf einen kleinen, wirklich nur ganz kurzen Besuch bei der alten Dame, aber im entscheidenden Moment war sie nicht wachsam genug gewesen.

»Für uns gilt das Gleiche«, erklärte Bettina den Umstehenden. »Wir bräuchten schon einen sehr konkreten Verdacht, um eine Rund-um-die-Uhr-Bewachung zu rechtfertigen. Und ich durfte ja nicht mit Frau Poggendorff reden. Aber vielleicht hat sie uns einen Hinweis hinterlassen.« Sie nahm Pflegerin Olga sanft den Brief aus der Hand. »Den brauche ich mal.«

Unter den anklagenden Augen des Pflegepersonals las sie stumm:

Liebe Ulrike,

nun schreibe ich dir doch noch einmal für diesen Monat, obwohl ich es nicht soll, aber die Ereignisse überstürzen sich. Was in St. Morphinius plötzlich für eine Aufregung ist! Ich bin ja erst ein halbes Jahr da und dachte, der Tod hier sei eine leise, graue Angelegenheit, doch weit gefehlt: Herr N. hat ihm einen Skandal abgetrotzt. Chapeau, kann man da nur sagen. Ich werde wohl kaum in die Bild-Zeitung kommen, wenn ich unsere schöne Erde mal verlassen muss. Nicht, dass ich auf billigen Ruhm aus wäre, du weißt, wie ich es meine.

Tja, die erste und beste Neuigkeit ist: Ich habe jetzt Herrn N.s Zimmer. Es ist viel besser als meine Übergangskammer, und auch besser als das zur Straße von der W., mit dem ich eigentlich gerechnet habe. Ist das nicht traurig, wie man plötzlich über seine Mitmenschen denkt: Als ein Zimmer, das bald frei wird? Wie auch immer, jedenfalls habe ich nun Mittag- und Abendsonne und schaue direkt in den Nussbaum, das erinnert mich an Osterhofen, weißt du noch, die Geranien, die Himbeerhecke, die Nüsse im Herbst! Und erst Tante Elfriedes Hefebrötchen! Aber ich schweife ab. Es ist schon ein wenig erregend alles, Dr. Peltier sagt, ich muss mich unbedingt schonen, er war sogar dagegen, dass ich überhaupt umziehe, er meinte, ›meine neue Residenz‹ hätte mich zu sehr aufgeregt, mein Herz wäre schwächer denn je, mein Leben nur mehr ein Hauch, ist er nicht entzückend poetisch? Aber er macht zu viel Theater. Unkraut vergeht nicht. Und tatsächlich ist das Zimmer nicht nur bequem, sondern auch interessant, denn die Polizei hat nicht alle Sachen von Herrn N. beschlagnahmt. Ganz viele alte Papiere sind noch da. Mitgenommen haben sie nur N.s Heftchen und Kataloge, alles, was unser Zivi Kelvin ihm an seinem Todestag noch gebracht hat. Man fragt sich, was diese Polizisten sich denken. Der Kelvin jedenfalls vermisst den N., vielleicht als Einziger überhaupt. Die beiden mochten sich. Er hat sogar Trinkgeld von ihm gekriegt, was auch toll ist, wenn man's bedenkt, wo der N. doch nun wirklich einer vom alten Schlag war, zu Führers Zeiten und so weiter. Vielleicht wäre er ja zu Führers Zeiten tatsächlich nicht vergiftet worden, jedenfalls nicht so .... Um den Kelvin ist es natürlich schade, den werden sie verhaften, schließlich ist er schwarz. Sogar unser guter Dr. Peltier hat sich gestern erkundigt, ob der Kelvin manchmal an meinem Medikamentenblister herummacht, ob das Teil ihm vielleicht mal runtergefallen ist, oder so? Ich wäre so zittrig. Und so viel Wasser in meinen Beinen ... Ob ich auch alles richtig einnähme? Ich hab ihm auf den Kopf zugesagt, Herr Doktor, der Kelvin war's nicht, der hat dem N. bestimmt nicht dieses Zeug gegeben, auch wenn's ein kleiner Neger ist, beziehungsweise ein großer, und da ist der Doktor rot geworden, Anstand hat er jedenfalls. Nebenbei gesagt, war es sicher nicht schwierig, dem N. die falschen Pillen unterzujubeln, der hatte ja Gott weiß was für Wehwehchen und brauchte tausend Mittel, am liebsten homöopathische, ach, all die Globuli und Milchzuckertablettchen! Das ganze Theater mit der richtigen Einnahme am Mittagstisch! Und an den Tagen, an denen sein Sohn kam, hat er seine Brille nicht aufgezogen, frag mich nicht, warum. Eitelkeit. Oder er wollte der Wahrheit nicht zu genau ins Gesicht blicken, dieser Sohn, der Jürgen, das ist ein Hund. Hornbrille, Doktortitel, aber jämmerlich. Einer, der seinen Papa anbrüllt, wenn er meint, dass keiner zuhört. Doch N.s Zimmer liegt genau neben meiner alten Kammer, und meine Ohren funktionieren noch ganz gut. Papa Nickel hat seinem Sohn Sachen aus dem Katalog bestellt und der Junge hat seinen alten Vater dafür angeschrien. Klar, der N. war nicht bei Trost, der hat für einen russischen Seebeck-Generator aus den Fünfzigerjahren viereinhalbtau-

send Euro bezahlt, obwohl das Ding kaum mehr ist als eine Tischlampe mit einer Art Alu-Rotor obendran, noch dazu petroleumbefeuert, du hättest mal Pflegerin Anja dazu hören sollen! Petroleum! Mit so einem feuergefährlichen Müll wollte der N. ein krächzendes Radio betreiben, obwohl wir hier eine moderne Hausanlage haben. Pflegerin Anja hätte das Ding fast weggeworfen! Und als Sohn kann man da auch schon Angst ums Erbe kriegen. (Dieser Generator, übrigens, der ist nicht mehr da, obwohl der Jürgen seinerzeit gebrüllt hat, man sollte eine Datsche mit ein paar Ossis dafür suchen, um die es nicht schade ist, wenn sie mit abbrennen ... Ich frage mich, ob Pflegerin Anja ...? Nein.) Tja, Jürgens Papa hat das jedenfalls alles nur getan, weil er dem Jungen was bieten wollte, Modelle zum Basteln und Herumspintisieren, nur dass er leider vierzig Jahre zu spät dran war. Sonst hätte er auch nie Jürgens alte Science-Fiction-Geschichten an die Zeitung geschickt. Doch, denk dir, das hat der alte N. getan, und das ist das Unglaublichste, was heute passiert ist: Ich hatte soeben eine Unterredung mit dem reizenden Jürgen N. Offiziell wollte er das Zimmer seines Vaters noch mal ansehen und den Rest der Sachen mitnehmen. Inoffiziell hat er mich ausgefragt. Über den Kelvin, ob er schon verhaftet sei. Allein das hat mich aufgeregt, viel zu sehr natürlich, denn Jürgen N. hat sich nicht mal meine Antwort angehört. Interessiert hat ihn nur, ob ich noch was im Zimmer gefunden hätte. Ich sagte: Alte Briefe und Manuskripte hab ich gesehen, ich weiß nicht mehr genau wo, ich darf ja jetzt nicht mehr aufstehen. Aber ich rufe die Pflegerin, wenn Sie anfangen, in meinen Schränken zu wühlen. Da ist er eingeknickt und hat gebeichtet, was er suchte: Seine Jugendsünden. Er hat Geschichten geschrieben, mit Außerirdischen und, wie ich vermute, peinlichen Liebesszenen, und vor allem mit hochfliegenden Fantasien über irgendeinen Effekt, entdeckt von einem Herrn Seebeck, der die Welt hätte verändern können, daher auch der Generator. Sein Vater hat alles aufbewahrt, und nachdem er seinen Sohn mit dem Generator nicht beeindrucken konnte, wollte er ihm etwas anderes Gutes tun. Offenbar musste er etwas nachholen, was er in Jürgens Jugend versäumt hat. Also schickte er die ›besten‹ Geschichten an die Rheinpfalz, mit Jürgens Namen drunter, ›zur Veröffentlichung‹, ist das nicht hübsch? Ich sage dir, Ulrike, wenn das alles nicht so tragisch wäre, ich hätte fast gelacht. Nach allem, was ich weiß, ist der Jürgen Redakteur bei haargenau diesem Blatt, und nun kursieren dort seine Ambitionen aus der Pubertät … oder hat sein Papa nur gedroht, die Sachen wegzuschicken? Ich weiß nicht mehr, mir ist ein wenig schwindelig … Aber ich muss das hier zu Ende schreiben, ich würde zu gern den armen Kelvin retten, weißt du … (Also bei Jürgen N. kann ich mir vorstellen, dass er seinem schlechten Ruf zuliebe seinen Papa killen würde. Doch.) Jedenfalls sagte ich zu ihm, aha, deswegen also haben Sie am Todestag Ihres Herrn Vaters so herumgebrüllt. Er guckte groß, da sagte ich, dass ich bis vor Kurzem im Zimmer nebenan gelebt und diverse Streitereien mit angehört hätte. Daraufhin beschimpfte er mich und ging. Und jetzt, fürchte ich, wird mir gerade sehr schwindelig … Moment … also am Todestag von N., das war der Morgen, an dem sie uns gesagt haben, dass es nun wirklich schlecht um die W. steht und wir alle ganz bedrückt waren, da ist N. ohne Brille zum Frühstück erschienen. Vormit-

tags machte der Kelvin seine Aufräumrunde, erst bei mir, dann bei N. Dann Mittagessen im Speisesaal, anschließend Ruhezeit, N. hat geschnarcht. Gegen drei kam sein Sohn. Als der weg war, brachte Kelvin die Kataloge. Abends dann hat der N. die tödliche Dosis eingenommen. Gut. Also wie könnte man da …

Bettina sah auf. Die Pflegerinnen und Pfleger und Dr. Peltier beobachteten sie halb misstrauisch, halb hoffnungsvoll. Sie steckte den Brief ein.

»Wenigstens wissen wir jetzt, wer der Mörder ist«, sagte Pflegerin Olga in das Schweigen hinein. Sie hatte den Brief schließlich auch gelesen. »Ungeheuerlich. Aber, wie soll ich sagen, gut für uns, dass es niemand von den Pflegern war.« Ihr Blick streifte Kelvin. »Und dieser Nickel-Sohn war mir nie sympathisch. Ein unfreundlicher, arroganter Pinsel. Kein Wunder.«

Geraune setzte ein. Der Nickel-Sohn, natürlich, das war kein Mitarbeiter und den mochte niemand, und das mit der alten Frau Poggendorff war schlicht die Krönung, dafür müsste es eine Sonderstrafe geben, irgendwo im Orkus, wo die Mörder ihren Lohn erhielten. Kelvin sah enorm erleichtert aus. Dr. Peltier legte sogar kurz den Arm um seine Schulter und raunte ihm leise etwas zu, auch er wirkte befreit. Niemand bemerkte, dass Bettina ging.

Am nächsten Tag kam Bettina ein letztes Mal nach St. Morphinius. »Ich möchte Dr. Peltier sprechen«, sagte sie zu Pflegerin Olga, die wieder einmal am Empfang saß. »Und Kelvin.«

»Die haben beide zu tun«, erwiderte Pflegerin Olga. »Sie waren ja ganz schön schnell weg gestern. Haben Sie den Nickel-Sohn?«

»Ich habe ihn gesprochen, ja«, sagte Bettina.

»Und?«, fragte Pflegerin Olga rundheraus.

»Es war sehr aufschlussreich«, sagte Bettina. »Wir haben ihm schwer zugesetzt, weil er die arme Frau Poggendorff auf dem Gewissen hat.«

»Ach ja«, entgegnete Pflegerin Olga darauf befriedigt. »Genau. Diese komischen Papiere, von denen er nicht wollte, dass sie gedruckt werden, davon waren noch etliche da. Die haben wir sofort aussortiert. Sie können alles mitnehmen, wir haben es hier hinten stehen.«

»Später«, sagte Bettina. »Wenn ich jetzt nicht mit Dr. Peltier spreche, werden wir den Fall nicht abschließen. Und Kelvin sollte mit dabei sein.«

»Na dann«, sprach Pflegerin Olga und griff zum Telefon.

Die beiden kamen rasch, Dr. Peltier wirkte beschwingt, Kelvin eher vorsichtig.

»Ich möchte nur noch eine Sache prüfen, bevor wir über den Fall reden«, sagte Bettina. »Da können Sie aber gern mitkommen.«

»Aha, und wohin?«, fragte Dr. Peltier.

»In Frau Wismuths ehemaliges Zimmer«, sagte Bettina. »Ist es auch wieder neu belegt, so wie Herrn Nickels?«

Dr. Peltier räusperte sich. »Noch nicht. Eigentlich haben wir eine endlose Nachrückerliste, aber momentan ist die eingefroren, denn –«

»Die Leute sind alle abgesprungen«, ergänzte Kelvin

lapidar. »Die wollten sich nicht von uns abmurksen lassen.«

Dr. Peltier sah seinen vorlauten Zivi strafend an und sagte dann: »Diese Vorfälle waren eine Katastrophe für uns. Unser Ruf ist ruiniert. Es ist gut, dass jetzt alles geklärt ist, aber wir brauchen einen hundertprozentigen Schuldspruch. Das kriegen Sie doch hin, oder?«

Bettina seufzte. »Ich fürchte, das wird schwierig.«

»Aber der Nickel-Sohn hat doch eindeutig die Frau Poggendorff getötet, allein durch sein arrogantes Verhalten, dass er einfach reingestürmt ist, unter Nichtbeachtung aller –«

»Natürlich«, entgegnete Bettina, »aber das wird vermutlich nicht einmal für fahrlässige Tötung reichen. Tut mir leid, aber der Herr Nickel hat mit dem Tod seines Vaters nichts zu tun.«

Dr. Peltier blieb stehen, Kelvin trat sogar zurück.

»Kommen Sie mit«, forderte Bettina Arzt und Zivi auf. »Das hier ist doch Frau Wismuths ehemaliges Zimmer?«

»Ja«, sagte Dr. Peltier und ließ Bettina nicht aus den Augen. »Wieso ist das wichtig?«

»Gleich.« Sie betraten ein hohes, schattiges Zimmer. Bettina ging zu einem Fenster und blickte hinunter auf die Straße. »Ich habe diesen Brief von Frau Poggendorff lange studiert«, sagte sie. »Ich habe sogar den Seebeck-Effekt gegoogelt, nur so aus Interesse.«

Sie blickte Kelvin plötzlich an, und der trat wieder einen Schritt zurück.

»Wenn ich hier einen Durchsuchungsbeschluss hätte, Kelvin«, sie klopfte auf ihre Tasche, »dann könnte ich ohne Ihr Beisein Ihre Wohnung durchsuchen. Und dabei würde ich vielleicht einen originalen Seebeck-Generator aus der Sowjetunion finden, ein Sammlerstück, das mehrere tausend Euro wert ist?«

Kelvin schwieg. Dr. Peltier wandte sich langsam und mit gefurchter Stirn an seinen Zivi.

»Er hat gesagt, ich würde ihn kriegen«, platzte Kelvin heraus. »Er hat ihn mir geschenkt, ehrlich, er hat gemeint, an Jürgen wäre er verschwendet und –«

»Kelvin!«, donnerte Dr. Peltier.

»Nur die Ruhe«, sagte Bettina. »Bleiben wir doch mal kurz beim Seebeck-Effekt. Wissen Sie, was das ist, Kelvin?«

»Das hat was mit Thermoelektrik zu tun«, erwiderte der zögernd. »Herr Nickel hat es mir erklärt, aber –« Sein Blick traf den Dr. Peltiers. »Man lötet zwei Drähte aus verschiedenem Material zusammen und setzt die beiden Lötstellen verschiedenen Temperaturen aus. Dann fließt Strom.«

»Genau«, sagte Bettina versonnen. »Man kann das Thema allerdings noch viel weiter fassen. Dann stößt man auf einen ganz anderen, aber ebenso interessanteren Effekt. Der Herr Seebeck nämlich hat der Welt den Blick verstellt.« Sie öffnete ein Fenster und Wärme und wohltuende Straßengeräusche füllten das zuvor totenstille Zimmer. »Herr Seebeck war ein reicher Privatgelehrter, der sich niemals echter Kritik aussetzen musste. Er war befreundet mit Goethe, hielt zuweilen eine Vorlesung an irgendeiner Uni, und glaubte nur das, was er glauben wollte. Er hat diese umwerfende thermoelektrische Reaktion entdeckt, aber er hielt nichts von Elektronen. Dass durch seine Drähte Strom floss, hat er als Unsinn abgetan, obwohl etliche Kollegen es ihm nahelegten. Stattdessen theoretisierte er lieber mit Goethe die Farbenlehre und entmutigte so andere Forscher, seine Entdeckung zur Stromgewinnung zu nutzen. Dabei hatte sie ein enormes Potenzial. Unsere technische Kultur sähe heute wahrscheinlich ganz anders aus, wenn die Thermoelektrik früh entwickelt worden wäre. Dann würden wir unsere Geräte mit Gleichstrom betreiben, wir hätten niedrigere Spannungen, dezentral erzeugt in kleinen Einheiten, und wir würden vielleicht besser und ökologischer funktionieren. Eine aufregende Idee, nicht wahr? Man könnte jede Menge fantastische Utopien daraus entwickeln. Nickel junior hat das ja offenbar auch getan, als er noch jung und kreativ war.«

»Schon, aber was hat das mit unserem alten Herrn Nickel zu tun?«, fragte Dr. Peltier unwillig.

»Nichts«, sagte Bettina heiter. »Der Seebeck-Effekt kürzt sich, mathematisch gesprochen, selber weg. Er hat zu lange auf Eis gelegen, die Welt hat sich ohne ihn entfaltet, er verstellt uns nur den Blick. Das ist es, was er immer getan hat und auch hier tut.«

Dr. Peltier verschränkte die Arme. »Also, Frau Boll, entschuldigen Sie mal, aber ich verstehe das alles nicht, und wenn Sie jetzt sagen wollen, dass Kelvin –«

»Will ich nicht«, unterbrach Bettina ihn. »Ich bin sogar davon überzeugt, dass Kelvin die Wahrheit sagt und Herr Nickel ihm den Generator geschenkt hat. Sonst hätte er ihn ja nicht behalten, nicht wahr? Viel zu gefährlich, wenn man der Mörder ist.«

Kelvin nickte heftig.

»Aber wer war es dann?«, fragte Dr. Peltier.

»Es steht alles in Frau Poggendorffs Brief«, sagte Bettina. »Sie lebte in einer Übergangskammer und sollte das nächste freie Zimmer bekommen. Aber sie wollte keins nach Norden und zur Straße.« Mit einer raschen Bewegung schloss sie das offene Fenster wieder und unheimliche Stille breitete sich aus. »Denn in diesem Zimmer würde sie den Rest ihres Lebens verbringen. Und Frau Poggendorff wünschte sich für den Rest ihres Lebens Sonne und den Blick auf den Nussbaum.«

»Den hat sie ja gekriegt«, sagte Kelvin viel zu laut.

»Frau Poggendorff«, sprach Bettina, »war die einzige Person in diesem Fall, die wirklich unauffälligen Zugang zu starken Digitalispräparaten hatte. Sie hat sie einfach aufgespart.«

»Und sich dabei die Gesundheit ruiniert?«, protestierte Dr. Peltier.

»Das Risiko ist sie eingegangen«, erwiderte Bettina. »Ich glaube, es ist gar nicht so ungewöhnlich, dass ältere Patienten ihre Medikation nicht ernst nehmen, selbst wenn ihr Leben davon abhängt.«

»Fragen Sie nicht!«, stimmte Kelvin zu.

»Aber doch nicht Frau Poggendorff!«, widersprach Dr. Peltier. »Die war vernünftig!«

»Sie scheint klug und zielstrebig gewesen zu sein«, sagte Bettina. »Als sich abzeichnete, dass Frau Wismuth der nächste Sterbefall werden würde, legte sie sich einen Giftvorrat an. Denn dieses Zimmer hier ist ein wenig kalt, nicht wahr?« Sie strich über den Fensterrahmen. »Außerdem: Die vielen Verkehrsgeräusche … Frau Poggendorff wollte ja so viel lieber das Zimmer von Herrn Nickel! Es war ideal. Südwesten, mit Blick auf den Garten, überdies war der Besitzer leicht zu vergiften. Er nahm regelmäßig homöopathische Milchzuckertabletten ein. Die gute Frau Poggendorff musste nur sein Nachmittagsschläfchen abpassen – er schnarchte hörbar, wie sie selbst geschrieben hat – und die Milchzuckertabletten in seinem Blister gegen ihre Digitalispräparate vertauschen. Ich habe es überprüft: Die Form der Tabletten ist ganz ähnlich. Natürlich bestand das Risiko, dass Herr Nickel den Tausch bemerken würde, doch an dem Tag, als er starb, hatte er Besuch von seinem Sohn, was ihn ablenkte. Und er zog seine Brille nicht auf.«

Dr. Peltier sank auf einen Stuhl. Kelvin betrachtete ihn besorgt. »Die alten Leute sind auch noch Menschen«, sagte er. »Ich sag's Ihnen, Herr Doktor, die sind echt nicht ohne.«

»Immerhin«, wandte sich Bettina an den Zivi, »hat Frau Poggendorff erkannt, dass Sie, Kelvin, durch den Mord in große Schwierigkeiten geraten würden. Denn Sie sind der ideale Verdächtige: Sie kommen an alle Blister heran und hatten ein ganz gutes Verhältnis zu Herrn Nickel, was ja schnell gegen einen ausgelegt wird, wenn ein Mord geschieht.«

»Das ist doch Quatsch«, sagte Kelvin mit Trotz in der Stimme. »Mich würde hier niemand verdächtigen.«

Bettina schenkte ihm einen langen Blick. »Sie waren in Gefahr«, fuhr sie sanft fort. »Sind es vermutlich noch, denn Sie haben den Generator, und die Gerichtsverhandlung ist lange nicht überstanden. Leider hat Frau Poggendorff sich mit keiner Silbe selbst beschuldigt. Immerhin wollte sie den Verdacht von Ihnen abwenden. Sie hat noch versucht, Jürgen Nickel als Verdächtigen aufzubauen. Doch ihr schwaches Herz hat die Aufregung nicht mehr ausgehalten.«

»Man kann sich den Täter halt nicht aussuchen«, sagte Kelvin darauf altklug.

Und Bettina wünschte, dass er sich diesen Glauben bewahren würde.

PETER GOGE
SAMENSPENDE

Bernd war eine arme Sau.

Das einzig Gute an seiner knieenden Haltung, die er bereits seit über einer Stunde durchhielt, war, dass sich seine druckempfindlichen Hämorrhoiden erholen konnten. Die walnussgroßen Gefäßpolster im Zentrum seines Gesäßes, welches als sekundäres Ausgleichsorgan im Minutenabstand als Epizentrum für spontan auftretende Gas-Eruptionen diente, waren eins von Bernds kleineren Problemen.

Bernd war ein Niemand. Niemand beachtete ihn, niemand sprach mit ihm. Bernd sprach auch niemanden an, das machte man nicht. Demut und Bescheidenheit wurden Bernd bereits als Kind eingeimpft. Jeder Buchstabe einzeln. Er schielte nach oben gen Himmel und sah seine Mutter, die aus einer Zirruswolke heraus mit dem Teppichklopfer drohte.

Bernd dachte viel über seine Welt nach, wenn er so dasaß. Was sollte er auch tun, außer dazusitzen, nachzudenken und ab und zu mit einer selbst produzierten Methanwolke das Ozonloch zu vergrößern?

Einmal, das sollte man erwähnen, wurde er tatsächlich angesprochen. Von Kurt, einem Klassenkameraden aus der Grundschulzeit. Breitbeinig, sich in die Brust werfend und auf seinen Fersen wippend, so wie es ganz wichtige Leute tun, erzählte er dem auf dem Boden knieenden Bernd von seiner Karriere als Deutschlehrer. Er erzählte von seinen dummen Schülern, denen man alles zweimal erklären musste und die dann trotzdem reihenweise Fünfen und Sechsen kassierten. Er erzählte von den ihn herabwürdigenden Elternabenden, bei denen sein pädagogisches Lehrkonzept immer wieder erfolglos infrage gestellt wurde. Kurt wusste, wo es langging. Nur mit Strenge, Autorität und einer gesunden Portion Gehässigkeit konnte man als Lehrer heutzutage bestehen. Noch 30 Jahre müsste er sich mit seinen dummen Schülern und Kollegen abrackern, aber bestimmt würde er sich mit ein paar Tricks eine Frühpensionierung einklagen können.

Bernd hörte sich alles mit Bewunderung an. Er konnte sich kaum noch an seine nur wenige Jahre dauernde Schulzeit erinnern.

Zum Abschied gab er Bernd zwei Euro. Da er das Geld nicht passend hatte, warf er einen Fünfeuroschein in den verlotterten Pizzakarton, der vor Bernd auf dem Boden stand und nahm die drei im Karton liegenden Eurostücke heraus. Ein kurzer Gruß, dann war er verschwunden.

Wenige Minuten später kamen zufällig drei bildungsferne Jugendliche mit kariesbedingten Zahnlücken und Bulldogge des Weges und klauten ihm den Fünfeuroschein. Bernd war ein Verlierer. Doch dieses Mal hatte er sogar Glück gehabt: Normalerweise wäre er noch verdroschen worden.

Bernd sah gerne den Frauen nach. Das hatte ihm zwar mehrfach wüste Drohungen und so manches blaue Auge eingebracht, aber Bernd war trotz seiner begrenzten Intelligenz ein Mann. Während seiner Jugendzeit konnte er mit den Veränderungen, die in und an seinem Körper vorgingen, nicht viel anfangen. Erst später, als er zufällig, eigentlich suchte er in dem Gebäude nur eine Toilette, in einem Pornokino landete, änderte sich seine Einstellung zum anderen Geschlecht. Die rund zweistündige Aufklärungskampagne war zwar nicht von neutraler Sichtweise geprägt, aber Bernd wusste jetzt, worauf es ankam. Einer Frau musste man wehtun, sie musste schreien. Das war ihm bis zu diesem Zeitpunkt nicht klar gewesen.

Wenn Bernd nicht in der Fußgängerzone bettelte oder nachdachte, saß er zu Hause, starrte die Zimmerdecke an und dachte über seine Welt nach. Er wohnte in einem kleinen, alten und vergammelten Siedlerhäuschen in Oppau, das früher seiner Großmutter gehört hatte. Seit sein Vater, von dem er nur ein Foto besaß, seine mit dem gemeinsamen Kind hochschwangere Mutter sitzen gelassen hatte und Bernds Mutter vor ein paar Jahren in den Himmel gekommen war, lebte er alleine in dem Haus. Eigentlich gehörte es inzwischen einem Onkel von Bernd. Doch dieser war froh, dass er sich nicht um Bernd kümmern musste und deshalb schaute er auch nicht nach dem Haus. Die wenigen anfallenden Nebenkosten verbuchte er als karitative Spende.

Bernd besaß sogar ein Buch. Mit seinen rudimentären Lesekenntnissen las er an besonderen Tagen in ›Gullivers Reisen‹. Von der Liliput-Geschichte bekam er fast immer Albträume. Am nächsten Morgen suchte er dann stets nach den kleinen Bewohnern. Doch mit den Tieren, die er in Küche, Bad und in seinem Bett fand, konnte er sich nicht unterhalten.

Bernd liebte Blumen. Manchmal, wenn er gerade Zeit hatte, ging er in den Ebertpark und bestaunte die

Gewächse. Er zählte die verschiedenen Farben und freute sich über seine Welt. Wenn er sich unbeobachtet fühlte, pflückte er sich ein- oder zweimal im Monat ein kleines Sträußchen und stellte es sich daheim in einen leeren Buttermilchbecher, den er in der Nachbarschaft aus einem Wertstoffsack geklaut hatte.

Bernds Hauptproblem war finanzieller Natur. Durch seinen Betteljob erwirtschaftete er an guten Tagen genug, um mit Grundnahrungsmitteln über die Runden zu kommen. Aber auch Bernd hatte Wünsche. Für sein Leben gern würde er sich ein zweites Buch anschaffen oder eine Frau. Doch Letzteres dürfte wesentlich teurer sein als der Lesestoff. Daher wollte er mit dem Kauf eines Buches beginnen.

Als er wieder mal eine Pause einlegte mit dem ›über seine Welt nachdenken‹, grübelte er, wie er ein paar zusätzliche Euro verdienen könnte, um das lang ersehnte Buch zu erwerben. Bei seinem Rundgang durch die Fußgängerzone in der Bismarckstraße entdeckte er zufällig den Aushang an einer Arztpraxis: ›Samenspender bei guter Bezahlung gesucht‹. Bernd frohlockte. Endlich hatte er etwas gefunden, worin er Spezialist war. Er könnte ja jeden Tag spenden und Geld verdienen und im Geiste sah er sich schon mit einem Chauffeur vorfahren. Nur im Winter, da müsste er pausieren. Vor lauter Vorfreude machte Bernd an diesem Tag früher als sonst Feierabend und ging im Stadtpark spazieren. Später, als er zu Hause angekommen war, holte er den Buchprospekt heraus, den er vor Jahren im Altpapiercontainer gefunden hatte und diskutierte mit sich selbst, welches Buch er von seinem ersten Verdienst kaufen würde. Vielleicht würde er sogar gleich zwei Bücher erwerben, dann müsste der Wunsch nach einer Frau halt noch etwas warten.

Am nächsten Morgen fuhr Bernd mit der Straßenbahn. Schon oft wurde er als Schwarzfahrer erwischt und der Polizei übergeben. Dort musste er jedes Mal viele Fragen beantworten und Papiere unterschreiben. Tage später kam dann ein Brief bei ihm an, dessen Inhalt er nicht verstand. Heute wurde er nicht als Schwarzfahrer erwischt. Nach einem kurzen Fußweg stand Bernd vor dem Krankenhaus im Hemshof, das in dem Aushang genannt wurde. Er war noch nie in einem Krankenhaus gewesen, daher war er sehr nervös. Selbst in einer Arztpraxis wurde er meist gleich wieder rausgeworfen.

Der Pförtner beäugte Bernd zwar zunächst misstrauisch, doch da er einen gewaltigen Blumenstrauß in den Händen hielt, ließ er ihn in das riesige und verwinkelte Gebäude eintreten.

Bernd lief nach links, dann nach rechts, folgte einer größeren Gruppe in den Fahrstuhl und landete irgendwann im Keller. Einsam war es dort und dunkel. Die spärliche Beleuchtung zeigte ihm verschiedene Wege. Doch in welche Richtung sollte er gehen? Bernd machte sich darüber keine Gedanken, der Zufall entschied wie meist in seinem Leben. Er fand einen Raum, in dem Dutzende Tabletts auf einem langen Förderband an ihm vorbeifuhren. Sie waren mit erlesenen Köstlichkeiten belegt. Bernd hatte keine Ahnung, um welche Köstlichkeiten es sich handelte. Essen, das nicht irgendwie abgepackt war, kannte er nicht. Bernds Magen knurrte. Er naschte hier und da, probierte auch von den fleischigen Streifen, ohne zu wissen, was das alles war. Als nach einer Weile eine Frau in den Raum kam und ihn fragte, was er hier mache, überlegte er einen Moment, ob er der Frau einen Gefallen und ihr weh tun soll, so wie er es im Kino gesehen hatte. Doch er besann sich, er war schließlich zum Geldverdienen hier.

»Ich will diese hier spenden«, sagte er mit vollem Mund und zeigte seine Blumen.

»Und warum kommen Sie dazu in die Küche?«, fragte sie wütend, weil sie gerade die Lücken in den Portionen bemerkt hatte. »Da vorn sind die Aufzüge, hier sind Sie verkehrt.«

Bernd fand die Aufzüge nicht. Dafür wurde es immer kühler. Die Tür zum nächsten Raum ließ sich nur sehr schwer öffnen. Eisige Luft schlug ihm aus dem gekachelten Raum entgegen. Bernd fror. Im Winter wäre das nicht ungewöhnlich gewesen, doch es war Sommer. An den Wänden befanden sich lauter große Schubladen, die sein Interesse weckten. Vielleicht fand er dort einen Hinweis, wo er seine Spende abgeben konnte. Es war schon sehr anstrengend, ein Samenspender zu sein. Mit festem Griff öffnete er eine der Schubladen und sein Blick fiel auf eine Leiche. Bernd hatte so etwas noch nie gesehen. Fasziniert blickte er in das Fach und zählte die blauvioletten Totenflecken. Fast wäre er in Versuchung gekommen, eine Blume auf die tote Frau zu legen. Bis ihm einfiel, dass er dann vielleicht weniger Geld bekommen würde.

»Was machen Sie denn da?«

Bernd erschrak und drehte sich um. Ein weiß bekittelter Pfleger stand am Eingang. Er hatte Angst vor Männern in weißen Kitteln, seit ihm als Kind solch ein Mann im Auftrag der Mutter für einen günstigen Preis ein paar Backenzähne entfernt hatte.

Bernd stotterte etwas Zusammenhangloses. Der Pfleger nahm die Blumen wahr und kam zu ihm. »Sie können nichts mehr für Ihre Mutter tun«, sagte er und schob das Fach mit der Leiche zu. »Gehen Sie nach oben ins Café«, empfahl er, »ich bringe Sie zum Aufzug.«

Der Pfleger drückte nach dem Lift und sagte zu Bernd: »Ins zweite Obergeschoss müssen Sie.«

Bernd hielt bereits im ersten Obergeschoss an, weil dort jemand den Aufzug angefordert hatte. Er lief wieder nach links, dann nach rechts, und war verwirrt. Zufall oder nicht, irgendwann stand er vor der richtigen Tür. ›Zur Samenspende‹ stand dort auf einem Schild. Den kleineren Hinweis ›Nur nach Voranmeldung‹ sah er nicht.

Bernd öffnete die Tür, ohne anzuklopfen. Er stand in einem Büro, an dessen hinterem Ende sich eine Milchglastür befand. Er legte seine Blumen auf den Tisch und ging in den hinteren Raum, um sein Geld zu verlangen. Doch dort war niemand. Überall standen Vitrinen herum und irgendwelche Apparate, die Bernd noch nie gesehen hatte. In diesem Moment hörte er, wie zwei Männer in das Büro kamen und sich laut unterhielten. Er erschrak. Vielleicht war er hier falsch? Wie sollte er jetzt beweisen, dass die Blumen im Büro ihm gehörten? Vielleicht klauten die Männer die Spenden? Bernd versteckte sich panisch in einem großen Schrank. Das war sein Glück, jedenfalls für diesen Augenblick. Die Männer kamen in das Labor.

»Hier, schau, das ist mein Reich«, sagte der eine zum anderen. »Niemand außer uns beiden darf erfahren, was ich hier mache.«

»Meinst du nicht, dass es gefährlich ist, die ganze Sache in der Klinik abzuwickeln?«

»Ach was, hier habe ich die besten Arbeitsbedingungen. Frische Samenspenden, darauf kommt es an. Nur damit kann ich richtig forschen und klonen.«

»Aber wenn dir jemand auf die Schliche kommt! Wenn das jemand sieht, was du da alles in den Vitrinen stehen und den Kühlfächern liegen hast!«

»Hier darf nicht einmal die Putzfrau rein. Ich bin fast am Ziel. Wir Menschen haben laufen gelernt, wir haben das Rad und das Auto erfunden, wir haben fliegen gelernt. Nun lass mich den Menschen neu erfinden!«

»Was erhoffst du dir dadurch? Das ist doch alles verboten. Niemand wird dir dafür Geld bezahlen.«

»Geld. Wer spricht denn von Geld? Hier geht es um das ewige Leben, mein Junge. Bald habe ich das Geheimnis des ewigen Lebens gelöst. Mächtig werde ich sein, ich –«

Bernd hatte mal wieder Pech. In Kopfhöhe stand ein offener Tiegel mit einem nicht ungefährlichen Pulver, das er die ganze Zeit unbewusst eingeatmet hatte. Mit einem lauten Niesen, das eine der beiden Folgen des Pulverkonsums war, flog die Tür des Schranks auf und das Möbelstück um. Dummerweise waren an dem Schrank aus statischen Gründen die langen Regale des Labors befestigt, die sich nun ebenfalls, nebst den darauf stehenden Artikeln, von der Wand lösten. Das halbe Inventar fiel auf die beiden im Labor stehenden Männer und erzeugte dabei einen Riesenkrach. Bernd, der als zweite Folge des Pulverkonsums das Bewusstsein verloren hatte, lag auf dem Boden. Und über ihm der Schrank.

Bereits wenige Sekunden später stürmten Mitarbeiter der Klinik in das Labor und bestaunten die Szene. Auch ein Professor kam hinzu. Er sah nicht nur die beiden Männer, sondern auch die Gerätschaften, die Instrumente und vieles mehr. Schließlich konnte er sich zusammenreimen, was in diesem Labor passierte. Nicht nur, was gerade passiert war, sondern auch, wozu das Labor benutzt wurde. Er ließ neben einem Arzt, denn er selbst kümmerte sich nicht um Patienten, auch die Kripo rufen. So kam es, dass der Traum vom ewigen Leben vorerst ausgeträumt war.

Erst zwei Stunden später fand die Spurensicherung den langsam wieder zum Leben erwachenden Bernd. Da sich niemand erklären konnte, wie er in das Labor gekommen war, schickten sie ihn weg. Bernd, der noch etwas mitgenommen wirkte, schnappte sich seine Blumen und ging.

Er war wieder einmal einfach nur eine arme Sau.

EDI GRAF

GAR LUSTIG IST DIE JÄGEREI

Die SMS kam einen Tag vor meiner Pensionierung und erreichte mich im Polizeipräsidium, als ich gerade dabei war, den Schreibtisch auszuräumen. Ich hatte mich damit abgefunden, dass nun ein neuer Kriminaloberrat die Leitung der Kriminalinspektion 1 übernehmen und sich um Raub, Erpressung, Sexualdelikte kümmern würde, und so gern ich meinen Beruf ausübte, so froh war ich doch, jetzt, jenseits der 60, das Leben noch ein wenig genießen und meiner Jagdleidenschaft nachgehen zu können, ohne mich dabei auf Mörder und andere Verbrecher konzentrieren zu müssen. Wildsau, Hirsch und Gams waren angesagt!

Aus meinem Polizeialltag würde ich nicht allzu viel vermissen, bis vielleicht auf Blümchen, meine Sekretärin, die auch jetzt mit verheulten Augen um mich herum schlich, während ich persönliche Habseligkeiten in meiner Aktentasche verschwinden ließ und den Wust an Papier auf meinem Schreibtisch in drei gleichgroße Stapel teilte, die bei meinem Nachfolger wenigstens im ersten Augenblick den Anschein von Ordnung wahren sollten.

»Na, Blümchen, nun hören Sie doch auf zu weinen«, sagte ich väterlich tröstend. Immerhin hätte ich wirklich ihr Vater sein können. Blümchen war Mitte 30, hieß eigentlich Julia Blume und war seit ungefähr zehn Jahren die zuverlässigste Kraft in meinem Team. Ihr klares Denkvermögen – ich möchte es sogar Scharfsinn nennen – hatte in diesen Jahren zur Lösung so manchen Falls beigetragen und ich hatte es mir zur Gewohnheit gemacht, sie in die Ermittlungen aktiv mit einzubeziehen, eine Aufwertung ihrer Arbeit, die sie so von meinem Nachfolger sicher nicht erwarten durfte.

Blümchen sah daher aufmerksam zu mir herüber, als die SMS durch den aufgeregten Klingelton angekündigt wurde, den sie nun auch schon seit Jahren kannte.

»Müssen Sie das Diensthandy nicht abgeben?«, fragte sie und kam herbeigetrippelt wie ein neugieriges Huhn, um vielleicht einen Blick auf die Botschaft zu erhaschen.

Der Absender der wenigen Zeilen war nicht in meinem Kontaktverzeichnis abgespeichert und ich überlegte kurz, ob mir die Nummer bekannt vorkam.

Dann öffnete ich die SMS und stutzte, als ich eine Zeile fand, die auf den ersten Blick überhaupt keinen Sinn ergab:

›JA GRAUS EIN KREUZAPFEL JU/JA‹

»Seltsam«, murmelte ich, kaum hörbar, aber wohl doch so laut, dass es Blümchen mitbekam.

»Wieso seltsam?«, sagte sie trocken und fügte im Brustton der Überzeugung hinzu: »Das ist ein Anagramm.« Sie hatte nur einen raschen Blick auf die SMS geworfen.

»Ein was?«, fragte ich zurück.

»Ein Wortspiel. Wenn Sie die Buchstaben in eine andere Reihenfolge bringen, ergibt es einen anderen Sinn. Eigentlich ganz einfach. Aus SAU wird AUS.«

»Meinen Sie? Wie kommen Sie denn darauf?«

»Ich liebe solche Wortspiele. Lassen Sie mal sehen.«

Ich hielt ihr das Handy hin.

»Da steht noch mehr!« Sie nahm das Handy und las vor:

»›Wisst ihr wohl, wer ich bin?

Eine Erfindung allhier.

Die Tat findet heute Nacht zur Kuckucksstunde statt.

Gez. F. W. Utsch‹.«

Ich riss ihr das Handy wieder aus der Hand.

»Welche Tat? Heute Nacht zur Kuckucksstunde?«, wiederholte ich angespannt.

»Steht da!«, kommentierte sie trocken.

Ich holte tief Luft. War diese anonyme Drohung ernst zu nehmen? Oder war es der Scherz eines Kollegen?

Ich wählte die angezeigte Nummer, obwohl ich richtig vermutete, dass niemand ranginge. Offensichtlich war das Handy des Absenders ausgeschaltet worden.

»Sehr seltsame Sache. Wir müssen herausbekommen, wer diese Botschaft geschrieben hat«, murmelte ich.

»Und das Anagramm entschlüsseln«, ergänzte Blümchen. »Wir haben nicht viel Zeit. Gerade so lange, wie Sie noch im Dienst sind.«

»Was meint der mit ›zur Kuckucksstunde‹?«

»Keine Ahnung. Jedenfalls noch heute Nacht!«

Sie nahm an ihrem Schreibtisch Platz, fischte ein blankes Blatt Papier aus einer der Schubladen und schrieb mit einem dicken Stift die Botschaft aus der SMS ab.

›JA GRAUS EIN KREUZAPFEL JU/JA‹

»24 Buchstaben. Gar nicht so einfach«, meinte sie und rollte mit den Augen.

Ich sah ihr über die Schulter.

»Das Wort ›Graus‹ sticht regelrecht heraus«, sagte ich nach minutenlangem Schweigen.

»Das bringt uns jetzt nicht weiter«, zischte Blümchen, die ich offensichtlich von einer heißen Fährte abgelenkt hatte.

Wieder schwiegen wir. Ich ließ gedanklich die Buchstaben durcheinanderpurzeln. EINE SAU …, ZIPFEL …, EULENEI …, nein, das gab alles keinen Sinn.

»Ich glaub, ich hab's!«, jubelte Blümchen plötzlich.

»Ja?«, fragte ich hoffnungsvoll. »Und?«

»Na, na, Herr Kriminaloberrat, nicht so eilig! Sie wollen dem Täter doch sicher selbst auf die Spur kommen?«

Ich sah sie stirnrunzelnd an. »Das ›JU/JA‹ irritiert mich. Was soll der Schrägstrich zwischen den Buchstaben?«, fragte ich.

»Lassen Sie das weg. Die Lösung verbirgt sich hinter den anderen 20 Buchstaben.«

Blümchen spielte Quiz mit mir. Ich versuchte, Ruhe zu bewahren.

»Ich gebe Ihnen jetzt einen Tipp: Lesen Sie noch den nächsten Satz der Handybotschaft!«

»›Wisst ihr wohl, wer ich bin?‹ Ja und?«

»Es geht also wohl um eine Person, nicht?«

›… wer ich bin …?‹

»Das heißt«, fuhr sie fort, »hinter dem Wortspiel verbirgt sich eine Person.«

Ich durchforstete die Buchstaben nach einem Namen. EUGEN? LENA? ELIAS?

»Denken Sie an eine bekannte Persönlichkeit!«, half sie weiter. »Und nehmen Sie noch den nächsten Satz zur Hilfe!«

›Eine Erfindung allhier.‹

»Welche Erfindung? Was heißt ›allhier‹?«

»Na bitte, Herr Kriminaloberrat, wo leben wir denn?«

»Wie meinen Sie das?«

»In welcher Region?«

»Rhein-Neckar?«

»Haben wir hier irgendwo ein C? Ein H?«

Sie behandelte mich wie eine Lehrerin ihren schlechtesten Schüler. Langsam verlor ich die Geduld. »Mensch, Blümchen, machen Sie's nicht so spannend!«

»Also ein bisschen müssen Sie Ihre kleinen grauen Zellen schon noch anstrengen, Herr Kriminaloberrat. Na?«

»Welche Region … Kurpfalz …?«

»Rrrrichtig!«, jubelte sie. »100 Punkte! Und jetzt ist es ganz einfach. Welche Persönlichkeit aus der Kurpfalz ist eine Erfindung der Region? ›Allhier auf Grüner Heid‹?«

Die Eingebung kam mir spontan, doch sie schien mir so einfach, dass ich zunächst an ihrer Richtigkeit zweifelte. Allerdings, die Buchstaben stimmten, und plötzlich machte auch das ›JU/JA‹ Sinn:

Und so wurde aus ›JA GRAUS EIN KREUZAPFEL‹:
EIN JAEGER AUS KURPFALZ!

Wir hatten das Anagramm geknackt, doch brachte uns das nicht wirklich weiter.

»Wir müssen wissen, wem diese Handynummer gehört«, meinte ich.

»Das haben die Jungs von der Kriminaltechnik schon rausgefunden«, sagte Blümchen, »kam grade 'ne E-Mail rein.«

»Wann haben Sie denn das erledigt?«

»Ging nebenbei.«

»Ich weiß, Multitasking.«

»Rrrrichtig. Das Handy ist gestohlen gemeldet. Hat ein zehnjähriges Kind aus Neckarstadt-West verloren.«

»Dann bringt uns das also auch nicht weiter.«

»Brauchen wir aber auch gar nicht«, widersprach Blümchen. »Hier: Er hat doch gezeichnet: ›F. W. Utsch‹. Sagt uns das was?«

»Nicht dass ich wüsste.«

»Und wenn das wieder ein Anagramm ist?«

»›Utsch‹ ein Wortspiel? Wovon?«

»Fünf Buchstaben, das ist leicht. Tusch. Oder Schut.«

»Tusch? Das würde zu dem Lied vom Jäger aus Kurpfalz passen. Aber Schut?«

»Ein Roman von Karl May«, belehrte sie mich.

»Das weiß ich auch, Blümchen!«

»Sechster Band des Orientzyklus.«

»Ich habe meinen Karl May gelesen. Als Spürhund ein grandioses Vorbild für jeden Polizisten. Wie der in ›Satan und Ischariot‹ die Verbrecher überführt!«, schwärmte ich. »Aber was sollen wir mit dem Schut?«

Blümchens Finger huschten über die Tastatur ihres PCs. Sie googelte ›Utsch‹.

»Da!«, rief sie plötzlich! »Ich hab's!«

Sie strahlte, als sie mir vorlas, was sie gefunden hatte: »›… während pfälzische Heimatforscher zu Beginn des 20. Jahrhunderts Pfalzgraf Johann Casimir zum Urbild des ›Jägers aus Kurpfalz‹ erklärten, behauptete Friedrich Wilhelm Utsch, das Lied sei auf seinen gleichnamigen Vorfahren, Forstinspektor im Soonwald, geschrieben worden …‹ Was sagen Sie jetzt, Herr Kriminaloberrat?«

»F. W. Utsch ist der Jäger aus Kurpfalz? Na prima! Und was hilft uns das?«

»Warten Sie, das geht hier noch weiter: ›... einer Denkmalsenthüllung für Utsch, den vermeintlichen »Jäger aus Kurpfalz«, wohnte 1913 Kaiser Wilhelm II. bei, was ein lebhaftes Presseecho auslöste ...‹ Vielleicht sollten wir die Zeitungen von 1913 konsultieren?«

»Oder doch den Schut lesen? So geht die Zeit auch noch um!« Ich war kurz davor, meine Geduld zu verlieren.

»Wir teilen uns die Arbeit«, meinte Blümchen fröhlich. »Ich kümmere mich um die Zeitungen, Sie lesen den Schut!« Ihrer Tonlage war anzumerken, dass sie diesen Vorschlag ernst meinte.

»Und woher soll ich den jetzt so schnell herzaubern? Oder haben wir den Orientzyklus im Sekretariat?«

»Wie wär's mit der Unibibliothek?«

»Und Sie glauben wirklich, dass uns das weiterbringt?«

Blümchen saß mir an ihrem PC gegenüber und sah mich lange an. Dann antwortete sie: »Immerhin war der Schut der Erzschurke bei Karl May. Wer auch immer hinter dieser SMS steckt, scheint Ihnen an Ihrem letzten Arbeitstag ein raffiniertes Rätsel aufgeben zu wollen. Wir haben den ›Jäger aus Kurpfalz‹ als Anagramm geknackt und sind auf Friedrich Wilhelm Utsch gestoßen. Wenn er das mit der Tat heute Nacht Ernst meint, sollten wir jede Chance nutzen!«

Sie stand auf und verließ das Zimmer. Ich nahm an ihrem PC Platz, da meiner schon abgemeldet und meine User-ID gesperrt war. Der Name Utsch tauchte weder in einer unserer einschlägigen Dateien auf, noch führten Recherchen über das Vorstrafenregister zu einem Ergebnis.

Blümchen rauschte wieder herein, mit einer kleinen Plastiktüte von Bücher Bender in der Hand.

»Ich hab ihn! Der Schut! Band sechs der Grünen Reihe!«, jubelte sie stolz.

Ich nahm den Schmöker zur Hand und las die erste Seite. Das Kapitel war überschrieben mit ›Halef in Gefahr‹ und spielte im Osmanischen Reich in der Ebene von Mustafa am Fluss Wardar. Nichts davon sagte mir irgendetwas. Ich las die ersten Seiten und legte den Roman resigniert beiseite.

»Was ist?«, fragte Blümchen, die wieder am PC saß. »Nicht spannend?«

»Landschaftsbeschreibungen und Auslassungen über die fünf Güteklassen der osmanischen Ländereien«, stöhnte ich.

»Geben Sie mal her«, forderte sie und vertiefte sich in die Lektüre. »Haben Sie das gelesen?«, fragte sie schon nach wenigen Sekunden: ›… dass die Ereignisse zu einem Abschluss drängten, wobei uns größere Anstrengungen und Gefahren als bisher erwarteten …‹, das könnte doch eine Anspielung auf Ihre Pensionierung sein?« Sie lachte.

»Blümchen!«, rief ich protestierend. »Kann es sein, dass die Fantasie mit Ihnen durchgeht?«

»Und was ist mit Anagrammen?«, fuhr sie ungerührt fort. »›Halef‹ könnte auch Fahle heißen, oder hier ›Israd‹ wäre Sadri oder Drais.«

Ich stockte als ich das letzte Wort hörte.

»Drais? Wo steht das?«

»Drais steht nirgends, aber hier, gleich im zweiten Absatz heißt es: »›Israd unser Führer, erwies sich als munterer Gefährte …‹, und wenn man die Buchstaben von ›Israd‹ dreht, kommt man auch auf Drais. Warum?«

»Augenblick«, murmelte ich, statt einer Antwort, und holte den alten Ordner mit der Übersicht der ungelösten Fälle hervor.

Mein Namensgedächtnis hatte mich nicht getäuscht. Hubert Drais. Eine meiner wenigen Niederlagen. Wir hatten Drais vor ungefähr 30 Jahren am Wickel gehabt, wegen Vergewaltigung einer jungen Frau in Lindenhof. Ich war als junger Kriminalkommissar gerade von Karlsruhe nach Mannheim versetzt worden und sollte den Fall bearbeiten.

Seltsam war, dass das Opfer kurz nach der Anzeige mit einer Schussverletzung in das Theresienkrankenhaus eingeliefert worden war und daraufhin die Anzeige zurückzog. Sie erzählte uns irgendeine offensichtlich erfundene Geschichte vom Unfall eines Bekannten beim Waffenreinigen. Ein Schuss hatte sich gelöst. Auf weitere Fragen hatte sie verstockt geschwiegen. Drais war aus der U-Haft freigekommen.

Sein Gesicht grinste mich jetzt wieder an. Ich war mir damals sicher gewesen, dass er auf sie geschossen hatte, um sie einzuschüchtern und zum Widerruf ihrer Aussage zu bewegen. Zwei Jahre später erfuhr ich dann, dass sich die junge Frau mit einer Überdosis Schlaftabletten das Leben genommen hatte.

Bei ihrer Beerdigung hatte ich Drais zum letzten Mal gesehen. Grinsend hatte er mich am offenen Grab angestarrt. Hatte er jetzt vor, mich kurz vor meiner Pensionierung noch zum Narren zu halten?

Blümchen unterbrach meine Gedanken und fragte: »Sie sind auf was gestoßen, stimmt's?«

Ich nickte.

»Drais.«

»Drais? Müsste mir der Name etwas sagen?«

»Nein, das war lange vor Ihrer Zeit. Er stand im Verdacht, eine junge Frau vergewaltigt zu haben. Doch sie hat dann die Anzeige zurückgezogen.«

»Und warum?«

»Seltsame Geschichte. Sie kam mit einer Schussverletzung ins Theresienkrankenhaus. Ich war mir sicher, dass Drais sie damit einschüchtern wollte.«

»Und haben Sie den Fall nicht weiter verfolgt?«

»Es gab keine Veranlassung, keinen Kläger. Die Frau hatte als Ursache für den Schuss einen Unfall zu Protokoll gegeben. Und von diesem Drais habe ich nie wieder etwas gehört.«

»Bis heute«, ergänzte Blümchen.

»Bis heute«, ich nickte nachdenklich. Dann erwachte ich aus meiner Lethargie und sagte: »Los, Blümchen! Wenn Drais wirklich hinter dieser SMS steckt und mich zur lustigen Jägerei einlädt, dann wollen wir ihm den Spaß nicht verderben!«

»So gefallen Sie mir, Herr Kriminaloberrat«, Blümchen strahlte, »ganz wie in alten Zeiten. Und womit fangen wir an?«

»Mit dem ›Jäger aus Kurpfalz‹«, bestimmte ich, mehr der Intuition als einer Überzeugung folgend. »Besorgen Sie mir den Text!«

Ihre Finger trippelten über die Tastatur. Ich nahm unterdessen einen Marker und schrieb die Handybotschaft an die weiße Pinwand:

›JA GRAUS EIN KREUZAPFEL JU/JA

Wisst ihr wohl, wer ich bin? Eine Erfindung allhier.

Die Tat findet heute Nacht zur Kuckucksstunde statt.

Gez. F. W. Utsch‹

»Ich hätte hier eine neunstrophige Fassung von 1901, Text und Melodie anonym, wär das recht?«, sagte Blümchen.

»Her damit!« Der Drucker ratterte. Spuckte die neun Strophen aus. Ich kannte nur die erste:

›Ein Jäger aus Kurpfalz, der reitet durch den grünen Wald, er schießt das Wild daher, gleich wie es ihm gefällt. Juja, juja! Gar lustig ist die Jägerei, allhier auf grüner Heid', allhier auf grüner Heid'.‹

Zwei Worte sprangen mich an: ›er schießt‹. Auf die Frau war damals geschossen worden. Aber das war auch schon alles. Zweifel kamen in mir auf. Was, wenn diese SMS nur ein übler Scherz war? Oder doch ein Kollegenstreich? Waren Blümchen und ich einem Scharlatan auf den Leim gegangen? Schon war ich so weit, alles hinzuschmeißen, als mir die letzte Strophe ins Auge stach:

›Nun weiß ich weiter nichts. Was noch geschah, denkt selber nach! Stoßt an, es lebe hoch der Jäger aus Kurpfalz!‹

›Was noch geschah, denkt selber nach!‹

Ich sah das hämisch lachende Gesicht von Drais vor mir, damals auf dem Friedhof. »Na, Herr Kommissar, sind Sie ein guter Verlierer?«, hatte er grinsend gefragt. »Da Sie Jäger sind, wird es nicht leicht für Sie gewesen sein, das aufgespürte Wild laufen zu lassen? Schade, dass Sie auf der falschen Fährte waren!« So oder so ähnlich waren die letzten Worte gewesen, die ich von ihm gehört hatte.

Ich hatte danach Urlaub eingereicht und war nach meiner Rückkehr gleich wieder in einen anderen Fall verwickelt worden. So war Drais nach und nach in Vergessenheit geraten.

Bis auf diesen einen Brief …

›Was noch geschah, denkt selber nach!‹

Der Brief! Plötzlich fiel es mir wieder ein: Es war vor ungefähr zehn Jahren, als mich ein anonymer Brief erreicht hatte, mit der Bitte, den Fall neu aufzurollen. Ich hatte das nicht allzu ernst genommen, wir hatten im Team kurz darüber gesprochen und einer unserer jungen Kriminalmeister hatte sich noch einmal in die Akte vertieft, jedoch ohne Aussicht auf Erfolg. Nach so langer Zeit, und nachdem die Frau, um die es ging, verstorben war, hatten wir keine Möglichkeit, der anonymen Bitte zu entsprechen. Dann hatte die Aktualität wieder andere Prioritäten gesetzt.

Ich dachte kurz darüber nach, ob wir recherchiert hatten, wer der Absender des anonymen Briefes gewesen war. Doch ich kam zu keinem Ergebnis.

Noch einmal wandte ich mich den Strophen zu. Bei der dritten stutzte ich:

›Hubertus auf der Jagd, der schoß ein'n Hirsch und einen Has', er traf ein Mägdlein an, und das war achtzehn Jahr …‹

Verdammt! Das war der Fall von damals! Das Opfer war erst achtzehn gewesen.

Dann die vierte Strophe:

›Des Jägers seine Lust, die hat der Herr noch nicht gewußt, wie man das Wildbret schießt, schießt's in die Läuf' hinein …‹

Das war es! Die Schussverletzung damals. Ein Knieschuss. In die Läuf' hinein!

»Blümchen!«, schrie ich. »Ich brauche die Akte ›Hubert Drais‹. Muss so vor 30 Jahren gewesen sein. Vergewaltigung einer 18-Jährigen.«

»Kommt sofort!«, antwortete sie mit der Stimme einer Bedienung im Festzelt.

»Und auch alles, was wir sonst über das Opfer haben.« Ich forschte in meinen Hirnwindungen nach dem Namen. »Doris Hechler. Ich möchte alles über ihre Familie wissen, ob die Eltern noch leben, ob sie Kinder hatte …«

Blümchen verschwand auf dem Flur und kam zehn Minuten später mit den Akten zurück. Sie legte alles vor mir ab und atmete tief durch.

»Ich würde jetzt Feierabend machen«, sagte sie und sah zur Uhr, »schaffen Sie's ohne mich?«

»Ich glaube kaum«, entgegnete ich und versuchte meiner Stimme einen ernsten Ton zu geben. Doch meine Augen zwinkerten ihr zu und sie lächelte.

»Ich werde wohl durcharbeiten. Und wenn Sie morgen zum Dienst kommen, habe ich Ihnen des Rätsels Lösung auf Ihrem Schreibtisch präsentiert«, meinte ich zuversichtlich.

»Denken Sie aber dran, dass er heute Nacht zuschlagen will!«

»Ich werd mir Mühe geben, Blümchen.«

»Und ich würde Ihnen gerne helfen, aber ich hab noch was vor. Machen Sie's gut, Herr Kriminaloberrat, und danke für die schöne Zeit!« Sie schniefte.

»Na, na, bitte jetzt keine Tränen. Ich bin ja nicht aus der Welt.«

Ich hasste Abschiede.

Als Blümchen gegangen war, machte ich mich an die Akten, brütete über den alten Protokollen und Untersuchungsberichten, doch es war wie verhext. Fast schien es, als würde ich ohne Blümchen keinen Schritt weiterkommen.

Dann tauchte das Bild von Doris Hechler vor mir auf. Ein hübsches Mädchen. Das Gesicht kam mir immer noch vertraut vor, obwohl der Fall Jahre zurücklag.

›Er traf ein Mägdlein an, und das war achtzehn Jahr.‹

Ihre Eltern lebten nicht mehr. Nur ihre Tochter. Musste jetzt auch schon über 30 sein. Wie hieß sie noch mal? Jutta? Judith? Joana? Ich suchte in den Unterlagen, die mir Blümchen über Doris Hechler gebracht hatte.

Gegen Mitternacht lehnte ich mich erschöpft zurück und schloss die Augen. Doch die Fratze von Hubert Drais ließ mir keine Ruhe.

›Die Tat findet heute Nacht zur Kuckucksstunde statt.‹

Ich sah zur Uhr. Zwei Minuten nach Mitternacht. Wann verdammt war die ›Kuckucksstunde‹?

›… bis daß der Kuckuck »Kuckuck« schreit …‹

Plötzlich durchzuckte mich ein Gedanke. Ich stellte mir eine Kuckucksuhr vor. Der Kuckucksruf zur vollen Stunde. Eine Tat zur Kuckucksstunde? Was hieß das? Hatte Hubert Drais, falls er denn der Verfasser der SMS war, nicht präzise versteckte Fährten gelegt?

›… bis daß der Kuckuck »Kuckuck« schreit …‹

Und wann schreit das verdammte Vieh ›Kuckuck‹? Immer zur vollen Stunde. Im Prinzip ja, aber um fünf Uhr schreit er fünf Mal ›Kuckuck‹, um acht Uhr acht Mal.

Einmal ›Kuckuck‹ schreit der Kuckuck nur um eins! Das war's! Ich hatte noch 58 Minuten Zeit bis ein Uhr.

Nein, 57 Minuten!

Aber wo mit der Suche beginnen?

Ich griff zum Handy und rief Blümchen an. Mailbox. Klar, die schlief schon. Und während ich fieberhaft nach einer Lösung suchte, fiel mir plötzlich ein, wie Doris Hechlers Tochter mit Vornamen hieß.

›Juja, juja! Gar lustig ist die Jägerei, allhier auf grüner Heid!‹

Und plötzlich wusste ich, was er vorhatte!

›Er traf ein Mägdlein an …‹

Doris Hechlers Tochter!

Auch auf diese Spur hatte mich Drais mit dem Gedicht gelockt. Ich griff nach dem Telefonbuch und suchte nach Doris Hechlers Tochter.

Hechler, Armin.

Hechler, Fabian.

Hechler, Helmut und Jana.

Hechler, Ursula.

Hechler, Wilhelm.

Fehlanzeige. Na klar, sie war inzwischen verheiratet und hieß ganz sicher anders. Falls sie überhaupt noch in Mannheim wohnte …

Ich würde zu spät kommen! Er würde wieder triumphieren. ›Hubertus auf der Jagd …‹

Welch teuflisches Spiel.

Noch 49 Minuten.

Irgendwo in den neun Strophen musste es noch einen Hinweis geben.

›Der Jäger sah zwei Leut' und sagt zu ihnen guten Tag! Wo wollt' ihr hin, ihr Leut'? »Wir wollen nach Kurpfalz!«‹

Ich fühlte mich in meinen Gedanken bestätigt. Zwei Leut, konnten damit Doris Hechler und ihre Tochter gemeint sein?

›Ich will euch auf der Reis’ begleiten, wenn es euch gefällt.‹

Aber welche Reise war gemeint? Ich war dabei, zu verzweifeln.

Die Uhr tickte.

Noch 43 Minuten. Ich wusste, dass um ein Uhr etwas Schreckliches passieren würde, ich kannte das Opfer, den Täter und die Tatzeit. Das war mehr als bei jeder anderen Tat. Und doch war ich machtlos. Welch Triumph für meinen Gegenspieler!

Ich musste den Tatort herausfinden.

Wieder las ich das Gedicht.

Noch 35 Minuten.

Noch einmal.

Und stolperte diesmal über die 8. Strophe.

›Nun wär’n wir in Kurpfalz. – Wer giebt uns aber Mittagbrot? Wer schenkt die Gläser voll? Der Jäger aus Kurpfalz …‹

Sollte damit eine Gastwirtschaft gemeint sein? Der ›Jäger aus Kurpfalz‹?

Ich suchte im Internet. In Mannheim Fehlanzeige.

Noch 28 Minuten.

›Der Jäger aus Kurpfalz!‹ Es durchzuckte mich wie ein Blitz. Nicht das Gedicht, sondern das Lied! Die Melodie geisterte mir durch den Kopf. Ich hatte sie erst vor wenigen Tagen gehört. Aber wo? La lala la lalaaa …

Das Glockenspiel auf dem Alten Rathaus! Dreimal am Tag erklingt es vom Turm zwischen dem Alten Rathaus und der Sebastianskirche. Und es spielt … den ›Jäger aus Kurpfalz‹!

Ich schnappte den Ausdruck des Gedichts und raste los. Vom Polizeipräsidium in der Bismarckstraße zum Marktplatz waren es nur wenige Minuten. Es nieselte. Wenig Verkehr. Ein Lieferwagen, der die Straße versperrte, hielt mich unnötig auf. Ich ließ den Wagen stehen und rannte den Rest. Um Viertel vor eins traf ich atemlos auf dem Marktplatz ein.

Menschenleer.

Ich holte Luft und atmete durch. War mir sicher, dass Ort und Zeit stimmten. Doch wo war Drais? Ich schritt den Platz ab. Ein paar Leute kamen aus dem ›Kurfürst am Markt‹ und zogen schwatzend an mir vorbei. Einer fragte mich nach der Zeit. War es Drais? Das Licht war zu diffus, um Gesichter zu erkennen.

»Fünf vor eins!«, antwortete ich und sah der Gruppe nach.

Noch einmal umrundete ich den Marktplatz. An einem der Abgänge zum Parkhaus lag etwas auf dem Boden. Ich beschleunigte meine Schritte. Kam näher. Die Silhouette nahm Gestalt an. Ein schlafender Mensch? Eine Leiche?

Ich rannte wieder. Kam ich zu spät?

Ich erkannte Beine, Arme, den Körper. Das Gesicht war nicht zu sehen.

Wer immer dort lag, rührte sich nicht.

Die Turmuhr schlug eins.

Ich kam zu spät. Hubert Drais hatte zugeschlagen.

›Hubertus auf der Jagd …‹

Vor mir lag, da war ich mir sicher, Doris Hechlers Tochter.

›Er traf ein Mägdlein an …‹

Julia Hechler.

›JU/JA‹.

Jetzt machte auch das einen Sinn! Das sollte ›JULIA‹ heißen …

Der Jäger aus Kurpfalz hatte mich auf die richtige Spur gebracht. Nur: ich hatte es zu spät erkannt. In jeder Strophe war ein Hinweis versteckt. Ich überflog das Gedicht ein letztes Mal. In jeder Strophe … bis auf die zweite:

›Auf, sattelt mir mein Pferd und legt mir drauf den Mantelsack …‹

Die Tote trug einen Mantel. Ich kniete bei der Leiche nieder, um den Mantel zu untersuchen und erschrak. Vor mir lag ein Mann! Nicht Julia Hechler! Aber wer dann?

Ich versuchte, das Gesicht zu erkennen, doch es war zu dunkel. Meine Hand fuhr in seinen Mantelsack und fühlte das Handy. Ich nahm es heraus und öffnete die Seite der gesendeten Objekte.

›JA GRAUS EIN KREUZAPFEL JU/JA

Wisst ihr wohl, wer ich bin? Eine Erfindung allhier.

Die Tat findet heute Nacht zur Kuckucksstunde statt.

Gez. F. W. Utsch‹

Der anonyme Absender lag vor mir. Jetzt sah ich das Blut. Kein fühlbarer Puls. Drais war tot.

Ich hörte die leisen Schritte erst, als der Schatten neben mir auftauchte. Die Frau trat hinter mich und flüsterte: »Das ist er. Hubert Drais. Der Mann, der meine Mutter auf dem Gewissen hat. Eigentlich hatte ich gehofft, dass Sie den Mörder meiner Mutter auch ohne meine Hilfe überführen würden. Und morgen wäre es zu spät gewesen.«

»Diese SMS, die haben Sie geschrieben, stimmt's? Und ihm danach das Handy zugesteckt?«

»Ja. Um Ihnen auf die Sprünge zu helfen«, ergänzte sie. »Sie müssen mich jetzt verhaften, nicht wahr, Herr Kriminaloberrat?«

»Nein«, antwortete ich. »Die SMS beweist schließlich, dass sie ihn in Notwehr erschossen haben.«

Ich hatte ihre Stimme schon beim ersten Wort erkannt und drehte mich zu ihr um.

»Hallo, Blümchen!«, sagte ich.

Sie weinte.

MARKUS GUTHMANN
BALLONGLÜHEN

Es ist mein absoluter Lieblingsfilm. Gary Cooper, der die bezaubernde Grace Kelly heiratet und sich dann den Gangstern stellen muss, die er vor Jahren in den Knast gebracht hatte. Ich singe mit:

Do not forsake me, oh my darlin'.
On this, our weddin' day.
Do not forsake me, oh my darlin'.
Wait … along.
The noon day train will bring Frank Miller …

Der Richter hat den beiden gerade das Jawort abgerungen, als zwanzig vor elf der Telegrafist aufgeregt die Nachricht überbringt, dass Frank Miller mit dem Mittagszug kommt. Drei seiner Schergen sind bereits da, lungern herum und verbreiten Angst und Schrecken unter den Spießern. Zeit für die große Abrechnung!

Sie hat mir wieder einen Teller mit selbst gebackenen Süßigkeiten hingestellt, bevor sie ging. Die Gute! Ich liebe sie einfach über alles. Sie ist eine tolle Frau, allerdings macht sie mich in letzter Zeit so verdammt eifersüchtig! Vielleicht entspreche ich nicht mehr ihrem Idealbild. Zugegeben, ich habe in den vergangenen Jahren ein paar Pfunde zugelegt, sitze auch oft auf der Couch und schau meine Filme. Sie dagegen ist immer noch schlank und sportlich wie früher. Sie hat sich toll gehalten. Das sage ich ihr immer und ich weiß, dass sie sich über meine Komplimente freut. Ich habe schon den Eindruck, dass sie mich versteht und noch liebt. Einen dicken Kuss hat sie mir gegeben, bevor sie zu den Ballonmeisterschaften gegangen ist. Mich hat sie gar nicht erst gefragt, aber ich habe sowieso meine Gründe hierzubleiben. Ein Grund ist dieser tolle Film!

Zehn vor elf. Der Richter packt seine sieben Sachen. Harvey, der Deputy, nutzt die alte Rivalität, legt sein Amt nieder und geht saufen. Selbst seine gerade angetraute Frau, die Gewalt ablehnende Quäkerin Amy, hat ihn bereits verlassen und will den Zwölfuhrzug besteigen. Helen, seine Ex-Geliebte, drängt zur schnellen Flucht. Sie selbst verkauft ihr Etablissement und will danach verschwinden.

Die Uhr tickt. Es ist jetzt siebzehn Minuten nach elf. Gary Cooper bittet überall um Hilfe. Sogar in der Kirche hält er eine ergreifende Rede, dennoch kneifen alle. Die einzige Lösung scheint, dass er, der Marshall, die Stadt verlässt. Und dann, auf dem Höhepunkt der Einsamkeit, diese kräftezehrende Schlägerei mit Harvey! Der Mann muss echt was wegstecken. Vier Oscars hat der Film bekommen. Ich greife zum Teller mit den leckeren Süßigkeiten und schaue auf die Uhr. Noch etwa fünfzig Minuten. Auch meine Uhr tickt unerbittlich.

Ein wenig stolz kann sie auf mich schon sein. Auch wenn ich zurzeit keinen Job habe, so kann ich doch meinen Dr. Ing. vorweisen. In Naturwissenschaften war ich immer gut. In Chemie und Physik hatte ich immer nur Einsen. Ich weiß zum Beispiel, wie man leicht flüchtige Stoffe in eine unter Druck stehende Gasflasche füllt und dafür sorgt, dass sie eine Weile am Boden bleiben. Das ist ein bisschen so, wie wenn man mehrfarbige Cocktails mischt und dabei auf die Temperatur und die unterschiedliche Dichte der Getränke achten muss, damit hinterher das Gesöff schön bunt aussieht.

Fünf vor zwölf, perfektes Timing. Gleich ist High Noon! Überhaupt, Zinnemann hat die Handlung genau der Filmlänge angepasst. Fünfundachtzig Minuten lang. Das entspricht übrigens auch meiner eigenen Choreografie. Der Junge bietet seine Dienste an, nachdem Herb, der zweite Deputy, die Biege gemacht hat. Gary Cooper schreibt sein Testament. Colby, Pierce und Ben Miller legen ihre Sporen ab und bereiten sich auf den ultimativen Showdown vor.

Es ist zwölf Uhr Mittags! Die Stadt ist vollkommen gelähmt bis das Signalhorn der herannahenden Eisenbahn die Stille jäh unterbricht. Die Gangster grinsen. In der Ferne speit die Lokomotive schwarzen Rauch aus. Gerade hat der Marshall seinen betrunkenen Dauergast aus der Zelle gelassen. Es ist der kauzige Jack Elam, der nur durch solche schrägen Minirollen bekannt wurde.

Die beiden Frauen fahren in einem Zweispänner zum Bahnhof, direkt an Gary Cooper vorbei. Die schöne Grace und die rassige Helen, die ihm noch einen sehnsüchtigen Blick hinterher wirft. Wow! Was für Frauen! Gleich ist es so weit. Der Zug ist ganz nah. Das ist die Passage, in der Zinnemann und sein Kameramann beinahe überrollt worden wären, weil sie das Warnsignal, den schwarzen Rauch, ignoriert hatten. Der Zugführer wollte damit signalisieren, dass die Bremsen defekt waren. Das Filmmaterial blieb zum Glück unversehrt.

Die Bremsen kreischen, der Zug steht still. Die Waggontür öffnet sich, Frank Miller steigt die Stufen hinunter. Er hält sich nicht mit Floskeln auf, sondern schnallt sich sofort den Peacemaker um. So sieht der perfekte Killer aus. Gänsehaut pur!

Sie hat sich früher nie fürs Ballonfahren interessiert. Aber derzeit finden die deutschen Ballonmeisterschaften in der Pfalz statt. Ich vermute, sie hat seit mehr als einem Jahr was mit dem Typ, der heute seinen Titel verteidigen wird. Kein Wunder, dass sie das Finale sehen will. Schlecht sieht er nicht aus, das muss ich zugeben, jedoch finde ich, dass er ein bisschen arg angegraut ist. Es gilt, die entscheidenden Punkte in der Disziplin Überflug und beim Zielabwurf zu holen. Sie hat Höhenangst. Niemals würde sie in so ein Ding einsteigen. Mir ist das recht. Viel zu gefährlich. Ich überlege: Die Ballonfahrer müssten jetzt etwa siebzig Minuten in der Luft sein.

Peng! Den ersten Gangster hat's erwischt. Ben Miller, den Bruder von Frank, der sich schon einen Kranz besorgt hatte. Gary Cooper hat die vier auf der Hauptstraße gestellt und Ben Miller aus der Hüfte umgenietet. Grace hört die Schüsse und eilt in die Stadt zurück. Helen, die Rivalin, ist abgehängt. Cool! Großartig! Das Gute wird gewinnen!

Den Kompressor habe ich auseinandergeschraubt und die Einzelteile mit den anderen Sachen unauffällig an verschiedenen Orten entsorgt. Meistens habe ich die Teile irgendwo in einen Bauschuttcontainer geworfen oder in eine Schrottbox bei einem Metallbaubetrieb. In unserem Gewerbegebiet wird gerade wieder gebaut. Vor etwa neun Monaten hat das erste Gartenhaus gebrannt, vor fünf

Monaten das zweite. Das eine hundert Kilometer entfernt, das andere diesen Winter in der Kleingärtnerkolonie unserer Nachbarstadt. In beiden Fällen war vermutlich eine defekte Propangasflasche dafür verantwortlich, meint die Polizei. Ich habe eine ganze Menge dabei gelernt. Auf meiner verschlüsselten Festplatte sammeln sich Hunderte von Dokumenten. Schließlich hatte ich es raus und heute kann ich alle notwendigen Parameter mit verschiedenen Formeln herleiten und aus Kurven ablesen. Ein wenig stolz bin ich schon, das ist angewandte Forschung. Schade, dass ich daraus keine Veröffentlichung machen kann. Es ist alles nur eine Frage von Druck, Temperatur und dem richtigen Gemisch. Der Rest ist Handwerk. Mit was habe ich alles experimentiert, bis ich schließlich den richtigen Mix aus Toluol und verschiedenen Alkanen hatte. Das Zeug bleibt lange genug am Boden der Flasche. Aber zu einem von mir berechneten Zeitpunkt, wenn der Druck und die Temperatur abfallen, steigt das explosive Gemisch, das noch länger warm geblieben ist, schlagartig nach oben und verpufft durch den Brenner in einem riesigen Feuerball. Das hält keine Ballonhülle aus. Abwärts!

Gary Cooper gerät nun unter arge Bedrängnis. Überall fliegen Kugeln. Er rettet sich gerade noch in den Stall. Colby meint, mit einem Sturmlauf den Marshall erledigen zu können und wird von Gary Cooper mit einem perfekten Blattschuss niedergestreckt. Erst seit ein paar Jahren weiß ich, dass das eine der ersten größeren Rollen für Lee van Cleef war. Ich habe immer überlegt, woher ich die Visage kenne. Aber das war vor der Zeit, als ich ein Fachmann war. Jetzt sind nur noch Pierce und Frank Miller übrig. Der will den Marshall grillen und wirft Petroleumlampen in das Stroh. Gary Cooper kann nur flüchten, weil er die Pferde rausjagt und sich an der Mähne des Rappen festkrallt. Teufelskerl! Dann, Schüsse! Die Feiglinge holen ihn hinterrücks vom Pferd! Angeschlagen schleppt er sich in die Sattlerei und lädt nach. Grace sitzt im Büro ihres Mannes und zerfließt vor Kummer und Gram. Pierce hat seine Patronen verschossen, fühlt sich in sicherer Deckung, als er tödlich getroffen zusammenbricht. Grace! Sie hat all ihren Pazifismus vergessen und das Schwein von hinten erledigt. Frank Miller guckt ziemlich blöd aus der Wäsche. Jetzt ist er ganz alleine. Er schnappt sich die schöne Grace als Geisel. Der Fiesling! Doch sie kratzt, beißt, kämpft wie eine Frau und gibt Gary die Chance zum finalen Schuss.

Viertel nach zwölf. Frank Miller liegt im Staub von Hadleyville, dem Nest, in dem ich nicht tot überm Zaun hängen wollte. Die Bewohner strömen zusammen und Gary Cooper wirft ihnen verächtlich den Marshall-Stern vor die Füße. Er schnappt seine scharfe Braut und verlässt die Stadt. Was für ein Held! Was für ein Film!

Do not forsake me, oh my darlin'.
You made that promise when we wed.
Do not forsake me, oh my darlin'.
Although you're grievin'.
I won't be leavin'.
Until I see Frank Miller dead.
Wait along …

Bin ich geschafft! Und der Titelverteidiger hat's auch überstanden. Ganz bestimmt, denn die fünfundachtzig

Minuten sind um. Wusch! Ich schwitze richtig, so heiß wird's mir. Nachdem ich mich wieder etwas beruhigt habe, schlafe ich sofort ein.

Es klingelt an der Tür, ich schrecke auf. Hat sie denn keinen Schlüssel dabei? Na ja, nach der Aufregung wird sie total durch den Wind sein. Ich werde lange brauchen, um sie zu trösten. Aber ich kann das, ist schließlich nicht das erste Mal. Mit einem freudigen Kribbeln öffne ich die Tür. Zwei uniformierte Polizisten stehen vor mir und beginnen einfühlsam auf mich einzureden. »Es hat einen Unfall gegeben … Ein Ballon hat Feuer gefangen und ist abgestürzt … Von der Besatzung hat niemand überlebt …« Ich höre in Trance zu und dann brülle ich nur noch hysterisch: »Scheiße, sie hat Höhenangst. Sie hat mir geschworen, dass sie sich niemals in so ein Ding setzen würde. Das ist total gefährlich! Das habe ich ihr noch gesagt! Ich verstehe nicht, wie Mama nur in einen Ballon steigen konnte!«

MARCUS IMBSWEILER
MEIN LEBEN ALS EXPONAT

31. März 2019

Liebes Tagebuch!

Ist es wirklich erst vier Wochen her, dass Paula verschwand? Die Zeit vergeht wie im Flug. Und wer hätte gedacht, was in einem Monat alles geschehen kann!

Während ich dies notiere, verfolge ich die Bewegungen meiner Hand, das Spiel der Muskeln und Sehnen. Dick treten die Adern hervor. Mit der Linken zu schreiben, fällt mir schwer, ich bin Rechtshänder. Besser gesagt: Ich war es.

Als im Gemeinderat der Wunsch laut wurde, Professor von Hagens zum Ehrenbürger der Stadt zu ernennen, machte ich mir diese Bitte sofort zu eigen. Vom guten Ruf des weltberühmten Plastinators würde auch ich profitieren. Es war Wahlkampf. Nach dem Desaster mit dem Neckarufertunnel brauchte ich dringend positive Schlagzeilen.

Die Rechnung ging auf. Im Blitzlichtgewitter überreichte ich Gunther von Hagens die Ehrenbürgerurkunde. Das Fernsehen berichtete live, im Radio hieß es: »Ein überfälliger Schritt, Herr Oberbürgermeister.« Die Opposition machte gute Miene zum durchschaubaren Spiel. Und Paula, meine persönliche Referentin, bewunderte meinen politischen Instinkt.

Dabei lag diese Ehrung in der Luft. Seit der Körperwelten-Ausstellung vor zehn Jahren war die Plastination hoffähig geworden. Immer mehr Menschen vermachten ihren Körper der Wissenschaft, träumten vom ewigen Leben in beleuchteten Vitrinen. Betuchte Senioren ließen ihre verstorbenen Schoßhündchen plastinieren, ein Millionär aus München stellte sich seine Ehefrau neben das Bett. Im Plastination-Lab am Neckar empfing Professor von Hagens tagtäglich Busladungen von Körperspendern. Das Lied ›Ich hab mein Herz in Heidelberg verloren‹ bekam einen ganz neuen Sinn. Selbst die Sprache der Liebe veränderte sich. Dem Stoßseufzer »Ich möchte in dein Innerstes blicken« folgte ein nüchternes »noch nicht«.

Natürlich gab es weiterhin Widerstand, eine Bürgerinitiative gründete sich, dem Professor legte man eine tote Ratte vor die Haustür. Sie wurde umgehend plastiniert und ausgestellt. Dass unsere Kirchen den Protest mittrugen, hatte ich schon immer als Heuchelei empfunden. Wer präsentiert denn seit Jahrtausenden eine gefolterte Leiche am Kreuz? Vor fünf Jahren hatte es sich endgültig ausgeheuchelt. Bei einem Flugzeugunglück kam die komplette Meistermannschaft der TSG 1899 Hoffenheim ums Leben, und während die Metropolregion noch trauerte, stellte von Hagens das Team neu auf: als Plastinat.

›Elf Freunde‹ hieß die Installation, die zum Grundstock der großen Dauerausstellung im Rathaus wurde. Genau hier hängte ich dem Professor die Ehrenbürgermedaille um. Und dieser Mann, der den Nobelpreis und das Bundesverdienstkreuz erster Klasse erhalten hatte, war über alle Maßen ergriffen. Vor lauter Rührung verlor er fast den Hut. Er humpelte, als er nach vorne schritt; sein rechter Fuß steckte in einer Art Skischuh. Wir schüttelten uns lange die Hand, das Publikum applaudierte stehend, es gab Häppchen und Sekt. Zur Krönung der Veranstaltung setzte die gesamte Rathausspitze, ich voran, ihre Unterschrift unter persönliche Plastinationsverträge. Die Zustimmungsraten zu meiner Politik erreichten schwindelnde Höhen.

Noch am selben Abend vermissten wir Paula.

Sie hatte sich, die unterschriebenen Verträge unterm Arm, vom Professor eine tranchierte Gallenblase zeigen lassen. Danach verlor sich ihre Spur. Paulas Bruder, ein Gegner der Plastination, erging sich in primitivsten Verschwörungstheorien, bis wir ihm mit einer Anzeige drohten. Suchtrupps der Polizei durchkämmten die Altstadt mit Spürhunden, ohne Erfolg. Die junge Frau blieb verschwunden. Auch die Plastinationsverträge tauchten nicht wieder auf.

Immerhin, ich bekam Ersatz für Paula: eine hübsche Blondine, die mir der Professor empfohlen hatte. Gleich am ersten Tag machte sie mir eine unangenehme Mitteilung. Der Leiter des Ordnungsamts habe sich krankgemeldet, für mindestens drei Wochen könne ich nicht mit ihm rechnen. Höchst ärgerlich! Richard war nicht nur ein fähiger Beamter, sondern auch mein Joggingpartner bei der Vorbereitung auf den Heidelberger Halbmarathon.

In den folgenden Tagen war meine Laune denkbar schlecht. Weder die grandiosen Umfragewerte konnten daran etwas ändern noch die Überraschung, die uns der neue Ehrenbürger bereitete. Professor von Hagens schenkte der Stadt ein weibliches Vollplastinat, grazil von der Achillessehne bis zum geöffneten Schädel. Weil die

Figur einen Arm über der Hüfte anwinkelte, nannten wir sie ›Die Aktenträgerin‹.

Kurz darauf ein weiterer unerfreulicher Vorfall. Meine neue Referentin wurde auf dem Heimweg von Paulas Bruder angerempelt und übel beschimpft. »Was habt ihr mit meiner Schwester gemacht?«, schrie er immer wieder. Die Nacht verbrachte der Mann in der Ausnüchterungszelle. Ich aber entschuldigte mich nicht nur bei der jungen Frau, sondern auch bei ihrem Fürsprecher von Hagens. Der Professor war eben dabei, das Bein einer männlichen Leiche zu präparieren.

»Sie brauchen sich nicht zu entschuldigen«, sagte er, ohne von seiner Arbeit aufzusehen. »Der Mann sorgt sich um seine Schwester.«

Neugierig betrachtete ich den abgedeckten Körper. »Ein sportlicher Typ«, sagte ich, »den Beinen nach zu urteilen.«

»Ja, aber nicht gesund. Sein Herz versagte früher als erwartet.«

Ich verabschiedete mich und ging in den Wald, ein paar einsame Runden drehen.

Gute Nachrichten kamen derweil von der Wahlkampffront. Während ich meinen Vorsprung in der Wählergunst ausbaute, machte sich meine Hauptkonkurrentin mit billiger Polemik gegen den »moralisch längst plastinierten Oberbürgermeister« lächerlich. Meiner dritten Amtszeit als Stadtoberhaupt stand nichts im Wege. Da konnte mich auch das Gemunkel um einen geheimnisvollen Prominenten, der angeblich seinen Hut in den Ring werfen wolle, nicht beunruhigen.

Ich wurde erst nervös, als der Baubürgermeister, mein

Stellvertreter, nicht zum Dienst erschien. Seine Frau behauptete, er sei auf dem Weg zu Professor von Hagens gewesen, um seinen Rücktritt von der Plastinationseinwilligung zu erklären. Irgendwie missfalle ihm die Vorstellung, eines Tages nackig vor seinen Schwiegertöchtern und Enkelinnen zu stehen, Wissenschaft hin oder her. Bei von Hagens kam er jedoch nie an. Der Professor bekundete sein Bedauern; natürlich respektiere er diese Entscheidung, er werde eigenhändig den Plastinationsvertrag des Baubürgermeisters vernichten, sobald dieser – der Vertrag – auftauche. Die Polizei stand vor einem Rätsel. War mein Stellvertreter zusammen mit meiner ehemaligen Referentin getürmt?

Ja, liebes Tagebuch, kurzzeitig habe auch ich eine solche Möglichkeit erwogen. Lass mich für einen Moment mit dem Schreiben aussetzen; meine Hand braucht eine Pause. Ich erinnere mich, dass ich letzten Freitag Paulas Nachfolgerin abpasste, um sie nach draußen zu begleiten. Es war angenehm, mit der schlanken, eleganten Frau durch die Rathausflure zu schlendern, um uns herum die gehäuteten, entbeinten, sezierten Leiber.

»Ist der Mensch nicht ein perfektes Wesen?«, sagte sie und sah mir tief in die Augen.

»Ich nicht«, seufzte ich in einem Anfall von Weltschmerz.

»Aber gewiss. Soll ich es Ihnen beweisen?«

In diesem Moment stutzte ich. Mir war in einer versteckten Vitrine ein neues Modell aufgefallen. Ein Mann im Laufschritt, aufrechter Oberkörper, sein rechter Fuß berührte eben den Boden.

»Das jüngste Werk des Professors«, erklärte die Referentin, meinen Blick bemerkend. »Der Marathonmann.«

Ich nickte verwirrt. Warum ließ mich diese Figur bloß an meinen Laufpartner Richard denken? Weil sie die Schultern beim Joggen genauso hochzog wie er? Weil ihr Fuß die typische Pronation aufwies?

»Gibt es etwas Neues vom Leiter des Ordnungsamts?«, fragte ich. »Wann kommt er wieder zum Dienst?«

»Seine Erkrankung scheint langwierig zu sein«, hauchte die Blonde. »Sehr langwierig sogar.« Ich gestehe, in diesem Moment erschien sie mir unwiderstehlich. Ihre Augen funkelten wie ein Diamant: so edel, so klar – und so hart. Ein widerlicher Chloroformgeruch traf meine Nase, dann wurde es dunkel.

Als ich wieder aufwachte, hing das Gesicht des Professors über mir. »Können wir?«, fragte er. Sein Gesicht verschwand, dafür blendete mich das grelle Licht einer OP-Lampe.

»Was soll das?« Ich konnte mich nicht bewegen. Man musste mich auf einem Tisch fixiert haben.

»Das Betäubungsmittel«, hörte ich den Mann sagen.

»Bitte, Herr Professor.« Das war die Stimme meiner neuen Referentin.

Von Hagens kam wieder in mein Blickfeld. Er trug wie immer seinen Hut, seine Miene war würdevoll. »Im Namen der Menschheit spreche ich Ihnen meinen Dank aus, Herr Oberbürgermeister.«

»Dank? Wofür?«

Mit dem Mittelfinger schnippte er leicht gegen eine Spritze. »Für Ihre Bereitschaft zur Plastination.«

»Wie bitte? Aber doch erst nach meinem Tod!« Ich spürte einen Stich in der Hüfte. »Wollen Sie mich umbringen?«

»Auf keinen Fall. Ich bitte Sie sogar darum, am Leben zu bleiben. Ihre Mitarbeiter taten mir diesen Gefallen leider nicht.«

Ich schnappte nach Luft. Mein rechtes Bein fühlte sich seltsam an.

»Ihre ehemalige Referentin«, fuhr der Professor außer Sichtweite fort, »diese Paula, trank zu viel Kaffee und fraß Stimmungsaufheller. Mit ihrem Abgang war zu rechnen. Ebenso der Baubürgermeister, dieser Kettenraucher. Aber dass sich Ihr Laufkumpel Richard mit Herzversagen aus dem Staub machte, hat mich enttäuscht. Bei Ihnen wird das nicht passieren, Sie sind durchtrainiert.«

»Was haben Sie vor?«

»Sie zu plastinieren, Herr Oberbürgermeister. Ich habe nichts anderes gelernt.«

»Also wollen Sie mich töten!«

»Aber nein, nein! Sie missverstehen mich. Ich plastiniere Sie – bei vollem Bewusstsein. Ein brandneues Verfahren, es wird die Medizin revolutionieren. Und Sie haben die Ehre, Objekt Nummer eins zu sein. Falls Sie es überleben, wovon ich ausgehe.« Sein Kopf schob sich vor die OP-Lampe. »Sie können mir sogar dabei zusehen. Wollen Sie?«

»Hilfe!«, schrie ich mit aller Kraft. Dabei wusste ich, dass die Labors absolut schalldicht waren. Als noch am Tunnel gebaut wurde, sollte der Professor ungestört arbeiten können.

»Nur die Ruhe. Sie werden keine Schmerzen haben. Während des Eingriffs sind Sie lokal betäubt, danach ist es wie eine Amputation.«

»Sie sind verrückt!«, brüllte ich. »Übergeschnappt! Das kann nicht funktionieren!«

Sein Blick verfinsterte sich. »Ich habe noch alles erreicht, was ich wollte. Reißen Sie sich zusammen, es geht hier um Höheres als Lokalpolitik.«

»Ein Irrer«, krächzte ich. »Der Mann hat den Verstand verloren!«

Nun begann er ebenfalls zu schreien. »Ich bin kein Irrer!«, herrschte er mich an und drohte mit einem Skalpell. »Das hat schon der Professor einsehen müssen. Ich war es, der die Plastination erfand! Ich habe jeden Tag für ihn im Labor geschuftet, habe ihm seinen Ruhm ermöglicht. Die Welt ist undankbar!«

»Das ist sie, leider«, hörte ich die Blonde im Hintergrund seufzen.

»Welcher Professor?«, fragte ich verwirrt. »Wovon reden Sie, Sie Wahnsinniger?«

»Das bin ich nicht«, zeterte er und fuchtelte so mit dem Skalpell herum, dass ihm der Hut in die Stirn rutschte. »Hüten Sie Ihre Zunge, sonst plastiniere ich sie zuerst! Oder es geht Ihnen wie dem Professor, jawohl!« Das heftige Nicken, das dieser Aussage folgte, war zu viel für den Hut. Er glitt zur Seite und plumpste auf den Boden. Als sich von Hagens nach ihm bückte, wurde eine kahle Stelle am Hinterkopf sichtbar.

»Professor!«, rief meine Referentin. »Sie haben schon wieder vergessen, das Haarwuchsmittel aufzutragen!«

»Sie sind nicht von Hagens!«, entfuhr es mir. »Wer sind Sie?«

Erneut erschien das wutverzerrte Gesicht des Mannes über mir. »Ich bin sein Stiefbruder, Hagen von Gunthers. Jahrelang hat Gunther meine Erfindung vermarktet, hat sich in der Öffentlichkeit als der große Plastinator feiern lassen. Mir war das egal, ich interessiere mich nur für die Wissenschaft. Aber als er mir verbot, lebende Objekte zu plastinieren, war das Tischtuch zwischen uns zerschnitten. Er musste fort.«

»Sie haben ihn plastiniert? Steht er etwa im Rathausfoyer?«

»Wo denken Sie hin? Diese Ehre gönnte ich ihm nicht. Ich habe ihn im Neckarufertunnel einbetoniert. Im Rathaus steht Paula. Und Ihr Laufpartner, Sie haben ihn ja erkannt. In ein paar Wochen werden auch Sie dort stehen, allerdings lebendig. Sie können Interviews geben, sich feiern lassen: ein Held der Wissenschaft.«

»Nichts werde ich«, keuchte ich. »Scheren Sie sich zum Teufel!«

»Es liegt an Ihnen. Heute ist Ihr rechtes Bein dran, morgen das linke. Wir arbeiten uns hübsch von unten nach oben vor. Bei schlagendem Herzen natürlich. Juristisch ist das alles einwandfrei. Unanfechtbar. Wir haben Ihre Unterschrift.« Er wedelte mit einem Papier.

»In dem Vertrag stand nichts von solchen Experimenten.«

»Sie haben wohl das Kleingedruckte nicht gelesen, Herr Oberbürgermeister. Ob ich Ihre Sprechorgane ebenfalls präpariere oder nicht, hängt von Ihrem Verhalten ab. Ihnen bleiben noch ein paar Tage.« Er setzte den Hut wieder auf.

So, liebes Tagebuch, nun weißt du, wie es um mich steht. Hagen von Gunthers hat recht behalten: Ich bin bereits zur Hälfte Plastinat, lebe aber noch. Der Professor ist sehr zufrieden mit mir. Er behandelt mich gut, solange ich ihn keinen Irren nenne. Vor dem ersten Schnitt zog er seinen Skischuh aus und zeigte mir seinen rechten Fuß, der für einen Selbstversuch hatte herhalten müssen. Einmal schnallte er mich so auf den OP-Tisch, dass ich seiner Arbeit zusehen konnte. Als seine blonde Assistentin meine Weichteile für den Eingriff vorbereitete, empfand ich ein letztes Mal Erregung.

Nun, das ist vorbei. Unwiederbringlich. Vorbei mein altes Leben, meine sportlichen Ambitionen, meine Zeit als Stadtoberhaupt. Von Gunthers wird wohl meinen Posten übernehmen. Er wird an meiner statt zur Wahl antreten, und wer sollte ihm seine Stimme verweigern, dem genialen Wissenschaftler? Mir wie der gesamten Rathausspitze hat er ein sorgenfreies Leben als Exponat in Aussicht gestellt, Betreuung durch Zivis und Hostessen sowie vollen Pensionsausgleich. Steht alles in den Verträgen drin. Ob ich ihm verspreche, nur Gutes über seine Arbeit zu berichten, um meinen Hals vor Plastination zu retten – ich weiß es nicht. Man hat ja seine Ehre, auch als Plastinat.

Nun muss ich schließen, liebes Tagebuch. Wie gut, dass ich wenigstens Bleistift und Papier fand! Morgen ist auch meine linke Hand dran. Dann werde ich wohl mit dem Mund weiterschreiben müssen.

WALTER LANDIN
STRIPPENZIEHER

I.

Jetzt war es dunkel. Er war allein. Draußen war es still. Um diese Zeit war das ganz normal. Aber das würde sich bald ändern. Er schaute auf seine Uhr, konnte aber nichts erkennen. Es war zu dunkel in dem Raum. Die Verabredung für 15 Uhr, er hatte sich etwas verspätet. Die Begrüßung frostig.

»Die anderen kommen später«, hatte der Typ gesagt, ihm die Hand geschüttelt und haarscharf an seinen Augen vorbeigeschaut. Dabei keine Miene verzogen.

Der spielt den Coolen, dachte er. Einen kurzen Moment wunderte er sich, dass er ihn hier noch nie gesehen hatte. Aber er hatte keine Zeit, sich länger darüber Gedanken zu machen. Sie hatten ihm seine Vorstellung letztes Wochenende noch nicht verziehen. Wie auch? Deshalb sollte ja die Aussprache stattfinden. Aussprache! Was hatte er sich mit denen auszusprechen? Aber wenn der Chef darauf besteht, wenn er regelrecht Druck macht?

»Du bringst das in Ordnung! Vorher! Hast du mich verstanden?«

Auf eine Antwort von ihm hatte der Chef nicht gewartet, hatte ihn einfach stehen lassen. Wie einen kleinen Jungen. Natürlich hatte er verstanden. Klar, er war mit dem Treffen einverstanden. Mit der Aussprache. Er hatte doch keine Wahl. Er wollte die Sache aus der Welt schaffen. Der Typ hatte am Telefon unaufgeregt geklungen.

»Um 15 Uhr am Eingang. Ich warte auf dich.«

Er hatte sich nicht gewundert, dass der andere ihn geduzt hatte. Das war so üblich. Er hatte erwartet, dass sie sich in der Cafeteria zusammensetzen würden.

»Zu viel los dort«, meinte der andere. Er dachte sich nichts dabei, als der andere ihn einfach nach unten führte. Endlos lange Gänge. Türen, die sie passierten. ›Klubraum‹ stand auf dem Schild neben der Tür, die der andere aufschloss. Einfach nur Klubraum. Sonst nichts. Er war arglos. Der andere knipste das Licht an und hielt ihm die Tür auf.

»Nach dir.«

Das wird alles halb so wild werden, dachte er. Der Typ ist doch irgendwie ganz in Ordnung. So sind die halt. Dann fiel die Tür hinter ihm ins Schloss. Auch jetzt schöpfte er noch keinen Verdacht. Dass die Tür zugefallen ist, muss ein Versehen sein. Oder der sagt noch schnell seinen Kumpels Bescheid. Er schaute sich in dem Raum um. Er war nicht besonders groß. Fünf mal fünf Meter, höchstens. Kein einziges Fenster. Wie auch, unter der Erde?

Gleich neben der Tür standen mehrere Bierkästen. Daneben ein großer Kühlschrank. In der Ecke zwei Metallschränke mit Vorhängeschlössern. Wie die Spinde in der Firma, in der er Kfz-Mechatroniker gelernt hatte. Mehrere Pappkartons übereinandergestapelt. Mindestens 20, schätzte er, eher mehr. In der Mitte des Raumes ein länglicher Tisch, gut zwei Meter lang, acht Stühle um ihn herum. Wimpel an den Wänden, Fahnen. Blau-schwarz. In der Ecke eine rote Fahne, zerrissen, verdreckt.

Gleich wird die Tür wieder aufgehen. Gleich wird der andere mit seinen Kumpels erscheinen. Das klärende Gespräch, die Aussprache konnte beginnen. Er wollte es hinter sich bringen, wollte den Kopf frei bekommen. Sein Kopf musste frei sein. Besonders heute. Sonst würde das schiefgehen. Und heute durfte es nicht schiefgehen. Heute ging es um alles.

Aber die Tür blieb geschlossen. Nach einiger Zeit wurde er unruhig, drückte die Klinke nach unten, wollte die Tür aufdrücken, spürte einen Widerstand, erstarrte. Abgeschlossen! Die Tür war abgeschlossen. Er rüttelte an der Tür.

»Was soll das?«, sagte er halblaut mehr zu sich selbst. Dann schrie er los, laut, durchdringend.

»Lasst mich hier raus, verdammt, macht die verflixte Tür auf, auf der Stelle!«

Seine Stimme klang nicht hysterisch, fand er, eher beherrscht. Genau, er durfte sich nicht aus der Ruhe bringen lassen. Ein Missverständnis, natürlich, ein Missverständnis, was denn sonst. Alles würde sich gleich aufklären. Nichts tat sich. Wer sollte ihn auch hören? Hier unten in den Katakomben? Er spürte, wie Panik in ihm hochkroch. Noch weit hinten, langsam, aber sicher, näher kommend. Unaufhaltsam.

Dann konnte er sich nicht mehr beherrschen, trommelte mit den Fäusten an die Tür, ließ die Panik heraus, bot ihr ein Ventil. Er trat mit den Füßen gegen die Tür, wütend jetzt, wieder und wieder. Bis ein höllischer Schmerz in seinen großen Zeh fuhr. Was machte er da denn? Das konnte er sich nun wirklich nicht leisten. Er sank erschöpft in die Hocke, drückte seine Stirn gegen das Metall der Tür. Die Kühle tat gut. Er versuchte, langsam zu atmen, wollte zur Ruhe kommen, wollte in aller Ruhe nachdenken.

Dann war plötzlich das Licht ausgegangen. Es war dunkel. Stockdunkel. Und wieder fühlte er die Panik, kämpfte wieder dagegen an. Dieses Mal nicht mit blinder Wut. Er atmete ein, hielt die Luft in den Lungen, zählte bis drei, atmete aus. Einatmen, Luft anhalten, bis drei zählen, ausatmen. Einatmen, ausatmen. Er wurde ruhiger.

Wie spät mochte es jetzt sein. Mechanisch schaute er wieder auf seine Uhr. Er konnte nichts erkennen, versuchte, sich zu konzentrieren. Treffpunkt um 15 Uhr. Zehn Minuten Verspätung, höchstens 15, die knappe Begrüßung, der Weg in die Katakomben, der Klubraum der Ultras, die zugefallene Tür, sein Warten, die Dunkelheit, sein Rufen, sein Klopfen, seine Panik. Halb vier, Viertel vor vier? Später konnte es nicht sein. Obwohl er jegliches Zeitgefühl verloren hatte. Bis zum Treffen um halb sechs hatte er noch genügend Zeit. Bis dahin war er längst hier draußen. Das würde klappen. Garantiert. Das musste klappen. Sonst würde er echte Probleme bekommen mit dem Chef. Wenn es um Pünktlichkeit ging, verstand der keinen Spaß.

2.

»Verdammt, wo bleibt der nur. Muss der auf den letzten Drücker kommen? Ausgerechnet heute!«

Der Chef schob den Ärmel seiner Trainingsjacke zurück und schaute auf die Uhr.

»Schon kurz vor halb sechs.«

»Keine Panik, Chef. Du kennst doch den Vladi.«

Der Chef zog seine Jacke glatt und stellte sich neben die Liege, auf der der lag, der ihn gerade mit Chef angesprochen hatte.

»Natürlich kenne ich ihn, Mattes. Gerade weil ich ihn kenne, weil ich weiß, dass er von Disziplin nicht so viel hält, weil ich weiß, was heute alles auf dem Spiel steht.«

»Genau deshalb, Chef«, sagte Mattes. »Da wird schon nichts schiefgehen. Wenn es eng wird, hast du dich doch immer auf den Vladi verlassen können.«

Mattes Beine glänzten ölig.

»Locker bleiben, Mattes. Warum bist du so verkrampft?«, sagte der kleine Dicke, der Mattes Waden und Oberschenkel bearbeitete.

»Letzte Woche hätten wir doch schon alles klarmachen können«, sagte der Chef. »Dann würde es heute um nichts mehr gehen. Ein Schaulaufen, ein Klacks, eine Zugabe, egal, wie es heute ausgeht.«

»Letzte Woche, Chef«, sagte Mattes, »ist letzte Woche. Und heute ist heute. Wir wissen alle, um was es geht.«

Der Chef schaute noch einmal auf seine Uhr, schüttelte den Kopf und verließ die Kabine.

3.

»Jede Wette, deine Augen gewöhnen sich an die Dunkelheit«, hatte sein Vater immer gesagt. Und wenn er in aller Frühe mit ihm zum Angeln losgezogen war, früher, dann hatte das auch gestimmt. Da konnte es noch so dunkel sein, nach wenigen Minuten hatten sich seine Augen an die Dunkelheit gewöhnt und er konnte mit jeder Minute, die verging, mehr erkennen. Aber das war im Freien gewesen, früher. Heute und hier in diesem Loch, in diesem Gefängnis ohne ein Fenster, in diesem Sarg unter der Erde, hier gewöhnten sich die Augen nicht an die Dunkelheit. Hier blieb die Dunkelheit schwarz und undurchdringlich. Egal, wie viele Minuten vergingen. Dabei konnte er beim besten Willen nicht sagen, wann eine Minute um war. Er hatte jegliches Zeitgefühl verloren.

Er tastete sich vorwärts, vorsichtig, langsam. Flaschen stießen aneinander. Er musste an einen Bierkasten gestoßen sein. Das Scheppern des Glases kam ihm unwirklich vor. Der Kühlschrank, durchzuckte es ihn. Der stand doch direkt neben dem Bier. Er musste zum Kühlschrank, die Tür öffnen. Kühlschrank, Licht, Hoffnung. Alles andere würde sich finden. Er tastete sich weiter vor, Zentimeter für Zentimeter. Das glatte Metall des Kühlschrankes. Er fand den Griff auf Anhieb, riss die Tür auf. Es blieb dunkel. Aus dem Innern entströmte kühle Luft. Er tastete die Rückseite ab, fand die Stromleitung. Der Stecker war in der Steckdose. Die Sicherungen für den Klubraum mussten herausgedreht worden sein. Er hatte Pech. Eine Pechsträhne. Letzte Woche, warum hatte er sich nur so gehen lassen. Auswärtsspiel, mit einem Sieg hätten sie alles klarmachen können. Das Spiel heute hätte keine Bedeutung mehr gehabt, wäre lediglich der Auftakt für die ausgedehnte Aufstiegsfeier gewesen. Aber sie hatten überheblich, ja, richtig arrogant gespielt. Und sie hatten verloren, verdient verloren. Bei der Eintracht! Bei denen war es um nichts mehr gegangen. Die dümpelten seit Wochen schon im Niemandsland der Tabelle herum, hatten nichts mehr mit dem Abstieg zu tun, nach oben hin war auch nichts mehr drin. Die Fans, die massenweise zum Auswärtsspiel mitgefahren waren, hatten sie gnadenlos ausgepfiffen. Er hatte sich hinreißen lassen, war in die Fankurve gelaufen, hatte den treuen Fans, die den vorzeitigen Aufstieg hatten feiern wollen, seine Wasserflasche, fast leer und aus Plastik, entgegengeschleudert. Der Chef hatte ihn in der Mannschaftssitzung zur Schnecke gemacht. Vor allen anderen.

»Du kannst von Glück reden, dass du niemanden verletzt hast«, hatte der Chef gesagt.

»Unsere Fans sind unser höchstes Gut«, hatte der Präsident hinzugefügt.

Die Geldstrafe steckte Vladi locker weg, das war ihm egal. Aber das Bloßstellen, das Vorführen vor den anderen, das hatte ihn getroffen.

»Du biegst das wieder gerade«, hatte der Chef gesagt. »Bald! Vor dem letzten Spiel ist die Sache vom Tisch.«

Die Worte des Chefs hatten drohend geklungen.

Am nächsten Tag hatte der Typ vom Fanklub angerufen, hatte um eine Aussprache gebeten. Hätte er doch nur nicht zugesagt. Wäre er doch einfach seinem ersten Impuls gefolgt. Ausgerechnet die Ultras! Die hatten nicht den besten Ruf. Aber die Worte des Chefs.

»Du biegst das wieder gerade.«

Er hatte nicht mal gewusst, dass die Ultras einen offiziellen Klubraum unter dem Stadion haben. Klar, nach dem Skandalspiel gegen die Kickers mit den Ausschreitungen waren in der Presse Gerüchte aufgekommen, aber die Vereinsführung hatte abgewiegelt, hatte sich von militanten Fans distanziert.

Und er hatte sich zu dieser Aussprache überreden lassen. Warum hatte er sich so provozieren lassen? Warum war er nicht wie alle anderen mit hängendem Kopf vom Platz geschlichen und kommentarlos in der Kabine verschwunden? Dann würde ihm der Dicke jetzt die Beine mit Öl einschmieren, er würde sich locker machen, sich entspannen, sich voll und ganz auf das entscheidende Spiel konzentrieren. Er würde nicht in diesem Klubraum festsitzen, würde nicht in diesem Sarg tief unter der Erde eingesperrt sein. Noch dazu in undurchdringlicher Dunkelheit, an die sich seine Augen nicht gewöhnten. An die sich keine Augen der Welt gewöhnten. Vater hätte seine Wette verloren. Todsicher!

4.

Der Chef hatte sich in sein Kabuff zurückgezogen. Wie immer vor einem Heimspiel. ›Chefbüro‹ stand an der Tür. Er schaltete das Licht nicht ein, saß am Schreibtisch, hatte den Kopf auf die Hände gestützt, die Augen geschlossen. So saß er vor jedem Spiel da, versuchte alle Gedanken zu verdrängen, bis sich eine Leere breitmachte, eine

Leere, die allen Stress mit fortspülte, eine Leere, die ihn zur Ruhe kommen ließ. Er brauchte dieses Abschalten. Sonst würde er die Zeit nach dem Anpfiff nicht durchstehen. Er würde zusammenbrechen, so groß war die Anspannung jedes Mal. Aber heute stellte sich die Leere nicht ein. Die Gedanken jagten durch seinen Kopf, ließen der Leere keinen Raum. Das letzte Spiel heute. Sie mussten gewinnen. Wenigstens ein Unentschieden. Das würde auch reichen. Ein lächerlicher Punkt und der Aufstieg war ihnen sicher. Aufstockung der Fernsehgelder, attraktivere Spiele, höhere Sponsorengelder, mehr Zuschauer. Das letzte Saisonspiel gegen die Spielvereinigung. Auf dem Papier ein Klacks. Die standen schon seit Wochen als Absteiger fest. Hatten eine Klatsche nach der anderen eingefangen. Wann hatten die das letzte Mal gepunktet? Wann hatten die zuletzt ein Tor geschossen? Auf dem Papier ein Klacks. Kein Problem eigentlich. Warum bloß konnte er nicht abschalten?

Es klopfte. Und sofort ging die Tür auf. Er wollte aufbrausen, lospoltern und sah ins Gesicht seines Co-Trainers, sagte nichts, deutete auf den Stuhl vor dem Schreibtisch. Sein Co blieb stehen.

»Keine gute Nachricht«, sagte er nach einer Ewigkeit und schwieg.

»Ja, ja, ich hab's schon mitbekommen, der Vladi ist verschollen. Spielen wir eben ohne unseren zentralen Mann im Mittelfeld. Gegen die Spielvereinigung gewinnen wir auch so.«

Der Co schüttelte den Kopf.

»Es geht nicht um Vladi. Obwohl das schon komisch ist, dass der so einfach verschwunden ist. Wie vom Erdboden verschluckt. Und sein Handy ist anscheinend ausgeschaltet. Oder es hat keinen Empfang.«

Wieder schwieg er.

»Jetzt rück schon raus!«

»Der Axel. Liegt in der Kabine. Krümmt sich. Kotzt wie ein Weltmeister. Hat den flotten Otto. Was mit Magen-Darm, meint der Doc. Den Magen verdorben. Oder einen Infekt.«

»Der war doch beim gemeinsamen Mittagessen.«

»Stimmt. Aber am Essen wird's wohl kaum liegen.«

»Wie bist du dir da so sicher?«

»Alle haben davon gegessen. Die Spieler, du, ich, einfach alle. Hast du etwa Beschwerden? Mir ist zwar zum Kotzen zumute, aber das hat garantiert nichts mit dem Mittagessen zu tun. Keiner hat Beschwerden.«

»Du meinst also, das Essen ist nicht schuld? Ausgerechnet der Axel. Unsere Stütze in der Innenverteidigung. Warum ausgerechnet der?«

Die letzte Frage konnte der Co-Trainer nicht mehr beantworten. Er hatte das Kabuff schon verlassen.

5.

Er hatte sich weitergetastet. Hatte Stoff unter seinen Händen gefühlt. An manchen Stellen rau und brüchig. Ein leicht verbrannter Geruch drang ihm in die Nase. Sein Handy! Warum hatte er nicht schon früher daran gedacht? Er drückte auf den Touchscreen. Das Bild seiner Tochter erschien. Schon einige Monate her. Sie hatte sich verändert, sah ernster, erwachsener aus. Erwachsener? Was dachte er da zusammen? In zwei Wochen hatte sie Geburtstag. Den ersten. Plötzlich kam er sich verlassen vor. Jetzt bloß nicht sentimental werden! Er konzentrierte sich auf das Display. Kein Empfang! Logisch, hier unter der Erde. Der Akku war auch bald leer. Zu nichts zu gebrauchen, das Ding! Aber immerhin. Der Schein des Displays brachte ein klein wenig Licht in diese Dunkelheit. Und die Uhrzeit konnte er ablesen. Fünf nach sechs. Schon so spät? Also war er schon fast drei Stunden in diesem Sarg gefangen. Der Chef würde toben. Gerade heute! Das Fotolicht! Natürlich! Die Rettung! Rettung?

Mein Gott, was für ein großes Wort.

Er drückte sich durch das Menü, bis er endlich bei der richtigen Funktion landete.

Und es ward Licht!

Er leuchtete den ganzen Raum ab, versuchte, sich jede Kleinigkeit einzuprägen. Der Akku würde bald schlappmachen. Also jede Sekunde ausnutzen. Für das Spiel heute Abend wurde es langsam eng. Der Stoff. Der Brandgeruch. Eine riesige Fahne. Die Kickers-Fahne. Die Fahne ihrer Gegner. Ihrer Feinde. Den Kickers-Fans abgejagt. Die Fahne auf der Tribüne angezündet. Er erinnerte sich an das Foto im Rhein-Neckar-Anzeiger. Die Reste wie eine Jagdtrophäe aufbewahrt.

Februar. Beginn der Rückrunde. Das Skandalspiel. 1. FC Mannheim gegen die Kickers aus Kaiserslautern. Seine Mannschaft hatte null zu zwei verloren. Und trotzdem standen sie jetzt kurz vor dem Aufstieg und nicht die Kickers. 12.000 Zuschauer damals. Rekordkulisse für ein Viertligaspiel. Ausschreitungen. Schlägereien. Festnahmen. Vor dem Spiel. Während des Spiels. Danach. Ein Wahnsinn. 1.000 Polizisten im Einsatz. Verletzte. Auf Seiten der Polizei. Bei den randalierenden Fans. Bei unbeteiligten Zuschauern. Ein echter Schweinskopf auf einer Stange mit einem Schal der Kickers. Im Mannheimer Fanblock. Und Feuerwerkskörper. Bei den eigenen Fans vor allem. Das Spiel stand auf der Kippe. In der zweiten Halbzeit unterbrach der Schiedsrichter die Partie für 20 Minuten. Drohte mit dem Abbruch. Er war zum Fanblock gelaufen, hatte versucht, die aufgeheizten Fans zu beruhigen. Tagelang war das Skandalspiel das Gesprächsthema Nummer eins in Mannheim und Umgebung. Ein Stadionverbot drohte. Ein Geisterspiel ohne Zuschauer stand zur Diskussion. Aber der DFB hatte beide Augen zugedrückt und es bei einer Geldstrafe belassen. Einer lächerlichen Geldstrafe. Die Kampagne der örtlichen Presse. Mangelnde Aufsicht. Wie kommen massenweise Feuerwerkskörper ins Karl-Drais-Stadion? Vorbei an den Ordnern? Vorbei an der Polizei, die jeden Besucher filzte? Das Gerücht. Klubraum der Ultras in den Katakomben. Vollgestopft mit bengalischem Feuer, mit Krachern, mit Leuchtraketen. Umgehend das Dementi des Präsidiums.

»Die haben doch keinen Raum bei uns. Rufschädigung«, hatte der Marketingchef gewettert und eine Gegendarstellung im Rhein-Neckar-Anzeiger verlangt.

»Alles Unsinn«, hatte auch der Chef gesagt und abgewunken. Und er hatte ihm geglaubt. Jetzt wusste er, dass er zu gutgläubig gewesen war. Die Ultras hatten tatsächlich einen Raum. Und die Feuerwerkskörper? Er leuchtete die Pappkartons an, die sich bis unter die Decke stapelten. Es waren mehr als 20 Kartons. Viel mehr. Klar, die Kartons! Das Fotolicht wurde schwächer. Hektisch ließ er den Lichtschein durch den Raum wandern. Versuchte, sich alles einzuprägen. Jeden Stuhl, jede noch so unwichtige Kleinigkeit. Dann erlosch das Licht. Als Letztes glaubte er, mitten auf dem Tisch eine Kerze zu erkennen.

6.

»Chef, warten Sie!«

Der Chef ließ die Türklinke zur Mannschaftskabine los und drehte sich um. Der Mannschaftsarzt kam ihm entgegengelaufen. Er war außer Atem.

»Hiobsbotschaft«, brachte er keuchend heraus.

»Bloß keinen Ausfall mehr, Doc«, sagte der Chef und wusste doch schon, dass sich seine Bitte nicht erfüllen würde.

»Doch, Chef, der Ollie.«

»Aber du hast mir doch versprochen, dass der ganz sicher spielen kann. Die kleine Adduktorenzerrung. Die wolltest du doch locker wegspritzen. Ganz sicher, das waren doch deine Worte.«

»Hab ich auch gemacht. Wie immer. Wie ich es schon unzählige Male gemacht habe. Die Zerrung ist ja nicht das Problem.«

»Jetzt rück schon raus, was los ist.«

Die Stimme des Chefs klang ungeduldig.

»Noch nie hat es Schwierigkeiten gegeben, wenn ich

gespritzt hab. Jetzt hat der einen Kreislaufkollaps. Ist nicht mehr ansprechbar. Ich musste den Notarzt rufen.«

»Ausgerechnet der Ollie«, sagte der Chef. »Unser Knipser. Ausgerechnet heute! Heute haben wir echt die Seuche!«

Weit entfernt war die Sirene des Notarztwagens zu hören. Der Ton kam schnell näher. Drei zentrale Spieler fielen aus, durchzuckte es den Chef plötzlich. Der Topstürmer, der Strippenzieher im Mittelfeld, der Organisator der Abwehr. Konnte das Zufall sein? Was soll's, versuchte er, den Zweifel wegzuwischen. Das Spiel gewinnen wir auch so. Die hauen wir weg. Wir müssen gewinnen. Wir wollen aufsteigen. Und zur Not reicht ja auch ein Unentschieden.

7.

Die Kerze auf dem Tisch verbreitete ein heimeliges Licht. Fast gemütlich, dachte er. Um ihn herum lagen aufgerissene Kartons. Wie in Trance hatte er einen Karton nach dem anderen aufgerissen, den Inhalt herausgezogen und zu einem Berg aufgeschichtet. Hatte sich in einen Rausch gesteigert, erst aufgehört, als alle Kartons geöffnet waren. Wie hatten die Ultras es fertiggebracht, diese Menge an Feuerwerkskörpern ins Stadion zu schmuggeln? Draußen wurde es lauter. Er wunderte sich über die Akustik in seinem Sarg. Da kontrolliert die Polizei fleißig und unermüdlich jeden Besucher des Karl-Drais-Stadions. 1.500 Beamte waren nach dem Skandalspiel gegen die

Kickers beim nächsten Heimspiel aufgeboten worden. Ein einsamer Rekord, reif fürs Guinness-Buch. Dabei waren die Knallkörper längst im Stadion! Der Stadionsprecher gab die Mannschaftsaufstellung durch.

»Mattes«, schrie der Sprecher.

»Schmiiieeeeder«, vervollständigten die Fans.

»Bernd«, gab der Sprecher vor.

»Geeerbeeer«, brüllten die Fans.

Der letzte Name. Gerber, das ewige Talent, der Ersatzspieler, der in keinem Spiel der Saison von Anfang an zum Einsatz gekommen war, der üblicherweise die letzten fünf, zehn Minuten spielte, wenn überhaupt. Vladimir. Sein Name war nicht genannt worden. Was würde der Chef denken? Aber er war ja nicht schuld. Er konnte ja nichts dafür. Er war nicht freiwillig hier. Er wurde ja gegen seinen Willen festgehalten. Niemand hatte ihn gefragt. Warum um alles in der Welt hielten die Ultras ihn hier fest? Wollten sie ihn für seine Aktion letzte Woche bestrafen? Wollten sie verhindern, dass er zum Einsatz kam? Wollten sie, dass seine Mannschaft ohne ihn aufsteigen würde? Gerade heute im alles entscheidenden Spiel? Bei dem so viel auf dem Spiel stand! Das ergab alles keinen Sinn. Die Ultras, das waren Fanatiker, die ließen die Sau raus. Die schlugen über die Stränge, wenn ihre Mannschaft siegreich war, genauso, wenn sie ein Spiel verlor. Nur richtete sich dann ihre Wut gegen die eigene Mannschaft. Die konnten auch schon mal gewalttätig sein. Aber sie waren Fans des 1. FC Mannheim. Sie wollten, dass ihre Mannschaft gewinnt. Dass ihre Mannschaft aufsteigt. Dazu passte es nun mal nicht, dass sie den Spielmacher gefangen hielten, außer Gefecht setzten. Der Typ, der ihn in die Katakomben geführt hatte. Der Typ, den er vorher noch nie gesehen hatte. Die Mannschaftsaufstellung. Etwas machte ihn stutzig. Er versuchte sich zu konzentrieren, ging die Namen durch, die der Stadionsprecher genannt hatte, einmal, zweimal. Beim dritten Durchgang machte es klick. Er war nicht der einzige Spieler, der heute fehlte. Der Ollie und der Axel, die fehlten auch. Drei Stützen, das Korsett der Mannschaft, wie der Chef immer sagte. Was war da los? Ging das alles mit rechten Dingen zu?

8.

Der Mann in dem dunklen Anzug und dem schwarzen Hemd schob sich die Sonnenbrille in die Haare, dann den Wettschein über den Tresen. Der Mann hinter dem Tresen überflog den Wettschein, wollte ihn schon weglegen, pfiff dann aber durch die Zähne und schaute sich den Schein genauer an.

»Ergebniswette«, sagte er mehr zu sich selbst. »Mutig. Alle Achtung. Auswärtssieg für den Außenseiter! 1. FC Mannheim gegen die Spielvereinigung Worms eins zu zwei. Das gibt Kohle, bei der Quote, Faktor eins zu sechs.«

Der Mann in dem dunklen Anzug verzog keine Miene, zählte die 50.000 auf den Tresen, schob den Durchschlag seines Wettscheines in die Jackentasche, nickte dem Mann hinter dem Tresen kaum merklich zu, zog seine Brille aus den Haaren und verließ das Wettbüro in den H-Quadraten.

9.

Die Kerze verbreitete noch immer ihr warmes Licht, aber sie war schon ziemlich heruntergebrannt. Er hoffte, dass sie bis zum Ende des Spiels durchhalten würde. Das entscheidende Spiel im Karl-Drais-Stadion, das schon bessere Zeiten gesehen hatte, als der 1. FC Mannheim ganz oben mitgemischt hatte. Anpfiff. Es hatte mit einer Schrecksekunde angefangen. Elfer für die Spielvereinigung in der vierten Spielminute. Er hielt die Luft an, aber Schmieder parierte. Er bekam hier unten in seinem Gefängnis alles mit. Zwar sah er nichts, dafür hörte er alles umso deutlicher. Sein Gefängnis? Sein Sarg! Er kam sich vor wie in einem Sarg. Zwei Minuten vor der Pause, Freistoß für seine Mannschaft. Es musste eine gute Entfernung sein. Strafraumgrenze tippte er. Vorausgegangen war ein Angriff seiner Mannschaft, zuerst ein Geraune, dann das ohrenbetäubende Pfeifkonzert. Ein Spieler seiner Mannschaft musste in aussichtsreicher Situation gefoult worden sein. Dann die Stille. Ein enttäuschtes Aufstöhnen. Gleich darauf der Torjubel. Die Erlösung!

»Freistoß von Keller an den Pfosten«, gab der Stadionsprecher durch. Die Stimme des Sprechers wurde lauter, höher.

»Abstauber von Bernd …«

»Geeerbeeer«, schrie die Menge. Er jubelte mit. Dann der Halbzeitpfiff. Endlich, dachte er. Und: jawohl! Seine Kollegen hatten viele Chancen vergeben. Er sah den Chef vor sich, der wie Rumpelstilzchen in der Coachingzone herumtobte. Aber sie führten. Sie würden sich das Spiel nicht mehr aus der Hand nehmen lassen. Sie würden aufsteigen. Darauf würde er sein letztes Hemd verwetten.

Während er die Kerze vorsichtig auspustete, um sie für die zweite Halbzeit zu schonen, schlürfte der Mann in dem dunklen Anzug im Café Journal am Marktplatz seinen Espresso und presste sein Handy ans Ohr. Er machte einen entspannten Eindruck und nickte immer wieder. Es lief alles nach Plan.

10.

Was für eine zweite Halbzeit! Die Kerze war heruntergebrannt. Er hatte sich in eine Ecke verkrochen und sein Gesicht in den Händen vergraben. Bis zur 80. Minute war das Spiel vor sich hingeplätschert. Seine Mannschaft musste, eine andere Erklärung hatte er nicht, seltsam verhalten und passiv gespielt haben. Lustlos, dachte er, aber er wusste, dass dies nicht der passende Ausdruck war. Die Zuschauer hatten immer lauter gepfiffen.

»Aufhören! Aufhören!«

Und: »Wir wollen euch kämpfen sehen!«

Die Rufe wurden lauter und lauter.

Dann, in der 81. Minute, der Ausgleich nach einer Standardsituation. Ecke, Mattes greift daneben, der baumlange Innenverteidiger der Spielvereinigung, ein knallharter Spieler, brauchte mit seinem Eisenschädel nur einzunicken. Und zwei Minuten vor Ende der regulären Spielzeit wieder Elfmeter für den Gegner. Handspiel von Gerber im eigenen Strafraum. Was zum Teufel hatte der da zu tun? Der sollte den Ball gefälligst auf der anderen Seite im Tor versenken! Wieder der Innenverteidiger. Schickt Schmieder ins rechte Eck. Schiebt den Ball seelenruhig links rein. Den Aufstieg konnten sie vergessen. Sie würden kein Tor mehr schießen, er spürte es. Egal, wie lang die Nachspielzeit war. Der Lärm, der von draußen kam, war unerträglich. Er presste seine Hände auf die Ohren. Es half nichts. Sein Kopf drohte zu zerspringen. Er bekam keine Luft mehr. Glaubte zu ersticken. Bekam Platzangst. Trat gegen den Spind. Hämmerte an die Metalltür. Der Sarg. Der Sarg erdrückte ihn. Er musste hier raus. Raus! Raus! Es graute ihm in seinem Sarg. Hatte der Schiedsrichter schon abgepfiffen? Er schlug mit der Stirn gegen die Metalltür. Wieder und wieder. Spürte den Schmerz nicht. Die Menge draußen war außer Rand und Band. Plötzlich hielt er die Streichhölzer in der Hand. Sie hatten neben der Kerze auf dem Tisch gelegen.

Das alles kann kein Zufall sein, durchfuhr es ihn.

Er riss ein Streichholz an und hielt es an einen Feuerwerkskörper.

Ich muss mich bemerkbar machen!

Es war kein Zufall, dass er hier weggesperrt war. Da hatte jemand verhindert, dass er mitspielen konnte. Es war kein Zufall, dass Axel und Ollie nicht mitgespielt hatten. Die hatten die beiden außer Gefecht gesetzt. Drei Stützen der Mannschaft!

Verdammt, die müssen mich hier finden!

Es graute ihm in seinem Sarg. Bengalisches Feuer erhellte die Dunkelheit.

Die? Wer waren die? Auf jeden Fall waren die durchtrieben. Erfindungsreich. Skrupellos. Das war der letzte Gedanke, der ihm durch den Kopf ging. Dann wurde der Lärm über ihm übertönt von unzähligen Detonationen mitten im Raum. Die Dunkelheit war weg. Gleißende Helle nahm ihn in die Arme.

11.

Der Mann im dunklen Anzug klappte sein Handy zusammen und ließ es in seine Jackentasche gleiten. Er winkte der Bedienung. Alles war exakt nach Plan gelaufen. Schlicht und einfach perfekt. Kein Wunder. Er hatte schließlich alles bis ins Kleinste genau durchorganisiert. Und das Wichtigste: Die Quote stimmte! Er konnte einen satten Gewinn einstreichen. Die Unkosten? Peanuts! Er zahlte und verließ das Café. Lediglich der Arzt war unverschämt gewesen. Hatte sich nicht mit den angebotenen 2.000 zufriedengegeben. Hatte viel mehr gefordert. Sie hatten sich auf fünf Riesen geeinigt. Er schaute in den Himmel. Strahlend blau. Das nächste Ding würden sie ohne einen Arzt durchziehen. So ein Koch war viel billiger. Und genauso effektiv. Beim Deal mit dem Fanvertreter hatte er sich gewundert, wie leicht es gewesen war. Genial. Diese Idee müsste man sich doch glatt patentieren lassen.

BERND LEIX
WILLY-BUMMBUMM

Die Hunde! Elektrisiert zuckte er zusammen, fasste die Doppelbüchse fester und lauschte. Seine Augen verengten sich zu schmalen Schlitzen. Der Laut kam auf ihn zu – das könnte passen. Bewegungslos stand er auf der niedrigen Plattform. Die Tarnkleidung ließ ihn völlig mit dem Hintergrund verschwimmen – täuschend echt das Blättermuster auf seiner Jacke.

Aufs Äußerste konzentriert fixierte er den Hang, der sich vor ihm nach oben erstreckte. Mächtige alte Buchen mit glatten silbergrauen Stämmen ragten hoch in den Himmel. Vier Schussschneisen – wie Finger gingen sie von seinem Stand aus und teilten den dichten Unterwuchs.

Das Gebell kam näher, halb rechts. Das hohe Jiff-Jiff der Terriermeute, dazwischen tiefere Töne der beiden Wachtelhunde.

Seine Augen saugten sich an der ersten Linie fest. Krachend schoss ein dicker schwarzer Klumpen aus dem braunen Herbstlaub, dahinter ein kleinerer und noch einer und … und … und.

Er hielt sich nicht mit Zählen auf, sondern riss die Büchse nach oben, visierte in die zweite Schneise, ließ den ersten Schwarzkittel vorbei, schwang mit, ›Bumm‹, der nächste ging über Kopf, ›Bumm‹, der dritte rollierte wie ein Hase.

Der Daumen drückte den Verschlusshebel, die Läufe kippten ab, leere Hülsen spritzten heraus, schon steckten zwei neue Patronen in den Lagern, zack, klappte die Waffe wieder zu und flog an die Backe. ›Bumm – Bumm‹ – zwei weitere Frischlinge erfasste das tödliche Blei. Die Schweine hatten keine Chance. Nicht gegen Willy. Zwei Schuss – zwei Treffer, so ging es immer. Seine Gewehre waren mit ihm verwachsen wie ein Körperteil. Die schwere 9,3 für die Saujagd, die belgische Doppelflinte für das Niederwild, Enten, Hasen und Fasane.

Willy war ein Meister seines Fachs. Unheimlich flink und beweglich, was dem kleinen kugelrunden Mann mit seinem wuscheligen Vollbart niemand zugetraut hätte. »Schießt wie der Teufel und Anlauf hat er auch immer« – an den Jägerstammtischen kursierten die unglaublichsten Geschichten. »Den kannst du mitten in die Heidelberger Fußgängerzone stellen, dann legt er auch dort noch einen dicken Keiler auf die Schwarte …«

›Willy-BummBumm‹, dieser Name war seit Jahren Legende.

Doch zu viel Alkohol an den Stammtischen, das mochte Willy nicht. Nach den Jagden verabschiedete er sich meist recht zeitig, schwang sich in den uralten roten Toyota-Landcruiser, kraulte Anja, die kleine Jack-Russell-Hündin auf dem Beifahrersitz, und steuerte wieder sein Anwesen unweit des Odenwaldstädtchens Schönau an.

Hinter den dicken Mauern der ehemaligen Mühle ging er seiner zweiten Leidenschaft nach. Die, von der er lebte – von der er auch lebte …

Die Natur hatte es nicht besonders gut gemeint mit Willy, deswegen war er auch solo geblieben. Sein Doppelkinn und die ausgeprägten Hängebacken ließen sich noch leidlich unter dem dichten Bart verstecken, die Figur allerdings sprang jedem Betrachter sofort ins Auge. Klein und rund, das war nicht zu übersehen. Dazu breite Hosenträger in Leuchtorange, die sich über seinen mächtigen Leib spannten, fertig war die Witzfigur.

Witze rissen allerdings nur die, die ihn und seine Fähigkeiten nicht kannten. So legendär sein Ruf in Jägerkreisen war, so voller Hochachtung sprachen die Fachleute der Waffentechnik von ihm. Seit über zehn Jahren war er mit dem ›Kurpfalz-Trigger‹ am Markt. Willy hielt 27 Patente für Abzugssysteme für besonders präzise Punktschüsse. Zuerst hatte er bei Herstellern hochwertiger Jagdwaffen den Fuß in die Tür bekommen, doch schon nach kurzer Zeit häuften sich die Konstruktionen für Wettkampfgewehre im Schießsport. Mehrere Goldmedaillen im Biathlon bei den Winterolympiaden gingen auf das Konto von Willys Präzisionsabzügen. Ein Verreißen oder Verwackeln des Schusses war nahezu ausgeschlossen. Minimales Antippen des Abzuges beförderte die Kugel unausweichlich ins Schwarze, was bei den Schützen wahre Begeisterungsstürme hervorrief. Die Zahl der Fehlschüsse sank drastisch, seit sämtliche Gewehre der deutschen Nationalmannschaften mit den sagenhaften ›Kurpfalz-Triggern‹ ausgestattet waren.

Willy selbst trat dabei nicht in Erscheinung. Die Herstellung seiner Produkte besorgte er eigenhändig, aber höchst automatisiert, doch die Vermarktung hatte er einer erfahrenen Agentur übertragen. Auch bei der Verleihung der zahlreichen Innovationspreise und Auszeichnungen blieb er stets im Hintergrund. So wussten nur wenige Eingeweihte, welcher geniale Kopf sich dahinter verbarg.

Er brauchte den Schutz der dicken Mauern, um zu tüfteln. In seiner weitläufigen Werkstatt, die den gesamten ehemaligen Mühlenraum einnahm, stand eine ganze Reihe der teuersten CNC-Maschinen zur hochpräzisen Metallbearbeitung. In dieses Allerheiligste hatte außer der kleinen vierbeinigen Anja kein anderes lebendiges Wesen Zutritt. Geschäftspartner empfing Willy nur, wenn es unbedingt sein musste und dann stets in seiner gemütlichen Jägerstube, deren Wände mit Hirschgeweihen und Keilerwaffen eindrucksvoll dekoriert waren. Ansonsten war das ganze denkmalgeschützte Anwesen völlig unauffällig, aber höchst wirkungsvoll zu einer mit modernster Elektronik gesicherten Festung ausgebaut worden.

Der Grund jedoch, warum Willy die Mühle vor Jahren überhaupt gekauft hatte, war der Kanal. Früher strömte darin das Wasser, um erst die Mühlräder und später dann eine Turbine zur Stromgewinnung anzutreiben. Doch der letzte Müller vor 20 Jahren hatte sich zu seinem Vorteil mehr um die Gastwirtschaften der Umgebung als um seinen Betrieb gekümmert, und so war das heruntergekommene Gelände schließlich für wenig Geld zu ersteigern gewesen. Der miserable Zustand? Kein Problem für einen handwerklich versierten Mann wie Willy, der den Schatz des Anwesens auf den ersten Blick erkannt hatte.

Die letzten 400 Meter bis zur Mühle war das Wasser nämlich unterirdisch geleitet worden. 400 schnurgerade Meter, vor Jahrhunderten von Hand mannshoch aus dem Gestein gehauen, um einen gut wasserführenden Waldbach hindurchzuleiten.

Willy verkaufte das Wasserrecht kurzerhand für teures Geld und baute dafür in den Stollen … einen unterirdischen Schießstand. Vollautomatisch konnte er die Zielscheiben bei 50, 100, 200 oder 300 Metern stoppen und dann seine mit hochvergrößernden Zielfernrohren versehenen Präzisionsbüchsen testen. Stets auf der Suche nach den weltbesten Komponenten, konstruierte er aus bulligen Matchläufen, herrlich leichten Carbonschäften und seidenweich laufenden Repetiersystemen das Nonplusultra der Waffentechnik.

Handelsübliche Scharfschützengewehre bezeichnete er hinsichtlich ihres Streukreises allgemein als Gießkannen. Seine Eigenkreationen dagegen verbesserte er so lange, bis die Geschosse der Hochgeschwindigkeitsmunition selbst auf größtmögliche Distanzen Loch in Loch trafen.

Niemand hatte eine Ahnung von diesen Konstruktionen. Kein Knall drang an die Erdoberfläche, denn der Tunnel ging direkt hinter der Mühle in einen waldbestandenen Hügel hinein. Kein Mensch außer ihm würde diese Schießanlage je betreten, und Willy hatte aus einem bestimmten Grund keinerlei Bedürfnis, mit seinen Werken zu prahlen. Ihm reichte der Wirbel um die Abzugssysteme.

Ab und zu nahm er eines seiner Spezialgewehre mit ins Jagdrevier, immer gut verborgen im doppelten Boden des alten Geländewagens. Zur Tarnung und falls eine zu neugierige Polizistennase sich ins Innere der Rostbeule verirren sollte, fuhr die im abgeschlossenen Waffenkoffer vorschriftsmäßig gesicherte ›BummBumm-Doppelbüchse‹ im Laderaum mit.

Tief im Wald erklomm Willy dann eine seiner luxuriös eingerichteten Jagdkanzeln, entnahm oben aus dem Rucksack die Einzelteile des Weitschussgewehrs, setzte mit wenigen geübten Griffen alles zusammen, schraubte den selbst konstruierten Schalldämpfer auf und machte sich anschließend einen Spaß daraus, den Rehen im weit entfernten Gegenhang mittels Kopfschüssen das Lebenslicht auszublasen.

Häufig erwischte er gleich mehrere, denn ein Knall war kaum zu hören und wenn eines ihrer Artgenossen wie vom Blitz getroffen zusammenbrach, kümmerte das die übrigen Rehe kaum.

Auch hier leistete der feine ›Kurpfalz-Trigger‹ ganze Arbeit, denn der Schuss brach beim genau definierten feinsten Abzugswiderstand. Verwackeln oder Verreißen? Überhaupt kein Thema!

Gelegentlich fuhr Willy auch in Urlaub. Stets mit seinem weinroten Campingbus, einem 20 Jahre alten VW mit Allradantrieb, und stets mit einem Auftrag in der Tasche, um das Angenehme mit dem Nützlichen zu verbinden. Arbeiten und Erholen gleichzeitig, so war er schon in halb Europa herumgekommen. Dass die Grenzkontrollen weggefallen waren, kam ihm sehr entgegen, minderte das doch sein Betriebsrisiko ganz enorm.

Vor etlichen Jahren war er in einem englischsprachigen Waffenjournal auf eine unscheinbare Kleinanzeige gestoßen, in der unter Chiffre ein Präzisionsschütze für ›Spezialaufträge‹ gesucht wurde. Schon vom ersten Mal an lief die Sache blendend und vor allem völlig anonym. Ganz nach beiderseitigem Wunsch lernten sich Auftraggeber und Auftragnehmer niemals kennen, und dass Willy der durchtrainierte, international tätige Sniper war, konnte keiner ahnen. Wer hätte das einer o-beinigen Kugel auch zugetraut? Selbst seine Kurpfälzer Jagdfreunde kannten ihn nur als den im Nahkampf auf Reh und Sau erfolgreichen ›BummBumm‹-Schützen mit der Doppelbüchse.

Er erhielt die nötigen Unterlagen per Mail an eine Adresse, die er anfangs nie zu Hause, sondern immer in ständig wechselnden Internetcafés zwischen Saarbrücken, Koblenz, Straßburg und Heilbronn checkte. Erst als er seine Computerkenntnisse auf mittleres Hackerniveau hochgehievt hatte und den Standort des Rechners professionell tarnen konnte, traute sich Willy, auch von zu Hause aus zu kommunizieren. Er war für seine Geschäftspartner äußerst verlässlich, hatte noch nie einen Auftrag abgelehnt und wurde deshalb auch immer anstandslos entlohnt. Die Hälfte des sechsstelligen Honorars vorab auf ein schweizerisches Online-Nummernkonto, das er bereits vor Jahren mit perfekt gefälschten Papieren eingerichtet hatte – den Rest prompt nach Erledigung.

Ein todsicheres System mit maximaler Anonymität, das ihn in diesem Mai auf einen malerischen Parkplatz an der Côte d'Azur führte.

Zwei Tage lang stellte er den Bus am Rand des Platzes ab – eine Zeit, in der er sein rollendes Heim höchstens im Schutz der Dunkelheit verließ. Unter ihm brandete das Meer an die Steilküste und in ziemlicher Entfernung grüßten die weißen Boote des Jachthafens.

Dank verdunkelter Scheiben konnte niemand von außen zu ihm hineinsehen. An den Campingmöbeln hinter dem Fahrersitz war neben der Kühlschranktür ein massives senkrechtes Metallrohr festgeschraubt und unten im Boden verankert. Darauf steckte eine eigens angefertigte Konstruktion mit zwei nebeneinander montierten Kugelköpfen, die er von professionellen Fotostativen abgebaut hatte. Der eine war noch leer, der andere bildete die Basis für das leistungsfähige Fernrohr, das auf den Hafen gerichtet war. Die bis zu 60-fach vergrößernde variable Optik ließ sich ferngesteuert bewegen, konnte bei Bedarf mit einer Nachtsichteinrichtung kombiniert werden und übertrug ein gestochen scharfes Bild auf den breiten Bildschirm von Willys Laptop.

Schon eine Viertelstunde nach seiner Ankunft hatte er unter den protzigen Motorjachten die ›Marie-Claire‹ ausgemacht, den Bus in eine optimale Parkposition rangiert und seine Geräte auf das 25-Meter-Schiff ausgerichtet.

Einen Nachmittag lang beobachtete er die Personen, die sich an Bord befanden. Vier Mädchen in äußerst knappen Bikinis beachtete er nicht weiter, aber von den Gesichtern der drei Männer, die er auf seinem Monitor hatte, speicherte er hoch aufgelöste Porträts.

Der bullige Kopf mit der schlohweißen Stoppelhaarfrisur passte exakt zum Bild, das er erhalten hatte. Die Beschreibung der Jacht gab ihm zusätzliche Sicherheit, den Richtigen vor sich zu haben.

Willy ließ sich Zeit. Nichts überstürzen – in der Ruhe liegt die Kraft. Der Hintergrund für seinen Auftrag? Keine Ahnung! Manchmal konnte er es sich zusammenreimen, aber in diesem Fall kannte er noch nicht einmal den Namen.

Ehrlich gesagt interessierte sich Willy auch gar nicht für das Wieso und Warum. Viel wichtiger war ihm die perfekte Ausführung inklusive Aufzeichnung für seine Auftraggeber.

Am Morgen des zweiten Tages bemerkte er an Bord der Jacht Vorbereitungen zum Auslaufen. Es wurde Zeit, den Auftrag umzusetzen. Er schaltete die vier versteckten Weitwinkelkameras, mit denen er die Umgebung seines Wagens im Blick hatte, auf den Laptop. Neben seinem Bus parkten ausschließlich Pkws, deren Insassen bereits in Richtung Strand aufgebrochen waren. Zwei etwas weiter entfernt stehende Wohnmobile wurden gerade zur Abfahrt fertig gemacht.

Besser konnte es gar nicht laufen. Willy griff nach dem längst vorbereiteten Gewehr, das neben ihm lag, und schraubte es auf den noch freien Kugelkopf. Ein Blick auf den Computer – die Wohnmobile verschwanden gerade vom Platz.

Er langte zum Seitenfenster über dem Gasherd und schob es zwei Handbreit auf. Selbst, wenn er etwas schwenken müsste, würde der Spalt ausreichen.

Durch das Zielfernrohr visierte Willy jetzt die Jacht an. Die Besatzung war kurz davor, die Leinen los zu machen. 288 Meter – auf diese Entfernung würde das Geschoss um 11 Zentimeter fallen. Kein Problem – das Fadenkreuz hatte er bereits gestern um diese Differenz verstellt.

Willy drehte an der Vergrößerung. Erst so, dass er noch eine kurze Übersicht hatte. Die Stoppelfrisur stand an der Reling vorn am Bug. Okay, dann eben ab ins Wasser, dachte der kleine runde Mann, ging in Anschlag, vergrößerte wieder mehr, hatte den Hinterkopf jetzt voll im Visier, entsicherte und legte seinen Finger an den Abzug.

Ausatmen und ›plopp‹! Volltreffer! Das Ziel kippte nach vorn und stürzte kopfüber ins brackige Hafenwasser.

Solange er das Gewehr wieder zerlegte, ließ Willy die Aufzeichnung des Fernrohrbildes noch mitlaufen.

Mit einem Auge schaute er auf seinen Monitor. Hektisches Treiben schien die Jachtbesatzung erfasst zu haben. Zwei der Schönheiten waren nach vorn gerannt, eine mit Rettungsring in der Hand, aber sie zögerte, ihn zu werfen. Dann wichen beide Mädchen entsetzt zurück. Eines fasste sich an den Hinterkopf. Willy sah in der starken Vergrößerung seines Fernrohres die schreiend aufgerissenen Münder. Er verstand, auch ohne Lippenlesen zu können, und beeilte sich ein wenig mehr, seine Waffe auseinanderzubauen.

Sicherlich trieb vor dem Bug der Jacht jetzt ein Mann in den besten Jahren, muskulös, braungebrannt, in Badeshorts und Bauchlage, leider mit einem unschönen Loch in der weißen Teddyfrisur seines Hinterkopfs, um den herum sich das trübe Hafenwasser langsam blutrot färbte.

Hoffentlich, dachte Willy, hoffentlich liegt er nicht verkehrt rum und repetierte die beiden ungenutzten Patronen aus dem Magazin, um sie zurück in die weichgepolsterte Box zu stecken. Er verwendete grundsätzlich selbstgeladene Munition mit Jagdgeschossen, immer die neuesten Laborierungen, legte Wert auf höchstmögliche Energieabgabe und schnellste Zerlegung. Reh oder Mensch, bei beiden sollte das Ende blitzartig eintreten. Dass manchmal ein Teil des Schädels mit wegflog – na ja, unschön, aber nicht zu ändern. Im Fall des Stoppelhaarigen fehlte sicherlich eine handgroße Fläche im Gesicht.

Hoffentlich treibt er bäuchlings …

Den Gewehrkoffer packte er wieder in den Bettkasten, dann schraubte er das Fernrohr ab, schloss das Schiebefenster, kontrollierte, ob die Videosequenz auf dem Laptop auch richtig gespeichert war, ließ parallel dazu das Hubdach herunter und machte es sich hinter dem Steuer bequem. Auf einem netten Campingplatz jenseits der spanischen Grenze noch eine CD brennen, in den Polsterumschlag eintüten, die österreichische Postfachadresse darauf schreiben, ab damit in den Briefkasten und bereits wenige Tage später würde sich der Betrag auf seinem Tagesgeldkonto wieder um ein Viertelmilliönchen erhöht haben.

Willy liebte glatte Beträge. 500.000 waren sein Tarif, Dollar natürlich, die Währung in der alle internationalen Schurkereien abgewickelt wurden. Die Hälfte als Anzahlung, die andere Hälfte, wenn die Auftraggeber sich an seinem kleinen Jagdfilmchen sattgesehen hatten. Ansitzjagd mit Abschuss, todsichere Erlegung!

Zufrieden mit seinem Werk steuerte er den Campingbus auf die Straße nach Westen, die eine Hand am Lenkrad, mit der anderen Anjas Köpfchen auf dem Beifahrersitz kraulend. Er wechselte auf Knopfdruck vollautomatisch die belgischen Kennzeichen gegen schweizerische und passierte freundlich lächelnd drei entgegenkommende Blaulichtfahrzeuge, die mit heulenden Sirenen in Richtung Hafen rasten.

Noch nie hatte Willy Gewissensbisse gehabt. Reh, Wildschwein oder Stoppelkopf, das war ihm völlig egal. Punktgenau zu treffen, unbemerkt und auf weiteste Entfernungen, diese Herausforderung spornte ihn jedes Mal von Neuem an.

Keiner seiner Aufträge hatte ihn jemals belastet – die Kundenzufriedenheit war seine oberste Maxime, ob es um die Toleranzen bei der Fertigung der ›Kurpfalz-Trigger‹ oder um die Präzision des finalen Schusses ging.

Niemals hatte er gezögert, einen Job anzunehmen – niemals … bis zu dem Sonntag im Juni, dem Tag, an dem die Mail eintraf.

›Wir waren wie immer sehr zufrieden‹, schrieb der Absender, ›deshalb ein weiterer Auftrag: Konditionen wie bisher, die Hälfte als Anzahlung, den Rest prompt nach Erledigung auf das bekannte Konto der Winterthurer Bank. Ein neues Zielobjekt, diesmal im südwestlichen Deutschland‹… Doppelklick auf die Bilddatei … Willy erstarrte. Was er sah, ließ ihm in Bruchteilen einer Sekunde das Blut in den Adern gefrieren. Das Gesicht, das ihm vom Monitor entgegenstarrte war … sein eigenes!

Noch nie hatte er gesundheitliche Probleme gehabt, aber in diesem Moment gab es in seinem Innern einen gewaltigen Stich. Er rang nach Luft, fasste sich an die Brust und verdrehte die Augen. Es wurde schwarz um ihn und ohnmächtig sank er in seinem Schreibtischsessel zusammen.

Als Willy gefühlte drei Stunden später wieder zu sich kam – in Wirklichkeit waren es nur drei Minuten gewesen –, sah er als Erstes … natürlich sein Antlitz auf dem Bildschirm.

Zum ersten Mal in seinem Leben, oder zumindest solange er sich erinnern konnte, hatte er Angst, richtig starke, scheußliche, zitternde Angst. Wer konnte ihm beistehen? Ihm, allein in der großen, alten, kalten Mühle? In der Mühle, festungsgleich mit ihren Bollwerk-Mauern, die niemand durchdringen konnte?

Willys Blick wandte sich vom PC etwas zur Seite. Dorthin, wo in einem Weidenkorb die kleine Anja selig schlief und ab und zu jiffte, wenn sie im Traum auf Schweinejagd war.

»Sssst«, pfiff er leise durch die Zähne. »Komm, komm zu mir«, lockte er die Terrierhündin, die zuerst ganz verpennt die Augen öffnete, dann aber blitzschnell mit einem Satz auf Willys Schoß hopste. Ganz fest drückte er den kleinen Hund an seine Brust. Anja dankte mit ihrer Zunge und fuhr ihm einmal quer übers Gesicht. Willy musste lachen: »Was weißt du schon von der bösen Welt.«

Dann griff er in die unterste Schublade seines Schreibtisches, holte eine Zedernholzbox hervor und entnahm ihr eine handgerollte Havanna-Zigarre. Nur ein paarmal im Jahr, zu wirklich besonderen Anlässen, gönnte sich Willy diesen exklusiven Rauchgenuss, aber heute musste es sein – der letzte Tag vom Rest seines Lebens.

Er ließ Anja wieder auf den Boden gleiten, schnitt mit einer silbern blitzenden Schere das Zigarrenende ab, entzündete ein extra langes Streichholz und gab dem Tabak Feuer.

Nach den ersten Zügen begann sein Gehirn wieder zu arbeiten.

Warum er? Was sollte das bedeuten? Wem war er im Wege? Wer wollte ihn beseitigen?

War er entdeckt worden? Rache für einen, den er punktgenau ins Jenseits befördert hatte?

Willy schüttelte den Kopf. Unwahrscheinlich. In diesem Fall wäre einfach ein anderer Killer auf ihn angesetzt worden. Peng, fertig. Und die Mail käme ja auf keinen Fall von denselben Leuten, die bisher immer bestens mit ihm zufrieden gewesen waren.

Hatten ihn seine Auftraggeber heimlich überwacht und so herausgefunden, wer hinter den Punktschüssen steckte? Wollten sie nun alle Spuren ausradieren und das Restrisiko ausschalten? Nein, auch in diesem Fall hätte man sicherlich einen ›Kollegen‹ beauftragt.

Steckte vielleicht die russische Waffenindustrie dahinter, die einfach seinen genialen Kopf eliminieren wollte?

In Willys Kopf surrte es wie in einem Bienenstock, ein Gedanke jagte den anderen. Könnte er den Auftrag ablehnen? Aber mit welcher Begründung? Unmöglich, da wäre er ja gleich enttarnt. Schließlich wusste er nicht mehr ein noch aus. Er wusste nur eines: Willy wollte überleben!

Doch der Preis dafür war hoch.

Mit etwas Geschick ließe sich vielleicht das Geld auf dem Schweizer Konto retten.

Aber der Rest? Mühle, Tüftlerwerkstatt, Schießstand, Jagdrevier? Musste er seinen ganzen Besitz aufgeben? Das, was ihm lieb und teuer war?

Konnte er nicht einfach alles verkaufen, mit dem Geld in der Tasche abhauen und irgendwo am anderen Ende der Welt neu anfangen?

Nein, viel zu auffällig! Sicherlich wurde er schon seit Längerem beobachtet. Die würden Lunte riechen, noch bevor er sich absetzen könnte und selbst, wenn ihm das gelänge, wäre er auch im abgelegensten Winkel der Erde nicht vor ihnen sicher.

Willy erhob sich schwerfällig und ging wehmütig in

seinem Anwesen umher. Ihm blieben knappe 14 Tage, um von dieser Erde zu verschwinden.

Sein Testament hatte er bereits vor Jahren gemacht und in amtliche Verwahrung gegeben. Wer sollte erben? In Willys Fall eine sehr schwere Frage. Eigene Abkömmlinge, wie es im Bürokratendeutsch so schön hieß, gab es nicht und von seinen einzigen Verwandten, den Töchtern einer früh verstorbenen Cousine, hatte er schon seit mehreren Jahren nichts mehr gehört. Doch die wären ohnehin nicht infrage gekommen. Sie waren ihm bereits als kleine Kinder immer auf die Nerven gegangen.

Nein, Willy hatte damals eine Weile überlegt und dann als alleinigen Erben für seine sämtlichen Vermögenswerte einen jungen Jäger eingesetzt. Bernhard Glück, von Beruf Medizintechniker an der Uniklinik Heidelberg, half ihm gelegentlich bei Revierarbeiten oder beim Bergen einer schweren Wildsau. Willy revanchierte sich mit großzügigen Einladungen, einen Rehbock oder einen Frischling zu erlegen. Im Lauf der Jahre, als sie sich besser kennengelernt hatten, wurde Glück nach und nach zum ständigen Mitjäger in einem kleinen Teil von Willys Revier.

Von dem Testament hatte er allerdings keine Ahnung. Darüber wollte Willy bewusst nicht sprechen, doch hegte er die Hoffnung, dass ein mit den Feinheiten medizinischer Geräte vertrauter Mensch auch die ausgetüftelten Konstruktionen seiner Gewehrabzüge würdigen und die Fertigung der ›Kurpfalz-Trigger‹ fortführen könnte. Was er wohl zu dem unterirdischen Schießstand sagen würde? Bestimmt wäre er begeistert, doch zu Lebzeiten mochte Willy niemanden in seine Geheimnisse einweihen.

Er setzte sich wieder an den Schreibtisch und starrte auf den Monitor. Dass er seine Angelegenheiten in weiser Voraussicht bereits geregelt hatte, gab ihm nach dem ersten Schock ein wenig Halt und machte es Willy möglich, über einen möglichst eleganten Abschied von dieser Welt nachzudenken.

Er ging mit derselben Akribie vor, mit der er seine feinmechanischen Konstruktionen austüftelte, und marschierte zwei Nächte und einen Tag lang gemächlichen Schritts in der weitläufigen Werkhalle umher. Ab und zu steuerte er einen großen weißen Karton an, den er auf eine Sperrholzplatte getackert und dann neben dem zentralen Maschinenleitstand an einer der dicken Außenmauern befestigt hatte. Filzstifte in vier verschiedenen Farben lagen bereit, um alle Gedanken, die er während seiner Wanderung bekam, umgehend festzuhalten.

Wenn er müde wurde, legte sich Willy für ein paar Stunden auf eine alte Matratze neben dem Leitstand, doch er verließ die Werkstatt nur, um ein Fertiggericht in die Mikrowelle zu stellen, oder wenn er zur Toilette musste. Er duschte sich nicht, zog keine anderen Kleider an und ließ auch Anja nur ganz kurz auf dem Rasen des Innenhofes ihre Geschäfte verrichten.

Ansonsten fühlte er sich wie ein griechischer Philosoph in der Wandelhalle, wankte auf seinen kurzen O-Beinen zwischen den stillstehenden Metallbearbeitungsmaschinen umher und hielt mit den Händen die orangefarbenen Hosenträger vor dem Bauch umklammert.

Am Morgen des zweiten Tages hatte er den entscheidenden Einfall, mit dem er das letzte noch fehlende Glied in seiner Logik-Kette schließen konnte. Ein günstiger Zufall, der ihm dabei zu Hilfe kam. ›Friedhof Peterstal‹ schrieb er mit einem breiten roten Stift auf seinen Karton.

Danach verließ Willy die Halle, legte sich zufrieden in sein Bett und schlief volle 14 Stunden am Stück.

Es war bereits acht Uhr abends, als er wieder erwachte. Mit einem Satz sprang er auf, fuhr in die Kleider, machte eine Katzenwäsche, lockte Anja und ging in den Hof. Nebeneinander standen dort seine beiden alten Fahrzeuge, der Campingbus und der Geländewagen. Wer ihn auch immer beobachten wollte – was in diesem allseitig umschlossenen Hof geschah, konnte nur aus der Luft gesehen werden. Perfekt! Willy rieb sich die Hände, packte eine Sackkarre und ein paar weitere Gerätschaften in den Bus, drückte auf den Sender, der das Tor öffnete und fuhr los.

Wenige Minuten später erreichte er den Waldrand, wo sein Jagdrevier begann. Ein breiter Holzabfuhrweg führte hinein und wie an jedem Wochenende hatte der Förster die rot-weiße Schranke geschlossen, um Unbefugten die Zufahrt zu versperren. Als Jagdpächter besaß Willy selbstverständlich einen Schlüssel. Er hopste aus dem Bus, öffnete das Schloss, drehte die Sperre zur Seite, fuhr hindurch und schloss wieder hinter sich ab.

Sollte ihm jemand mit einem Wagen gefolgt sein, war hier jedenfalls Schluss. Die nächste Zufahrt in den Wald lag zwei Kilometer entfernt.

Er gab Gas und folgte dem Schottersträßchen, das sich in mehreren Kurven den Hang entlang nach oben schlängelte. An der dritten Abzweigung bog er nach rechts in einen schmaleren Weg ein, der nur wenige hundert Meter lang war und dann vor einem tiefen Bacheinschnitt endete. Willy rangierte seinen Bus quer, lud die Präzisionsbüchse und wartete. Eine gute Stunde hatte er bis zum Einbruch der Dunkelheit noch Zeit, doch so lange würde es nicht dauern, bis sich auf der anderen Bachseite etwas regte.

Er sollte recht behalten. Erst kam die spitze Schnauze aus dem Loch, dann zwei listige Äuglein, dreieckige Ohren und als sich der Jungfuchs vor dem Bau dehnte, streckte und den Sand aus dem Balg schüttelte, war bereits – plopp – sein schnelles Ende aus der schallgedämpften Waffe von ›Willy-BummBumm‹ gekommen. Prima, freute er sich. Punkt eins erledigt.

Schnell eilte der Jäger auf dem schmalen Pirschpfad hinunter zum Bach, balancierte über ein paar große Steine, stieg am anderen Ufer hoch zum Fuchsbau, steckte den jungen Rüden in einen blauen Plastiksack und trug ihn zurück zum Wagen.

Als Nächstes steuerte er einen seiner komfortablen Hochsitze an, kletterte die stabile Leiter empor und begann aufzubauen. Dieselbe Zielvorrichtung wie im Bus, aber dieses Mal mit einer Schraubzwinge an der Bretterwand festgeklemmt.

Er setzte sein Fernrohr auf und visierte hindurch. Perfekt! Genau die richtige Stelle auf dem Abfuhrweg, der durch den gegenüberliegenden Hang führte. Der Laser-Entfernungsmesser zeigte 224 Meter. Passt! Wieder rieb sich Willy die Hände. Auch Punkt zwei planmäßig erledigt! Das Fernrohr nahm er mit, die Halterung konnte bis morgen dort bleiben.

Bis er den nächsten Teil seines Planes in Angriff nehmen konnte, musste er sich noch gedulden. Zwischen ein und drei Uhr nachts wollte er die Aktion durchziehen. Strapaziös würde es werden, aber er konnte es schaffen.

Willy klappte die Sitzbank im Campingbus um, machte es sich auf der Matratze gemütlich, schärfte Anja ein, gut aufzupassen, stellte den Timer des Handys auf halb eins und fiel bald in tiefen Schlummer.

Das Phone weckte ihn pünktlich. Er dehnte sich, so wie der Fuchs einige Stunden zuvor, zog eine alte weite Latzhose über, stieg in seine grünen Gummistiefel und steuerte den Bus auf einen anderen Weg als den, auf dem er gekommen war, aus dem Wald.

Eine Viertelstunde später hielt er auf einem verdeckten Platz unweit des Friedhofs von Peterstal. Sackkarre, kurze Leiter, Stirnlampe, die Werkzeuge in einem riesig großen Gewebesack, einem Big-Bag, der einmal zum Transport von Pflastersteinen gedient hatte und los ging's. Anja wich ihm nicht von der Seite.

Lautlos pirschten die beiden durch das Friedhofstor und gingen den Hauptweg entlang. Das frische Grab war schnell gefunden. Kränze, Blumenschalen, Abdeckmatten – von allem merkte sich Willy genau, wie es angeordnet war und räumte es dann beiseite.

Er hatte Glück. Der Dreiviertelmond schien so hell, dass er die Stirnlampe vorerst gar nicht einzuschalten brauchte. Dicht belaubte Sträucher schirmten vor neugierigen Blicken ab.

Dann begann er zu graben. Schaufel für Schaufel schippte er die lockere Erde zur Seite und war nach einer halben Stunde bereits so tief im Loch, dass er fast darin verschwand. Ab und zu, wenn er eine kurze Pause machte, um sich den Schweiß vom Gesicht zu wischen, lugte Anja über den Rand herunter, als wollte sie sagen: Alles in Ordnung, ich passe hier oben auf.

Schon zehn Minuten später stieß Willy auf Holz. Vorsichtig legte er den Sarg frei, drehte die Schrauben heraus … und wusste für einen Moment nicht weiter. Wie konnte er den Deckel anheben, wenn er selbst darauf stand? Unmöglich! Er musste sich etwas einfallen lassen und zwar schnell.

Ja, so könnte es gehen. Willy hatte die kurze Leiter oben bereitgelegt, zog sie schnell zu sich ins Loch, turnte hinauf, holte einen breiten Spanngurt und einen Latthammer aus dem Sack mit den Werkzeugen und stieg wieder hinab. Er hieb den Hammer mit der Spitze in das Holz, knotete den Gurt daran fest, kletterte hoch, zog erst die Leiter und dann den Sargdeckel hinter sich her nach oben. Zum hundertsten Mal wischte sich Willy den Schweiß ab, dann schaute und leuchtete er vorsichtig in das offene Grab hinunter.

Natürlich hatten sie ihn in seiner grünen Jägerkluft beerdigt, den schwarzen Hans. Gelegentlich waren sie sich bei Treibjagden einmal begegnet, aber in letzter Zeit hatte Hans Schweizer den Wald nur noch von fern gesehen – dafür jeden Tag eine ganze Kiste Bier aus der Nähe.

Pech für ihn, dass seine Leber dabei nicht mehr mitspielte, aber Glück für Willy, dass er sich an den kürzlich Verblichenen erinnert hatte. Von Umfang und Körpergröße her passten die beiden ziemlich genau zueinander.

Entschuldigung Hans, leider komme ich ein wenig spät zu deiner Beerdigung.

Von einer unglaublichen Energie getrieben machte Willy weiter, schob die Leiter abermals ins Loch hinunter, kletterte hinterher, holte tief Luft, überwand sich, setzte den Verstorbenen auf und schlang ihm den Gurt unter den Armen durch. Mit ziemlich bleichgrünem Gesicht erklomm er dann den Rand des Grabes. Er schob die Aluleiter hinter den Rücken des Toten, schaffte sich so eine schiefe Ebene … und zog … und zog … und endlich beim dritten Anlauf bewegte sich der schwarze Hans.

Mit letzter Kraft gelang es Willy, den Jäger mitsamt der Leiter ins Freie zu ziehen. Völlig außer Atem ließ er sich ins Gras fallen. So anstrengend hatte er sich das Ganze wirklich nicht vorgestellt. Aber es war geschafft!

Nur drei Minuten gönnte er sich, dann ließ er den Sargdeckel wieder hinunter, schaufelte das Loch zu, drapierte den Grabschmuck exakt da, wo er hingehörte, wälzte den Toten in den Riesensack, packte die Werkzeuge dazu, fuhr mit der Sackkarre darunter und steuerte mit seiner schweren Fracht zum Friedhof hinaus.

Es war kurz nach 4 Uhr und begann schon leicht zu dämmern, als sich das elektrische Tor der alten Mühle hinter Willy schloss. Zuhause! Punkt drei erledigt. Unglaublich, was er alles geschafft hatte. Erschöpft, aber zufrieden, schlief er ein.

Keine fünf Stunden später war er wieder wach. Nach einer ausgiebigen Dusche stieg er in seine Kleider, die er schon seit Jahren nicht mehr angehabt hatte. Statt jägergrün trug er nun eine schwarze Hose aus dickem Baumwollstoff, darüber ein schwarzes T-Shirt, ebenso schwarze Hosenträger und eine grau karierte Hemdjacke im Stil kanadischer Holzfällerhemden.

Eine Baseballmütze, selbstverständlich auch in schwarz, und eine Brille mit dunklem Horngestell rundeten das Erscheinungsbild ab. Er schnürte die amerikanischen Worker-Boots, streichelte Anja und machte sich auf den Weg durch seine Werkhalle zum Schießstand. Jetzt benötigte er die Stirnlampe, denn hinter der 300-Meter-Zielscheibe gab es kein Licht mehr.

Er schwenkte den aus massiven Holzstämmen gebauten Kugelfang zur Seite und betrat das letzte Stück des früheren Wasserstollens. Da Willy ungern etwas dem Zufall überließ, hatte er dafür gesorgt, stets diesen Fluchtweg aus seinem Anwesen in Funktion zu halten. Nicht nur das massive Eisentor, das er am anderen Tunnelende montiert hatte, war jederzeit gut geölt, sondern auch das alte BMW-Motorrad, eine ausgemusterte Militärmaschine, befand sich immer in einwandfreiem Zustand. Abgeschmiert, vollgetankt, stand es dort mit höchst professionell gefälschtem Kennzeichen und wartete auf den Tag X, an dem es von Willy benötigt werden würde.

Jetzt war es so weit. Er stülpte sich den Halbschalenhelm über, schloss vorsichtig das Metalltor auf und spähte hinaus. Dichte Strauchvegetation schirmte ihn ab und machte das Tor mit seiner moosgrünen Oberfläche von außen nahezu unsichtbar. Ein ebenso zugewachsener, schmaler, aber gut befestigter Pfad führte 50 Meter weit bis zum nächsten Waldweg. Willy schob das Krad hinaus, schloss sorgfältig ab und ließ die Maschine ohne Motor rollen. Erst auf dem breiten Schotterweg trat er den Anlasser.

Zuerst fuhr er vorsichtig, auf der Landstraße dann aber so, wie wenn er täglich mit der Maschine unterwegs wäre.

Er genoss die Kurven des Odenwalds, freute sich über die Abschiedsfahrt und drehte am Gas.

Sein Weg führte ihn nach Darmstadt und dort zu der Mietwagenfirma, bei der er als Harry Wohlgemuth am Tag zuvor telefonisch einen dunkelblauen geschlossenen Ford-Transit-Kastenwagen bestellt hatte. Die Formalitäten verliefen problemlos und mit Schwung und einer im naheliegenden Baumarkt gekauften Holzplanke schaffte er es auch, das zwei Straßen entfernt geparkte Motorrad in den Laderaum zu bugsieren. Festzurren, fertig! Auf der Heimfahrt steuerte er noch einen Großmarkt für Heimtierbedarf an und vor der Mittagszeit war er wieder zurück.

Den Transporter stellte Willy jetzt auf dem Wanderparkplatz am Waldrand ab, setzte sich erneut auf sein Motorrad und brauste die letzten paar hundert Meter nach oben bis zum Stolleneingang.

400 Meter zurück in sein Anwesen, eine Viertelstunde Ruhe, dann begann er mit den letzten Vorbereitungen.

Drei bereits fertig adressierte Pakete und einen Alu-Reisekoffer band er auf die Sackkarre und schob das Ganze durch den Tunnel bis zum jenseitigen Ende.

Im Zurückgehen richtete er den Schießstand wieder her und belud dann im Hof den alten Toyota. Den blauen leichten Plastiksack, der bereits ziemlich nach totem Fuchs und den großen schweren Gewebesack, der noch mehr nach totem Jäger stank, verstaute er im Laderaum, ebenso die Motorsäge und reichlich Sprit. Seinen Rucksack und die kleine Anja nahm Willy nach vorne.

Ein letzter wehmütiger Rundgang durch die Mühle, dann ließ er das Tor aufschwenken und holperte hinaus.

So sollte es eben sein – es gab keinen anderen Weg! Willy dachte an Sodom, Gomorrha, an Lots Frau und schaute nicht zurück …

Gemächlich brummte der antiquierte Geländewagen mit seinem durstigen, aber unzerstörbaren Benzinmotor in Richtung des Jagdreviers.

Jetzt ging es los:

Erste Station Waldparkplatz: Toyota abstellen, mit Ford Transit in die Nähe des Stollentores fahren, Sackkarre holen, abschließen, alles in den Transporter laden, zurück zum Parkplatz, umsteigen.

Zweite Station Hochsitz: Fernrohr installieren, Laptop anschließen, ein Kontrollblick, dann weiter.

Dritte Station Waldweg: Zuerst den Weg abfahren, irgendwo Spaziergänger in Sicht? Glück gehabt, niemand unterwegs, allerdings auch ein ziemlich abgelegener Platz. Dann genau an der Stelle, auf die das Fernrohr gerichtet ist, eine fünf Meter hohe, dicht belaubte Buche umsägen und als Sperre auf den Weg fallen lassen. Rückwärtsgang rein, hundert Meter retour.

Vierte Station Waldweg: Wie in der Aufzeichnung des Notebooks deutlich zu sehen ist, kommt von rechts ein alter roter Geländewagen angerollt. Der Fahrer, ein Vollbärtiger mit grünem Jägerhut, hat den Ellenbogen lässig am geöffneten Seitenfenster aufgelegt. Vor einem querliegenden Laubbaum muss er anhalten. Zwei Sekunden scheint er zu überlegen – eindeutig zu lang, denn schlagartig reißt es ihn zur Seite, gleichzeitig spritzt eine dunkle Flüssigkeit wie eine Fontäne aus seinem Hals unter dem rechten Ohr.

Fünfte Station Waldweg: Willy beruhigt Anja und richtet sich wieder vom Beifahrersitz auf, wohin er blitzartig gekippt war. Mit mehreren Blättern Küchenrolle säubert er notdürftig seine linke Körperhälfte, steigt aus und zieht den Baum zur Seite. Rückwärtsgang.

Sechste Station Hochsitz: Laptop kontrollieren, Aufnahme perfekt, Schussgeräusch später digital einfügen. Fernrohr und Halterung abbauen, alles in den Rucksack.

Siebte Station Waldweg: Anja und Rucksack ausladen, beide Säcke ausleeren, den schwarzen Hans auf den Fahrersitz hieven – uff! –, den Fuchs daneben legen. Halt! Messer aufklappen, Fuchslunte auf die Länge eines kupierten Hundeschwanzes abschneiden. Schwupp, den Rest ins Unterholz. Zur Sicherheit genügend Motorsägenbenzin über Jäger und Fuchs verteilen, den Kanister wieder verschließen. Noch einmal das Kotflügelblech des geliebten Landcruiser streicheln, dann Gang raus, Handbremse los! Schauen, wie der alte Wagen Fahrt aufnimmt und in der nächsten Kurve geradeaus den Steilhang hinunterstürzt. Fürchterlicher Krach, zwei volle Überschläge. Allerdings kein Feuer.

Achte Station Unfallwagen: Vorsichtig nähern, Fahrzeug völlig deformiert, aber immer noch kein Feuer, deshalb Grillanzünder aus der Hosentasche nehmen, Streichhölzer … halt, zurück … Bumm! Bumm! … Also doch ein elektrischer Funke …, umso besser …, nichts wie weg!

Auch der Rest verlief ganz nach Plan, allerdings weniger hektisch.

Auf einem schmalen Pirschpfad steil bergab erreichten Willy und Anja schon zehn Minuten später den Parkplatz am Waldrand. Niemand war zu sehen, also bestiegen sie flugs den Mietwagen und fuhren ab, immer in Richtung Süden.

Sie durchquerten den Kraichgau, ließen Pforzheim hinter sich und machten erst im Schwarzwald eine Pause. Im Kofferraum des Kastenwagens schliefen sie ein paar Stunden, bis es dunkel war, dann wanderten sie ein Stück zu einem kleinen Bergbach, wo Willy sich gründlich von dem Wildschweinblut säuberte, das er unterm Hemdkragen aus einem kleinen Plastikbeutel hatte spritzen lassen.

In der frischen schwarzen Kluft mit dem karierten Holzfällerhemd oben drüber setzten Herr und Hund die Reise am nächsten Morgen fort. Dieses Mal in Richtung Norden.

Zuerst zur Autobahnraststätte Bruchsal, um zu duschen, den Wuschelbart auf die Länge des Ausweisbildes von Harry Wohlgemuth zurückzustutzen und die dunkelrot verspritzte grüne Jägerkleidung zu entsorgen.

Als Nächstes zu mehreren Poststationen, um zuerst eine CD an die österreichische Postfachadresse und danach jeweils eines der länglichen Pakete nach Übersee aufzugeben. Nichts Verdächtiges, Kleider, Wäsche, Schuhe, dazwischen ein paar Metallteile … Willy vertraute darauf, dass der überlastete Zoll die Pakete nicht öffnen würde.

Herb wurde es nur für Anja, als sie auf dem Flughafenparkplatz von Frankfurt in die Transportbox umsteigen musste, doch als Leichtgewicht durfte sie sogar in die Passagierkabine. Mit genügend Wasser, Futter und ihrer gewohnten Kuscheldecke versorgt, schaffte sie die Strecke nach Buenos Aires ohne Probleme.

Schon am nächsten Tag hatte Willy ein geländegängiges und dennoch komfortables amerikanisches Wohnmobil organisiert, wartete noch das Eintreffen seiner Pakete ab, baute Doppelbüchse, Flinte und Präzisionsgewehr wieder zusammen, kaufte einen großen Posten Munition und machte sich dann auf den langen Weg in die argentinische Pampa, wo Harry Wohlgemuth erst vor wenigen Tagen über das Internet eine völlig abgelegene, kleine, aber sehr wildreiche Jagdfarm erworben hatte.

FANNY MORWEISER
DAS HAUS AM BERG

Lilla lag auf dem Diwan vor dem großen gewölbten Fenster in ihrem Living-Room, wie sie diesen Raum nannten, obwohl ihm alles Moderne abging, aber es war nun mal der Ort, an dem sie sich trafen, herumlungerten – was sie auch freimütig zugaben, sich in einem der tiefen Sessel vergruben, ihre neuesten Werke an den Wänden aufhingen, nachdem sie die vorherigen entfernt hatten, tranken, diskutierten, die aktuellen Projekte besprachen. Sie und noch vier andere hatten ein Stipendium für zwei Jahre in diesem ehemaligen Gutshaus bekommen, aber Gutshaus war zu wenig gesagt, es gab fünf oder sechs aneinander gebaute Häuser, dazu Scheunen und Stallungen, und das alles umgab einen riesigen gepflasterten Hof, auf dem sich die Kinder des Verwalters Sommer wie Winter stundenlang aufhielten. Ihre Spielsachen lagen verstreut umher und ihr Rufen hallte von den Wänden wider, als wollten sie zum Leben erwecken, was längst vorüber war. Nicht weit vom Gutshaus, auf einer Anhöhe im Wald versteckt, lag das dazugehörige Schloss mit Zacken und Zinnen und Türmen, märchenhaft und noch mehr in einen Dornröschenschlaf versunken als die Gebäude weiter unten an der Straße, aber der Schlossherr, den es durchaus noch gab, wünschte dort weder zu wohnen noch es zu vermieten. Er hatte jedoch, als man ihn darum bat, seinem Herzen einen Stoß gegeben und die leer stehenden ehemaligen Gesindehäuser, dazu den Raum in dem Gebäude neben dem immer offenen Tor, das den Weg in den Hof freigab, und auch den halb verwilderten Garten hergegeben für junge Künstler, Maler, Grafiker, Bildhauer, die sich ein paar Räume zum Schlafen, Wohnen und Arbeiten aussuchen konnten, aber keinerlei Miete zahlen mussten. Sie bekamen dazu ein, wenn auch nicht besonders üppiges Taschengeld; und von der Frau des Verwalters, dessen Tätigkeit, da Äcker und Wälder verpachtet waren, sich darauf beschränkte, instand zu halten und zu reparieren, was eben so anfiel, wurden sie bekocht, was bei der zahlreichen Kinderschar der beiden nicht weiter eine Rolle spielte.

Es war ein schönes und ein sehr langweiliges Leben. Zweimal im Jahr arrangierten sie einen Tag der offenen Tür, zeigten, was sie an Kreativem hervorgebracht hatten, stellten sich der Kritik des Publikums, das hauptsächlich aus ihrer Verwandtschaft und den Einwohnern der umliegenden Dörfer bestand, die diesen Anlass benutzten, einen Blick auf das ihrer Ansicht nach leicht verrückte, alle zwei Jahre wechselnde, sich in seinen Arbeiten aber doch weitgehend ähnlich bleibende Künstlervolk zu werfen.

Es war die Zeit zwischen Weihnachten und Silvester. Schnee war gefallen, aber ein kalter Regen hatte ihn wieder weggespült und nur an bestimmten Ecken liegen lassen, Ecken, die so ausgekühlt waren, dass sich die schmutzig weißen Überreste dort für längere Zeit hatten einnisten können.

Alle hatten über Weihnachten ihre Eltern besucht; von gutem Essen übersättigt und mit diversen Geschenken ausgestattet, waren sie erst heute zurückgekehrt.

Leon, Gilbert und Valerie waren verschwunden und

schliefen wahrscheinlich, obwohl es noch früher Nachmittag war, aber Lilla und Jon hatten es vorgezogen, sich in dem weitläufigen, in einer frühen Dämmerung versunkenen, mit altmodischen Möbeln ausgestatteten, früherem Gesellschaftsraum, jetzigem Living-Room, aufzuhalten, sich jeweils ein Glas Rotwein von der provisorischen Bar zu holen, die von Valeries Vater, der eine kleine exquisite Weinhandlung in Heidelberg betrieb, immer großzügig ausgestattet wurde, dem Knistern der Holzscheite in dem mächtigen gusseisernen Ofen zu lauschen und sich nur damit zu beschäftigen, nach dem ganzen Weihnachtstrubel hier wieder Fuß zu fassen.

Die von ihnen beanspruchten Räume in den Gesindehäusern waren mit neuen zugfreien Fenstern versehen, dort gab es Zentralheizung und ein Bad auf jedem Flur, aber dieser Teil der Anlage war in seinem ursprünglichen Zustand geblieben. Breite ausgetretene Holzdielen, mit verschlissenen Teppichen belegt, knarrten bei jedem Schritt, und an den Wänden, neben oder über ihren angepinnten Entwürfen oder Zeichnungen, starrten die Glasaugen ausgestopfter Tiere auf sie herunter, geradezu unheimlich aufleuchtend, wenn schräger Lichteinfall sie streifte. Das Telefon auf der Theke vor ihrer Bar klingelte, und Jon, der in der Nähe in einem der tiefen Sessel saß und vor sich hingeträumt hatte, erhob sich und schlurfte hinüber, wenig begeistert, denn meistens handelte es sich um einen Anruf des Verwalters oder seiner Frau, der Erste regte sich auf, weil wieder irgendwo Gips verstreut oder Farbe verspritzt war, die Zweite, in übergroßer Mütterlichkeit, bot meistens an, Wäsche mitzuwaschen oder fragte nach Extrawünschen für Frühstück, Mittag- oder Abendessen.

»Hofgut Rabenstein?«, fragte eine Männerstimme.

»Ja.«

»Bei Ihnen ... ich nehme an, Sie sind einer von den Stipendiaten ... habe ich recht?«

»Ja«, sagte Jon und straffte sich. »Haben Sie Interesse an unseren Arbeiten?«

»Tut mir leid«, sagte der Mann bedauernd, »ich bin mir sicher, dass Sie alle ganz großartig sind, aber es geht um etwas anderes. Ich bin Nachlassverwalter, und man hat mir mitgeteilt, dass Liliane Keller zu den Glücklichen gehört, die dort bei Ihnen ...«, er zögerte, »bei Ihnen malt? Bildhauert?«

»Lilla macht Objekte«, sagte Jon, »sie ist ganz in der Nähe. Ich hol sie mal.«

Lilla war schon von ihrem Sofa geglitten und neben Jon getreten, sie nahm den Hörer entgegen und gab ihrer Stimme den interessanten heiseren Klang, der, wie sie annahm, am besten zu einer so vielschichtigen Persönlichkeit passte, wie sie eine war. Jeder Einzelne von ihnen, ob Jon, Valerie, Leon, Gilbert und natürlich auch sie selbst, war ein Genie, würde früher oder später berühmt werden, angebetet und herumgereicht, aber noch hatte sich nicht allzu viel getan und das Stipendium lief Anfang des Sommers aus.

»Was kann ich für Sie tun?«, fragte sie.

Der Mann am anderen Ende der Leitung räusperte sich. »Ich habe die Telefonnummer von Ihren Eltern. Ich bin Nachlassverwalter, wissen Sie, und es handelt sich darum, dass man Sie in einem Testament zur Erbin eingesetzt hat.«

»Mich?«, rief Lilla, und nun klang ihre Stimme so, wie sie einem zwanzigjährigen Mädchen entsprach, hell und dazu noch ein bisschen aufgeregt, denn wenn man sie, warum auch immer, in einem Testament bedacht hatte, musste jemand gestorben sein, dem sie oder der ihr nahestand, und so ging sie in Gedanken in aller Eile Verwandte und Bekannte durch, wurde aber schnell aufgeklärt.

»Erinnern Sie sich an Ihre Großtante in Mosbach? Es geht mich ja nichts an, ich tue nur meine Arbeit, aber sie hat Ihren Vater, der ja der einzige Neffe und damit der am ehesten infrage kommende Erbe gewesen wäre, übergangen und Sie eingesetzt.«

»Das verstehe ich nicht«, meinte Lilla zögernd, »sie lebte ja völlig zurückgezogen mit diesem Faktotum … Heinrich hieß er, glaube ich, lag nur noch im Bett und ließ eigentlich niemanden mehr zu sich. Aber als ich noch kleiner war, hat mein Vater mich ein paar Mal zu ihr mitgenommen, ich durfte auf ihrem Bett herumkrabbeln und sie gab mir Bonbons. Als ich dann größer wurde, hat sie anscheinend jedes Interesse an uns verloren. Seltsam, dass sie jetzt …«

»Nicht gerade jetzt«, sagte der Nachlassverwalter, »das Testament wurde schon vor einiger Zeit im Notariat hinterlegt, und vielleicht auch nicht so seltsam, wie Sie glauben. Ich könnte Ihnen manches erklären, wenn Sie bereit wären, mit mir ins Krematorium zu fahren. Ihre gegenwärtige Bleibe liegt auf dem Weg dorthin und ich würde Sie so gegen sechzehn Uhr abholen und auch wieder zurückbringen. Die Urnenbeisetzung auf dem Mosbacher Friedhof findet dann später statt, bei der Gelegenheit könnte ich Ihnen das Haus zeigen.«

»Das Haus?«

»Ihr einziges Erbe. Das Haus, in dem die alte Dame bis zu ihrem Ende gelebt hat. Es tut mir leid, aber sonst ist nicht mehr viel da. Sie können das Erbe auch ablehnen.«

»Hatte sie Schulden?«

»Das nicht gerade. Aber das Haus, so schön es auch einmal gewesen sein mag, ist in einem traurigen Zustand.«

»Aber was wird dann aus diesem Heinrich? Es gibt ihn doch noch?«

»Er hat sich erhängt. Im Keller an einem Heizungsrohr. Er hat noch einen Bestatter verständigt und während die sich um die alte Dame kümmerten, ist er in den Keller und hat Schluss gemacht. Er war fast ebenso alt wie Ihre Großtante, ging auf die 100 zu. Was hätte er allein noch tun sollen.«

»Wird er auch verbrannt?«

»Ja.«

»Heute?«

»Ja.«

Lilla überlegte. Was auch immer da ablief, es würde spannender sein als auf dem Diwan zu liegen, in den verregneten Hof hinauszuschauen und Rotwein zu trinken. »Holen Sie mich ab«, sagte sie entschlossen. »Was soll ich anziehen?«

Ein leises Lachen drang an ihr Ohr. »Was immer Sie wollen. Es handelt sich ja nur um die Einäscherung. Das Verbrennen der Särge findet in diesem Krematorium an einem einzigen Tag in der Woche statt, weil es eine Mordsenergie braucht, den Ofen hochzufahren. Ob es in der Großstadt anders ist, weiß ich nicht. Aber dieses Krematorium liegt auf dem Land, ist umweltfreundlich und in guten Händen, soweit ich das beurteilen kann. Ich müsste bei der Verbrennung nicht mit dabei sein, die meisten, hat der Betreiber mir erzählt, lassen nur eine Kerze aufstellen und sich die genaue Stunde sagen, in der … nun, in der dieser Vorgang stattfindet. Der alte Mann, Heinrich, ist Nummer sechs. Ihre Großtante die Sieben, und ich fand es einfach korrekter, mit dabei zu sein. Was Sie angeht, haben Sie selbstverständlich keinerlei Verpflichtung, aber ich dachte, es wäre unter anderem eine Gelegenheit, Sie kennenzulernen und mir, verzeihen Sie, ein Bild von Ihnen zu machen.«

»Sie mögen Ihre Arbeit?«

Er schien nachzudenken. »Ja«, sagte er schließlich. »Manchmal ist sie sehr traurig, und ich komme mir wie ein Leichenfledderer vor, wühle ich die Papiere durch, die von einem einsamen Menschen übrig geblieben sind. Manchmal steht noch die Kaffeetasse auf dem Tisch, die Zeitung vom Todestag daneben. Man zieht Schubladen auf und öffnet Schränke, blättert Fotoalben durch und bekommt mit, was der oder die Verflossene am liebsten gegessen hat, wo der allabendliche Platz vor dem Fernseher war. Und so weiter.«

»Sie tun das ehrenamtlich?«

»Selten. Ist Geld da, werde ich aus dem Erbe bezahlt. Ansonsten übernimmt das der Staat. Je nach Aufwand. Ich kümmere mich notfalls um die Bestattung, die Trauerfeier, den Ort, wo die oder der Tote ihren letzten Platz finden. Manchmal ist schon ein Grab da, dann kommt der Sarg oder die Urne eben dazu.«

»Ist das bei meiner Großtante auch der Fall?«

»Nein. Ich habe mit Ihrem Vater gesprochen. Der Mann Ihrer Großtante ist vor vielen Jahren mit einer anderen Frau Richtung Brasilien verschwunden, unauffindbar, mit sehr großer Wahrscheinlichkeit nicht mehr am Leben. Es könnte einen geradezu melancholisch machen ... aus einer großen Liebe wurde eine unüberwindbare gegenseitige Abneigung. Warum das so war, kann ich Ihnen auf dem Weg erzählen.«

»Und woher wissen Sie das?«

»Aus Briefen. Einem Tagebuch. Wohl verwahrt in dem Nachtschränkchen neben dem Bett. Es ist alles noch da.«

»Alles noch da«, wiederholte Lilla. »Alles ohne Wert.«

»Nichts ist ganz ohne Wert«, meinte er. »Warten Sie ab.« Und damit legte er auf.

Die ganze Zeit war Jon um sie herumgesprungen und hatte versucht, mitzuhören. Jetzt wandte er ihr strahlend sein Gesicht zu.

»Du hast geerbt«, rief er, »jetzt können wir uns eine kleine Galerie in Heidelberg oder Mannheim einrichten. Endlich eine Grundlage. Was Sicheres. Wenn ich nur jetzt schon an die Vernissagen denke. Du in deinem langen roten Kleid mit dem riesigen Hut, Valerie ganz in Tüll wie eine Balletttänzerin, Gilbert und Leon als eineiige Zwillinge, völlig identisch angezogen, weiß geschminkt.«

Lilla betrachtete ihn kritisch von oben bis unten. »Und du gehst als Elefant.« Jon war Spott gewohnt. Er aß leidenschaftlich gern, und was seine ihn stets verwöhnende Großmutter und seine Mutter angeleiert hatten, wurde bei der Frau des Verwalters nicht weniger. Seltsamerweise brachte er im Gegensatz zu seiner Erscheinung mit schwarzer Tusche und dünnen altmodischen Stahlfedern äußerst grazil wirkende Zeichnungen zustande, aus unzählbaren kurzen Strichen zusammengesetzt.

Trat man aber beim Betrachten einen Schritt zurück, lösten sich wie aus einem Schatten Gesichter, Figuren, Innenräume, aber auch Schlösser und ineinander verflochtene Bäume und nie wusste man so genau, wo fängt das eine an und wo hört das andere auf.

»Nichts Erbe«, sagte Lilla. »Ein Haus, das, wenn ich den Herrn richtig verstanden habe, beim ersten lauten Husten zusammenbricht.«

Aber Jon war nicht unterzukriegen. »Dann ist das Grundstück was wert«, verkündete er.

»Aber ja«, meinte Lilla und nahm ihn in den Arm, »das nenne ich Freundschaft. Ich habe noch nichts und du verteilst es schon.«

»Ich werde auch alles mit euch teilen. Wenn ich erst berühmt bin.« Er griff nach der geöffneten Rotweinflasche, die auf der Theke stand, prüfte ihren Inhalt und lächelte zufrieden. »Darauf müssen wir anstoßen.«

»Ich nicht. Ich werde abgeholt.« Sie sah auf ihre Uhr. »In einer Dreiviertelstunde. Ich muss mich duschen und umziehen und eigentlich müsste ich noch meinen Vater anrufen … aber das eilt nicht. Bis später, Jon.«

Draußen brannte in manchen der Fenster schon Licht. Sie hielt sich dicht unter den weit vorspringenden Dächern, um nicht nass zu werden und schlüpfte vergnügt in den Flur des Hauses, in dem sie sich ihre Räume ausgesucht hatte.

Im Vorüberhuschen sah sie Leon und Gilbert nun doch schon wieder in ihren jeweiligen Ateliers arbeiten. Aus Gilberts Raum drang lautes Hämmern in das Treppenhaus, während Leon an seiner Töpferscheibe saß und mit verträumtem Gesichtsausdruck an einer seiner skurrilen Vasen Rillen in den weichen Ton zog.

Valerie hauste ganz allein in einem der anderen Gebäude und hatte dort fast alle Wände mit riesigen Leinwänden bespannt, auf denen sie sich zur Verzweiflung des Verwalters farblich austobte, und während Lilla ihre Räumlichkeiten betrat, schoss es ihr durch den Kopf, dass, hatten sie keinen Erfolg, Gilbert einmal würde Grabsteine herstellen können, um davon zu leben, und Leon würde eben getöpferte Becher und Tassen auf diversen Weihnachtsmärkten verkaufen, aber für sie, Valerie und Jon, blieb eigentlich nur eine Lösung, einen Partner oder eine Partnerin zu finden, die einen braven bürgerlichen Beruf ausübten und ihren jeweiligen Gefährten mit durchzogen.

Aufseufzend ging sie in ihr Bad am Ende des Flures, und da es in jedem Stockwerk ein Bad gab, hatte jeder sein eigenes, und Valerie sogar vier, die sie auch abwechselnd benutzte, wenn sich in einer der Wannen zu viel Farbe abgelagert hatte. Lilla duschte, schminkte sich die Lippen in einem zarten Rosa, umrandete die Augen mit einem dunkelblauen Kajalstift und zog sich ein schmal geschnittenes, ebenfalls in einem dunklen Blau gehaltenes Wollkleid über, das biederste Stück, das sie besaß, eingesetzt sonst nur bei Besuchen zu Hause, wo sie dann zumindest äußerlich den wilden Spekulationen ihrer Mutter, was ihr Künstlerleben anging, etwas entgegenstellen konnte. Ein schwarzer Lackmantel hing an einem Haken hinter der Tür. Sie streifte ihn über, stieg die Treppen wieder hinunter, ganz junge Dame, und Gilbert, der gerade auf dem Weg zum Abendessen hinüber ins Verwalterhaus war, hielt sie an und fragte, was sie vorhabe.

»Nur ein Besuch im Krematorium«, erklärte sie. Aber da sie alle Lilla als äußerst sprunghafte, fantasievolle und dazu noch völlig angstfreie Person kannten, stellte er keine weiteren Fragen, zuckte nur mit den Schultern und ließ sie ziehen.

Sie erreichte das Tor keine Sekunde zu früh. Ein dunkler BMW kam langsam mit aufgeblendeten Scheinwerfern in den Hof gefahren, und einen Augenblick fühlte sie sich in dem grellen Licht wie ein Kaninchen, das, einmal in einem Lichtkegel gefangen, auf magische Weise nicht mehr den Weg zurück in das schützende Dunkel findet. Aber das Auto blieb stehen, das Licht erlosch, und aus dem Wagen schälte sich ein älterer Herr, unter dessen Überzieher sich ein kleiner Bauch abzeichnete, ein Rest von silbergrauem Haar war ihm geblieben, und das freundliche, rosige Gesicht verriet, dass er gutem Essen und den dazu passenden Getränken nicht abgeneigt war. Er begrüßte Lilla mit einem Handschlag, öffnete die Tür auf der Beifahrerseite, ließ sie einsteigen und erwies sich auf der Fahrt über neblige Landstraßen als guter Unterhalter. Er war pensionierter Richter, nie verheiratet gewesen, keine Kinder … »Hoffe ich doch«, schickte er dieser Erklärung mit einem keineswegs bedauernden Seufzer nach, und hatte sich nun, um der Langeweile in seinem Ruhestand zu entgehen, als Nachlassverwalter angeboten, und da er früher auch eine lange Zeit Familienrichter gewesen war, nahm man ihn gern und schien bisher ganz zufrieden mit ihm gewesen zu sein.

»Wer beauftragt Sie?«, fragte Lilla.

»Der zuständige Notar. Ich bekomme eine Vollmacht und sehe meine Arbeit dann als beendet an, wenn alles geklärt ist, so oder so. Ist etwas zu erben, verästelt sich das Ganze, wird manchmal zur regelrechten Detektivarbeit; ist nichts da, oder wird das Erbe abgelehnt, ist die Sache einfacher und endet damit, dass die zuständige Gemeinde für die Bestattungskosten und auch noch für die Entrümpelung aufkommt.«

»Entrümpelung«, sagte Lilla nachdenklich, »hat man dabei noch nie einen Schatz gefunden?«

Er blickte geradeaus auf die Straße und pfiff dabei leise vor sich hin. »Darauf wollte ich gerade kommen«, meinte er. »Sie könnten die Erste meiner Mandanten sein, der ein Schatz in den Schoß fällt.« Und nun begann er, weiter auszuholen. Er musste lange mit ihrem Vater telefoniert haben, denn er wusste weit mehr als Lilla, die eigentlich nur den Geschmack der Bonbons in Erinnerung hatte, die die alte Dame im Bett aus einer Tüte, die sie unter dem Kopfkissen verwahrte, hervorgeholt hatte, um sie dem Kind in den Mund zu stecken. Himbeerbonbons, klebrig und im Geschmack lang anhaltend, ein seltener Genuss für das kleine Mädchen, das mit Süßigkeiten nie verwöhnt worden war.

Sie fuhren jetzt durch einen Wald, der Regen hatte nachgelassen, aber wo die Straße eine Kurve machte und die Scheinwerfer die kahlen Äste der Bäume streiften, blitzten tausende winzig kleine Tropfen wie Diamanten.

»Sehen Sie das?«, fragte der alte Herr.

»Ja. Wenn Sie das meinen, was auch ich meine, funkeln manche dieser Bäume mehr als die geschmückten Fenster und Vorgärten und Plätze, die wir in den Dörfern schon hinter uns gelassen haben.«

»So ist es. Nun hören Sie mir gut zu. Es gibt ein Diamantencollier von wirklich kaum schätzbarem Wert, das im Haus Ihrer Großtante verschwunden ist. Wie ich von Ihrem Vater erfahren habe, war Ihr Großonkel ein reicher Kaufmann, der in Frankfurt mit Teppichen, Raritäten und Schmuck handelte, Dinge, die er auf Reisen erworben und weiterverkauft hat. Er verliebte sich in eine kleine unbedeutende Putzmacherin, die den einen Vorzug hatte, außerordentlich hübsch zu sein. Er heiratete sie und brachte sie von Frankfurt weg in dieses Haus oben am Berg, weg von allen Versuchungen, die an sie hätten herantreten können, wenn er lange abwesend war. Er quartierte sie also dort ein, mit Heinrich und dessen Frau, ging aber weiterhin ungeniert seinen Expeditionen nach und füllte das Haus mit kostbaren Teppichen, Gemälden, Möbeln, allem Möglichen eben, Kleinode für sein Kleinod, das er, war er wieder bei ihr, mit seinen Berichten von Venedig und Marrakesch, von Istanbul, Damaskus und was weiß ich noch alles, überschüttete, um danach wieder zu verschwinden und sein Leben zu leben, während sie …«

»Das ist ja furchtbar«, sagte Lilla.

»Er hat es wohl nicht so gesehen. Und was sie anging, so war sie wohl verzaubert davon, dass er sie zu seiner Frau gemacht hat. Das war es also nicht, was sie auseinandergetrieben hat. Es war etwas anderes. Er wollte Kinder, und dreimal war es auch so weit, aber wie die Dinge nun mal waren, gab es bei jeder der drei Geburten Komplikationen, das heißt, von Geburten kann man nicht reden, es kam ein alter Sanitätsrat, ein Freund des Hausherrn, und jedes Mal, wenn es an der Zeit gewesen wäre und sie schon das ganze Haus zusammengeschrien hatte, standen sie vor der Entscheidung: Mutter oder Kind.«

»Hören Sie auf«, sagte Lilla.

»Wirklich?«

»Nein, nicht wirklich. Sind wir bald da?«

»Nur noch wenige Minuten. Ich will es kurz machen. Sie trugen sie aus ihrem Himmelbett hinunter in die Küche und legten sie dort auf den großen Holztisch. Heinrich hielt sie fest, der liebende Gatte drückte ihr den mit Äther getränkten Wattebausch vor Mund und Nase, der alte Herr Sanitätsrat nahm sie aus wie ein Huhn, und das, was er hervorholte, verbrannte Heinrichs Frau im Herd.«

»Gab es denn tatsächlich keine andere Möglichkeit?«

»In der Zeit und unter diesen Umständen wohl nicht.«

»Und wie ging es weiter?«

»Nach dem dritten Mal blieb sie in ihrem Bett. Stand nie mehr auf oder nur noch ganz selten, um nachts durch das Haus zu geistern, ein trauriges kleines Gespenst auf der Suche nach seinen toten Kindern. Was aber nun ihn anging, der anscheinend das makabre Spiel munter weiterspielen wollte, so bekam sie Krämpfe, wenn sie ihn nur sah. Daraufhin verzog er sich fast ganz nach Frankfurt, hatte ständig wechselnde Gespielinnen, brachte mit ihnen sein komplettes Geld durch und kehrte nur zurück, um nach und nach alles wegzuschleppen und zu veräußern, was er einmal so liebevoll angebracht hatte. Was ihm womöglich wirklich geholfen hätte, war das wertvolle Collier, seine Morgengabe bei ihrer Hochzeit, aber es blieb unauffindbar. Sie hatte es versteckt und das Versteck vergessen. Hatte es bei einem ihrer nächtlichen Streifzüge in Sicherheit gebracht und danach den Ort, wo sie es deponiert hatte, aus ihrem Gedächtnis gelöscht. Sie, liebes Fräulein Liliane, haben ein wertloses Haus geerbt mit womöglich wertvollem Inhalt. Es liegt nun bei Ihnen, ob Sie es behalten wollen oder nicht.«

»Mal sehen. Und es gab die ganzen letzten Jahre nur diesen Heinrich und sie?«

»Leider nicht.«

»Es kam jemand zu ihr?«

»Ja.«

»Und wer war das?«, fragte sie.

»Davon später.« Er bog in eine breite kiesbestreute Einfahrt ein und hielt an. Vor ihnen erhob sich ein kompaktes, fast viereckiges Gebäude mit einem hohen Schornstein, der sich im diffusen Dunkel des Himmels verlor. Rechts und links neben dem mit einer Glastür versehenen Eingang brannten zwei Lampen, die in der mit Feuchtigkeit gesättigten Luft in sich selbst zitternde honigfarbene Kreise an die Wand warfen.

Die Halle, die sie nun betraten, war nüchtern gestaltet, gefliest, die Wände gekachelt, in Nischen eingelassen standen zwei überlebensgroße, aus Stahlträgern geformte Figuren, derart neutral gehalten, dass man nicht einmal unterscheiden konnte, wer von ihnen Männlein oder Weiblein war, eine wohl bewusst gewählte Lösung, denn, wie sie später erfuhren, wurde hier alles verbrannt, außer Tieren natürlich. Menschen jeder Hautfarbe, jeder Religionszugehörigkeit, jeden Standes.

Es war angenehm warm, schon in diesem Vorraum. Hinter einigen Blattpflanzen versteckt, lieferten Lautsprecher gedämpfte Musik, nicht gerade kirchlich, nicht feierlich, auch nicht traurig, es klang eher so, als entschwebe eine Seele in unermessliche Sphären und nahm in einer Sprache Abschied, die nicht mehr von dieser Welt war.

»Sie kommen gerade recht«, erklärte ein junger Mann in einem prall sitzenden schwarzen Anzug, der von einer Seitentür aus zu ihnen getreten war und sie nun, jeweils eine ihrer Hände mit seinen beiden Händen umfassend, freundlich begrüßte. Er öffnete die Flügeltür zu dem eigentlichen Ort der Handlung und bat sie, auf bereitstehenden Stühlen Platz zu nehmen. Kerzen brannten in schlichten hohen Bodenleuchtern, die weiß gekalkten Wände waren ohne jeden Schmuck, vor dem Ofen, der gewaltige Hitze ausströmte, stand ein noch leeres Gestell, und an einem Pult, auf dem verschiedenfarbige Knöpfe blinkten, gab es einen weiteren Jünger Charons, der im Gegensatz zu seinem beinahe geschäftsmäßig auftretenden Partner das blasse trübsinnige Gesicht zeigte, das dem Anlass angemessen schien.

»Sie ist noch im Kühlraum«, flüsterte er, als könne die Verstorbene sie hören, »ich werde sie holen.« Er schob das Gestell zu einer sich selbstständig öffnenden Tür und verschwand dahinter, aber bevor sie sich ganz geschlossen hatte, war Lilla ihm gefolgt und neben ihn getreten.

Weit in die Tiefe reichend war in dieser Abteilung des Krematoriums Platz für viele Särge, aber im Moment gab es nur den ihrer Großtante, und Lilla, die, warum auch immer, einen der ihre Umgebung oft so erschreckenden Einfälle hatte, sagte, bevor der melancholische Mann diesen einen und letzten Sarg von seinem Unterbau auf das Gestell mit Rollen umladen konnte: »Ich möchte sie noch einmal sehen.«

Charons Jünger erschrak offensichtlich. »Sie liegt ja bereits eine Weile hier«, meinte er dann. »Haben Sie schon einmal einen Toten gesehen? Schön sind sie nur zwei, drei Tage, dann aber beginnen sie zu lächeln.«

»Was ist an einem Lächeln so erschreckend?«

»Es ist ein ganz besonderes Lächeln«, erklärte er. »Am Verbrennungstag kommt ja am Morgen der Amtsarzt und schaut sie alle noch einmal an. Verbrannt ist verbrannt, da lässt sich hinterher nichts mehr nachweisen. Nun, um es grob auszudrücken, er vergewissert sich, dass keiner ein Messer im Rücken stecken hat oder so, und dabei konnte ich einen kurzen Blick auf ihre Verblichene werfen. Also, wenn Sie mich fragen ...«

»Ist ja gut, ich fürchte mich nicht.«

Die Beleuchtung hier war kalt und bläulich, eine der die Decke entlangführenden Röhren zuckte und summte leise, und es war, im Gegensatz zu dem Ort, wo der alte Herr und der junge Mann im schwarzen Anzug auf sie warteten, sehr kalt. Lilla schob die Hände in die Ärmel ihres Mantels und trat näher, während er die Schrauben löste und den Deckel anhob. Da lag sie nun, die ehemalige Prinzessin, winzig, zusammengeschrumpft, die Nase lang und spitz, als wäre sie im Tod noch gewachsen.

Der Mann hatte nicht gelogen. Am furchtbarsten war das Lächeln. Es zog den rechten Mundwinkel hoch und ließ die Spitzen einiger Zähne sehen, und als wäre das nicht makaber genug, war das linke Auge nicht ganz geschlossen. Beides zusammen verlieh dem Gesicht etwas Tückisches und Boshaftes, was es zu Lebzeiten sicher nie so gehabt hatte. Lilla nahm eine Hand aus dem Mantelärmel und versuchte, das Auge zu schließen, aber als sie die weiße Wange streifte, zog sie sie schnell wieder zurück. Das war nicht so, wie sich Marmor oder Eis anfühlte, es war eine seltsame grauenhafte Kälte, nur dadurch zu erklären, dass diesem Wesen fehlte, was nun für immer verloren war, jede Spur von Leben.

Der Sarg wurde geschlossen, hinausgeschoben, mit Wasser bespritzt, die Knöpfe an dem Schaltpult betätigt, der junge Mann im schwarzen Anzug sagte ein paar Sätze, die durchaus mitfühlend klangen, und dann glitt der längliche Kasten in ein rot glühendes Inferno, vor das sich sofort wieder eine stabile Eisenplatte mit einem dicken Glaseinsatz schob.

Sie blieben eine Weile in eine gewisse Andacht versunken stehen, bis der wirklich etwas zu feiste junge Mann sie, sich leise räuspernd, in einen Nebenraum bat, wo auf einem Tisch eine Flasche Sekt in einem Kühler und ein Körbchen, gefüllt mit Butterbrezeln, auf sie wartete. Er lächelte Lilla und dem alten Herrn zu, machte eine auffordernde Bewegung, erblickte keinerlei Ablehnung in ihren Gesichtern, zog darauf den Sekt hervor und schenkte ein. Er gab zwei Gläser an sie weiter, behielt das dritte für sich, hob es in die Höhe und sagte dabei: »Auf die beiden Teueren von uns Gegangenen.«

Sie stießen an, die Gläser klirrten, und Lilla spürte dankbar die prickelnde Kühle ihre Kehle hinunterrinnen. Auch die Butterbrezeln taten gut, und während sie aßen und tranken, erzählte der junge Mann ihnen, dass dieses, von ihm in Betrieb genommene Krematorium auf dem allerneuesten Stand sei, die in die Luft gejagten Aschepartikelchen gefiltert würden und die Umwelt dadurch absolut geschont werde. Dass die Toten bei ihnen anziehen durften, was immer sie wollten, ob Nylonhemden oder Brokatgewänder, dass man den Kindern ihr Spielzeug mit in den Sarg legen dürfe und dass die Hitze so enorm sei, dass, von der Asche abgesehen, die nach dem Abkühlen durch ein Sieb gestrichen wurde, fast keine Rückstände zu erwarten waren.

»Wirklich nichts?«, fragte Lilla.

»Ganz wenig Metalle. In Hüftgelenken verarbeitet oder so. Das meiste schmilzt.«

»Diamanten?«, fragte sie.

»Würden natürlich überstehen. Aber wer gibt schon Diamanten mit. Bei uns ist es noch nie passiert, würde aber was anfallen, so können Sie sich darauf verlassen, dass wir mehr als korrekt sind.«

»Schön, das zu hören«, sagte Lilla, der der Sekt schon zu Kopf gestiegen war.

Sie verabschiedeten sich und gingen hinaus in die Nacht, drehten sich vor dem Einsteigen noch einmal um und erblickten im Schein der beiden Lampen in der offen stehenden Tür den so sympathischen Todesengel, der ihnen nachwinkte.

»Lieber von sich weg, als zu sich hin«, meinte der alte Herr, »wäre ich so jung wie Sie, könnte er mit beiden Armen rudern, aber hat man erst einmal mein Alter, ist der Gedanke, bald wieder mit ihm zusammenzutreffen, nicht sehr angenehm.«

»Aber diese Dinge sind doch jetzt in gewisser Weise Ihr Job.«

»Eigentlich nicht. Ich bin nicht verpflichtet, bei dieser Art von Veranstaltungen persönlich aufzutreten, und ich mache es tatsächlich auch nur selten. Aber dieser Fall interessiert mich. Ich hatte schon so manches von Ihrer Großtante gehört, was die Leute in einer kleinen Stadt eben so reden, und ich bin zuweilen, weil ich auch gerne über den Wochenmarkt gehe, diesem wandelnden Gerippe begegnet.«

»Heinrich?«

»Dem treuen Heinrich. Ja.«

»Was machte er dort?«

»Was man auf einem Markt macht. Er erstand etwas Obst und etwas Gemüse und etwas Käse und etwas Brot, packte immer alles in einen Rucksack und machte sich dann auf den Rückweg, es ist eine gewaltige Anzahl von Stufen bis ganz hinauf auf den Berg, aber er ging langsam und stetig, und man sagt ja, dass Liebe Flügel verleiht.«

»Sie glauben, er hat meine Großtante geliebt?«

»Ich glaube, er schlief nachts vor ihrer Tür wie ein Hund.«

»Aber er hatte doch eine Frau.«

»Sie lebte nicht allzu lang, obwohl sie ein derbes, gesund wirkendes Geschöpf gewesen sein muss … hat man mir berichtet. Ihre Großtante aber war eine Schönheit. Zart, feingliedrig, so ein Dingelchen, das eigentlich unter einen Glassturz gehört. Mehr was zum Betrachten. Putzmacherin war eigentlich genau der Beruf gewesen, der zu ihr passte. Sticken und Nähen und Bänder verzieren, Stoffblumen herstellen, Perlen auffädeln, Schleier drapieren …«

»Gott, wie altmodisch. Aber Sie haben recht. Als mein Vater mich noch mit zu ihr nahm, lag sie in diesem Himmelbett mit den weit herabfallenden Seitenteilen aus hellem Stoff, sie trug für gewöhnlich ein Nachthemd mit Spitzen, und dann, das ist mir außer ihren Himbeerbonbons noch in Erinnerung geblieben, lagen um sie herum mindestens ein Dutzend Puppen. Teepuppen, nannte man sie, nichts zum Spielen, ich durfte sie kaum anfassen.«

»Die Puppen sind noch da.«

Lilla dachte kurz nach. »Vielleicht kann ich sie verwenden. Für meine Objekte. Ich drapiere Dinge in einem Kasten und übergieße dann alles mit Kunstharz.«

»Interessant«, meinte er, wenig begeistert.

»Warum wollte sie mich nicht mehr dahaben?«, fragte Lilla. »Gab es irgendeinen Grund?«

Sie durchfuhren gerade wieder den Wald und er wandte ihr kurz das Gesicht zu. »Das ist doch einfach. Solange Sie ein hübsches kleines Mädchen waren …«

»Eine Art Ersatz? So ein Kind, wie sie es hätte bekommen sollen?«

Er blickte wieder geradeaus und seufzte. »Ich denke ja. Und dann wurden Sie ein großes Mädchen, wenn auch immer noch hübsch.« Jetzt ließ er sogar ein leises Lachen hören. »Ich darf das sagen, ich könnte Ihr Großvater sein.«

Den Rest der Fahrt schwiegen sie. Der Regen war nun vermischt mit dicken, wässrigen Schneeflocken, der Scheibenwischer auf seiner Seite quietschte und behinderte die Sicht mehr als er sie freigab, also verhielt Lilla sich still, aber kurz vor dem Gutshof stellte sie ihm doch noch eine Frage. »Sie sprachen auf unserer Fahrt zum Krematorium von Besuch. Wer war das? Wer hat sie dort oben aufgesucht und warum hat sie überhaupt jemanden zu sich gelassen?«

»Wir haben da in unserer Stadt einen Seelenverführer, Witwentröster, Scharlatan, Hexenmeister. Er haust in einem heruntergekommenen Gehöft, etwas abgelegen in einem Ortsteil, und versammelt dort regelmäßig eine kleine Gemeinschaft von – meiner Ansicht nach – durchaus hysterischen Weibern um sich. Ein Gauner reinsten Wassers, wenn ich das mal so formulieren darf. Das ist jedenfalls meine Meinung.«

»Und den hat sie empfangen?«

»Er ist sehr schlau. Der alte Heinrich ist auf dem Markt gestürzt, nachdem er auf einer Bananenschale ausgerutscht war, hieß es. Ich nehme an, dieser Bruder Jakob, wie er sich nennen lässt, hat ihm ein Bein gestellt und ihm dann angeboten, den Rucksack hochzutragen. Er ist in das Haus Ihrer Großtante eingedrungen, wie eine Schlange unter einer Tür durchkriecht, und erst einmal drin, hat er sich immer wieder dort eingefunden. Der alte Heinrich war wohl machtlos.«

»Aber warum denn nur? Sie sagten doch selbst, dass dort nichts mehr zu holen ist.«

»Nun überlegen Sie doch mal.«

»Das Collier? Wie sollte er davon erfahren haben?«

»Ach du meine Güte«, sagte er und hielt nun vor dem Tor des Gutshauses an. »Mosbach ist die bezauberndste und anheimelndste Fachwerkstadt, die ich kenne. Aber lassen Sie dort einmal bei Nacht zur falschen Zeit am falschen Ort eine Stecknadel auf den Boden fallen, gibt es nur wenige, die nicht mit gespitzten Ohren im Bett hochfahren.«

Er stieg aus und hielt ihr die Tür auf. »Es war mir eine Freude, Sie kennenzulernen. Möchten Sie die Hausschlüssel jetzt schon, oder warten wir die Urnenbeisetzung ab und ich bin danach fürs Erste Ihr Führer?«

»Das wäre mir sehr recht.«

»Ich gebe Ihnen vorher Bescheid. Gott segne Sie, mein Kind.«

Und Gott segne Sie, dachte Lilla, als sie in dem sanften Flockengewirbel über den Hof lief. Dieser Mann gehört zu einer aussterbenden Sorte. Ich bin mir sicher, dass er in den Wohnungen, die er durchstöbern muss, nicht einmal aufs Klo geht, um sich auch kein einziges Blatt Papier unrechtmäßig anzueignen.

Ein paar Tage vergingen, der Schneeregen hatte sich in Schnee verwandelt und die Kinder des Verwalters erstellten einen überdimensionalen Schneemann direkt neben der Toreinfahrt, der vor jedem der Ein- und Ausgehenden anscheinend höflich den Hut zog, einen ausgedienten Zylinder, den die Rotte auf einem der Speicher gefunden hatte.

An Silvester gaben die Künstler ein Kostümfest, zu dem sie mehr als ein Dutzend ehemaliger Kommilitonen eingeladen hatten, Kunststudenten aus Mannheim. Vorher wurden Papiermasken verschickt, auf deren Rückseite die Einladung geschrieben war. Es waren wunderbar altmodische Masken, die Leon irgendwann einmal aus England mitgebracht hatte, und da dabei der Wunsch geäußert worden war, sich der Maske entsprechend zu kostümieren, trafen am frühen Silvesterabend, in drei Autos zusammengepfercht, Ali Baba und Scheherezade, ein ausgepolsterter Koch, ein Admiral mit silbernem Stern auf seinem Dreispitz, ein perlenglitzernder Maharadscha, eine Seeräuberbraut, erkenntlich an der auf die Maske aufgemalten schwarzen Augenklappe und einem flott gebundenen Tuch mit Totenkopf. Es sah lustig aus, wie sie so über den verharschten Schnee ins Haus tanzten, bepackt mit Tupperschüsseln, Baguettestangen, die aus ihren Tüten ragten, und einigen Flaschen Sekt, obwohl sie wussten, dass die Bar ihrer Freunde dank der Großzügigkeit von Valeries Vater mehr als gut bestückt war.

Es wurde eine grandiose Nacht, mit Feuerwerk und allem, was dazugehörte, aber kaum war das bunte Völkchen ein, zwei Tage später wieder abgezogen, kam der Anruf des Nachlassverwalters, der Lilla mitteilte, dass die Trauerfeier einen Tag nach Dreikönig in der Michaelskapelle in Mosbach stattfinde, und dass er bereit sei, sie abzuholen und später auch wieder zurückzubringen.

»Das ist wirklich nicht nötig«, sagte Lilla, »unser Verwalter bringt mich bis zur S-Bahn-Station, und bin ich erst einmal im Zug, kann ich bequem bis Mosbach sitzen bleiben.«

»Ja, das können Sie. Aber passen Sie auf, dass Sie nicht zu früh aussteigen. Es gibt zwei Haltestellen. Die Ihre ist am Käfertörle. Soll ich Sie dort abholen? Sie brauchen knapp eine Stunde für die Fahrt, die Feier beginnt eine Viertelstunde nach vierzehn Uhr, die Bahn kommt eine halbe Stunde davor – wenn ich das richtig im Kopf habe, es bliebe uns also genügend Zeit.«

»In Ordnung«, sagte Lilla, »ich werde da sein.«

So fuhr sie also einen Tag nach Dreikönig mit der S-Bahn durch das verschneite Neckartal Richtung Mosbach. Der Verwalter hatte sie in seinem klapprigen alten VW-Bus bis zur Haltestelle Neckargemünd-Altstadt gebracht, und dort war sie mit einigen anderen verfrorenen Fahrgästen eingestiegen, hatte sich einen freien Sitzplatz ausgesucht, der auf den Fluss hinauszeigte, und nach kurzer Zeit den Krimi, den sie, um sich die Fahrt zu verkürzen, mitgenommen hatte, zur Seite gelegt, um die Gegend zu betrachten. Über dem Wasser des Flusses drehten sich gräuliche Schwaden, die an ein Dampfbad erinnerten, aber an einigen mit Eis überzogenen Ufertümpeln erkannte man, dass diese nebligen Dunstschleier aus in der Luft gefrorenen winzigen Kristallen bestehen mussten, Vorboten eines noch stärkeren Kälteeinbruchs. Der Schnee war liegen geblieben, die Felder, die bewaldeten Hänge, die Dächer der Häuser in den Dörfern, die sie passierten, waren weiß, senkrecht stiegen Rauchsäulen aus manchen der Schornsteine und verloren sich in einem farblosen Himmel, den eine nur schwach erkennbare Sonnenscheibe nicht aufzuhellen vermochte.

Am Käfertörle in Mosbach verließ sie den Zug, und da stand er schon und wartete.

»Ich hätte gern noch ein paar Blumen«, sagte sie nach der Begrüßung, »so ein kleines Sträußchen, das man in der Hand behält.«

»Natürlich. Das lässt sich machen«, meinte er.

Sie stiegen die Treppe zu einer Unterführung hinunter und erreichten bald den Marktplatz mit Kirche und Rathaus und schönen Fachwerkhäusern rundherum. In einem der Fachwerkhäuser gab es einen Blumenladen, in dem sich Lilla fünf weiße Rosen mit etwas Grün zu einem kleinen Strauß zusammenbinden ließ.

»Ihre Eltern wollten nicht mit?«, fragte ihr Begleiter.

»Nein, ich nehme an, es war ihnen zu weit und zu kalt.«

Dazu gab es nicht viel zu sagen. Sie liefen die Hauptstraße entlang, kamen am Polizeigebäude, Amts- und Landgericht vorbei und gelangten, bildlich gesprochen, vor die Tore der Stadt, zu der alten Kapelle, hinter der sich die Gräberfelder, weithin gestaffelt, den Hang hinaufzogen.

»Es gibt eine neue Halle weiter oben, hinter den Bäumen, von hier aus nicht zu sehen, aber auf besonderen Wunsch wird diese Kapelle geöffnet, vor allem, wenn die Trauergemeinde überschaubar ist.« Der alte Herr zog einen Flügel des schweren Portals auf und bat sie, voranzugehen. Das tat sie auch und stellte dabei fest, dass die Trauergemeinde tatsächlich nicht viel kleiner hätte sein können, außer ihnen beiden gab es im Hintergrund der Kapelle nur noch zwei Männer, die frierend die Hände unter die Achseln hielten und ganz offensichtlich nur für das Handwerkliche zuständig waren. Einsam standen die beiden Urnen auf ihrem jeweiligen Sockel vor dem Altar, ein Glöckchen bimmelte und aus einer Seitentür kam ein sichtlich abgehetzter geistlicher Herr geschossen, schwarz gewandet, aber im Grunde nur durch eine nachlässig umgelegte violette Stola als solcher zu erkennen. Er verlor sich, wie nicht anders zu erwarten, in Unverbindlichkeiten, hatte aber den Anstand zu husten und leicht zu erröten, wenn er die beiden einsamen Gestalten in der ersten Reihe vor sich als liebe Trauergemeinde ansprach, und zuckte, ebenso wie Lilla und der alte Herr, erschrocken zusammen, als sich das Portal noch einmal knarzend öffnete und zaghafte Schritte auf dem Steinboden näher kamen.

Der alte Herr blickte nach hinten und stöhnte leise. »Das hätte mich auch gewundert«, flüsterte er, »wenn er nicht aufgetaucht wäre.«

Lilla drehte sich nun weit ungenierter um als er, bemerkte zuerst fast nichts, und dann, zwei Reihen hinter sich, eine geradezu beklagenswerte Erscheinung, ein ausgemergeltes Männchen in einem Überzieher, der wirkte, als habe man ihn aus einem Rot-Kreuz-Sack gezogen.

Alles nahm seinen üblichen Verlauf, aber als die Urnen in der Nähe eines Kriegerdenkmals in die vorher ausgehobenen Löcher versenkt worden waren, der Geistliche sich aus dem Staub gemacht und der alte Herr den beiden Gehilfen, ihren freudigen Gesichtern nach zu schließen, ein üppiges Trinkgeld hatte zukommen lassen, zupfte das klägliche Männlein Lilla am Ärmel und bat um Gehör. Sie wandte sich ihm zu und hob die Brauen. Das also musste wohl dieser Seelenverführer sein, den sie sich so ganz anders vorgestellt hatte, imposanter, dämonischer, aber vielleicht war es gerade das Jämmerliche an ihm, das bei manchen Wirkung zeigte.

Der alte Herr stieß zu ihnen, entfernte die Hand des selbst ernannten Heiligen von Lillas Arm und erklärte ihm, dass er und Fräulein Liliane sich nun beeilen müssten, da er ihr noch das Haus der verstorbenen Großtante zu zeigen gedenke, bevor sie wieder den Heimweg antrete.

Das mickrige Geschöpf warf sich in die Brust. »Wenn es mit rechten Dingen zugegangen wäre«, sagte dieser merkwürdige Bruder Jakob, »würde das Haus jetzt mir und unserer Gemeinschaft gehören. Wer hat sich denn noch um sie gekümmert. Ich habe sie besucht, sie getröstet, ihr Beistand geleistet in ihren letzten Tagen.«

»Beistand«, entgegnete der alte Herr, »sind Sie sich da ganz sicher?«

Das Männchen starrte ihn erschrocken an. »Natürlich«, stotterte es.

»Hören Sie«, sagte der alte Herr nun ganz formell, »es gibt ein Testament, das schon vor Jahren beim Notar hinterlegt worden ist.«

Er bot Lilla seinen Arm an. »Was ist nun? Ich möchte vorschlagen, wir machen alles zu Fuß, nehmen auch nicht die Straße, sondern steigen die Treppen hoch. Der Ausblick ist einmalig, man übersieht die ganze Stadt.«

Und das taten sie dann auch. Immer wieder blieben sie beim Aufstieg stehen, drehten sich um und genossen den Blick hinunter auf die verschneiten Dächer, die Kirchen, den Rathausturm, das sich zum Neckar hin verbreiternde Tal, die ihnen gegenüberliegenden bewaldeten Hänge mit dem grauen Himmel darüber, in dem die immer mehr verblassende Sonnenscheibe umherschwamm, als wisse sie nicht, wohin mit sich.

Ganz oben trafen sie auf einen etwa zehnjährigen Jungen, der auf der vereisten Straße umherschlitterte, um ihnen, nachdem er sie zuerst neugierig beäugt hatte, zu folgen. Nahezu gleichzeitig erreichten sie das Ziel, dieses ehemals sicher reizvolle Anwesen, das aber inzwischen von Wind und Wetter angenagt, fast völlig seine Reize verloren hatte. Von der Rückseite her schien es schon halb verschluckt vom Efeu, der Vorgarten war verwildert, von Brombeerbüschen durchsetzt. An der schief in ihren Angeln hängenden Gartenpforte gab der Knabe auf.

»Da wollen Sie rein?«, fragte er.

Der alte Herr kramte in seiner Manteltasche nach einem Schlüsselbund und nickte. »Warum nicht?«

»Ich rate Ihnen dringend ab«, erklärte das Kind wichtigtuerisch, während sich ein glasklarer Tropfen von seiner Nasenspitze löste und auf den Kragen seiner Jacke fiel. »Da drin spukt es.«

»So. Und woher weißt du das?«

»Weil wir direkt gegenüber wohnen. Etwas weiter unten.« Er zeigte auf ein nettes, noch weihnachtlich geschmücktes Einfamilienhaus nicht weit von ihnen. »Mein Fenster geht hier raus«, erklärte er, »das erste neben der Haustür. Und wenn ich nachts wach bin, sehe ich es.«

»Was?«

»Das wandernde Licht. Es ist mal oben, mal unten. Dann ist es wieder ganz weg. Meine Mutter sagt, es ist der Geist von der alten Frau und dem alten Mann, die dort gewohnt haben. Sie finden keine Ruhe.«

»Heute sind sie in geweihte Erde gekommen und damit ist das Problem erledigt.«

»Wieso?«

»Weil arme Seelen, umherirrende arme Seelen, erst dann zur Ruhe kommen, wenn sie ihre letzte Heimstatt gefunden haben.«

Der Knabe schniefte gewaltig, schüttelte dann ungläubig den Kopf und verzog sich.

Es war nicht kalt in dem Haus und es roch auch nicht nach Moder oder Staub, obwohl es eigentlich nur noch zwei Räume gab, die bewohnbar gewesen waren. Die große Küche ging nach hinten hinaus, und dort gab es neben einem Gasherd noch einen dieser alten, mit Holz beheizbaren Herde, da waren die eisernen Ringe zum Herausnehmen über der Feuerstelle, das Wasserschiffchen und die Wäschespinne darüber, an der noch ein paar Handtücher hingen, als wäre das Feuer gerade erst ausgegangen. Hinter den verglasten Einfassungen an den weißen geschweiften Küchenmöbeln blinkte Geschirr, gab es Gläser mit Eingemachtem, unter der Decke hingen an Schnüren Zwiebel- und Knoblauchzöpfe, in einem Korb lagerten eingeschrumpfte Äpfel, daneben keimten in einem anderen Kartoffeln. Es war eine Küche, in der man sich früher bestimmt gerne aufgehalten hatte, und nur beim Anblick des ausladenden, blank gescheuerten Holztisches lief Lilla ein Schauder über den Rücken.

Von der Diele zog sich eine großzügig geschwungene Treppe nach oben, zwei mit Kugeln gekrönte Säulen zierten sie unten rechts und links, erinnerten an einstigen Glanz, aber sonst waren alle Räume bis auf das Zimmer der Großtante leer, die Läden angelehnt, die Fußböden gefegt, die Wände mit den verblassten Tapeten kahl. Nur das Zimmer dem oberen Ende der Treppe direkt gegenüber, das heimliche Reich der Verstorbenen, erwies sich als entschieden erfreulicher, es wurde beherrscht von dem Himmelbett, war noch vollgestellt mit Schleiflackmöbeln, die zarte, goldfarbene Kanten aufwiesen, die Puppen lagen verstreut umher und in einem Schrank, dessen Türen offen standen, schimmerten, an Bügeln aufgehängt, eine Reihe aufgebauschter, vielfach plissierten Nachthemden, die von fern an Brautkleider denken ließen.

Lilla legte sich schräg auf das Bett, zwischen die Kissen,

und schloss die Augen. »Was für eine Art von nicht gelebtem Leben«, murmelte sie. »Stunden und Tage und Monate und Jahre nichts als der alte Mann, der sie bediente.«

»Und gegen Ende Brüderchen Jakob«, erinnerte sie der alte Herr.

»Das war wohl keine große Bereicherung.«

»Sicher nicht.« Der alte Herr begann sich unbehaglich zu fühlen. »Wenn Sie nun alles soweit in Augenschein genommen haben«, sagte er, »würde ich Sie gerne bei unserem Griechen unten in der Stadt zum Essen einladen, bevor ich Sie wieder zur S-Bahn bringe. Meine Aufgabe ist ja nun beendet. Es tut mir leid, es sagen zu müssen, aber es zieht mich von hier fort. Ich möchte so bald wie möglich an einem weiß gedeckten Tisch mit einer brennenden Kerze sitzen, Menschen um mich herum, dazu eine freundliche Bedienung, vor uns ein Glas Merlot, der dort sehr gut ist, ein Vorspeisenteller, danach vielleicht eine Lammkeule oder ein Spieß mit leckeren gegrillten Fleischstückchen. Es wäre mir eine Freude, Sie dabeizuhaben. Man kennt mich dort und würde mich auf nette Art um Ihre Gesellschaft beneiden.«

Aber Lilla hatte überhaupt nicht zugehört. »Wo sind die Bilder?«, fragte sie und richtete sich auf.

»Links von Ihnen«, sagte er, »direkt neben dem Bett. Sie sind nur verdeckt von diesem Zeug da.« Er trat vor und zerrte eine Bahn des weit herabhängenden Betthimmels zur Seite.

Es waren zwei nicht sehr große Ölgemälde in goldfarbenen Rahmen, passend zu den Verzierungen der Möbel. Der Hintergrund war bei beiden Bildern dunkel, umso mehr hoben sich die blassen Gesichter hervor. Der Mann hatte ein schmales Gesicht, sein rötlich blonder Schnurrbart verdeckte fast den Mund, sichtbar war nur noch der Ansatz eines plissierten Hemdes, über dem er eine Samtweste trug. Die junge Frau hatte ein weichgerundetes, sanftes Gesicht, sie trug ein schulterfreies Kleid, dessen Kante mit einer winzigen Spitzenborte eingefasst war, sie lächelte und wirkte so lebendig, als wolle sie gleich aus dem Bild steigen und dem Mann um den Hals fallen, der ihr das wunderschöne Collier geschenkt hatte, das sie auf dem Bild trug.

»Bitte kommen Sie jetzt mit«, sagte der alte Herr. »Denken Sie daran, dass sich Heinrich an einem der Heizungsrohre im Keller aufgehängt hat. Denken Sie an das, was in der Küche passiert ist. Denken Sie meinetwegen auch an das, was das Kind erzählt hat.«

»Was hat es denn erzählt?«, fragte Lilla zerstreut.

»Dass es in dem Haus spukt.«

»Aber Sie haben doch selbst …«

»Ja, ja, ja, ich weiß, was ich gesagt habe.«

Lilla schnurrte wie ein Kätzchen. »Ich möchte heute Nacht dableiben. Ich werde dem Verwalter Bescheid geben und ihm sagen, dass ich erst morgen komme. Wo ist mein Handy?« Sie wühlte in ihrem Stoffbeutel herum, den sie anstelle einer Handtasche mit sich führte, und lächelte zufrieden. »Es ist da.«

Der alte Herr begann fast auf der Stelle zu tanzen. »Sie sind verrückt«, jammerte er, »aber wenn es nun mal unbedingt sein muss, bleibe ich auch da.«

»Kommt nicht infrage.« Lilla sprang aus dem Bett und fasste ihn an den Schultern. »Sie sind wirklich lieb, aber Sie begreifen nichts. Ich werde für eine Nacht diese Frau da sein«, sie wies auf eines der Bilder, »ich werde mich nach und nach in sie verwandeln, ich werde, zusammengedrängt in ein paar Stunden, ihr Leben leben, und so ganz nebenbei werde ich den Schmuck finden.«

»Das ist es also«, rief er und machte sich frei.

»Was das?«

»Geld.«

Sie zögerte keinen Augenblick. »Zuerst das Abenteuer«, sagte sie, »und dann, warum nicht, das Geld. Ich wünsche mir eine kleine Galerie … für mich und meine Freunde. Ist das so verwerflich?«

»Kind, Kind«, sagte er traurig, zog den Schlüsselbund hervor und übergab ihn ihr. »Und ich mochte Sie so sehr.«

»Ich Sie doch auch«, rief Lilla. »Und was heißt das … *mochte?* Bei mir hat sich nichts geändert.«

Unten zog er die Haustür hinter sich ins Schloss und blieb einen Moment stehen. Im Tal waren die Lichter angegangen, und als wollten sie einen Ausgleich zu dem trüben Himmel schaffen, glitzerten sie wie heruntergefallene Sterne. Manche matt, manche heller, andere wieder aneinandergereiht, als versuchten sie, die Kassiopeia, den großen Bären oder die Milchstraße nachzubilden.

Allein in dem verwunschenen Haus gab sich Lilla ganz der Atmosphäre hin, durchwanderte Zimmer um Zimmer, durchstöberte die Kellerräume und stieg sogar in den Speicher hinauf, in dem es aber außer dichtem Gespinst von Spinnweben so gut wie nichts gab. Keine Schränke, keine Truhen, nicht einmal einen alten ausgedienten Koffer. In der Küche gab es ebenfalls nichts Besonderes, sie hielt sogar einmal ein Glas mit eingemachten Stachelbeeren gegen das Fenster ... nichts. Es begann nun allmählich völlig dunkel zu werden, aber aus irgendeiner seltsamen Scheu heraus drehte sie an keinem der Lichtschalter, prüfte nur noch schnell Schränke, Kommoden und Nachttisch im Schlafzimmer, blätterte flüchtig die Briefe und die zerfledderten Tagebücher durch und sagte sich dabei, dass der alte Herr, wenn er auch nur den geringsten Hinweis auf das Versteck des Schmuckstückes gefunden hätte, ihr das auf keinen Fall vorenthalten haben würde. Schließlich entschloss sie sich, nachdem sie das ebenso wenig ergiebige Bad aufgesucht hatte, genau das zu tun, was sie angekündigt hatte.

Sie zog Jeans und Pullover aus, streifte sich eines dieser üppigen Nachtgewänder über und kroch in das kissenüberladene Bett. Auf dem Rücken ausgestreckt, hörte sie auf Geräusche, das Knacken einer Wandtäfelung, das ferne Rufen eines Käuzchens aus dem Wald, das Wispern und leise Scharren irgendwelcher unsichtbaren Hausbewohner.

Vielleicht gab es einen Siebenschläfer auf dem Speicher oder ein paar hungrige Mäuse in der Küche. Die Tür zur Treppe hin stand weit offen, und sie stellte sich vor, dass sie sich erhob, auf leichten Füßen umherstreifte, das Collier in der Hand, auf der Suche nach dem sichersten Versteck. Darüber schlief sie ein, schrak aber gegen Mitternacht hoch, als sie ein neues Geräusch vernahm, das sie aus ihrem ohnehin nicht so tiefen Schlaf holte. Es war das behutsame Drehen eines Schlüssels im Schloss der Haustür. Sie brauchte nur wenige Sekunden, um zu wissen, wo sie war, und nicht länger dauerte es, um zu begreifen, von wem der nächtliche Spuk kam. Es konnte sich nur um diesen Bruder Jakob handeln, diesen angeblichen Seelenfänger, der aber doch wohl immer nur auf anderes aus gewesen war. Er musste sich, wie auch immer, einen Nachschlüssel verschafft haben, und war nun, den sachte schlurfenden Schritten nach zu urteilen, schon auf halbem Weg die Treppe ins Schlafzimmer hoch.

Lilla überlegte nicht lange. Sie glitt lautlos aus dem Bett, schlich zur offen stehenden Tür, drehte am Lichtschalter, und stand nun von hinten beleuchtet, eingehüllt in das Nachthemd, wie aus dem Nichts aufgetaucht, nur ein paar Meter über dem nächtlichen Eindringling, und bekam zu hören, was zu hören sie durchaus erwartet hatte. Das Männlein ließ seine Taschenlampe fallen und begann zu kreischen. Es war überhaupt nicht nötig, ihm Fragen zu stellen. Er bat die Erscheinung, ihm zu verzeihen, winselte, dass er sie doch nur ein bisschen geschüttelt habe, um ihr Gedächtnis aufzufrischen, dass er nie vorgehabt habe, ihr wirklich zu schaden, und tat, als Lilla einen Schritt nach vorn machte, einen Schritt nach hinten, verfehlte die Stufe und purzelte auf groteske und beinahe lächerliche Weise die Treppe hinunter, schlug dabei eine der großen Holzkugeln mitsamt dem Zapfen von ihrer Säule und endete als wimmerndes Bündel auf dem Fußabstreifer.

Lilla ging erst einmal zurück, streifte das Hemd ab, schlüpfte wieder in Jeans und Pullover, suchte ihre Stofftasche mit dem Handy und stieg dann ohne große Eile zu dem Unglückswurm hinunter, kauerte sich neben ihn und fühlte seinen Puls. Er lebte. Blass bis in die Lippen, völlig erledigt, aber noch nicht im Jenseits.

»Nicht bewegen«, befahl sie. »Es könnte ja was am Rücken sein.«

Beim Klang ihrer Stimme riss er entsetzt die Augen auf. »Wo ist sie?«, keuchte er.

»In einer Urne auf dem Friedhof«, sagte Lilla. Sie wählte den Notruf, erklärte die Sachlage und den Weg, soweit sie ihn eben beschreiben konnte, bekam die Versicherung, dass man sich beeile und die Aufforderung, den Gestürzten nicht in seiner Lage zu verändern.

»Das wäre im Moment wohl das Letzte, was mir einfallen würde«, sagte sie, aber man hörte sie schon nicht mehr.

Die Holzkugel war ein Stückchen weggerollt, sie holte sie, wog sie in der Hand und stand dann auf, um sie wieder an ihren ursprünglichen Ort zurückzusetzen. Als sie den Zapfen einführte, sah sie unten in der Höhlung etwas glitzern. Sie griff hinein und zog eine schwere, wunderbar gefasste, in vielen Facetten schimmernde Kette hervor. Sie lächelte zufrieden. Dieses Ding würde es ihr und ihren Freunden durchaus ermöglichen, eine nette kleine Galerie einzurichten. Und während der Ton des Martinshorns näher und näher kam, begann sie im Kopf träumerisch die Liste der Gäste aufzustellen, die sie zur ersten Vernissage einladen würden.

NORA NOÉ

SEIN LETZTER FALL

Er lag regungslos in den weißen Laken und schaute aus dem großen Fenster. Die Aussicht war ihm vertraut. Seit einem Jahr kam er nun schon dreimal in der Woche hierher.

Aber heute war in gewisser Weise eine Premiere. Das erste Mal, dass er eine ganze Nacht hier verbrachte, festgebunden, verkabelt, ausgeliefert. Und immer derselbe Blick – hinüber auf das Wohngebäude des Collini-Centers oder besser gesagt, den Teil des Bauwerkes, der oberhalb des neuen Ärztehauses und der alten AOK herausragte.

In den ersten Monaten hatte er sich die Zeit damit vertrieben, die Stockwerke und die nebeneinander aufgereihten Balkone zu zählen. Er schätzte, dass es mit dem Teil, der verdeckt war, um die 30 Etagen sein mussten. Multipliziert mit circa 15 bis 20 Wohnungen pro Etage waren das über 500 Wohnungen. Er glaubte sich zu erinnern, dass er eine ähnliche Zahl einmal im Mannheimer Morgen gelesen hatte.

Was die Städteplaner Anfang der 70er sich bloß dabei gedacht hatten? – Er fand das Collini-Center total überdimensioniert, es erdrückte die schönen alten Häuser in der Nachbarschaft. Und außerdem, so viele Menschen auf engstem Raum! Das hatte nicht gut gehen können! Diese Wohnsilos förderten die Anonymität, zerstörten jegliches soziale Miteinander. Aggressive Übergriffe, Zerstörungswut, Kriminalität blieben nicht aus.

Er betrachtete erneut die Fassade. Sie sah aus wie ein Bienenstock mit unzähligen kleinen Waben. Er grinste. Der Vergleich mit dem regen Verkehr in einem Bienenstock gefiel ihm und ließ seine Gedanken in die frühen 80er zurückwandern. Da hatte es mehrere ›fleißige Bienchen‹ und ›regen Verkehr‹ in so einigen der zahlreichen Einzimmer-Appartements gegeben.

Rüdiger Weißborn, Kriminalhauptkommissar a. D. wusste, wovon er sprach. Er erinnerte sich an einige Einsätze, regelrechte Razzien, die er damals als junger Kriminalmeister dort durchgeführt hatte. Illegale Prostitution, meist kamen die Anzeigen aus der Nachbarschaft. Sie stürmten die Appartements, nahmen die ›Damen‹ und ihre ›Freier‹ in Gewahrsam und versuchten, an die Hintermänner ranzukommen. Aber fast immer mussten sie die Zuhälter schon nach kurzer Zeit wieder laufen lassen. Die Mädchen wagten nicht, gegen sie auszusagen oder zogen bereits gemachte Anzeigen zurück, weil sie bedroht wurden.

Der Fall Mertens fiel ihm wieder ein. Sylvia Mertens. Sie war die Einzige, die damals gegen ihren Macker ausgesagt hatte – und sie hatte es mit ihrem Leben bezahlt. Ihr ›Loddel‹, dieser Malin, Weißborn hatte ihn bildlich vor Augen: ein junger Kerl, groß und kräftig, kaum über 20, aber schon damals mit der Killervisage eines Profis. – Malin! Edgar Malin! Er seufzte. – Ja, dieser Malin hatte Sylvia Mertens regelrecht totgeschlagen, sozusagen als Warnung für die anderen Mädchen. Weißborn hatte in all den Jahren selten eine Leiche gesehen, die so übel zugerichtet worden war. Aber man hatte den Dreckskerl nicht zur Rechenschaft ziehen können, zwei seiner Mädchen hatten ihm ein wasserdichtes Alibi gegeben. Alle hatten damals gewusst, dass er es gewesen war, trotzdem endete das Verfahren mit einem Freispruch. Er würde niemals den hämischen Blick vergessen, den Malin ihm beim Verlassen des Gerichtssaals zugeworfen hatte.

Er hätte Gott weiß was dafür gegeben, dem Kerl das Handwerk zu legen. Und er hatte es auch immer wieder versucht, ihm etwas nachzuweisen. Aber ohne Erfolg! Er hatte den Kerl nie zu fassen gekriegt. Im Nachhinein musste er sich eingestehen, dass der Fall Mertens der absolute Tiefpunkt seiner Laufbahn gewesen war und er ihn nie wirklich abgeschlossen hatte. Das hämische Grinsen Malins fand seit damals immer wieder Einzug in seine Träume und plagte ihn stets von Neuem. Manchmal hatte er das Gefühl, Malin würde ihn bis zu seinem Lebensende verfolgen. Es war wie eine offene Rechnung, die nie beglichen werden würde.

Rüdiger Weißborn schaute auf seinen kleinen Funkwecker: kurz nach fünf. Draußen war es noch stockdunkel. Auch drüben im Collini-Center schliefen fast alle, nur vier Balkone waren erleuchtet.

»Ist bei Ihnen alles in Ordnung?« Die Nachtschwester schaute durch die geöffnete Tür.

»Ja, alles im grünen Bereich!«, antwortete er mit betont zuversichtlicher Stimme. Zum Glück konnte sie durch die schwache Notbeleuchtung am Boden seinen gequälten Gesichtsausdruck nicht sehen.

»In zwei Stunden haben Sie es geschafft! Dann gibt es ein gutes Frühstück und danach geht's nach Hause.«

»Gott sei Dank!«, seufzte er. Schwester Angela hörte es nicht mehr, denn sie war bereits auf dem Weg zum nächsten Patienten.

Wieder sah er aus dem Fenster. Mittlerweile waren vier weitere Wohnungen erleuchtet. Ihm fiel das alte Chanson von Jacques Dutronc ein: ›Paris s'éveille‹. ›Mannheim erwacht‹ – und er? Er war todmüde, er hatte bis jetzt kein Auge zugetan.

Seinen ›Ruhestand‹, den hatte er sich immer ganz anders vorgestellt. Mit dem Postschiff ans Nordkap, wandern auf den Azoren und fischen in einem glasklaren kanadischen See. Aber nichts von alledem würde er mehr unternehmen können. Als man ihm vor zwei Jahren einen Herzschrittmacher einsetzte, hatte er beschlossen, nicht mehr zu fliegen. Es war ihm lästig, sich jedes Mal bei der Sicherheitskontrolle als Herzschrittmacher-Träger outen zu müssen und einen separaten Eingang zugewiesen zu bekommen. Und als ein Jahr später eine erhebliche Niereninsuffizienz diagnostiziert wurde und er in regelmäßigen Abständen zur Dialyse musste, war er froh, wenn er es noch schaffte, an der Rheinpromenade oder am Neckarufer einen Spaziergang zu machen.

Er gähnte und wollte gerade die Augen schließen, als ein weiteres Licht im Collini-Center anging. Kurz darauf konnte er verschwommen zwei Gestalten auf dem Balkon erkennen, die sich wie Schattenrisse vor dem hell erleuchteten Zimmer abhoben. Die rauchen wohl gerade eine, dachte er nicht ohne eine gewisse Wehmut. Auch davon hatte er sich verabschieden müssen. Eine Zigarette und eine Tasse Kaffee waren jahrelang seine treuen Begleiter gewesen, wenn er nächtelang über den Aktenbergen auf seinem Schreibtisch hing und über einem Fall grübelte.

Während er seine Bettdecke glatt strich, schaute er erneut zum Collini-Center hinüber. Er musste grinsen.

Die tanzen doch tatsächlich auf dem Balkon! Und das im Januar, bei dieser Eiseskälte. Diese Verrückten! – Da ging anscheinend richtig die Post ab, so wie die sich bewegten. Das musste ein Rock 'n' Roll sein – oder war es doch eher ein Tango? Was die für Verrenkungen machten!

Plötzlich überkamen ihn Zweifel. Tanzten die beiden etwa gar nicht? – So wild, wie sie sich gebärdeten, konnte es auch ein Kampf sein. – Aber natürlich war es ein Kampf! Weißborn kniff die Augen zusammen, während er gleichzeitig auf dem Nachttisch nach seiner Brille tastete. Doch die fiel zu Boden.

Vorsichtig beugte er sich zur Seite. »Scheiß Schläuche!« Er musste aufpassen, dass die Katheter im Shunt nicht verrutschten. Langsam drückte er auf den Schalter des Bettes und fuhr es herunter. Schließlich ertastete er die Brille neben seinem Hausschuh. – Erneut blickte er hinüber. Und da sah er, wie die beiden Gestalten auf der Brüstung übereinanderlagen und unvermittelt ... eine davon hinunterfiel. Die andere schaute nach unten, ging schnell zurück in die Wohnung und schaltete wenige Sekunden später das Licht aus.

Rüdiger Weißborns Herz pochte. Harte Schläge hämmerten in seinem Brustkorb. Jemand war vom Balkon gestoßen worden, er hatte es ganz deutlich gesehen. Und das war auch kein Unfall gewesen ... Er musste sofort nach der Schwester klingeln! – Er hielt inne. Oder sollte er sich doch getäuscht haben? – Nein, er hatte es genau gesehen. Er war Zeuge eines Mordes geworden. – Und wenn es doch nur ein Schatten gewesen war? Aber warum war die andere Person so schnell, ja fast panisch, in die Wohnung zurückgelaufen und hatte sogleich das Licht gelöscht? – Oder war das alles nur die überspannte Fantasie eines ehemaligen Kriminalhauptkommissars, der in allem und jedem ein Verbrechen mutmaßte und es einfach nicht lassen konnte? Vielleicht waren es ja auch die Medikamente, die schon Trugbilder in seinem Gehirn erzeugten. – Was hatte er da bloß gesehen? – Vielleicht war es ja alles nur Einbildung gewesen …

Allmählich gewann er seine Fassung zurück. Er konnte jetzt sowieso nichts ausrichten. Und wenn da wirklich etwas passiert war, würde es sicherlich in den nächsten Tagen im Mannheimer Morgen stehen. Er schloss die Augen und konzentrierte sich auf seine Atmung, die immer gleichmäßiger wurde und ihm endlich den ersehnten Schlaf brachte.

*

Zwei Tage später sprang ihm beim Aufschlagen des Mannheimer Morgens in der Rubrik ›Polizeibericht‹ folgende Schlagzeile ins Auge:

Tödlicher Sturz vom Collini-Center

Am Dienstag machte der Hausmeister Andreas K. bei seinem morgendlichen Rundgang im Gebüsch an der Ostseite des Collini-Centers den grausigen Fund einer Frauenleiche. Es wird vermutet, dass die stark alkoholisierte Frau in den frühen Morgenstunden von ihrem Balkon in die Tiefe gestürzt ist. Auch ein Selbstmord kann nicht ausgeschlossen werden. Hinweise auf ein Gewaltverbrechen liegen bislang nicht vor. Die Polizei hat die Ermittlungen aufgenommen.

Rüdiger Weißborn griff zum Hörer und wählte die Nummer seines Nachfolgers im Polizeipräsidium.

»Scholz!«, antwortete es kurz. Die Stimme klang gestresst.

»Hier Weißborn …«, begann der ehemalige Kriminalhauptkommissar, doch bevor er weitersprechen konnte, fiel Scholz ihm bereits ins Wort.

»Ah, schön von Ihnen zu hören, Weißborn. Wie geht's denn so? Was machen die Nieren und Ihr Herz?«

An der Art, wie Scholz sprach, konnte er erkennen, dass der andere nicht wirklich an seinem Gesundheitszustand interessiert war; die Frage war lediglich eine schnoddrige Floskel. »Danke der Nachfrage, aber ich will Ihre kostbare Zeit nicht unnötig in Anspruch nehmen. Ich rufe aus einem bestimmten Grund an. Ich möchte eine Aussage machen zu der Toten vom Collini-Center.«

Am anderen Ende war Schweigen. Und so fuhr er fort: »Ich war in der Nacht, als die Frau in die Tiefe stürzte, im Theresienkrankenhaus wegen meiner Nieren und habe den Vorfall beobachtet. Das war kein Unfall, die Frau wurde vom Balkon gestoßen.«

»Nun mal langsam, Weißborn! Die Verunglückte war sternhagelvoll, die hat sich zu weit über die Brüstung gelehnt und das Gleichgewicht verloren. Es gibt in der Wohnung weder Hinweise auf eine zweite Person noch darauf, dass es zu irgendwelchen Tätlichkeiten gekommen sein könnte.«

»Aber ich habe es doch gesehen. Da war eine zweite Person!« Rüdiger Weißborn beharrte auf seiner Version.

»Jetzt schauen Sie doch mal, wie weit das Krankenhaus vom Collini-Center entfernt ist, außerdem war es dunkel und Sie standen doch sicher unter Medikamenten, oder? Glauben Sie mir, Weißborn, Sie irren sich. Sie haben einfach zu lange mit Verbrechern zu tun gehabt, da sieht man hinter allem was … Sie sollten …« Weiter kam er nicht.

Rüdiger Weißborn legte auf. »Arrogantes Arschloch!« Er hatte diesen selbstverliebten Karrierehengst von Anfang an nicht ausstehen können. Aber das brachte ihn jetzt auch nicht weiter.

Zwei Stunden später stand er vor dem Schreibtisch der Kriminalkommissarin Meixner in Heidelberg. Hella Meixner war sein Ziehkind, er hatte sie vor 15 Jahren ausgebildet. Bis zum Schluss hatte er gehofft, sie würde in seine Fußstapfen treten, aber Scholz hatte es erfolgreich geschafft, sie rauszuekeln, und so war sie zur Kripo Heidelberg gegangen.

»Du musst mir helfen, Hella. Ich habe schon den Scholz angerufen, aber der hat mich abgewimmelt«, begann Rüdiger Weißborn das Gespräch. »Du hast doch bestimmt von der Toten im Collini-Center gelesen?«

»Ja, sicher! Die ist doch im Vollrausch vom Balkon gestürzt, oder? Davon habe ich gehört«, bestätigte Hella.

»Eben nicht! Sie ist nicht gestürzt! Sie wurde hinuntergestoßen. Ich habe es genau gesehen!« Und nun berichtete Rüdiger Weißborn der ehemaligen Kollegin ausführlich, was er im Morgengrauen beobachtet hatte.

»Und du bist dir ganz sicher, Rüdiger?« Hella schaute ihn nachdenklich an.

»Jetzt fang du nicht auch noch an! Was meinst du, wie oft ich mich das in den letzten 48 Stunden gefragt habe.

Ich gebe ja zu, am Anfang war ich mir nicht sicher, ob da tatsächlich jemand vom Balkon gefallen ist. Ich habe schon an meinem Verstand gezweifelt, bei all den Medikamenten, mit denen sie mich vollpumpen. Aber nachdem ja nun feststeht, dass es keine Einbildung war und ich sehr wohl den Sturz beobachtet habe, weiß ich auch genau, dass es kein Unfall war. Die Frau wurde definitiv hinuntergestoßen. Da waren zwei Personen auf dem Balkon. Ich weiß doch, was ich gesehen habe!«

»Beruhige dich, natürlich glaube ich dir, Rüdiger. Aber ich kann da trotzdem nichts machen. Das fällt nicht in meinen Zuständigkeitsbereich. Und Scholz würde sich bedanken, wenn ich ihm dazwischenfunke.«

»Weiß ich doch alles!« Nach einem kurzen Zögern fuhr Weißborn fort: »Aber du hast doch Zugriff auf den Zentralcomputer und könntest mir ein paar Einzelheiten sagen, zum Beispiel über das Opfer, hm?«

»Du weißt, dass ich das nicht darf!« Hella schüttelte den Kopf.

»Na ja, aber du könntest doch mal in deinem Computer die Seite aufrufen, auf der etwas über die Identität des Opfers steht.« Er zwinkerte ihr zu. »Und dann musst du halt mal kurz auf die Toilette. Frauen müssen doch ständig zur Toilette. Und mir macht es nichts aus, hier auf dich zu warten …«

Als sie kurz darauf zur Tür ging, meinte er noch: »Ach übrigens, Hella, du kannst dir ruhig Zeit lassen!«

Rüdiger Weißborn setzte sich hinter ihren Schreibtisch und begann zu lesen: Marina Kaminski, 28 Jahre, wohnhaft im Collini-Center, deutsche Staatsangehörigkeit, zurzeit ohne Arbeit, hat das Appartement seit August 2008 gemietet … All das sowie die Etage und die Nummer der Wohnung notierte er schnell in seinem kleinen Block. Als Hella zurückkam, hatte er bereits wieder seinen Mantel angezogen und stand an der Tür. »Du hast mir sehr geholfen. Auf dich ist eben Verlass. Du hast was gut bei mir!« Zum Dank nahm er Hella kurz in den Arm.

»Wohl ist mir dabei nicht, Rüdiger! Versprich mir, dass du nicht auf eigene Faust ermittelst. Denn wenn das wirklich stimmt und es kein Unfall oder Selbstmord war, kannst du ganz schnell in eine brenzlige Situation kommen. Versprich mir, dass du vorsichtig bist!« Hellas Stimme klang eindringlich, obwohl sie insgeheim wusste, dass sie ihn nicht von seinem Vorhaben würde abhalten können.

»Mach dir keine Sorgen, nach all den Jahren weiß ich genau, was ich tue!« Mit diesen Worten verließ er ihr Büro.

Am nächsten Morgen klingelte er an den Wohnungstüren der unmittelbaren Nachbarn von Marina Kaminski. Niemand öffnete ihm. »Mist!« Frustriert ging er zum Fahrstuhl, dessen Türen sich gerade vor seiner Nase schlossen. »Heute ist wirklich nicht mein Tag«, murmelte er vor sich hin.

Während er wartend vor dem Aufzug stand, kam plötzlich eine ältere Dame mit ihrem kleinen weißen Spitz den Gang entlang.

»Guten Tag, wohnen Sie auch auf dieser Etage?«, sprach er sie freundlich an.

»Ja, mir gehört die Wohnung ganz da hinten!« Sie deutete auf eine der vielen Türen.

»Dürfte ich Sie mal was fragen?« Sie nickte und so fuhr er fort: »Haben Sie Marina Kaminski gekannt?«

»Sie meinen die junge Frau, die in den Tod gestürzt ist?«

Er nickte. »Ja, genau die!«

»Wir sind uns ab und zu im Treppenflur oder im Fahrstuhl begegnet. Sie war eigentlich ganz nett, obwohl sie …« Die Frau stockte mitten im Satz.

»Obwohl sie was?« Rüdiger Weißborn sah sie durchdringend an.

»Na ja«, meinte die alte Dame etwas verlegen, »obwohl sie zahlreiche Herrenbesuche hatte. – Aber das hat mich nicht wirklich gestört, ist ja auch ihre Sache gewesen.« Sie zuckte mit den Achseln.

Rüdiger Weißborn wurde hellhörig. »Sie meinen, sie war eine Prostituierte?«

»Das haben Sie gesagt!« Der Frau war das Thema offensichtlich peinlich und sie war froh, als sich in diesem Augenblick die Türen des Fahrstuhls öffneten. »Ich habe ja gesagt, Frau Kaminski war immer sehr freundlich. Ich denke, allen hier auf der Etage war es allemal lieber, dass sie hier wohnte und nicht der Wohnungseigentümer.«

»So, und warum? Was ist mit diesem Mann?« Rüdiger Weißborn wurde neugierig.

»Na ja, mit dem ist nicht gut Kirschen essen. Der hat am Anfang einige Monate hier gewohnt und einen mordsmäßigen Radau gemacht. Wir konnten keine Nacht schlafen. Aber niemand traute sich, etwas zu ihm zu sagen, denn er war ziemlich aggressiv. Wir hatten alle Angst vor ihm, besonders nachdem er …« Mehr verstand Weißborn nicht, denn in diesem Moment öffnete sich die Fahrstuhltür erneut. Ein kurzes »Auf Wiedersehen« und die Frau war verschwunden.

Gedankenversunken blickte er ihr nach. Eigentlich hatte er geglaubt, dass illegale Prostitution schon seit 20 Jahren kein Thema mehr im Collini-Center war. Aber anscheinend hatte er sich da getäuscht, zumindest was diese Marina Kaminski betraf. Was die alte Dame jedoch über den Wohnungseigentümer gesagt hatte, hatte ihn hellhörig gemacht. Das schien ja ein ziemlich übler Bursche zu sein. Vielleicht war er ja der Täter? Wer weiß, möglicherweise hatte sie ihre Miete nicht bezahlt und er wollte das Geld eintreiben. Aber mitten in der Nacht? Das schien ihm wenig plausibel. – Vielleicht war es ein unzufriedener Freier gewesen? Aber darauf wies ja wohl auch nichts hin. Er kam da nicht weiter. Die einzige Spur, die er im Augenblick verfolgen konnte, war, mehr über diesen Wohnungseigentümer herauszufinden. Und so beschloss er, den Hausmeister zu suchen.

In dem riesigen Gebäudekomplex war das kein einfaches Unterfangen. Aber schließlich fand er ihn im Müllraum zwischen verschiedenen großen Containern. Hier unten stank es bestialisch. Er hielt sein Stofftaschentuch vor die Nase. Seit er es an den Nieren hatte, war er geruchsempfindlicher geworden. Zumindest bildete er sich das ein.

»Ich ermittle im Fall Kaminski«, erklärte er kurz darauf Andreas K., »und würde gerne Kontakt mit dem Besitzer der Wohnung aufnehmen, in der Marina Kaminski gewohnt hat. Können Sie mir da weiterhelfen? Sie haben doch sicher eine Liste der Eigentümer, oder?«

»Ja, wartese amol«, Andreas K. zwängte sich zwischen den Containern hindurch zu ihm, »nadierlich hab ich do irgendwo a Buch, wo drinsteht, wem die enzelne Appartemons ghere, awer die Wohnung vun de Kaminski, des wes ich ach so, die ghert em Malin. Dem Edgar Malin, des weß ich schun aus dem Grund, weil's mit dem Kerl imma Zoff gewe hot. Isch hab domols drei Kreize gschlage, wie der ausgezoge is un sei Wohnung vermietet hot.«

Als Rüdiger Weißborn den Namen Malin hörte, musste er sich unwillkürlich ans Herz fassen. Gott sei Dank regelte der Schrittmacher seinen Herzschlag, sonst wäre es ihm in diesem Augenblick vielleicht stehen geblieben. Und trotzdem wurde ihm im selben Moment klar, dass er unbewusst schon die ganze Zeit so etwas geahnt hatte. Die Situation war ihm irgendwie bekannt vorgekommen. Wie ein Déjà-vu. Sein Gefühl hatte längst erfasst, was sein Verstand nicht hatte wahrhaben wollen. Edgar Malin! Wahrscheinlich war er ihr Zuhälter gewesen und hatte sie – aus welchen Gründen auch immer – in den Tod gestoßen.

»Wollese sich an Moment hiesetze, Sie werre jo ganz grie im Gsicht!« Der Hausmeister bot ihm an, sich in seiner Hausmeisterloge ein wenig auszuruhen.

»Nein danke, es geht schon wieder.« Rüdiger Weißborn atmete tief durch. Und als er sich wieder einigermaßen gefasst hatte, fragte er Andreas K., ob er denn wisse, wohin Edgar Malin verzogen sei.

»Sei Adress hab ich net, awer ich weß, dass er en Garte uf de Frieseheimer Insel hot, un die Kaminski hot mer ach amol verzählt, dass er do manchmal wohne deet. Awer mehr weß ich a net.«

»Sie haben mir sehr geholfen«, bedankte sich Rüdiger Weißborn und verließ wenige Sekunden später das Collini-Center.

Malin! Er konnte es kaum fassen. Nach all den Jahren! Nie und nimmer hatte er geglaubt, dass er mit dem noch einmal was zu tun haben würde. Ein kurzes Lächeln überzog sein Gesicht. Sollte es ihm doch noch gelingen, ihn seiner gerechten Strafe zuzuführen, die alte Rechnung zu begleichen und Malin für immer und ewig aus seinen Träumen zu verbannen?

Er musste jetzt genau überlegen, wie er weiter vorgehen sollte. Er durfte keinen Fehler machen. Sollte er zu Scholz aufs Präsidium gehen? Nein, das war sinnlos. Der würde ihm sowieso nicht glauben und möglicherweise noch alles verpatzen. – Er könnte Hella anrufen! Aber das war auch keine gute Idee. Er hatte sie schon viel zu sehr in die Sache hineingezogen, außerdem würde sie versuchen, ihn davon abzubringen, weiter zu ermitteln. Vor allem musste er sich Gewissheit verschaffen und noch ein paar Indizien sammeln. Vielleicht würde er ja in Malins Garten irgendeinen Hinweis finden.

Er ging hinaus zum Parkplatz und stieg in seinen weißen Opel Corsa. Ich muss auf die Friesenheimer Insel und herausfinden, wo die Parzelle ist. Während er den Luisenring entlangfuhr, dachte er: Ich werde das Angenehme mit dem Nützlichen verbinden. Ich werde in der Vereinsgaststädte der Kleingärtner etwas essen und dabei den Wirt ein wenig aushorchen. Vielleicht krieg ich ja raus, wo der Malin seinen Garten hat.

Er fuhr über die Jungbuschbrücke, am Neckarufer entlang bis zur Schleuse. Dort stellte er seinen Wagen ab und lief den Weg hinunter zur Kleingartenanlage. Kurz darauf saß er in der Gaststätte.

»Es tut mir leid, aber ich kann Ihnen nur ein Schmalzbrot anbieten«, meinte der Wirt, während er ihm ein Glas alkoholfreies Bier hinstellte, »aber wir machen ab morgen für zwei Monate dicht. Hier ist um diese Jahreszeit der Hund begraben. Kaum jemand verirrt sich hier runter. Es rentiert sich einfach nicht, die Gaststätte aufzulassen, weil bei der Kälte sowieso niemand in den Garten will. Die Saison geht eigentlich erst wieder im März los.«

Der Mann war sehr kommunikativ und so war es für Weißborn ein Leichtes, ihn in ein Gespräch zu verwickeln und dabei herauszufinden, wo Malin seinen Garten hatte.

»Ich habe Ihnen ja schon gesagt, hier ist alles wie ausgestorben. Sie werden auch den Herrn Malin mit Sicherheit nicht antreffen.«

Als er die Gaststätte verließ, blies ihm ein eisiger Wind ins Gesicht. Er zog den Mantelkragen hoch und steckte die Hände in die Taschen. Der Beschreibung des Wirts nach lag Malins Parzelle ziemlich am Ende des Geländes, ein bisschen abseits von den anderen Gärten, und war nicht sehr gut einsehbar.

Rüdiger Weißborn fror. Er würde sich den Tod holen, denn es war ein ganzes Stück zu laufen. Darum beschloss er, doch noch einmal zurück an seinen Wagen zu gehen und seinen Wollschal und die Handschuhe zu holen.

Als er das Handschuhfach öffnete und beides herausnahm, blitzte darunter seine alte Dienstwaffe hervor. Eigentlich hätte er sie bei seiner Pensionierung abgeben müssen und im Grunde hatte er das ja auch getan. Seine letzte Dienstwaffe hatte er ausgehändigt, nur die, welche er zehn Jahre zuvor als verloren gemeldet hatte und die irgendwann wieder aufgetaucht war, hatte er behalten. Und genau diese Waffe lag nun vor ihm.

Er betrachtete sie einen Augenblick. Eigentlich würde er sie ja nicht brauchen. Trotzdem griff er nach ihr und steckte sie in seine Manteltasche. Dann machte er sich auf den Weg. Er begegnete tatsächlich keiner Menschenseele, der Wirt der Vereinsgaststätte hatte nicht übertrieben. Während er die schmalen Pfade zwischen den Gärten entlangging, spürte er, wie etwas in seinem Inneren ihn unermüdlich antrieb. Der Gedanke, Malin endlich überführen zu können, hatte fast schon etwas Euphorisches. Es war, als würde das Schicksal ihm noch eine letzte Chance geben, die Sache endlich zu Ende zu bringen. Das konnte doch kein Zufall gewesen sein, dass ausgerechnet er in dieser Nacht im Theresienkrankenhaus gelegen und somit Malins Verbrechen beobachtet hatte. Dieses Mal würde ihm auch kein erstunkenes, erlogenes Alibi helfen. – Weißborn lächelte vor sich hin: Malins Kopf war in der Schlinge! Und er würde alles dafür tun, dass er ihn da nicht mehr herausziehen konnte.

Kurz darauf stand er vor der hölzernen Pforte. Der Garten war nicht besonders gepflegt, ansonsten war es ein typischer Schrebergarten, in dem die Zeit stehen geblieben war. Ein altes steinernes Gartenhaus mit dünnen Holzstangen davor, die wohl als Kletterhilfen für Stangenbohnen gedacht waren. Hinten befand sich eine Art Geräteschuppen, dazwischen waren Rabatten für Gemüse angelegt, die jedoch nur aus braunen Erdhügeln bestanden. Wer weiß, ob da überhaupt im Sommer etwas wuchs? Von der Pforte führte ein Weg zum Haus, vorbei an einem alten Brunnen, an dem sich eine verrostete, gusseiserne Pumpe befand, die allem Anschein nach nicht mehr funktionierte. Wahrscheinlich war auch der Brunnen ausgetrocknet.

Er betrachtete die Pforte genauer. Innen befand sich ein wackeliger metallener Schieberiegel, an dem sich jedoch kein Vorhängeschloss befand. Er machte seine Hand schmal und griff zwischen den Holzlatten hindurch. Bedächtig zog er den Riegel zur Seite. Ein leises Knarren und Quietschen und die Tür sprang auf. Weißborn ging langsam den Weg entlang auf das Haus zu. An der Seite war in etwa zwei Metern Höhe ein kleines Fenster zu sehen. Aber da kam er nicht ran. Doch Not macht erfinderisch. Suchend blickte er sich um. Kurz darauf lockerte er ein paar morsche Backsteine aus der Einfassung eines der Beete, zog sie heraus und türmte sie auf dem Boden unterhalb des Fensters übereinander. Umständlich stieg er auf diese wacklige Konstruktion und während er sich auf die Zehenspitzen stellte, zog er sich gleichzeitig mit den Fingern an dem kleinen Fensterbrett hoch, sodass er im unteren Bereich durch die Scheibe nach innen schauen konnte.

Was er sah, verschlug ihm fast den Atem. In der Mitte des Raumes lag Malin schlafend auf einem Feldbett. Über sich hatte er einen Daunenschlafsack zum Schutz gegen die Kälte ausgebreitet. Weißborn betrachtete sein Gesicht. Malin hatte sich nicht verändert. Obwohl fast 30 Jahre seit damals vergangen waren, hätte er ihn jederzeit wiedererkannt. Diese verschlagene Verbrechervisage hatte sich unauslöschlich in sein Gehirn eingebrannt.

Er hielt einen Moment inne. Was sollte er jetzt bloß tun? Er hatte nicht damit gerechnet, Malin hier tatsächlich anzutreffen. Er hatte gehofft, einige Indizien oder sogar Beweise für Malins Schuld zu finden und sie Scholz auf den Tisch knallen zu können, damit der endlich seinen Hintern bewegen und den Kerl dingfest machen würde. Aber jetzt hatte sich die Situation schlagartig geändert. Er konnte unmöglich hineingehen. Bei einer direkten Konfrontation würde er eindeutig den Kürzeren ziehen. Doch da fiel ihm ein, er hatte ja die Waffe eingesteckt. Und zur Not würde er sie auch benutzen. – Trotzdem beschloss er, lieber zu versuchen, sich unbemerkt aus dem Garten zu schleichen und die ehemaligen Kollegen zu alarmieren. Mit ein bisschen Glück würden sie Malin im Schlaf überraschen. Aber nun musste er sich sputen, es kam auf jede Minute an. Vorsichtig löste er seine Finger von dem Fensterbrett und ließ sich hinunter auf die Steine. Doch im selben Augenblick gaben diese unter der größeren Last nach und mit einem lautstarken Knall brach das wackelige Konstrukt unter seinen Füßen zusammen. Weißborn fiel ziemlich unsanft zu Boden. Er versuchte, sich schnell aufzuraffen, denn es war ihm klar, dass dieser Lärm Malin geweckt haben musste. Beim Auftreten bemerkte er, dass sein rechter Knöchel höllisch schmerzte und er den Fuß kaum belasten konnte. Er biss auf die Zähne und humpelte zurück zum Weg. Auf der Höhe des Brunnens hörte er, wie hinter ihm die Tür aufgerissen wurde.

»Stehen bleiben! Was machst du da in meinem Garten, du Penner!« Es war Malins Stimme. Er klang gereizt.

In Zeitlupe drehte Weißborn sich um, während er sich an der gusseisernen Pumpe festhielt. Er konnte kaum auftreten und lehnte sich an den Brunnen, um seinen Fuß zu entlasten. Malin kam näher auf ihn zu und kniff die

Augen zusammen, während er ihn zweifelnd anschaute. »Dich kenn ich doch?«

Weißborn spürte, wie es im Gehirn des anderen ratterte, es war nur eine Frage der Zeit, bis bei ihm der Groschen fallen würde.

Malin deutete mit dem Zeigefinger auf ihn. »Deine Fratze kenne ich von irgendwoher! Wo stecke ich dein Arschgesicht bloß hin?« Kurz darauf entspannten sich seine Gesichtszüge und die Konzentration verwandelte sich in ein Lächeln. Es war ein bösartiges, zynisches Lächeln. »Ich fasse es nicht! Weißborn, der Schnüffler!« Er lachte laut, als er ihn von oben bis unten betrachtete. »Was verschafft mir denn die Ehre? Hat man dir im Altenheim heute Ausgang gegeben?« Er grinste hämisch. Mit einem Mal verstummte er von einer Sekunde zur anderen. »Los, Alter, red schon, was willst du hier?«

Weißborn gewann allmählich seine Fassung wieder. »Sie haben ein gutes Gedächtnis, Malin. Die Tatsache, dass Sie sich noch so gut an mich erinnern, zeigt mir, dass ich wohl damals einen bleibenden Eindruck bei Ihnen hinterlassen habe«, antwortete er mit gespielter Ruhe und Überlegenheit.

»Laber nicht rum, Alter! Was willst du hier?« Malin ging ein paar Meter zurück zu einem Sims neben der Tür des Gartenhauses, auf dem sein Handy, seine Marlboro und ein Feuerzeug lagen. Er zündete sich eine Zigarette an. »Also, Alter, jetzt mach schon dein Maul auf oder muss ich ein bisschen nachhelfen? Was willst du von mir?« Seine Stimme klang bedrohlich.

»Können Sie sich das nicht denken?« Weißborn schaute ihn herausfordernd an.

»Jetzt gib endlich Ruhe, Opa! Du willst mir doch nicht erzählen, dass du es nach all den Jahren noch immer nicht überwunden hast, dass man mich damals freigesprochen hat. Ich hab die Kleine nicht umgebracht! Kapier das endlich! Warum sollte ich mein bestes Pferdchen abmurksen? Hatte doch gar keinen Grund dazu. Schließlich hat sie für mich angeschafft!«

»Ach, Gründe hätten Sie damals schon mehr als genug gehabt. Sylvia Mertens wollte auspacken, das hätte Ihnen mindestens zehn Jahre Knast eingebracht.« Weißborn ließ sich nicht so leicht von Malin einwickeln.

»Langsam hab ich genug von dieser Scheiße. Zum letzten Mal: Ich war's nicht! Und selbst wenn ich es gewesen wäre, es ist längst verjährt. So, und jetzt verpiss dich, Alter, sonst wird der Edgar noch ganz böse und das willst du doch nicht, oder?«

»Sie können mich nicht einschüchtern. Kaputte Typen wie Sie sind mir während meiner gesamten Dienstzeit immer wieder begegnet«, entgegnete ihm Weißborn. »Aber ich bin nicht wegen Sylvia Mertens hier, nein, Sie haben vollkommen recht, der Fall ist längst verjährt. Ich komme wegen Marina Kaminski …« Und bevor Malin etwas sagen konnte, fuhr er fort, »die Sie vor vier Tagen von ihrem Balkon im Collini-Center geworfen haben!«

Malin entglitten für einen Sekundenbruchteil die Gesichtszüge. Dann begann er schallend zu lachen. »Ich soll Marina Kaminski umgebracht haben? Liest du keine Zeitung, Mann? Die Mutter war stockbesoffen, als sie ihren Abflug machte!«

»Ja, da haben Sie recht, sie war betrunken, aber über die

Brüstung haben Sie das Mädchen geworfen! Und dafür wird man Sie zur Rechenschaft ziehen.«

»Dass ich nicht lache! Wer behauptet denn so was? Haben Sie einen Zeugen, Herr Kommissar a. D.?«, fragte er zynisch weiter, »oder willst du dich erneut blamieren, so wie damals? Hat dir das nicht gereicht?« Er lachte erneut laut auf.

»Ich habe einen Zeugen. Und der wird auch gegen Sie aussagen. Dieses Mal sind Sie fällig, Malin!«

»Und wer ist dein Super-Zeuge, hä?« Malins Ton war überheblich.

»Ich! Ich bin der Zeuge! Ich habe von meinem Zimmer im Theresienkrankenhaus genau gesehen, wie Sie das Mädchen hinuntergeworfen haben, anschließend schnell alle Lichter löschten und verschwunden sind. Und genau das werde ich vor Gericht aussagen.«

Malin nahm einen tiefen Zug von seiner Zigarette. Er schwieg, während er Weißborn betrachtete. Sein Gesichtsausdruck hatte sich verändert. Das überhebliche Lächeln war einer versteinerten Miene gewichen. »Das ändert natürlich so einiges.« Er schnalzte die Zigarette mit den Fingern weg und die glühende Kippe landete in einem der Beete. »Glaubst du denn wirklich, Schnüffler, dass ich dich so einfach hier weggehen lasse, damit du mich ans Messer lieferst? Für wie dämlich hältst du mich denn?« Malin baute sich ihm gegenüber auf.

Weißborn griff in seiner Manteltasche nach der Waffe und erstarrte. Die Tasche war leer. Er schaute hinüber zu der Stelle, wo die Steine zusammengebrochen waren und da sah er sie, sie lag neben den Brocken am Boden. Sie war ihm augenscheinlich bei dem Sturz aus der Manteltasche gefallen. Er würde sie nicht erreichen können. Gott sei Dank hatte Malin sie noch nicht entdeckt. Weißborn wusste, dass er gegen seinen Gegner keine Chance haben würde. Der war ein Schläger, groß und kräftig. Weißborn würde ihm nichts entgegensetzen können. Ein Schlag und er würde nicht mehr aufstehen. Es würde ein Leichtes sein, ihn totzuschlagen, so wie Malin es damals mit Sylvia Mertens gemacht hatte. In Windeseile gingen ihm alle möglichen Verteidigungsstrategien durch den Kopf, die er einmal bei der Polizei gelernt hatte. Aber es war zu spät, denn in diesem Augenblick holte Edgar Malin mit seinem Arm bereits aus und stürzte auf ihn zu, die Faust schwungvoll nach vorne geführt. Weißborn blieb für einen Sekundenbruchteil bewegungslos stehen.

Und dann ging alles ganz schnell. Mit letzter Kraft packte Weißborn Malins Arm und indem er den Schwung seines Gegners für sich nutzte, zog er ihn an sich heran, während er gleichzeitig seinen eigenen Körper blitzschnell zur Seite drehte. Mit einem gellenden Schrei fiel Edgar Malin in den Brunnen.

Weißborn sackte vor dem Brunnen in sich zusammen. Für einen Moment herrschte absolute Stille. Unvermittelt hörte er Malins Stöhnen. Mit schwacher, gepresster Stimme jammerte er: »Ich habe mir die Beine gebrochen, du musst mir helfen, Schnüffler!«

Weißborn zog sich hoch und schaute in den Brunnen. Er war circa drei Meter tief und hatte tatsächlich kein Wasser. Unten lag Malin. Seine Beine schauten unter seinem Körper derart verdreht hervor, dass kein Zweifel daran bestand, dass er sie mehrfach gebrochen hatte.

»Los, hol schon Hilfe, Weißborn, sonst verrecke ich hier unten!«, stöhnte Malin.

»Ich helfe Ihnen, aber vorher möchte ich ein Geständnis hören. Haben Sie die beiden Frauen auf dem Gewissen?«

Malin antwortete nicht.

»Ich habe Zeit«, fuhr er fort, »solange Sie nicht die Wahrheit sagen, kann ich nichts für Sie tun.«

»Jetzt mach schon, ich halte es hier unten nicht mehr aus!«, wimmerte Malin und kurz darauf schrie er entkräftet, »ja, ja, ja, ich habe die beiden Weiber kalt gemacht. Bist du jetzt endlich zufrieden?«

Weißborn stand auf und humpelte zum Gartenhaus. Er nahm Malins Handy und versuchte zu telefonieren. Aber es blieb stumm. Anscheinend war der Akku leer. »Scheißdinger, wenn man sie einmal braucht, gehen sie nicht! Ich weiß, warum ich mir keins angeschafft habe.« Er hob seine Waffe auf und betrat das Gartenhaus, dort nahm er sich den Holzstiel eines Rechens. Auf den würde er sich stützen. Anschließend zog er den Daunenschlafsack vom Feldbett, den er kurz darauf hinunter zu Malin warf. »Sie müssen versuchen, sich warm zu halten. Es kann eine Weile dauern, bis ich bei meinem Auto bin und bis Hilfe kommt.« Dann humpelte er los.

*

»Ist das Ihr Vater?«

Sibylle Weißborn blickte in den weißen Corsa und nickte, während sie leise »Ja« flüsterte.

»Mein herzliches Beileid! Ich hätte Ihnen diesen

Anblick gerne erspart, aber wir brauchen Ihre Identifizierung angesichts der besonderen Umstände.«

»Wer hat ihn denn gefunden?« Sie schaute den Polizisten mit verweinten Augen an.

»Ein Radfahrer, der heute Morgen hier am Damm hinter der Schleuse vorbeikam, sah ihn hinter dem Steuer sitzen und dachte zunächst, dass er schlafe.«

»Weiß man denn schon, woran er gestorben ist?«, fragte die trauernde Tochter weiter.

»Sie wissen ja, dass Ihr Vater sehr krank war. Nach ersten Erkenntnissen war es wohl akutes Nierenversagen. Es muss ganz schnell gegangen sein, denn er hatte bereits den Zündschlüssel umgedreht und wollte gerade losfahren, da muss er hinter dem Steuer zusammengebrochen sein.«

»Sie meinen also, dass er nicht die ganze Nacht sterbend in seinem Auto saß.« Erneut schluchzte Sibylle Weißborn auf.

»Nein, mit Sicherheit nicht. Die Todeszeit war gestern am späten Nachmittag. Ich hoffe, das tröstet Sie ein wenig.« Die Kleine tat dem Polizisten leid, wie sie frierend vor ihm stand. »Aber nun habe ich doch noch eine letzte Frage an Sie«, fuhr er fort, »haben Sie eine Ahnung, was er hier wollte?« Er nahm seinen Block heraus und machte sich ein paar Notizen, während Sibylle Weißborn ihm erklärte, dass ihr Vater die Flüsse immer geliebt und häufig kleine Spaziergänge am Neckar- und Rheinufer unternommen habe.

»Aha, das macht Sinn«, meinte der Polizist und nickte nachdenklich mit dem Kopf, »dann hat Ihr Vater sich anscheinend bei seinem Spaziergang den Fuß verstaucht.

Wissen Sie, ich konnte mir die ganze Zeit keinen rechten Reim darauf machen. Aber das erklärt natürlich alles.«

*

Bei der Jahreshauptversammlung des Kleingärtnervereins im Mai beschloss man, den Pachtvertrag von Edgar Malin auf gar keinen Fall zu verlängern, da er anscheinend kein Interesse mehr an der Parzelle hatte. Seit Anfang des Jahres hatte er sich weder hier sehen lassen noch hatte er seine Pacht bezahlt. Im Protokoll hielt man abschließend fest, dass der verwilderte und ungepflegte Garten, aus dem darüber hinaus noch ein fürchterlicher Gestank dringe, eine Schande für den gesamten Kleingärtnerverein darstelle.

OLAF PAUST
OPFERLÄMMER

Ich darf mich kurz vorstellen: Ich heiße Edouard Jung und habe die 50 schon eine ganze Weile überschritten. Gefühlsmäßig bin ich aber irgendwo Ende der 30er stehen geblieben, weshalb ich es nicht leiden kann, wenn mich jemand nach meinem wahren Alter fragt. Dann lüge ich meistens und behaupte, dass ich gerade 50 wurde, was so verkehrt nun auch wieder nicht ist, denn dieses bedeutungslose Datum liegt erst sechs Jahre zurück.

Ich bin in der heißen Provence geboren, obwohl ich zu viel Sonne ebenso ablehne wie das Älterwerden. Deshalb habe ich mit fünf Jahren meine Eltern ermuntert, in den kühleren Nordosten unseres schönen Landes zu ziehen, der an den südlichen Teil unseres östlichen Nachbarn grenzt. Damals ahnte ich nicht, dass die Menschen dort ein großes Herz und ein noch größeres Portemonnaie haben. Aber dazu komme ich später.

Ich war in der Schule nicht sehr gut, aber auch nicht sehr schlecht und habe immerhin das erreicht, was unsere Nachbarn Abitur nennen. Weil man davon noch nicht satt wird, geschweige denn zufriedenstellend leben kann, entschloss ich mich auf Anraten meines Vaters, mich von Ferdinand Dumont zum Buchhalter ausbilden zu lassen. Ferdinand hatte in Bitche einen Reifenhandel, der ohne mein Zutun einen schwunghaften Abstieg erlebte. Ferdinands Reifen waren immer zu teuer, aber sagen Sie das mal jemandem, der von seiner Ware so überzeugt ist, dass er ohne sie nicht mehr leben möchte. Ferdinand starb vor zehn Jahren unter den reifenlosen Rädern eines TGV.

Wenn ich etwas bei Ferdinand gelernt habe, dann, dass jemand wie ich ohne Geld nicht glücklich werden kann. So führte mich mein weiterer beruflicher Weg in die Arme des Grafen Gustave de Riche, dem nichts heilig war, nicht einmal sein falscher Name. Gustave hatte nur eine Leidenschaft: Geld. Das zählte er jeden Abend mit einer Akribie, die einem den Atem verschlug. Gustave war Versicherungsagent. Er verkaufte alles und an jeden, selbst an diejenigen, die seine Versicherungen nicht brauchten. Das überzeugte mich, bis ich merkte, dass es sehr mühselig ist, Menschen etwas zu verkaufen, das sie eigentlich nicht wollen, geschweige denn brauchen. Und zu allem Überfluss schöpfte Gustave auch noch den Rahm ab und mir blieben bestenfalls die Brosamen. So wechselte ich abermals das Metier und entschied mich für die Freiberuflichkeit. Und ich kann mit gutem Gewissen behaupten, dass ich meine Wahl nie bereut habe.

Heute lebe ich besser denn je von der Leichtgläubigkeit anderer. In Deutschland gibt es dafür ein unschönes Wort: Trickbetrüger. Eine Bezeichnung, die ich mir nicht zu eigen machen möchte. Immerhin beschäftige ich eine Ganztagskraft in meinem Unternehmen, bin also sozusagen Arbeitgeber. Allerdings erspare ich mir jede Form von bürokratischem Ballast. Was meine Mitarbeiterin und ich erwirtschaften, fließt zu 100 Prozent in unsere Taschen. Leistung muss sich lohnen. Von staatlich subventioniertem Schmarotzertum habe ich nie etwas gehalten.

Valli, meine Mitarbeiterin, ist beneidenswerte 28 Jahre

jung. Sie hat gerade drüben auf der anderen Seite Position bezogen. O Verzeihung! Sie wissen gar nicht, wo wir uns befinden. Ich stehe in der Fußgängerzone von Bad Dürkheim, in meiner Hand ruht mein tragbares Telefon, das in Deutschland diesen komischen englisch klingenden Namen hat. Es kann nicht mehr lange dauern, dann wird Valli anrufen, um mir zu sagen, dass unser Opfer sich auf den Weg macht und sie gleich Kontakt zu ihm aufnimmt.

Wir haben uns das Café angesehen. Es gibt zwei Ausgänge. Aber die ältere Dame wählt immer nur den einen. Dann bleibt sie kurz an der Tür stehen und macht ihre Handtasche zu. Und dann schlägt Vallis Stunde. Ah, Valli meldet sich schon.

»Ja, Valli?«

»Ich laufe jetzt los. Bis gleich.«

»Ist gut. Viel Erfolg.«

So, jetzt schnell rüber auf die andere Seite, um das Schauspiel zu beobachten. Valli ist gut. Sehr gut sogar. Das habe ich gleich gewusst, als ich sie an der Kasse des Supermarktes in Bitche sitzen sah. Wie sie mit Unschuldsmiene immer wieder Centmünzen in ihrem Ärmel verschwinden ließ. Grandios. Und niemand merkte es, außer mir. Natürlich wäre es nur eine Frage der Zeit gewesen, bis sie irgendwann erwischt worden wäre. Aber davor habe ich sie bewahrt. Nun arbeitet sie schon zwei Jahre für mich und wir sind sehr erfolgreich, wie Sie sehen werden.

Jetzt kommt die alte Frau aus der Tür. Valli steuert auf sie zu. Langsam, nicht zu schnell, meine Liebe. Sie bleibt stehen, wartet, bis die Alte ihre Handtasche wieder zumacht. Sehr gut, Valli. Ich könnte dich küssen und noch ein bisschen mehr. Die Frau läuft weiter und Valli rempelt sie an. Die Alte taumelt und fällt fast hin. Ein rascher Griff und Valli kann sie gerade noch halten. Perfekt. Mal hören, was sie sagen.

»Pardon, Madame! Das wollte ich nicht. Haben Sie sich verletzt?«

»Es ist ja nichts passiert, junge Frau.«

»Aber ich habe Sie erschreckt, Madame. Beinahe wären Sie gestürzt. Und Sie sehen so fürchterlich blass aus.«

»Aber mir geht es gut.«

»Nein, nein, Madame. Ich übertreibe nicht. Sie sind leichenblass. Möchten Sie sich vielleicht setzen? Warten Sie, ich helfe Ihnen. Kommen Sie, stützen Sie sich auf meinen Arm.«

»Aber junge Frau. Es ist doch nichts passiert.«

»Dann müssen Sie krank sein, Madame. So blass. Wirklich, ich mache mir Sorgen um Sie. Sie zittern ja. Sehen Sie Ihre Hand? Ich bestehe darauf, Madame, dass ich Ihnen einen Stuhl hole, damit Sie sich setzen können. Und dann überlegen wir gemeinsam, zu welchem Arzt wir gehen.«

»Arzt? Aber warum? Ich habe doch nichts.«

»Keine Widerrede, Madame. Sie sehen krank aus. Richtig krank. Ich kann Sie so nicht gehen lassen. Wann waren Sie das letzte Mal beim Hausarzt?«

»Bei Dr. Renneis? Vergangene Woche. Zum Blutdruckmessen. Ich gehe einmal die Woche zu ihm.«

»Sehen Sie! Damit ist nicht zu spaßen. Nehmen Sie Medikamente?«

»Meine Blutdrucktabletten und etwas zum Einschlafen.«

»Schlaftabletten? Und das jeden Abend?«

»Ja, aber Dr. Renneis sagt …«

»Vielleicht will er Sie nicht beunruhigen. Nehmen Sie es mir nicht übel, Madame. Aber das klingt nicht gut. Irgendetwas stimmt nicht. Wurde schon mal Ihre Galle untersucht? Oder die Leber?«

»Nein. Bisher nicht. Sagen Sie, sehe ich wirklich so schlecht aus?«

»Leider, Madame. Kommen Sie. Darf ich Sie nach Hause begleiten? Wo wohnen Sie?«

»In der Entengasse.«

»Ist das weit? Vielleicht rufe ich besser ein Taxi.«

»Das brauchen Sie nicht.«

»Doch, doch, warten Sie hier. Ich bin gleich wieder da. Dauert nur einen Moment. Pardon, Monsieur. Beinahe … Aber das gibt es doch nicht? So ein Zufall! Edouard? Was machen Sie denn hier?«

»Valli? Sie hier in Bad Dürkheim? Machen Sie eine Kur? Und wer ist die Dame an Ihrer Seite?«

»Das ist Frau … Ja, wie heißen Sie eigentlich?«

»Ich? Weber.«

»Frau Weber, Herr Jung. Er ist Heilpraktiker.«

»Wirklich?«

»Ja, das stimmt. Valli hat recht. Entschuldigen Sie, Frau Weber, aber geht es Ihnen nicht gut? Sie sehen so blass aus.«

»Blass?«

»Ja, ganz schlimm.«

»Das habe ich Frau Weber auch schon gesagt. Ich tippe auf Galle oder Leber.«

»Hm, ich fürchte, Sie haben recht, Valli. Wahrscheinlich die Galle.«

»Was kann man da machen, Edouard? Soll ich sie zu ihrem Hausarzt bringen? Oder können Sie vielleicht?«

»Was meinen Sie, Valli?«

»Na, Sie untersuchen. Vorausgesetzt, Frau Weber ist damit einverstanden. Was meinen Sie, Frau Weber?«

»Ich weiß nicht. Mir ging es doch gut.«

»Das sagt sich so leicht. Nein, Frau Weber, das kann nicht sein. Sie sind bestimmt sehr krank. Ich schlage vor, dass wir jetzt alle zusammen zu Ihnen nach Hause fahren und Sie Herr Jung dort untersucht. Dann sehen wir weiter.«

Valli kann wirklich sehr überzeugend sein, vor allem, wenn sie Geld wittert. Sie ruft ein Taxi und wir lassen uns den kurzen Weg bis zur Entengasse bringen. Herta Weber wird auf dem Weg dorthin wirklich blass. Sie klagt über Kopfschmerzen und Übelkeit, was für Valli ein Ansporn ist, tiefer in der Wunde zu bohren.

»Vielleicht ist es gar nicht so ernst, wie es den Anschein hat. Manchmal erlebt man Wunder«, sagt sie mitfühlend, während sie der todunglücklichen Frau die Hand tätschelt.

Frau Weber wohnt im Haus Nr. 3. Es ist ein schmales Häuschen, das aussieht, als sei es nachträglich in die Reihe der anderen Häuser geschoben worden. Ich erwähnte schon, dass Valli hervorragende Arbeit leistet. Sie benimmt sich wie eine besorgte Tochter, führt die Frau an der Hand bis zur Haustür, nimmt ihr den Schlüssel ab und begleitet sie Schritt für Schritt hinein, während ich den Taxifahrer bezahle.

Frau Weber lässt sich schwer atmend zum Sofa ihres Wohnzimmers dirigieren, wo Valli sie anweist, sich erst einmal hinzulegen, bevor ich zu Werke gehen kann. Während der eingehenden Untersuchung verschwindet Valli unter dem Vorwand, ein Glas Wasser für Frau Weber zu holen. Man muss es ihr wirklich lassen, sie ist sehr leise beim Durchsuchen aller Schränke und Schubladen. Hätte ich nicht gewusst, was sie während der Viertelstunde ihres Fernbleibens treibt, wäre ich nie auf den Gedanken gekommen, dass sie die Wohnung wie ein Spürhund durchforstet. Das einzige Zimmer, das verschont bleibt, ist der Raum, in dem wir uns befinden. Wir müssen uns allerdings auch nicht mehr überlegen, wie wir Frau Weber dazu bewegen können, das Wohnzimmer für einen Moment zu verlassen. Als Valli zurückkommt, nickt sie leicht und bedeutet mir damit, dass ihr Einsatz von Erfolg gekrönt war und ich zum Abschluss kommen kann.

»Ich habe eine gute Nachricht, Frau Weber. Ich kann nichts Ernsthaftes feststellen. Weder durch meine Augendiagnose noch beim Abtasten Ihrer Organe konnte ich einen negativen Befund ausmachen. Ich vermute mal, Sie sind einfach etwas erschöpft, was ja nach dem Schreck auch kein Wunder ist. Ich würde daher vorschlagen, dass Sie sich etwas ausruhen und nachher vielleicht eine Tasse Pfefferminztee trinken. Neue Untersuchungen haben ergeben, dass Pfefferminze bei Abgeschlagenheit sehr förderlich ist. Nein, ich will kein Geld von Ihnen für meine Untersuchung. Betrachten Sie es als eine Fügung des Schicksals, dass wir uns heute getroffen haben und ich Ihnen helfen konnte. Sind Sie so weit, Valli? Dann sollten wir jetzt gehen und Frau Weber ein wenig Ruhe gönnen. Sie hat es sich mehr als verdient.«

Es gibt Tage, da liegt unser Schnitt bei mehreren Tausend Euro. Heute ist solch ein Tag. Die naive Frau hatte das Geld nicht mal gut versteckt, sondern in einer unverschlossenen Kassette unter dem Bett in ihrem Schlafzimmer deponiert. Gut, ich muss zugeben, es ist nicht immer so leicht, aber mit der Zeit bekommt man einen Blick dafür, bei wem es sich ohne allzu großen Aufwand lohnt.

5.000 Euro sind auch für uns ein hübsches Sümmchen, das Valli munter pfeifen lässt, während wir gemächlich durch die Dürkheimer Fußgängerzone schlendern. Sie pfeift noch, als wir schon beim Kurpark sind und uns trennen, was wir nach einem Coup immer tun. Freilich nicht, ohne vorher das Finanzielle zu regeln. Mir stehen 3.330 Euro zu, Valli 1.665. Die Gebühr für das Taxi teilen wir uns gerechterweise. Wie immer, wenn es um eine größere Summe geht, kommt von Valli die Forderung nach einer Gehaltserhöhung. Ich erkläre ihr, dass Tarifverhandlungen noch nicht anstehen und ich sie mir in der momentanen Situation auch nicht leisten kann. Sicher hat sie ihren Job gut erledigt, aber was wäre ihre Arbeit ohne meine generalstabsmäßige Planung? Ohne meine Idee, ohne mein geschultes Auge und ohne meinen Riecher für die ganz großen Fische? Angesichts solcher Argumente gibt sie wie üblich klein bei und akzeptiert, dass ich der Chef bin und sie meine Angestellte ist. Wenn auch meine beste Kraft.

Ich steige also in meinen 5er BMW in dezentem Silbergrau, den ich in einer Seitenstraße geparkt habe, und sie in ihren knallroten Mini Cooper. Vorher vereinbaren wir, dass wir uns in fünf Tagen an gleicher Stelle wieder treffen. In der Regel arbeiten wir drei bis vier Fälle pro Ort ab, bevor wir unseren Wirkungsgrad verlegen. Den kompletten westlichen Teil der Pfalz haben wir in den letzten Wochen hinter uns gebracht mit einem – im Vergleich zu hier – bescheidenen Ergebnis.

An diesem Abend gönne ich mir einen besonders ausgiebigen Blick auf die 18-jährige Monique Duval, die sich in der Wohnung schräg gegenüber wie üblich splitternackt beim Duschen am Fenster zeigt, ohne vermutlich zu ahnen, dass sie dabei gesehen werden kann. Meine komfortabel ausgestattete Sechs-Zimmer-Wohnung in Wissembourg ist mein Rückzugsbecken nach einem anstrengenden Arbeitstag wie diesem. Ich genieße es, in Frankreich zu wohnen und in Deutschland zu arbeiten. Mein Ziel ist es, mich in spätestens vier Jahren zur Ruhe zu setzen. Und ich bin auf gutem Weg, dieses Ziel zu erreichen. Wahrscheinlich wird Valli das Geschäft übernehmen, wenngleich ich begründete Zweifel habe, dass es dann noch von solchem Erfolg gekrönt sein wird. Valli ist in der Ausführung gut, nicht in der Planung. Und sie kann ihr Geld nicht zusammenhalten. Aber das ist nicht mein Problem.

Fünf Tage nachdem wir Dürkheim zum ersten Mal erobert haben, treffen wir uns wieder an der gleichen Stelle, um nach einem neuen Opfer Ausschau zu halten. Dank meines geschulten Auges und meiner Erfahrung dauert es nicht lange, bis wir fündig werden. Die Frau ist vom Typ her ähnlich wie Herta Weber, nur ein bisschen größer. Die Masche ist die gleiche wie beim letzten Mal. Das Geld lagert ganz unten im Kleiderschrank hinter einem Stapel Schlüpfer, sodass es einen Moment dauert, bis Valli es aufspürt. Diesmal besteht unser Lohn aus 2.000 Euro. Der Name der Frau ist Anni Heister, sie ist ein ebensolcher grauer Panther wie ihre Vorgängerin. Immerhin bedankt sie sich für unsere Bemühungen und begleitet uns bis zur Tür.

Die nächsten Opfer heißen Waltraud Hutzler, Heidelinde Schwarz und Dorothee Knerr.

Sie bringen uns 10.000 Euro ein. Nach dem letzten Einsatz bin ich drauf und dran, unsere Zelte in Bad Dürkheim abzubrechen. Auch die beste Idee ist irgendwann nicht mehr gut. Aber Valli überredet mich, noch einen weiteren Versuch zu starten. Diesmal hat sie eine Frau ausgespäht, die nach meinem Dafürhalten nicht ganz in die Riege der anderen passt. Valli ist jedoch der festen Überzeugung, dass sie ein lohnendes Objekt sei. Und ich lasse mich erweichen.

Margot von der Traut ist eine zerbrechlich wirkende Frau mit weinerlicher Miene, die ein idyllisches Fachwerkhaus vis-à-vis der Isenach bewohnt. Die Einrichtung des Hauses ist schlicht, aber teuer, wie ich beim Betreten der Wohnung sofort feststelle. Frau von der Traut führt uns ins Wohnzimmer und lässt sich müde auf ihr Sofa sinken.

»Ich fühle mich nicht sehr wohl und bin dankbar für Ihre Hilfe«, sagt sie bestimmt und mustert mich aus triefenden Augen. »Sie schickt wirklich der Himmel. Können Sie mir sagen, was ich habe? Bitte, auch wenn es ernst ist. Ich vertrage einiges und verspreche, tapfer zu sein. Herr Jung, Sie können mir doch helfen? Es soll Ihr Schaden nicht sein.«

Ich überlege. Irgendetwas gefällt mir nicht, ich weiß

aber nicht, was. Die Frau wirkt zerknirscht und auch wieder nicht. Immerhin ist sie bereit, sich von Kopf bis Fuß abtasten zu lassen. Sie scheint es sogar zu genießen.

»Was meinen Sie? Das Herz?«

»Möglich«, lüge ich und sehe zur Uhr. Valli ist erst sieben Minuten weg, aber es kommt mir heute vor wie eine Ewigkeit.

»Und was ist mit meinen Bauchschmerzen? Manchmal habe ich richtige Krämpfe.«

»Sicherlich sehr schmerzhaft.«

»Und dann meine Rückenprobleme. Genau hier, fühlen Sie?« Sie nimmt meine Hand und führt sie entlang ihrer Lendenwirbel.

»Eindeutig«, sage ich einsilbig, weil mir nichts Besseres einfällt.

»Ich glaube, ich habe eine Arthrose im Gelenk des großen Zehs. Manchmal kann ich ihn kaum noch bewegen.« Zur Demonstration hebt sie den rechten Fuß ein wenig an und bewegt die Zehenspitzen auf und ab.

»Keine leichte Sache.«

»Was schlagen Sie vor, Herr Jung?«

»Tja, schwierig zu sagen. Ich glaube, am besten ist viel Bewegung und eine gesunde Ernährung. Und natürlich ausreichend Schlaf.« Ich werde mit Valli reden müssen. Zwölf Minuten sind einfach zu lange.

»Das habe ich schon vermutet«, höre ich Frau von der Traut sagen. »Vielen Dank, Herr Jung, das hilft mir weiter. Ist Ihnen sonst noch etwas an mir aufgefallen?«

»Um ehrlich zu sein, nein.«

»Dann ist es gut.« Sie klingt erleichtert und setzt sich auf. »Herr Jung, ich muss Sie noch etwas fragen.« Sie zieht mich am Arm zu sich herunter und ich setze mich neben sie auf das Sofa. »Es geht um meine Bekannte, Carla Hahn. Rüdiger, ihr Mann, ist vor einiger Zeit gestorben. An einem Herzinfarkt. War schon der dritte und trotzdem hat er weitergeraucht. Na ja, wie es eben so ist. Finanzielle Sorgen hat sie zum Glück keine. Rüdiger hat ihr genug Bares hinterlassen. Aber sie ist ein Hypochonder, wenn Sie verstehen, was ich meine.«

Ich verstehe nur Bares, lasse sie aber weiterreden und halte nach Valli Ausschau, die immer noch nicht zurück ist.

»Obwohl sie oft kränkelt, weigert sie sich, zum Arzt zu gehen«, fährt Margot – ich nenne sie einfach mal so – fort. »Sie hat Angst, dass der bei ihr etwas entdecken könnte, verstehen Sie?«

Diesmal verstehe ich, ohne allerdings zu wissen, was ich daran hätte ändern können. Also sage ich nur: »Das ist natürlich ein Problem.«

»Richtig. Aber ich bin sicher, dass Sie ihr helfen können. Wenn Sie Carla untersuchen und ihr sagen, dass sie nichts hat, würden Sie ihr und mir einen großen Gefallen tun.«

»Hm.«

»Herr Jung, bitte, Sie müssen es tun. Sie haben mir jetzt so geholfen und können auch Carla helfen. Sie lebt ganz allein in ihrem Haus in der Kaiserslauterer Straße. Auch ein Fachwerkhaus, nur ein bisschen kleiner. Gleich nebenan ist ein blaues Holztor. Also Herr Jung, wirklich, das wäre großartig. Vielleicht könnten Sie morgen bei ihr vorbeigehen? Heute ist sie leider nicht zu Hause. Am besten rufe ich sie gleich mal an und spreche auf ihren

Anrufbeantworter.« Sie läuft eilig zum Telefon hinüber und nimmt den Hörer ab.

»Langsam, Frau von der Traut. Warten Sie.« In diesem Moment erscheint endlich Valli und ich erhebe mich rasch. »Also, Frau von der Traut, ich werde es mir überlegen. Ich weiß nicht, ob ich dazu komme. Morgen, sagen Sie? Mal sehen. Vielleicht lässt es sich einrichten. Ich kann aber nichts versprechen.«

Wir verabschieden uns, wünschen Margot noch einen schönen Tag und verlassen die Wohnung. Fast galoppartig laufen wir Richtung Fußgängerzone. Als wir außer Sichtweite des Hauses sind und Valli mir kleinlaut die Ausbeute offenbart, knöpfe ich sie mir vor.

»300 Euro? Und dafür musste ich fast eine halbe Stunde schwitzen? Ein großartiges Geschäft, meine Liebe. In Zukunft kümmere ich mich wieder um die Auswahl.« Ich bin wütend, nehme das gesamte Geld an mich und stapfe weiter, ohne dass von Valli Widerspruch kommt.

Ihr Schweigen hält bis zum Stadtplatz. Dort sagt sie: »Was hast du vorhin gemeint, als du sagtest, du wolltest es dir überlegen?«

»Ach nichts, die Alte spinnt. Sie faselte etwas von einer Freundin, die unter Krankheitswahn leidet. Ich soll sie untersuchen, damit sie sich wieder beruhigt. Das fehlte noch.«

»Bestimmt auch so ein Hungerleider.«

»Weiß nicht. Angeblich hat sie kräftig geerbt – behauptet jedenfalls Margot. Sie sagte sogar wörtlich: Ihr Mann hat ihr viel Bares hinterlassen.«

Wir laufen schweigend weiter.

»Viel Bares«, sagt Valli und spricht aus, was ich denke.

Ich bleibe stehen. »Wenn das stimmt, könnte es natürlich sein, dass sie einen Teil davon im Haus aufbewahrt.«

»Du meinst …?«

»Ich meine gar nichts. Ich bin lediglich der Ansicht, dass es auf einen Versuch ankommt. Das wird aber unser letzter hier sein. Der Boden wird sonst zu heiß.«

Valli lächelt. Sie sieht bezaubernd aus. Schade, dass ich bei ihr nicht ankomme. »Wie gehen wir vor?«

»Wir werden uns morgen wieder hier treffen und direkt zu dem Haus gehen. Margot hat es mir ziemlich genau beschrieben. Ich glaube, dass ich es finden werde. Vielleicht ist diese Carla Hahn ein dicker Fisch. Ich will mir nicht den Vorwurf einhandeln, dass wir uns den haben durch die Lappen gehen lassen.«

Das von Margot beschriebene Haus ist leicht zu finden. Das blaue Holztor sticht sofort ins Auge, als wir durch die Kaiserslauterer Straße laufen. Das Fachwerkhaus daneben ist in deutlich schlechterem Zustand als das von Margot, was mich ein wenig unsicher werden lässt, aber Valli meint nur: »Es kommt nicht darauf an, wie es von außen aussieht.« Womit sie natürlich recht hat.

An der Klingel des einfachen Holztores steht: R. Hahn. Die Frau würde wahrscheinlich nie auf den Gedanken kommen, das Schild durch ein aktuelles zu ersetzen. Wir sind also richtig.

Wir klingeln – und es tut sich zunächst nichts.

»Vielleicht ist sie nicht zu Hause?«, überlegt Valli, doch ich wiegele ab. »Das glaube ich nicht. Margot klang sehr sicher. Vielleicht hat sie das Klingeln nur nicht gehört.« Ich versuche es ein zweites Mal, doch wieder kommt keine Reaktion.

»Die Tür ist ja offen!«, ruft Valli und drückt die Klinke herunter.

»Sitzt auf den Ohren«, brumme ich und folge ihr in den Innenhof. Auch die nächste Tür steht offen. Ein wenig unsicher betreten wir das Haus und rufen den Namen der Besitzerin. Plötzlich hellt sich Vallis Gesicht auf und dann höre ich es auch. Im ersten Stock läuft der Fernseher.

Wir quälen uns die enge Holztreppe hoch und klopfen erst sacht, dann kräftig an die Tür des Zimmers, aus dem die Geräusche kommen. Die Frau muss stocktaub sein.

»Frau Hahn? Hier ist der Heilpraktiker«, rufe ich beim Eintreten, bevor ich stolpere und der Länge nach hinfalle. Geistesgegenwärtig strecke ich beim Fallen die Hände nach vorne, sodass der Sturz einigermaßen glimpflich verläuft. Valli schreit trotzdem laut auf. Ich will sie beruhigen, merke jedoch, dass sie gar nicht wegen mir schreit.

Fassungslos starrt sie auf den Boden, auf dem lang gestreckt der Körper einer älteren Frau liegt. Ein Messer steckt bis zum Schaft in ihrem Oberkörper. Jemand hat ihr etwas in den Mund gestopft. Es sieht aus wie ein Taschentuch. Offenbar sollte verhindert werden, dass ihre Schreie zu hören sind. Benommen taumele ich hoch. Mein Mund ist staubtrocken.

»Was, was machen wir denn jetzt, Edouard?«, stammelt Valli.

»Keine Ahnung.« Ein Sessel ist umgestoßen, auf dem Boden liegen Scherben. Es sieht nach einem Kampf aus.

»Wir müssen die Polizei verständigen«, sagt Valli und zieht ihr Telefon hervor.

»Bist du verrückt? Die haben uns dann sofort am Wickel. Wir müssen von hier verschwinden und zwar schnell.«

»Aber …«

»Kein aber, komm!« Unnachgiebig zerre ich an ihrem Arm und ziehe sie mit aus dem Zimmer. Wir stolpern die Treppe hinunter und wollen gerade aus der Tür raus, als wir voller Entsetzen Margot vor uns stehen sehen. Ich bemühe mich zu lächeln, was natürlich misslingt und als sie Vallis leichenblasses Gesicht sieht, scheint es ihr zu dämmern, dass etwas nicht stimmt.

»Was ist passiert?«, fragt sie, doch Valli rennt einfach weg. Ich will hinterher, um sie zurückzuholen. In diesem Moment greift Margot in ihre Handtasche, holt einen Fotoapparat heraus und schießt in Blitzesschnelle ein Foto von mir und eines von der davonlaufenden Valli. Jetzt hält auch mich nichts mehr. Ohne nachzudenken, sprinte ich, als sei der Teufel hinter mir her.

Wir hetzen durch die Dürkheimer City, rennen fast einige Passanten über den Haufen und kommen völlig atemlos an unseren Autos an. Ohne ein Wort zu wechseln, klemmen wir uns hinter die Lenkräder und verlassen diesen Höllenort mit allem, was unsere Wagen hergeben.

Das Bild in den Dernières Nouvelles d'Alsace am nächsten Tag ist wenig schmeichelhaft. Ich sehe aus wie ein aufgeschreckter Pinguin. Unter normalen Umständen hätte ich mich bei dem verantwortlichen Redakteur beschwert, aber die Umstände sind alles andere als normal. Nach mir wird gefahndet. Nach mir und einer Frau, die auf dem anderen Foto eilig davonrennt. Man sieht Valli nur von hinten, ihre Beschreibung ist dafür umso deutlicher. Beide Bilder stehen auf der ersten Seite und meine Laune ist vollends im Keller. Mordverdacht. Sachdienliche Hinweise an jede Polizeidienststelle. Ich bin erledigt, traue mich nicht mehr aus dem Haus. Mein analytisch arbeitender Verstand versteht nichts mehr. Irgendjemand hat die Alte auf dem Gewissen, und ausgerechnet wir müssen sie finden und werden auch noch beim Verlassen des Tatorts fotografiert. Das Schicksal ist manchmal unerbittlich. Das Schicksal … Meine Gedanken gewinnen an Fahrt. Das Schicksal! Wer hat die Tote gut gekannt? Wer hat uns dorthin gelockt? Wer hat uns fotografiert und die Polizei auf unsere Fährte gesetzt? Und das Motiv? Keine Ahnung. Spielt auch keine Rolle. Ich hänge bis zum Kopf im Dreck und drohe, tiefer zu sinken. Von meinem Fenster aus meine ich hinter jeder Ecke einen Gendarmen zu erkennen.

Edouard, du bist erledigt, sage ich leise. Du bist wie ein alter Bär in einen Fettnapf getreten, aus dem du aus eigener Kraft nicht mehr herauskommst. Um Valli tut es mir nicht leid. Sie hat die Karre in den Sumpf gelenkt und ist einfach abgetaucht. Zu irgendeinem Idioten aus der Fremdenlegion, der sie nach Südfrankreich mitgenommen hat. Wahrscheinlich ist sie längst in Afrika. Au revoir, Mademoiselle Erbbs. Nie wieder eine Partnerin. So viel steht fest. Das ›nie wieder‹ steht düster im Raum und rührt sich nicht von der Stelle.

Ich muss handeln, bevor es andere tun.

»Sie sind also ein Betrüger, der von der Gutgläubigkeit älterer Frauen lebt?«, fragt Kriminalkommissar Hofmann. Ich mache den Fehler, ihn ›Hoffmann‹ zu nennen, was seine Laune nicht bessert.

»So würde ich es nicht bezeichnen«, erkläre ich kleinlaut. Wie erniedrigend alles ist. Ich sitze seit über einer Stunde in diesem kahlen Zimmer und offenbare mich. Ich erzähle alles detailgenau, um ja keinen Anlass zu geben, an meinen Worten zu zweifeln. Und doch scheint es, als glaube man mir nicht.

»So würden Sie es nicht bezeichnen«, höhnt der Polizist. »Was wäre Ihnen denn lieber? Vielleicht sozialer Dienst?«

»Ich bin kein Mörder. Das passt nicht in unser Geschäftsmodell, glauben Sie mir doch, Monsieur Kommissar.« Mein Gott, was soll ich denn noch erzählen? Muss ich lügen, damit man mir glaubt?

Hofmann lehnt sich in seinem Stuhl zurück und betrachtet mich aus kleinen Schweinsaugen. Mir kommt es wie eine Ewigkeit vor, bis er wieder etwas sagt. Es ist klar, was nun kommt und ich mache mich auf das Schlimmste gefasst.

»Warten Sie hier«, brummt er und verlässt das Büro.

Ein paar Minuten später steht er wieder in der Tür mit einem Blatt in der Hand, das er mir unter die Nase hält. »Ihre Aussage. Unterschreiben Sie!«

»Bitte?«

»Sie sollen das hier unterschreiben.«

»Und dann?«

»Dann sehen wir weiter.«

Ich lese. Es ist haargenau das, was ich ihm erzählt habe.

Jeder Ort, jede Wohnung, jeder Betrag, den Valli und ich uns mühsam erarbeitet haben, stimmt. Zögernd betrachte ich den Kugelschreiber, den er mir zuschiebt.

»Na los! Oder stimmt etwas nicht?«

»Doch, doch. Alles richtig.« Was soll ich tun? Mir bleibt keine Wahl. Entschlossen setze ich meine Unterschrift unter das Schreiben. Mord wiegt einfach schwerer.

Ein zufriedenes Lächeln legt sich auf Hofmanns Teiggesicht, als ich fertig bin. Er zieht das Blatt zu sich rüber, legt es zur Seite und steht auf. »So, und nun kommen Sie. Ich möchte Ihnen etwas zeigen.«

Mit Gummibeinen folge ich ihm hinaus auf den Gang, bis zum Eingangsbereich der Polizeidienststelle.

Er öffnet die Tür und zeigt hinaus. Und dort stehen sie wie Lämmer auf der Weide: Herta Weber, Anni Heister, Waltraud Hutzler, Dorothee Knerr, Heidelinde Schwarz, Margot von der Traut und ich schwöre, dass ich nichts getrunken habe: Carla Hahn! Ohne Messer und so lebendig, dass es einem Angst machen konnte.

»Aber ich verstehe nicht?«, stammele ich.

»Frau Hahn leitet im Ort eine kleine Bühne. Sie soll früher am Wiener Burgtheater gewesen sein. Ich weiß nicht, ob das stimmt. Aber die alten Damen sind ganz begeistert von ihr. Vor allem Frau von der Traut. Die schreibt regelmäßig über sie im Lokalteil. Ich glaube, das nächste Stück werde ich mir auch mal ansehen.«

Er winkt ihnen zu und die alten Damen winken eifrig zurück.

REINHARD PELTE

NIGHTHAWKS/AFICIONADOS AL TABACO

Es war einer dieser Tage, an denen mich eine unbestimmte Ahnung beschleicht, als werde ich mich noch mein ganzes Leben lang an sie erinnern und ihre Bedeutung erst sehr viel später begreifen.

Ich war morgens in den IC gestiegen. Ich hatte einen Einzelsitz im Großraumwagen reserviert, hörte meine Lieblingsmusik vom iPod und starrte auf die vorbeihuschende Landschaft. Die Zeit verging schnell, und am frühen Nachmittag verließ ich in Mannheim den Zug, quartierte mich im Dorint-Kongresshotel ein und überlegte, was mit dem verbleibenden Rest des Tages noch sinnvollerweise anzufangen sei. Am nächsten Tag sollte ich an einem Workshop teilnehmen. Ich hatte noch nie an einem Workshop teilgenommen und schwankte zwischen Neugier und Desinteresse. Ich zwang mich dazu, meine Gedanken an den morgigen Tag zu verdrängen, und machte einen langen Spaziergang durch die City. Mannheim leistete einen nachhaltigen Beitrag zu meiner Beruhigung.

Müde kam ich zurück in mein Hotel und aß im Hotelrestaurant ›Rosengarten‹ zu Abend. Schließlich war ich satt und zufrieden. Mich überkam das Verlangen nach einer Zigarre und einem guten Schluck vor dem Zubettgehen. Deshalb ging ich in die Bar Jazz mit Zigarrenlounge, die vor Kurzem im Dorint neu eingerichtet worden war, wie das ›Reisemagazin‹ der DB zu berichten gewusst hatte.

Der Raum erinnerte mich an die Brücke eines Ozeanriesen, dessen Blick allerdings nicht aufs Meer, sondern auf den Friedrichsring ging, und dessen Mobiliar, wie auch nicht anders zu erwarten, nichts mit dem Kommandostand eines Schiffes gemein hatte. Die Einrichtung war von stilvoller Eleganz, viel Tuch, Teppich und Design. Ein verwaistes Piano fiel mir ins Auge. In die eine Wand war ein Humidor eingelassen, in dem Köstlichkeiten aufgebahrt lagen, die das Herz eines jeden Aficionado al Tabaco höher schlagen lassen.

Ich ging vor der Glaswand hin und her und bestaunte die reiche Auswahl an Zigarren aus aller Welt. Ich konnte mich für keine so recht entscheiden. Manche erweckten meine Begierde, waren aber entweder zu groß, zu stark oder zu teuer, als dass ich sie so kurz vor dem Schlafengehen noch hätte genießen können. Ich schlich also etwas nervös von einem Ende der Glaswand zum anderen und zurück. Ich hatte keine Eile, weil ich mich allein im Raum glaubte, also niemand da war, den ich hätte stören können.

Schließlich setzte ich mich, ohne eine Wahl getroffen zu haben, in einen Sessel, nahm die Getränkekarte von dem niedrigen Tisch vor mir und studierte das Angebot an Whiskys. Ich hatte damit ähnliche Schwierigkeiten wie mit den Zigarren. Ich konnte mich nicht zu einer Wahl durchringen und ließ ratlos meinen Blick durch den Raum wandern. Erst jetzt entdeckte ich einen zweiten Gast ein paar Tische weiter. Er sah aus wie das tapfere Schneiderlein aus Grimms Märchen und wäre beinahe unkenntlich geblieben, wenn nicht sein teures Outfit jedem Auge, auch dem ungeschultesten, bereits bei einer flüchtigen Musterung hätte auffallen müssen. Dies umso mehr, da er in seinen eleganten Anzug gekleidet war, ohne ihn wirklich zu tragen. Es schien eher, als benutze er ihn als Versteck, anstatt sich darin stolz zu zeigen und seine Persönlichkeit hervorzuheben. Er hatte fast etwas Lächerliches an sich. Dazu trug auch die für seine Statur überdimensionale Zigarre bei, die er unangezündet zwischen den Fingern hin und her rollte, sie schließlich vor sein rechtes Ohr hob und lauschte, als wolle er irgendeinem tiefen Geheimnis auf die Schliche kommen. Vor ihm auf dem Tisch standen drei noch unberührte Gläser, die mit Spirituosen unterschiedlicher Färbung gefüllt waren.

Ich wurde in der Betrachtung meines Zigarrenfreundes durch den Barkeeper gestört. Er kam nur ab und zu herüber, um nach dem Rechten zu sehen. Man sah ihm an, dass er schon Jahrzehnte in seinem Beruf gearbeitet und die Aura eines Wissenden hatte, der darüber nicht verrückt geworden war. Er war von der Sorte Mann, der nicht sagte, was er wusste, aber sicher genau wusste, was er sagte. Er fragte mich nach meinem Wunsch, als interessiere ihn das wirklich, und ich fühlte mich eingeladen, ihn mit meiner Unentschlossenheit zu konfrontieren. Er bat mich an den Humidor, schloss auf und stellte mir kleinere Formate vor, die noch in Kisten verpackt in den unteren Regalen lagerten. Ich entschied mich für eine Zino Platinum. Er richtete mir die kleine, preiswerte Zigarre mit der gleichen Sorgfalt her wie eine großformatige, teure Cohiba. Das ermutigte mich, ihm auch die Auswahl eines passenden Getränkes zu überlassen. Er empfahl mir das Probierangebot einer schottischen Whiskybrennerei, bestehend aus einem 5, einem 15 und einem 25 Jahre alten Whisky. Dabei deutete er diskret auf den kleinen Gast. »Der Herr dort drüben trinkt das Gleiche. Ich kann es Ihnen wärmstens empfehlen«, flüsterte er mir zu.

Aus seiner Stimme klang eine Wertschätzung, die an Ehrerbietung grenzte und mich aufhorchen ließ. Ich nickte dem Barkeeper freundlich zustimmend zu. Er entfernte sich diskret und ich begab mich zurück an meinen Platz. Ich wollte herausfinden, was mich der Spaß kosten würde, und studierte die Karte auf der Suche nach dem Sonderangebot.

»Gute Wahl. Aber warum so bescheiden?«

Ich schrak von meiner Lektüre auf und sah hinüber zu dem Männchen. Bis auf den schwäbischen Akzent war seine Stimme unauffällig.

»Was meinen Sie?«, antwortete ich. »Die Zigarre oder den Whisky?«

»Die Zigarre. Sehen Sie die hier. Die finden Sie in keinem Humidor der Welt. Kommen Sie herüber. Ich zeig sie Ihnen.«

Ich hätte es unhöflich gefunden, seiner freundlichen Einladung nicht zu folgen. Außerdem hatte er meine Neugier geweckt und ich versprach mir etwas davon, zu ihm an den Tisch zu wechseln.

»Danke«, erwiderte ich und erhob mich. »Wenn Sie nichts dagegen haben, setze ich mich gern zu Ihnen. Darf ich mich vorstellen?«

»Mit dem größten Vergnügen.«

Ich sagte meinen Namen und reichte ihm die Hand.

»Angenehm«, entgegnete er. »Nennen Sie mich der Einfachheit halber Hans.«

Sein Händedruck war überraschend kräftig. Sein

Wunsch, ihn sogleich beim Vornamen anzureden, berührte mich unangenehm. Ich mag sofortiges Duzen nicht besonders gern. Es hat etwas Zudringliches, Distanzloses, etwas, das einem keine Zeit lässt, sich zu orientieren und dem Gegenüber höflich näherzukommen. In diesem Fall hielt sich meine Reserviertheit in Grenzen.

»Das ist eine richtige Zigarre.« Er reichte mir ein schmales langes Holzkistchen über den Tisch. In ihr lagen zwei dunkle Zigarren, mindestens im Churchill-Format. »Nehmen Sie sich eine. Ich lade Sie ein.«

Ich erklärte ihm, dass ich eigentlich beabsichtige, früh ins Bett zu gehen, weil ich morgen ausgeschlafen zu einem Workshop gehen wolle. Seine Zigarre würde mich Stunden kosten, die ich nicht hatte.

»Was soll das? Ihr Workshop ist völlig unwichtig.« Er sagte das mit einer Geringschätzung und Unerschütterlichkeit, die mich ärgerten.

»Es geht um meine erste Veröffentlichung. Ein Kriminalroman.«

Er hob kurz den Kopf. Dann schwieg er. »So etwas bekommen Sie nie wieder in Ihrem Leben zu rauchen«, raunte er nach einer Weile.

Irgendetwas in seiner Stimme drängte mich, seine Einladung anzunehmen. »Also gut! Woher kommt sie?«, fragte ich. »Sie trägt keine Banderole.«

»Die Kiste hat auch keinen Brand, wie Sie sehen.«

»Also, woher?«, wollte ich wissen, nun neugierig geworden.

Er sah mir in die Augen und lächelte, nicht überlegen oder auf irgendeine Wirkung bedacht, sondern wehmütig und fast etwas beleidigt, dass ich auf einer Antwort beharrte, die zu erhalten belanglos und unerheblich sei, und auf die man getrost verzichten könne.

»Wissen Sie, wann ich meine erste Zigarre geraucht habe?«, überging er meine Frage. »Mit 16«, antwortete er sich selbst. »Sie kostete 20 Pfennig und ich hatte hinterher Durchfall. Mein Hals kratzte noch tagelang. Diese hier ist unbezahlbar. Ich muss auch heute noch aufs Klo. Aber mein Hals kratzt nicht mehr.« Ein schmales Lächeln kräuselte seine Lippen.

Wir wurden vom Barkeeper unterbrochen, der zu uns kam und den Whisky vor mich auf den Tisch stellte. »Zum Wohl. Wünschen die Herren noch etwas?«

»Ist gut, Theo. Danke«, entgegnete Hans.

»Noch einen angenehmen Abend, die Herren.« Der Barmann machte eine angedeutete Verbeugung, die wie der Kniefall eines Edlen vor seinem Lehnsherren wirkte. Ich sah ihm verwundert nach, bis er hinter seiner Theke verschwunden war.

Hans reichte mir Feuer und wir zündeten die Zigarren an. Meine Zigarre war überraschend mild, sehr angenehm auf der Zunge, und sie hatte einen perfekten Zug. Ihr Duft war im Gegensatz zu ihrer äußeren Gestalt überraschend leicht und durchsichtig, und ich war geneigt, ihm hinterherzuschnuppern.

»Das ist das Einzige, was ich vermissen werde, wenn ich bald nicht mehr auf dieser Erde bin«, sagte er leise.

»Sind Sie krank?«, fragte ich konsterniert.

»Auf unser Wohl«, lachte er. »Nehmen Sie zuerst den hellsten.«

Allmählich reizte mich seine Art, und ich fühlte mich

provoziert, Widerstand zu leisten. »Warum nicht den dunklen?«

»Meine erste Zigarre schenkte mir ein alter, armer Briefmarkensammler«, fuhr er erneut meine Frage ignorierend fort. »Ich hatte als Schüler Geld nötig und einen Briefmarkenhandel aufgezogen. Meine Mitschüler waren zu dämlich, die guten Stücke in den Sammlungen ihrer Väter zu erkennen. Sie freuten sich, wenn ich ihnen zu ein paar Groschen für 'ne Brause oder 'ne Zigarette verhalf.« Er schüttelte den Kopf. »Der alte Opa gab seine letzte Mark für die Fetzen bunten Papiers und eine Zigarre obendrauf. Er war mir dankbar.« Hans machte eine Kunstpause. »Dankbar! Verstehen Sie das?«

»Briefmarken waren seine Leidenschaft, nehme ich an.«

»Ich hatte begriffen«, redete er unbeirrt weiter. »Ich brach die Schule ab und stürzte mich auf den Briefmarkenhandel. Ich reiste herum, besuchte viele Menschen, vor allem alte Leute. Sie hatten Antiquitäten in ihren Wohnungen stehen. Ich fütterte ihre Leidenschaft und dafür überließen sie mir ihre Schätze, deren Wert sie nicht kannten. Verstehen Sie nun?«

»Ich verstehe, dass Sie Händler wurden. Aber kamen Sie sich nicht schlecht vor, die alten Leute zu begaunern?«

»Wieso begaunern? Sie waren glücklich, wenn ich sie verließ. Und die, denen ich die Schätze verkaufte, waren auch glücklich. Wem habe ich Schaden zugefügt?«

»Dem Finanzamt«, spottete ich und kam mir ungeheuer cool vor.

»Das Finanzamt, meinen Sie also?« Er nahm einen kräftigen Zug von seiner Zigarre. »Das Finanzamt wäre in dem ganzen Spiel der einzige Gauner gewesen. Denn es hätte kassiert: ohne Leistung, ohne Glücksgefühle, ohne richtige Arbeit, ohne Aufwand. Völlig überflüssig. Kriminell!«

»Hören Sie, Hans, man muss das mal aus einer anderen Perspektive sehen. Die Kosten für die Organisation einer humanen Gesellschaft …«

»Das Wissen, verstehen Sie«, ignorierte er mich schon wieder, »das Wissen ist es. Das Wissen, das andere nicht haben, aus Faulheit oder aus weiß was ich für Gründen. Auch Ämter und Behörden. Das Wissen muss geheim bleiben, muss vor den anderen verborgen werden, dann kann es wirken und zu Geld werden. Und Geld verhilft zu Macht.«

Wir hatten während unseres Gesprächs hin und wieder einen Schluck getrunken und der erste Becher mit dem hellen Whisky war zur Neige gegangen. Hans' Rede hatte ihn in einen Erregungszustand versetzt, der seine Gesichtszüge veränderte. Er wirkte gehetzt und streifte mit den Augen gelegentlich die Fenster und die Eingangstür.

»Ich bitte Sie, Hans, wir leben im Informationszeitalter. Eine ungeheure Flut an Wissen ist jedem verfügbar. Das Internet ist ein unkontrollierbares Medium für Wissen und Wissensaustausch. Wo wollen Sie denn da was verstecken?«

»Wer tauscht denn da was aus?«, rief er verächtlich. »Wissen Sie das? Wissen Sie, ob Sie nicht Fehlinformationen aufsitzen? Vielleicht gewollt? Wissen Sie zum Beispiel etwas von meiner Firma?«

»Wie heißt denn Ihre Firma?« Ich zog genüsslich an meiner Zigarre.

»Sie heißt gar nicht. Sie ist nirgendwo zu finden. Ich trete mit meinen Kunden nur über Nummern in Verbindung, in namenlosen, unbeaufsichtigten Banken auf Jersey. Auch ich selbst betreibe ein anonymes Büro in einem namenlosen, unbeaufsichtigten Haus auf Jersey. Ich kenne meine Auftraggeber nicht. Ich kenne nur ihre Leidenschaft fürs Geld, ihre Gier nach Macht. Und ich kenne die Plätze, wo ihr Geld abgeschirmt von der Öffentlichkeit und frei von staatlicher Kontrolle gebraucht wird und Profit abwirft.«

»Noch mehr Geld, noch mehr Macht«, bemerkte ich lakonisch und fragte mich, wohin diese Diskussion eigentlich führen sollte.

»Genau, Sie haben es erfasst.« Er lehnte sich zurück und zog mehrmals lange an seiner dicken Zigarre. In der entstehenden Pause drängte sich mir die Frage auf, ob er mich vielleicht auf die Probe stellen, meine Intelligenz, mein Wissen oder meine Dummheit abschätzen wollte. Ich ließ mir daher Zeit, probierte die Whiskys und gab anerkennende Kommentare zum Besten. Ich glaubte, ihn zu einem belangloseren Gespräch verleiten zu können. Vergeblich.

»*Ich* habe ihr Geld investiert und vermehrt, jahrelang und mit ungeheurem Erfolg«, fuhr er fort und betonte das erste Wort dramatisch. »Das hat mich reich gemacht, verstehen Sie?«

Hans verstimmte mich. Meine wohlmeinende Absicht sah ich an seiner Sturheit gescheitert. Außerdem ärgerte es mich, dass er dauernd mein Verständnis anzuzweifeln schien, und ich mir wie ein dummer Schuljunge vorkam. Ich erwiderte: »Und wenn Ihre Investitionen nun mal platzen?« Ich machte eine dramaturgisch überaus effektvolle Pause. »Wenn alles geheim bleiben soll, ist man erpressbar und dem Spiel finsterer Mächte ausgeliefert. Sie ziehen ja nicht alle an einem Strang, sondern konkurrieren.« Ich fühlte mich sehr smart.

»Ah«, stöhnte er auf und nahm noch einen tiefen Zug. »Ich tätige keine Fehlinvestitionen, das zeichnet mich aus. Ich habe Gold gekauft, viel Gold, sehr viel Gold. Ich bin eine Macht. Ich könnte Krisen herbeiführen, Kriege anzetteln und Hungersnöte auslösen.« Er richtete sich auf und starrte mir, mit der Zigarre auf meine Brust weisend, in die Augen. »Alle wissen das, alle, die mit meiner Hilfe Geld gemacht haben. Sie sind hinter mir her. Und sie werden mir ihre Gewährsleute schicken. Darauf kannst du deinen linken Arm verwetten.« Er ließ sich wieder zurücksinken und legte den Kopf in den Nacken.

Ich muss zugeben, dass Hans mich verwirrte, und nicht nur deswegen, weil er mich zum ersten Mal an diesem Abend geduzt hatte. Ich trank einen Schluck, diesmal von dem dunkelsten Whisky, ließ ihn langsam den Schlund hinunterlaufen und sah auf meine Zigarre. Der Abbrand war sehr weiß, sehr glatt und fest, und ungefähr zu zwei Zentimetern Länge aufgelaufen. Ich streifte ihn im Aschenbecher ab und richtete mich auf. »Wer sind *sie?*«, fragte ich, nun endlich auf den Punkt kommend.

Er schwieg lange und ignorierte meine Frage. »Ich sprach eingangs von dem Wissen, das wichtig ist. Weißt du, was genauso wichtig ist?«, erkundigte er sich bedeutungsvoll.

Jetzt schwieg ich, weil ich ärgerlich wurde, nichts mehr sagen wollte, und weil ich merkte, dass seine Frage nur rhetorischer Natur war.

»Der Wille!« Und wieder spießte er mich mit seiner Zigarre auf. »Nur wir Schwaben haben einen Willen, der *ihrem* Willen gleichwertig ist.« Er setzte mit seiner Rede aus, als wollte er einen Punkt machen.

Ich wollte nun doch endlich wissen, wer *sie* seien und provozierte ihn. »*Sie* scheinen ja ziemliche Monster zu sein.«

»Nein, nein, mein Lieber, *sie* sind etwas ganz anderes, etwas weitaus Gefährlicheres: gemein, rücksichtslos, hinterhältig, grausam, erbarmungslos, frei von jedem Gefühl und unendlich hartnäckig.« Er holte hörbar Luft durch die Nase. »*Sie*, das sind die Aliens«, flüsterte er. »Aliens von einem Stern, die da draußen irgendwo im Universum herumirren und nur ein einziges Ziel verfolgen, die Menschheit zu vernichten.« Er hatte sich beim Reden nach vorne bewegt und lehnte sich nun zurück in das Polster, als sei er zu Tode erschöpft. Er legte den Kopf wieder in den Nacken und wisperte: »Sie sind viele, und sie werden immer mehr. Du kannst sie nicht erkennen, weil sie aussehen und sich bewegen wie wir.« Er regte sich nicht.

»Ich könnte also auch einer von *ihnen* sein«, lachte ich leise und versuchte, die Lage zu entspannen.

»Nein, du nicht.«

»Bist du dir da ganz sicher?«, lachte ich nun lauter. Meine Absicht war, das Gespräch ins Lächerliche zu ziehen. Er reagierte überhaupt nicht darauf. Seine Müdigkeit und sein tieftrauriger Ernst erstickten meine Versuche und hinterließen bei mir ein peinliches Gefühl, hinter dem sich Beklommenheit breit machte.

»Nur wir Schwaben können ihnen Paroli bieten«, murmelte er. »Bist du nicht Autor? Hast du nicht einen Agenten? Ich muss ein Buch schreiben. Ich muss die Welt warnen.«

»Wie willst du die Welt vor ihnen warnen, wenn wir sie nicht erkennen können?«, warf ich ein und freute mich an meiner unwiderlegbaren Logik.

Er kam aus seiner liegenden Position hoch. Sein Blick war starr. »Du musst ihnen nahe kommen, ganz, ganz nahe, so wie ich einmal, und du musst ihnen in die Augen schauen, lange und intensiv. Es wird dir nicht gelingen. Sie mögen das nicht und verstehen es meisterhaft, das zu vermeiden.«

»Und wenn doch? Was sieht man dann in ihren Augen?«

Er sah mich lange schweigend an. Sein starrer Blick wurde mir unheimlich. Dann hauchte er mehr, als dass er sprach: »Nichts! Absolut nichts!« Er lehnte sich wieder zurück. Seine Zigarre hielt er noch immer zwischen Zeige- und Mittelfinger, aber er hatte sie vergessen. Der weiße, feste Abbrand berührte fast seine Haut. Die Zigarre war wirklich von einzigartiger Qualität.

»Ich muss gehen«, richtete er sich abrupt auf. »Es war ein netter Abend. Hast du eine Karte?«

Sein plötzlicher Aufbruch enttäuschte mich. Ich hielt mich aber zurück und machte keine Sperenzchen. Ich gab ihm meine Visitenkarte und wartete darauf, dass er mir seine reichte. Er zückte stattdessen einen kostbaren blauen Füllfederhalter von Waterman.

»Unter dieser E-Mail-Adresse erreichst du mich.« Er schrieb seine Kontaktdaten auf ein Stück Papier, das er aus seiner Jackentasche zog: h.schlendriani@foni.net. Vielleicht schickst du mir die Adresse deines Agenten.«

»Mach ich, Hans.«

»Dein Buch werde ich lesen. Wann erscheint es?«

»Im Sommer ist es so weit.«

Ich steckte den Zettel ein, und wir machten uns auf den Weg zur Theke, um unsere Rechnungen zu begleichen.

*

»Weiß der Taxifahrer, wohin er muss?«, fragte Hans den Barmann.

»Ja. Wie immer, mein Herr. Nach Neckargemünd. Er wartet schon auf der Auffahrt.«

»Gut. Dann auf Wiedersehen«, sagte er, während er sich zu mir umdrehte. »Hier die letzte Zigarre. Ich schenke sie dir. Aus dir wird ein Bestseller-Autor, glaub mir.« Er drückte mir das Holzkästchen mit dem exklusiven Inhalt in die Hand.

»Auf Wiedersehen, Hans. Alles Gute.«

Er wandte sich zur Tür. Ich blieb bei dem Barmann stehen und sah ihm nach. Das tapfere Schneiderlein winkte uns noch einmal zu, bevor es nach draußen verschwand.

Wenig später glaubte ich das Schlagen einer Autotür zu hören. Durch die Panoramascheiben schimmerte es blau vom Wasserturm herüber. Ich sah auf meine Uhr. Die Zeiger standen auf ein paar Minuten nach Mitternacht.

»Kennen Sie den Herrn?«, fragte ich den Barkeeper. Wir waren allein, und er schloss die Bar für die Nacht ab.

»Er kommt seit 30 Jahren regelmäßig im Januar und im August zu uns.«

»Ist er krank?«

Der Barmann sah mich zweifelnd an.

»Neckargemünd liegt nicht gerade um die Ecke und Gepäck hatte er auch nicht«, beeilte ich mich zu erklären.

»Er ruft uns an. Wir holen ihn ab. Er kommt immer ohne Gepäck. Er hat eine Mutter in Neckargemünd. Das hat er einmal erwähnt. Er setzt sich in die Bar und nimmt um Mitternacht ein Taxi nach Hause.«

»Er sagt, er sei stinkreich«, sinnierte ich vor mich hin.

»Er zahlt immer bar«, ließ Theo mich wissen. »Keine großen Rechnungen. Kein Trinkgeld. Mir lässt er zu Weihnachten eine Kiste Zigarren zukommen.«

»Ja, netter Kerl irgendwie. Etwas abgedreht, finden Sie nicht?«

Er hauchte ein Glas an, wienerte es mit dem Tuch trocken und besah sein Werk kritisch. »Ich bin morgen wieder hier. Werde ich Sie noch einmal beraten dürfen?«, erkundigte er sich freundlich.

Ich merkte, wie die Müdigkeit in meine Knochen gesickert war, und verabschiedete mich von ihm. »Gute Nacht. Ich weiß nicht, ob ich morgen noch da sein werde. Aber danke für den exzellenten Service.«

»Gute Nacht, mein Herr. Und schlafen Sie gut.«

In meinen Ohren klang sein Gute-Nacht-Gruß amüsiert, wenn nicht sogar ironisch. Ich drehte mich noch einmal um und wollte ihm in die Augen sehen. Aber er hatte sich schon abgewandt und leerte die Aschenbecher in den Mülleimer.

*

Ich fuhr nach dem Workshop nach Hause, ohne noch einmal die Bar Jazz aufgesucht zu haben. Ich ertappte mich in der Folgezeit dabei, wie ich die Wirtschaftsseiten der Zeitungen genauer studierte, was ich vorher nicht getan hatte. Meistens hatte ich sie keines Blickes gewürdigt. Mir fiel auf, dass in letzter Zeit von einer Menge Skandale zu berichten war, angefangen von Industriespionage und Bestechung bis zu gefeuerten Managern und deren unanständig hohen Abfindungen. In der Vergangenheit hatte es das nicht gegeben. Lag es nur an meiner neu geweckten Aufmerksamkeit oder war der Wandel wirklich real? Ich wusste es nicht.

Eines Sonntagvormittags, der Zusammenbruch der Investment-Bank Lehman Brothers in den USA sorgte noch für Schlagzeilen, nahm ich mit meiner Lieblingszeitung auf dem Sofa Platz. Ich hatte es mir gerade bequem gemacht, als mich das Verlangen nach einer Zigarre überkam. Ich hatte mir lange Zeit keine mehr gegönnt und öffnete freudig den Humidor. Ich stieß auf das Kästchen, das ich aus Mannheim mitgebracht hatte. Darin lag auch der Zettel mit Hans' E-Mail-Adresse. Die Erinnerung an den Abend ließ mich den Kopf schütteln, weckte aber auch die Vorfreude auf einen außergewöhnlichen Genuss.

Nachdem ich die Zigarre entzündet und die ersten Wölkchen an die Decke geblasen hatte, widmete ich mich meiner Zeitungslektüre. Im Wirtschaftsteil bemerkte ich einen kurzen Artikel, eigentlich war es mehr eine Notiz. In Südafrika war ein vermögender Gold- und Devisenhändler ums Leben gekommen. Nach den Erben seines Vermögens wurde gesucht. Der Fokus des kurzen Berichtes lag nicht so sehr auf dem Todesfall an sich (er war laut dpa an Herzversagen gestorben), sondern auf der Tatsache, dass für das riesige Vermögen keine rechte Vorsorge getroffen zu sein schien. Denn sonst hätte man nicht nach Erben suchen müssen. Der Name des Toten war nur beiläufig vermerkt: H. Schlendriani. Beim Lesen des Namens fiel mir fast die Zigarre aus der Hand.

Ich grübelte endlos über der Frage, ob ich der dpa-Meldung Glauben schenken sollte oder lieber Hans' dumpfer Prophezeiung. Ich muss zugeben, dass mich große Verwirrung befiehl. Sie hielt Tage an, und meine Umgebung machte sich schon Sorgen. Ich hatte mich leidlich erholt, als die weltweite Finanzkrise erst richtig losbrach und den Globus in apokalyptische Schrecken versetzte. In der Folgezeit organisierten die Regierungen der führenden Wirtschaftsnationen einen heftigen Abwehrkampf. Er kostet aberwitzig viele Milliarden an Steuergeldern, die erst noch erwirtschaftet werden müssen. Es sieht so aus, als hätten sie das Schlimmste noch einmal aufhalten können. Mir scheint das äußerst zweifelhaft. Das Ganze erinnert mich an die Siege des Königs und Feldherrn Pyrrhus über die Römer. Ich mache mir keine großen Hoffnungen mehr.

CARLO SCHÄFER
KURPFALZ IS HIMMEL!

Also ich soll jetzt so erzählen, von mir aus, warum net. Also ich heiß Gazmend. Gazmend. Schreibt man mit Zett so wie Zigarette. Oder wie Zigeuner. Oder wie … Wasweißich … Also, wie: Familie? Familie is … mein Vater, meine Mutter, Bruder, normal, Ding. Ach so! Name: Abdi. Gazmend Abdi.

Gibt so Fußballspieler in Schweiz, heißt Abdi wie wir, wasweißich – ich hass den voll. Schwör! Ich hass den voll. Schweiz is scheiße, Basel, Wien, wasweißich, scheiße is des, da will ich nie net hin. Ich will überhaupt net irgendwohin, ich will des net.

Also Gazmend Abdi. Normal so.

Meine Eltern? Normal so. Meine Eltern, also mein Vater, der is arbeitslos und meine Mutter, die arbeitet net. Ich hab Bruder, ich sag ja, Faton, aber der, der will so gut sein – so Schule un' so, der is … Also wenn dem einer, wasweißich, wenn dem einer so Fresse geben würde, würde ich dem Fresse geben, Bruder halt normal, ja. Halt Ding.

Keine Ahnung.

Aber wenn der mir, also Faton, wenn der mir, dann ich geb dem, so Fresse. Ich schwör, Langer. Ich schwör. Voll Streber.

Also wir sin Kosovo, also meine Eltern, aber ich bin mehr Kurpfalz als Kosovo, wasweißich, Kurpfalz is beste. Kurpfalz is beste, Kurpfalz is voll besser als Kosovo. Und als Moslem.

Ich war immer Moschee! Mein Vater net, der hat voll Bierbauch und so, der geht net Moschee, aber mein Bruder und ich, wir gehen Moschee, aber ich nimmer!

Da in Ethik, so Schule, da ham wir Ethik, so in Schule so, wasweißich, da hat Lehrer gesagt: Also, ich weiß nimmer, was der genau gesagt … der sagt so Ding, sagt der: Islam 1,3 Milliarden. Und ich freu mich schon und denk, ey, wasweißich, is voll viel! Dann sagt der Christentum 2,1 Milliarden. Voll die Blamage!

Dann bin ich nimmer Schule und nimmer Moschee.

Ja, Milliarde is mindestens Million! Schwör! Schwör, Langer, schwör!

Ja, wasweißich, bin so rumgegangen, so Straße, weil, ich, also, in Schule … Da wo ich noch Schule, ich hab alles, alles, alles gelernt über Kurpfalz. Immer. Fragen Sie mein Lehrer, der is voll Arschloch, aber wenn wir Kurpfalz gemacht haben, der hat mir Eins gegeben, weil ich immer alles, alles gewusst hab.

Weil – ich lieb Kurpfalz voll, ich bin voll stolz, mehr als Moslem und Kosovo, wasweißich, ich weiß doch net warum ich so Kurpfalz, woher soll ich denn wissen, was ich will, warum … Langer!

Keine Ahnung!

Ey, ich lieb Kurpfalz. Isso! Wasweißich!

Unser Lehrer so, der hat uns mal, schwör, so was gezeigt. Hieß Fickifickipedian, keine Ahnung, aber da war voll viel Mannheim und Ludwigshafen.

Ne, Heidelberg, des mag ich net so.

Weiß net – is irgendwie voll schwul. Is Kurpfalz, aber net so.

Aber des Fickificki…

Ja, Wikipedia, keine Ahnung, egal, Ding … Ich hab des voll auswendig gelernt. Langer, ich schwör! Doch!

Mannheim is zweitgrößte Stadt von Baden-Deutschland. Ludwigshafen is Schwesterstadt.

Und König hat gemacht, dass Mannheim is Quadrate, so wie Rechteck. Voll geil – wasweißich.

Und Hafen, Bahnhof, Flugplatz, ey alles, des alles, alles gibt's in Mannheim! Schwör!

Und Erfindungen! Die gibt's hier voll!

Doch!

Wir ham Fahrrad erfunden, Auto, alles und Luisenpark und in Ludwigshafen gibt's so Halle, wo kann man voll gut Bowling, Langer!

Ey, ich kann ein Fickisatz voll auswendig: Mannheim iststartort Derburgen Straßeso wie Startund ziel Ort derberta Benzmemor Rute.

Ja, wasweißich? Ding! Keine Ahnung! Ich sag doch nur, ich kann auswendig! Soll ich jetzt hier Doktor oder was?

Und noch: Mannheim is 1896 Jahre große Stadt! Ich schwör.

Ey, Fahrrad und Auto!

Wie zurück? Ey, was labert ihr?

Ja, hab ich doch gesagt, wasweißich, rumgelaufen bin ich so. Und dann der Sascha. Der is Deutscher, voll der Ochse, der spielt Waldhof. Waldhof war mal Ding … war mal Ding … war mal Bundesliga, ey Langer, schwör, Langer, der hat so Partykeller. Sascha. Wenn ich so rumgegangen bin, normal, manchmal hab ich Sascha getroffen, so Tattersall, oder Planken …

Wir wohnen jetzt Jungbusch, aber vorher Neckarau, da is so Ding, Heim, aber da haben wir rausgemusst, weiß ich net, wasweißich, und jetzt sind wir Jungbusch. Also ich treff den Sascha, sagt der: Kommst du Keller? Sag ich: Was Keller? Sagt der: Ich hab doch so Partykeller. Sag ich: Ey, des weiß ich doch, was soll des? Ich weiß doch, dass du Partykeller, aber was Keller heute? Sagt der: Bissel Party, is doch Partykeller. Fragt der: Kennst du Ösgür? Sag ich: Klar, Mann! Fragt der: Kennst du Igor? Sag ich: Klar, Mann! Fragt der: Kennst du Sandra? Sag ich: Klar, Mann! Fragt der: Kennst du Francesca? Sag ich: Klar, Mann! Fragt der: Kennst du fette Nadin? Sag ich: Klar, Mann! Hab ich gefickt. Sagt der: Ne oder? Sag ich: Schwör.

Fragt der: Kennst du Thommy? Sag ich: Klar, Mann! Fragt der: Kennst du Elvis? Sag ich: Klar, Mann! Is Bruder von Amir. Sagt der: Ne, is andere Elvis, wohnt Schönau.

Ich sag: Ich kenn Schönau, Langer. Ich kenn alle Mannheim: Neckarau, Lindenhof, Quadrate, Schönau, wasweißich. Keine Ahnung, alle, schwör, ich mag alle Mannheim Stadtteil nur net Heidelberg. Ey, wir haben alles erfunden!, sag ich dem. Fahrrad, Auto, alles! Kurpfalz.

Der Sascha sagt: Ey, der Elvis von Schönau is Zigeuner und ich denk schon: Oooaa, oooaaa, scheiße und ich sag: Scheiße! Lacht der Sascha und sagt: Is voll dumm aber in Ordnung. Sag ich: Schwör. Sagt der: Schwör Langer. Fragt der: Kennst du Chris? Sag ich: Ne, ich kenn net.

Sagt der: Der fickt nachher in Keller sein Hund.

Ich sag: Was geht? Des gibt's doch net! Der sagt: Schwör!

Dann, Ding … dann bin ich hin, natürlich, ey. Ey, Langer, ich schwör.

Ja, der hat dann Hund gefickt.

Schäferhund in Partykeller.

Was ich? Ich hab gelacht, natürlich! Ey, der fickt Hund, voll typisch deutsch, ich sag: Langer, wenn dir Hund ein bläst, dann geh ich Tankstelle und hol Wodka. Weil Wodka, wo da war, war schon ding … weg, wasweißich, keine Ahnung. Sagt der Chris: Schwul? Ich lass mir doch von Hund kein blasen! Ey, ich muss lachen. Sagt der Chris zu fette Nadine: Du kannst mir ein blasen. Sagt die: Ey fick dich, ich blas doch net dein Hundfickschwanz. Sagt

Francesca: Is voll eklig oder Sandra? Sagt Sandra gar nix, weil, wasweißich, ich glaub Sascha hat der da grade Finger gegeben, keine Ahnung, aber Sandra immer nur Deutsche, schwör.

Ich sag zu dem Elvis: Hey, hast du auch schon Hund gefickt oder warum redst du nix?

Sagt der: Halts Maul, sag ich: Halt du Maul.

Geht so hin und her, irgendwann sagt der: Gehen mir raus? Sag ich: Normal, Langer, gehen mir raus, ich schwör. Ich mach dich fertig. Sagt der: Siehst du noch. Sag ich: Seh ich, ich seh dich, ich seh nur Scheiße.

Dann? Ja, halt raus, so in Ding vor Keller. So Vorraum vor Keller. Sag ich, wasweißich, sag ich: Ey, warum kenn ich dich net? Bis du überhaupt Kurpfalz. Sagt der: Ich komm früher Frankfurt, Mannheim is voll Scheiße.

Ich bin voll ausgerastet, voll ausgerastet, wasweißich, ich hab den in Gesicht, in Eier, überall, aber der mich auch, Langer ich schwör. Kommt die Francesca raus, sagt: Ey, was macht ihr, kommt wieder rein, der fickt wieder Hund, sag ich: Der sagt, wir sin alle Hurensöhne! Sagt der Ding … Elvis, sagt der: Fick deine Mutter. Sag ich: Du fickst jetzt Hund.

Ja, dann hab ich andere gerufen und die halten dann fest, hat der voll Schiss gekriegt.

Ich sag dem: Wir haben alles erfunden, alles, Fahrrad, Auto, BASF. Und du Hurensohn sags uns Hurensohn, du fickst jetzt Hund. Schwör. Sagt Francesca: Is voll eklig. Sag ich: Der sagt, wir sind Hurensöhne, hast du gehört. Sagt die: Ey, was laberst du und will gehen, aber Ösgür sagt:

Bleib Schatz, dann bleibt die, sagt: Scheißegal. Thommy und Igor sagen: Wir holen noch mal Wodka Tankstelle, aber der soll erst Hund ficken, wenn wir wieder Wodka, normal, ja klar.

Warum ich lach? Weil ich denk, wie der dann versucht hat Hund zu ficken und net gekonnt. Des war voll Ding!

Ja normal, der wollt net, aber wir sagen, du fickst Hund oder bis tot!

Der hat geheult und versucht, dem hat Thommy leere Flasche in Arsch und gesagt, ey Zigeuner, ich mach mal von hinten, damit du weißt wie geht. Sagt Francesca: Ey, lass den, der heult. Ey lass den, Scheißdeutscher! Sagt Thommy: Ich geb dir gleich deutsch, du Sizilien!

Sag ich: Hört auf! Der redet über Kurpfalz, ey, was labert der über Kurpfalz! Sagt die: Is doch egal. Also die Francesca.

Sag ich: Was is egal? Ey, keine Ahnung, was is egal? Sag ich: Ey, Ösgür, wenn du net Francesca Freund wärst, schlage ich der Fresse. Sagt der: Pass auf Gazmend und Francesca halts Maul! Und dann zu Elvis: Jetzt du fickst Hund oder du bis tot.

Der Sascha war besoffen, der schläft, wacht auf, fragt, was macht der? Sag ich: Der sagt: Deine Mutter is Hure und jetzt soll er Hund ficken. Und Sacha sagt, ich muss voll lachen, wenn ich dran denk: Waldhof fickt alles.

Sag ich: Ey, Elvis, Waldhof war Bundesliga und du bis voll Hurensohn und jetzt fick Hund!

Aber der kann net. Voll der Schleimer. Voll rumgepienst, voll geheult. Voll die Blamage, ich schwör!

Sag ich: Ey, Chris, der mag dein Hund net, sagt der: Wer mag mein Hund net. Sag ich: Der! Sagt der, der Ding … Elvis: Lasst mich. Mein Vater.

Sag ich: Was dein Vater? Dein Vater is schwul?

Sagt der: Is tot, Mutter allein mit Bruder und so Scheiß.

In Partykeller is so Pokal von Saschas Vater. Der spielt Wasserball: Ey, Mannheim is zweite Bundesliga Wasserball! Ich schwör! Hier gibt's alles! Und Sapp.

Sapp.

Sapp! So Computerfirma Walldorf. Die haben Computer erfunden, normal, keine Ahnung, Kurpfalz, ich schwör! Voll schwer.

Nein, net: Voll schwör! Voll schwer: Pokal.

Ich nehm den Pokal und hau den Elvis auf Kopf. Ich sag: Geh zu dein toten Vater, Schwör, Arschloch.

Der lebt noch, hau ich noch mal, is der tot. Sag ich: Des is für Kurpfalz.

Doch mir tut leid. Ja normal, klar, mir tut des voll leid, weil Sascha Keller war voll dreckig und der is voll sauer, sagt, wie soll ich putzen. Und Hund is voll erschrocken. Des tut mir voll leid.

Wasweißich? Ich bin dann gleich Ding … heim.

Hab geschlafen, normal.

Wieso träumen, keine Ahnung, gar nix.

Ja, und jetzt ich bin tot, ich weiß des.

Ja, tot, normal so.

Ja, weil, ich hab den totgemacht, hab ich doch gesagt.

Ja, und der war Zigeuner! Ich schätz mal, ich schlaf und sein Bruder, der schießt mich in Kopf oder so, wasweißich.

Ja, weil ich Himmel bin. Ich hab eigenes Zimmer und draußen is so Wald.

Und vorhin, da hör ich Engel.

Ja, muss Engel sein, normal, was weiß ich. Hat Kleider an, weiß, so wie Arzt. Aber hat mit mir geredet so, über alles, ob ich schomal gefickt hab, wasweißich.

Mit mir red doch kein Arzt! Also muss Himmel sein.

Und ihr seid so mit Krawatte – voll schwul, ich denk immer, Himmel is voll schwul. Schwör.

Ja, weil schon so lange Leute in Himmel kommen! Muss schon lang Himmel geben!

Ich hab neulich alten Film gesehen, war auch schwul. Langer, aber egal, scheißegal! Ich bin voll froh, dass ich net Hölle bin.

Und ihr labert alle wie Mannheim, so Kurpfalz labert ihr.

Ey, ich schwör, ich hab des schon immer voll gewusst: Kurpfalz is Himmel.

CLAUDIA SCHMID
MUSEUMSNACHT

Das Wasser schwappt an meinen Füßen hoch. Die Fähre hat eben abgelegt, die Wellen schaukeln bis zu mir heran. Weißer Schaum kräuselt sich auf den Wellen, ich schlage mit den Füßen danach. Der Sand unter meinem Po ist weich, ich sitze in einer Kuhle. Ein kleiner Krebs rennt davon. Ich blinzele ins Sonnenlicht. Ganz schön viele Autos passen drauf auf die Fähre. Gestern war ich selbst damit gefahren, nachdem Großvater mich in Neuostheim vom Flughafen abgeholt hatte. Wie jedes Jahr verbringe ich meine Sommerferien bei ihm.

»Um zwei macht das Automuseum auf, so allmählich können wir uns auf den Weg machen.«

Mein Großvater Alfred sitzt auf der kleinen Ufermauer hinter mir.

»Das Automuseum, an dem wir schon oft vorbeigegangen sind?«

Alfred erhebt sich. »Genau das! In Ladenburg wohnte nämlich der Erfinder des Automobils! Gleich da vorne in der Nähe des Wasserturms steht die Villa, in der Dr. Carl Benz gewohnt hat.«

Er winkt mich zu sich heran. »Mein Großvater hat selbst im August 1888 an der Hand seiner Mutter die Bertha Benz fahren sehen.«

»Wieso erzählst du erst von einem Carl Benz und nun von einer Bertha Benz?«

»Die Bertha, das war die Frau des Erfinders. Und die hat die erste große Fahrt mit dem Auto gemacht. Von Mannheim, über Ladenburg, bis nach Pforzheim und wieder zurück. Mit ihren beiden Söhnen. Und mein Opa hat das als kleiner Bub selbst gesehen. Ganz schön gegafft haben die Fußgänger damals, weil da ein pferdeloser Wagen fuhr. Das Auto hatte damals nämlich noch viel Ähnlichkeit mit einer Kutsche. Aber eben ohne Pferde! Die Leute konnten sich nicht erklären, wie das gehen soll. Dr. Carl Benz hatte einen Motor erfunden. Mit dem hat er seinen Wagen angetrieben.«

»Kann man denn das erste Auto noch sehen?«

»Ja klar. 1906 hat Dr. Carl Benz hier in Ladenburg eine Fabrik aufgemacht, nachdem er zuvor viele Jahre in Mannheim war. Und in diesen Räumen ist heute ein Automuseum.«

Ich mache meine Füße sauber, schlüpfe in die Schuhe und wir marschieren los, vorbei am Wasserturm und an dem schönen Haus, in dem Carl Benz gelebt hat. Bald sind wir da. Ich bestaune den behäbig aussehenden Bau aus Backsteinen.

»So hat man in der Gründerzeit Fabriken gebaut«, schwärmt Alfred. »Die hier ist über 100 Jahre alt.«

Ich drücke die Glastür auf. Schwer schließt sie sich hinter uns. Und schon stehen wir vor dem ersten Oldtimer, einem Sechszylinder-Daimler-Benz von 1936. Alfred kauft in dem kleinen Häuschen unter der Treppe des Museumsshops die Eintrittskarten und erklärt: »Früher war hier der Sanitätsraum der Fabrik.«

Dann führt er mich zu einer überdimensionierten Patentschrift ›des ersten brauchbaren Automobils der

Welt‹, ausgestellt vom Kaiserlichen Patentamt für Carl Benz, geboren in Karlsruhe.

»Siehst du«, sagt Alfred und es klingt so viel Stolz in seiner Stimme, als wäre er der Erfinder höchstpersönlich, »hier ist der Beweis: Dr. Carl Benz hat das erste Automobil der Welt erfunden.«

Und direkt vor der vergrößerten Patentschrift steht er. Der Patent-Motorwagen Modell Nr. 3 von 1888, der Einzige, den es noch gibt. Im Jahre 1889 hatte ein Engländer das Modell gekauft und nach England verschickt, 25 Jahre später wurde es vom Science Museum in London gekauft. Und nun steht es als Leihgabe in Ladenburg.

Alfred schaut verstohlen nach der Aufsicht. Keine Spur von ihr zu entdecken. Zärtlich streicht er mit der Hand über den grünen Samt des Polsters auf der Bank. »Genau so eins hat mein Großvater als Bub gesehen. Auf genau so einem ist die Bertha Benz durch Ladenburg gefahren. Das hat er mir oft erzählt!«

Ich staune. Schwere Ketten treiben die riesigen Hinterräder an, wie bei meinem Fahrrad. Die kleine Kurbel auf einem Gestänge vor dem Sitz ist wohl das Lenkrad.

Eine korpulente Frau in einem fliederfarbenen Kleid geht ganz nah an das Auto heran. »Guck mal, Fritz! Mit so einem Teil da ist die Bertha damals gefahren! Janz schön patent, die Dame, wat?«

Der Mann, der auf den Namen Fritz hört, liest vor: »20 km/h«.

»Dat war wohl janz schön schnell für damals, Fritz. Wat Frauen alles leisten!«

Die Frau geht zum Auto gegenüber. »Jetzt guck, wie dat hier heißt: Viktoria Vis-a-Vis.« Sie beugt sich über das Schild und liest laut vor: »Carl Benz soll ausgerufen haben, ›Viktoria, ich habe gesiegt‹, als es ihm erstmals gelungen war, einen Vierradwagen mit Achsschenkellenkung zu bauen.«

Ich gehe weiter, die fliederfarbene Frau mit ihrer schrillen Stimme nervt mich gewaltig, schließlich kann ich selbst lesen. Wie dieser Fritz die bloß erträgt! Die große Halle ist voll gestellt mit Oldtimern, so viele davon auf einmal habe ich noch nie gesehen. Da stehen aber auch Gegenstände aus der damaligen Zeit, die mein Großvater ›Gründerzeit‹ nennt. Ein mächtiges Grammofon mit einer Kurbel, ob Bertha dazu getanzt hatte? Eine Schallplatte liegt drauf, mit einem ›Slowfox‹. Eine alte Zapfsäule fasziniert mich. Alfred bleibt verzückt im 50er-Jahre-Eck hängen. Liebevoll ist hier ein Wohnzimmer aus seiner Jugend aufgebaut.

»Eine Vespa!« Er strahlt wie ein kleiner Junge. »Damit habe ich deine Großmutter herumgekriegt. Hat ihr ganz schön imponiert! Und vorne, zwischen meinen Beinen, stand ihr kleiner Bruder. Den haben sie uns immer aufs Auge gedrückt, als Aufpasser sozusagen.« Er lacht schallend. »Hat aber alles nichts genutzt, wir haben deine Urgroßmutter trotzdem überlistet.«

Der Mann neben uns grinst. Vermutlich hat er ähnliche Jugenderinnerungen wie Alfred.

»Guck dir mal hier die ersten Fahrräder an! Was die für ein hohes Vorderrad haben! Es war gar nicht so leicht, mit denen zu fahren. Anfangs sind die Leute immer damit umgekippt.«

»Sag bloß, das Fahrrad wurde auch in Mannheim erfunden?«

»Ach, Gabriella, in Mannheim wurde so vieles erfunden.«

»Aber warum ausgerechnet hier?«

»Dat frag ich mich och!« Schon wieder die Nerv-Frau in Flieder.

»Vielleicht wegen der Lage? Mitten in Europa und immer schon am Schnittpunkt wichtiger Verkehrswege! Da haben sich schon immer gerne kluge Köpfe angesiedelt! Und die Hochschulen, die Werkstätten, da sind Tüftler herangewachsen. Leute, die etwas bewegten.«

Na ja, mein Großvater war Lehrer gewesen und das schimmert immer wieder durch.

Die Fliederfrau, die das gehört hat, läuft rot an. »Det glauben aber auch nur Sie, dat es nur hier kluge Köpfe gibt! Fritz, haste so was schon mal gehört! Dat is doch allerhand! Auch woanders jibt et schlaue Leute!«

»Was mischen Sie sich überhaupt ein, wenn ich mich mit meiner Enkelin unterhalte?«

Großvater ist ziemlich ungehalten. Ich auch. Ich drehe der Frau eine lange Nase. Blöde Ziege, was geht die das an, wenn Alfred mir was erklärt. Soll sich um ihren Fritz kümmern. Wir lassen die empörte Dame einfach stehen und gehen weiter. Alfred beruhigt sich wieder.

»Hier, der Avus-Rennwagen! Schau dir den mal an!«

Der silberne Wagen sieht aus wie ein Raketenfahrzeug, echt klasse.

»Mit so einem Auto gewann Franz Hörner das Berliner Avus-Eröffnungsrennen 1921 in der Klasse XB.«

»Da warst du doch noch gar nicht geboren!«

»Aber mein Vater!«

»Und – hat der den Wagen auch an der Hand seiner Mutter gesehen?«

Schnell suche ich das Weite, Großvater mag es nicht, wenn ich ihm eine Gosch'n anhänge. Das fliederfarbene Ungeheuer rauscht mir aus der Toilette entgegen.

»Na, Kleene, biste deinem schlauen Opa ausgebüxt?« Sie bleckt ihr Gebiss.

›Kleene‹? Meint die mich damit? Und was hat die eigentlich gegen meinen Opa? Ich glaube, ich muss mal Tacheles mit der Kuh reden. Blitzschnell trete ich ihr gegen das Schienbein. Mit manchen Leuten muss man deutlicher werden. In den Augen des Fliedermonsters blitzt es auf. Ich flitze in die Kabine und schließe mich ein.

»Wo jibt et denn so was! So ein freches Gör, na warte nur, wenn du da rauskommst!«

Eine Tür knallt. Sicherheitshalber warte ich, bis die Luft wieder rein ist. Immerhin sieht die Frau ziemlich kräftig aus. Als ich das stille Örtchen verlasse, kommt Großvater aus der gegenüberliegenden Herrentoilette. Wir haben wohl beide ungewöhnlich lange gebraucht. Jedenfalls ist die freundliche Dame an der Kasse weg. Fritz und seine doofe Fliederfrau sind auch weg. Wir laufen das ganze Museum ab. Alle sind sie weg. Niemand außer uns ist noch hier. Und die schöne, schwere, gläserne Eingangstür ist abgeschlossen. Wir können nicht wissen, dass die Aufsicht die Fliederfrau, als sie aus der Toilette kam, fragte, ob da noch jemand drin sei.

›Nee, da is keener‹, hatte diese mit strahlendem Lächeln behauptet und war mit ihrem Fritz zum Ausgang gewogt.

»Wieso hast du kein Handy dabei?«, frage ich Alfred.

»Diese neumodischen Dinger mag ich nicht.«

»Aber damals war doch das Auto auch ganz neu.«

Mein Handy liegt in Berlin. Auf meinem Schreibtisch. Mama hat gesagt, ich brauche kein Handy, wenn ich Opa besuche.

»Ich will hier raus!«, schreie ich weinerlich.

»Tja, wir kommen hier nicht so schnell raus.« Alfred schaut mich an, legt mir eine Hand auf die Schulter. »Weißte was? So eine Museumsnacht ist doch auch mal was Tolles. Das kriegst du sonst nur gegen viel Geld. Außerdem kommt da bestimmt ein Wachdienst, der nach dem Rechten sieht. Der kann uns rauslassen. Bis dahin schlage ich vor, suchen wir uns jetzt mal was Bequemes.«

Skeptisch schaue ich ihn an, dann suche ich ein Auto von 1929 aus. Ich gehe um das Fahrzeug herum, zucke zusammen und schreie laut auf.

»Was ist los?« Alfred steht neben mir.

»Opa, da ist doch noch jemand!«

»Das ist doch nur eine Schaufensterpuppe!« Alfred lacht dröhnend.

Um die Schultern der Plastikdame liegt ein elegantes Pelzcape und an ihren Ohren baumeln große falsche Brillanten.

»Die Goldenen Zwanziger«, grinst Alfred.

Das Auto, ein Modell namens Stuttgart, ist innen sehr bequem. Die Seitenwände sind mit Stoff bespannt, an den kleinen hinteren Seitenfenstern können Stoffrollos heruntergelassen werden. Die Bank und die beiden Sitze sind mit schilfgrünem Samt bezogen. Ich setze mich auf die Rückbank, Großvater macht es sich auf dem Fahrersitz bequem.

Er lehnt sich zurück und schließt die Augen.

»Wie war das jetzt mit der Erfindung des Autos?«

»Eigentlich fing alles noch viel früher an.«

Ich lümmele mich gemütlich hin und Alfred beginnt zu erzählen. »Also, begonnen hat das Ganze eigentlich mit einer großen Katastrophe. Im Jahre 1815 war auf Indonesien ein Vulkan ausgebrochen. Bei dieser gewaltigen Eruption wurde immens viel Asche in die Atmosphäre gespien, die hat sich dort abgelagert und drei oder vier Jahre lang verhindert, dass die Sonne mit voller Kraft auf die Erde scheinen kann. Furchtbare Unwetter, Missernten und Hungersnöte waren die Folge. Die Menschen in Europa wussten damals noch nichts von dem Vulkanausbruch. Das haben die Forscher erst später herausgefunden. Für die Menschen damals war das Ganze einfach nur eine schreckliche Plage.«

*

1816: Seit Tagen regnete es wieder ohne Ende, in diesem Jahr ohne Sommer. Die Neckargärten waren völlig überschwemmt. Die Schiffe konnten im Mannheimer Hafen nicht mehr anlegen, da der Rhein an der Stelle die Breite eines Sees erreicht hatte. Ein Unwetter jagte das nächste. Es gab viele Tote zu betrauern. Aber das Schlimmste waren die Missernten. Das Getreide reichte nicht für die Menschen und erst recht nicht für die Pferde. Viele Pferde verhungerten elendiglich oder wurden notgeschlachtet. Zusätzlich zu der wirtschaftlichen Krise trat eine große Mobilitätskrise ein. Die Pferde fehlten an allen Ecken und Enden. Einige Menschen dachten darüber nach, wie dieses Problem zu lösen sei.

In den M-Quadraten in Mannheim wurde wild gehämmert. Wilhelm Drais, Freiherr von Sauerbronn, hörte bereits auf dem Nachhauseweg den Lärm. Er war der Präsident des Oberhofgerichts in Mannheim, das im Schloss untergebracht war, und damit höchster Richter des Großherzogtums Baden. Heute hatte er einen besonders anstrengenden Tag hinter sich, wie so oft in letzter Zeit. Er war müde. Die Krise wirkte sich in allen Bereichen aus. Bevor er an seinem Haus angelangt war, wurde im Nachbarhaus die Tür aufgerissen. Frau Maßhold fegte ihren Unrat auf die Straße, dem Freiherrn von Sauerbronn direkt vor die Füße. Der machte einen Satz zur Seite.

»So eine Ungehörigkeit! Es gehört längst verboten, seinen Dreck auf die Straße zu fegen! Können Sie nicht aufpassen!«

»Was regen Sie sich so auf wegen dem bisschen Dreck! Ich höre mir hier schon den ganzen Tag das Gehämmere Ihres Sohnes an! Und das da«, sie wies auf das Häufchen Unrat, »ist immerhin Mannheimer Dreck! Ich scheiße nämlich echten Mannheimer Dreck!« Wütend donnerte sie ihre Tür zu.

»Ordinäres Weibsbild! Sie unerhört ordinäre Person, Sie!« Freiherr von Sauerbronn regte sich fürchterlich auf. Die vulgäre Anspielung darauf, dass er aus Bruchsal zugezogen und hier in Mannheim lediglich ein ›Reingeplagter‹ war, verfehlte wie immer seine Wirkung nicht. Wütend schnaubte er aus. Genervt betrat er sein Anwesen in M1, 8. Er überquerte den Hof und öffnete die Tür zum Schuppen.

»Was machst denn du für einen Höllenlärm? Auf dem Heimweg wird man bereits belästigt, weil du so einen Spektakel veranstaltest. Bub, was du immer schaffst!«

»Höllenfurz und Donnerwetter! Hat sich die alte Hexe von nebenan wieder aufgeregt? Die soll sich um ihren eigenen Dreck kümmern!«

Karl Friedrich trat zur Seite und gab den Blick auf seine neueste Erfindung frei. Sein Vater trat interessiert näher.

»Was ist denn das Sonderbares?« Er strich mit der Hand vorsichtig über das Holz.

»Das ist eine Laufmaschine!«

Wilhelm dachte an die Schreibmaschine mit Tasten, die sein Sohn Karl Friedrich Drais, Freiherr von Sauerbronn, für ihn erfunden hatte. Auch einen Klavierrekorder auf Papierband. Und nun schon wieder etwas Neues!

»Eine Laufmaschine?« Ungläubig schaute der Vater auf dieses sonderbare Holzmonstrum, das sein Sohn geschaffen hatte.

»Es funktioniert, Vater! Du wirst sehen! Außerdem hämmere ich gar nicht den ganzen Tag. Ich habe bis Mittag unterrichtet.«

»Ach, Karl Friedrich. Du und deine Erfindungen.« Stolz schwang in des Vaters Stimme mit, aber auch eine große Müdigkeit. »Ich hatte einen anstrengenden Tag. Die Bayern wollen Mannheim wieder haben – dagegen müssen wir uns wehren. Wir sind badisch und bleiben badisch!«

Er hieb mit seiner Faust auf die Werkbank. Karl Friedrich legte sein Werkzeug zur Seite. Er hing sehr an seinem Vater und dessen Wohlergehen war ihm wichtig. Seit die Mutter früh verstorben war, hatte der Vater ihn alleine großgezogen, und die beiden einte ein inniges Verhältnis.

»Komm, Vater, die Martha hat sicher schon gekocht. Lass uns in die Stube gehen.«

Sorgfältig verschloss Karl Friedrich die Werkstatt und sie betraten das Wohnhaus, in dem sich der Wohlgeruch von Lammbraten mit Thymian verbreitete. Martha, ihre Haushälterin, war eine begnadete Köchin, die zu improvisieren verstand. Trotz der Krise versorgte sie aus Kanälen, die dem Freiherrn verborgen blieben, den Haushalt mit Lebensmitteln. Auf Fragen nach ihren Quellen lächelte sie verschmitzt.

»Ach, das geht alles mit rechten Dingen zu, machen Sie sich da mal keinen Kopf. Meine Verwandtschaft im Odenwald ist groß, da kommt immer mal was rüber. Die lassen uns Stadtmenschen nicht im Stich!«

Karl Friedrich tüftelte noch ein paar Monate an seiner neuen Erfindung. Und dann, am hellen Tag des 12. Juni 1817, öffnete sich das Tor des Anwesens in M1. Karl Friedrich hatte eine bequeme Hose an und trug ein weißes Hemd unter seiner Joppe. Er stellte sich neben seine Laufmaschine, hielt mit beiden Händen die Lenkstange fest, schwang das linke Bein hoch und setzte sich auf die mit Leder gepolsterte Längsstange, an der zwei hölzerne Räder befestigt waren. Eine Schnur führte zur Nabe des vorderen Rades, durch kräftiges Ziehen daran konnte es angehalten werden.

Frau Maßhold hob neugierig ihren Kopf, vor Schreck fiel ihr der Besen aus der Hand. Sie vergaß sogar, ihre Schwertgosch' aufzureißen. Ihr Sohn Ludwig starrte dem seltsamen Ding hasserfüllt hinterdrein. Er, der sein Brot in der Tabakfabrik Morgenthau in A2 verdiente, war neidisch auf diesen Tüftler, der immer noch von seinem Vater unterstützt wurde und in seinen Augen ein sorgenfreies Leben führte. Studiert hatte dieser Taugenichts, in Heidelberg. Spinnkram baute er zusammen, wurschtelte den ganzen Tag vor sich hin und stahl dem lieben Gott die Zeit. Während rechtschaffene Bürger, so wie er, sich das Brot hart verdienen mussten. Und wie es bei denen immer roch! Bei Maßholds kamen nicht jeden Tag dicke Braten auf den Tisch. Die waren oft froh, wenn sie wenigstens Rüben auftreiben konnten. Irgendwann würde er diesem Nichtsnutz ordentlich eins in die Fresse geben – irgendwann.

Karl Friedrich verabschiedete sich von seinem Vater und setzte sich mit weit ausholenden Bewegungen seiner Beine in Bewegung. Die Menschen auf der Straße starrten ihm erschrocken nach. Mütter hielten ihre Kinder zurück. Eine Frau ließ ihren Korb fallen. Alte Weiber bekreuzigten sich. Ein besonders mutiger Mann lief ein Stück neben ihm her.

»Du rennst ja, als hättest du den Teufel im Leib!«, schrie der Mann dem Erfinder nach, als er aufgeben musste.

Karl Friedrich lachte laut. Er war bester Laune. Fröhlich lief er vor bis zum Schloss und hielt sich dann nach links Richtung Schwetzingerstadt. Es ging ganz leicht, genau so, wie er es erwartet hatte. Kutschen waren nur wenige unterwegs, auch nur sehr vereinzelt Reiter. Ein Pferd scheute, als es ihn sah.

»Donnerkeil! Was war denn das?« Der Reiter hatte Mühe, sein Pferd zu beruhigen. Ein Hund sprang Karl Friedrich nach, er vertrieb ihn mit einem kräftigen Tritt. Getroffen jaulte das Tier auf. Die breite Chaussee durch die Schwetzingerstadt war bald genommen und er lief mit seiner Maschine vorbei an Neckarau.

Die Leute riefen ihm hinterher, schüttelten den Kopf.

»Heidanei, das ist Hexerei!«

Bis nach Rheinau kam er, die Unterarme auf einen Querbalken gestützt, mit den Händen hielt und dirigierte er die Lenkstange. Bis zum Schwetzinger Relaishaus, wo früher die Postpferde ausgewechselt wurden. Oft war hier ein Höllenbetrieb gewesen, doch nun war es ruhig geworden. Der Stationsleiter kam herausgestürmt.

»Potz Blitz! Gibt es jetzt hölzerne Pferde? Ich sehe wohl nicht recht!« Er umrundete Karl Friedrich und strich mit der Hand über die Lenkstange.

»Hat er wohl eine Erfrischung für mich?«

»Gudrun!«

Die Magd streckte den Kopf zum Fenster heraus und riss ihre Augen kugelrund auf.

»Gudrun, bring ein Glas Most!«

Karl Friedrich trank das gereichte Getränk in einem Zug aus und machte sich erfrischt auf den Rückweg. In Neckarau standen sie noch immer da und sprachen wild gestikulierend durcheinander, als sie den seltsamen Reiter mit seinem haferlosen Pferd erneut sahen. Es kam ihm so vor, als seien es nun noch mehr Leute, ein richtiger Menschenauflauf. Mit offenen Mäulern starrten sie ihn an. Ein Raunen ging durch die Menge. Karl Friedrich winkte fröhlich und lief rasch weiter. Wie ein Lauffeuer hatte sich die Nachricht verbreitet und auch in der Schwetzingerstadt säumten viele Menschen die Chaussee, um ihn zu sehen. Er näherte sich dem Schloss und bog dort nach rechts ab in die M-Quadrate. Ein abgedunkeltes Fenster verbarg Ludwig Maßhold, der im Nachbarhaus unentwegt hasserfüllt und voller Neid auf ihn starrte. Wilhelm saß Pfeife rauchend im Hof. Als er Karl Friedrich sah, legte er die

Pfeife weg und zog seine Taschenuhr aus der Jackentasche. »Prachtkerl! Bist du tatsächlich bis zur Relaisstation gelaufen?«

»Ja, Vater, die Leute haben ordentlich gegafft!«

»Grundgütiger, das sind ja 14 Kilometer! In einer Stunde! Du bist ja so schnell wie ein Postpferd!«

»Es geht ganz leicht, Vater! Und man ist noch schneller damit, als ich dachte.«

Wilhelm Drais war voller Stolz auf seinen Sohn, der auch danach noch öfters mit seiner Laufmaschine in Mannheim unterwegs war und jedes Mal viel Aufsehen bewirkte.

Im Herbst kam Wilhelm von einem Treffen der Harmoniegesellschaft völlig erregt nach Hause. Er ging direkt in den Salon, wo Karl Friedrich tüftelnd im Kerzenschein über seinen Konstruktionsplänen saß.

»Karl Friedrich, stell dir vor, was mir der Ladenburg eben erzählte! Ich muss es dir berichten! Das ist wirklich etwas Ungeheuerliches!«

»Vater, setz dich doch.« Sogleich sprang Karl Friedrich hoch und nötigte seinen Vater auf einen Sitz, seine Aufregung gefiel ihm nicht. Vor Jahren hatte eine solche Erregung meist einen epileptischen Anfall angekündigt. Die Krankheit war zwar geheilt, er fürchtete jedoch einen späten Rückfall. Dann eilte er und brachte dem Vater einen Krug mit Wasser.

»Bücher haben sie verbrannt! Auf der Wartburg! Darunter ›Die Geschichte des deutschen Reiches‹ von August von Kotzebue. Stell dir das mal vor! Aus allen deutschen Hochschulen waren Studenten anwesend. Sie haben kräftige Reden geschwungen! Einheit fordern sie, staatliche

Einheit! Sie verlangen Rede- und Pressefreiheit, Gleichheit vor dem Gesetz!«

Karl Friedrich goss ein Glas voll mit Wasser. »Trink, Vater, trink!«

»Revolution! Die wollen eine Revolution! Nicht mit mir! In Baden herrscht Ordnung. Sollte in Baden jemand sein Maul auf diese Weise aufreißen, wird er es gewiss gestopft bekommen!«

In hastigen Schlucken trank Wilhelm sein Glas aus.

Wenige Wochen darauf sprach es sich in Mannheim rasch herum, dass der Dichter August von Kotzebue in die Stadt gezogen war. Direkt gegenüber dem Nationaltheater hatte von Kotzebue mit seiner Familie Wohnung genommen. Einige Leute munkelten, Kotzebue sei ein russischer Spion! Andere meinten, es sei ihm wohl in Weimar zu unsicher geworden, er habe gar Angst um sein Leben.

Zur Premiere seines neuen Stückes ging Wilhelm mit seinem Sohn ins Nationaltheater. Wilhelm Drais tat sich selbst als Dichter hervor und verfolgte das Theatergeschehen mit regem Interesse. Im Theater herrschte drangvolle Enge, sorgten doch die Stücke Kotzebues regelmäßig für heißen Zündstoff. Das wollte sich keiner entgehen lassen.

»Herr Haub, wie angenehm!« Wilhelm Drais begrüßte den Kreisgerichtsrat, der seit der Absetzung des Intendanten von Venningen, dem Schwiegersohn des seinerzeit hochverehrten von Dalberg, das Theater kommissarisch leitete. Sie begaben sich auf ihre Plätze in den vorderen Reihen des Parketts. Das Stück rief rege Emotionen im Publikum hervor. Einige Leute sprangen während der Vorstellung erregt von ihren Sitzen.

»Vaterlandsverräter!« Ein junger Mann mit Burschenschaftskappe war völlig außer sich von seinem Sitzplatz emporgeschnellt. Die Leute, die hinter ihm saßen, konnten nichts mehr sehen und versuchten, ihn an den Schultern wieder in seinen Stuhl zu drücken.

Zum Ende trat August von Kotzebue unter donnerndem Applaus auf die Bühne und verneigte sich. Wilhelm applaudierte als begeisterter Anhänger von Kotzebue euphorisch. Im Anschluss waren sie zu einem geselligen Beisammensein im Hause Kotzebues eingeladen. Zum Vergnügen der Anwesenden las der Dichter aus seinem ›Literarischen Wochenblatt‹, in dem er die liberalen Ansichten der Burschenschaftler verspottete. Wilhelm amüsierte sich prächtig.

Kotzebues Zeiten in Mannheim waren von kurzer Dauer. Schon ein halbes Jahr, nachdem er sich am Rhein niedergelassen hatte, geschah das Unfassbare.

Am 23. März im Jahre 1819 klopfte es in A2 an Kotzebues Haustür.

»Hier, du Verräter des Vaterlands!« Mit diesen Worten rammte der Student Karl Ludwig Sand dem Feind der nationalen Bewegung einen Dolch in die Brust und verletzte sich anschließend selbst. August von Kotzebue verstarb noch in seinem Haus. Karl Ludwig Sand wurde gesund gepflegt und wartete in einer mehr als ein Jahr währenden Untersuchungshaft im Zuchthaus in Mannheim auf sein Urteil, das am 5. Mai 1820 gefällt wurde.

»Ein Begnadigungsgesuch haben sie eingereicht«, erzählte der Vorsitzende des Hofgerichts, Wilhelm Drais, Freiherr von Sauerbronn, aufgebracht seinem Sohn.

»Was wirst du tun, Vater?« Karl Friedrich ahnte die Antwort.

»Ich werde es selbstverständlich ablehnen. Das Urteil wird am 18. Mai vollstreckt, wie beschlossen.«

»Wie werden die Burschenschaften das aufnehmen?«

»Wir werden größte Sicherheitsvorkehrungen treffen, damit das Pack in Schach gehalten wird. Denen werden wir zeigen, dass in Baden Zucht und Ordnung herrscht!«

Mehrere Schwerthiebe waren nötig, um Karl Ludwig Sands Kopf vom Rumpf zu trennen. Doch die nationale Bewegung ließ sich nicht aufhalten und entwickelte sich weiter.

»Die Burschenschaftler machen regelrecht einen Heiligen aus dem und mich feinden sie offen an«, klagte Wilhelm in seinem letzten Lebensjahr immer öfter zu Hause.

Als der Gerichtspräsident starb, wurde der Hass gegen ihn auf seinen Sohn Karl Friedrich übertragen. Seine Erfindungen wurden diskreditiert.

›Hast gehört, der Drais ist gestern mit seiner Laufmaschine die Treppe runtergefahren! Hatte zu viele Biere intus! Seine Maschine und er waren hinterher ganz schön demoliert! Ist wohl ›überstudiert‹, der Herr Erfinder!‹

›Ja, ja, Genie und Wahnsinn! Das liegt oft ganz nah beieinander!‹

So und ähnlich redeten die Leute über Karl Friedrich Drais. Die Verleumdungsversuche zeigten Früchte und niemand nahm den Erfinder mehr ernst. Eines Abends, Karl Friedrich war auf dem Heimweg, sprang aus dem Dunkel des Nachbarhauses ein Schatten gegen ihn.

»Da kriegst du endlich, was du verdienst! Fauler Taugenichts!«

Bevor Karl Friedrich den Angreifer erkennen konnte,

verspürte er den kräftigen Schlag einer Eisenstange auf seinem Kopf. Er fiel hin, schlug auch noch auf einen großen Stein auf. Endlich war Ludwig Maßholds Zeit gekommen. All die Jahre hatte er auf eine günstige Gelegenheit gewartet, um diesem Nichtsnutz eins draufzugeben. Nun war sie endlich gekommen.

»Was ist denn da vorne los?«

Zwei Passanten kamen zufällig des Weges. Ihr Erscheinen rettete Karl Friedrich Drais das Leben. Ludwig Maßhold ließ von seinem Opfer ab und suchte das Weite. Karl Friedrich Drais, Freiherr von Sauerbronn, stellte seine Erfindungen ein und verließ Mannheim. Der Anschlag gegen ihn wurde nicht weiter verfolgt.

*

Der Sitz drückt mir kompromisslos in den Po. Draußen dämmert es, das Tageslicht nahm Abschied. Mein Magen meldet sich. »Aber was hat die Erfindung des Fahrrads mit dem Auto zu tun?«

»Die Laufmaschine wurde natürlich nachgebaut und weiterentwickelt, Pedale und Kurbel kamen hinzu. Jahre später wurden in einer Fabrik in Stuttgart Velozipeds gebaut. Und so eines bekam Carl Benz von einem Freund, der damit nicht umgehen konnte. Carl Benz fuhr mit großer Begeisterung mit dieser ›Draisine mit Pedalen‹. Und da kam ihm der Gedanke, ein Fahrzeug mit Motorantrieb zu bauen. Und was dabei dann schließlich herauskam, siehst du ja hier im Museum.«

Ich rutsche vom Sitz und springe vom Trittbrett des Wagens. So furchtbar bequem waren die Autos auf Dauer dann doch nicht. Bald wird es zappenduster sein, ich kann schon jetzt kaum mehr was erkennen. Ich renne zur Toilette und zurück.

»Weißt du was, Großvater? Jetzt rüttele ich einfach mal an der Tür. Vielleicht geht draußen einer vorbei und hört uns. Oder er sieht uns durch das Glas.«

Ehe Großvater etwas erwidern kann, bin ich auch schon an der Eingangstür und rüttele kräftig daran. Ich hämmere mit der Faust an die Tür.

»Gabriella!« Großvaters Stimme klingt scharf. »Lass den Unsinn. Das bringt doch nichts.«

Plötzlich entdecke ich eine herumliegende Taschenlampe. Sie funktioniert sogar! Ich leuchte damit bis hin zu Großvater. Ich setze mich auf das breite Trittbrett des Autos. Da hören wir ein Martinshorn. Ich springe auf. In Ladenburg ist etwas passiert! Und wir sind hier drin eingeschlossen und kriegen nichts mit! Draußen fährt die Polizei! Das Martinshorn wird immer lauter und kommt näher. Wir hören Stimmen. Die Tür zum Museum wird geöffnet. Zwei uniformierte Polizisten mit gezogenen Waffen kommen vorsichtig herein.

»Alles in Ordnung!«, ruft Großvater ihnen zu. »Wir sind keine Einbrecher!«

Die beiden Beamten machen Licht und mustern uns. Da ein alter Mann in Gesellschaft seiner Enkeltochter ziemlich harmlos aussieht, stecken sie ihre Waffen wieder weg.

»Was machen Sie denn hier?«, ruft der eine der beiden Polizisten. »Wir haben einen Anruf bekommen, dass jemand im Museum mit einer Taschenlampe herumleuchtet. Was um Himmels willen machen Sie hier, nachts im Museum?«

»Wir sind versehentlich eingeschlossen worden und haben kein Telefon dabei.«

»Ihre Personalien müssen wir aber schon aufnehmen.«

Wenigstens hat Alfred seinen Personalausweis dabei. Draußen ist es dunkel und dabei sternenklar.

»Morgen gibt's schönes Wetter.« Alfred hat den Kopf in den Nacken gelegt und betrachtet die Sterne.

Grillen zirpen und es riecht nach Sommer.

»Morgen will ich in kein Museum«, sage ich und trotte müde neben Alfred in Richtung Trajanstraße.

FRIEDERIKE SCHMÖE

EIN NAHEZU GÖTTLICHER TOD

Ein ruchloser Mord im Schwetzinger Schlosspark

ELENA

Elena hätte geschworen, dass ein Gott sie aus ihrer misslichen Lage befreit hatte. Wenn die Vernunft nicht wäre! Es gab keine Götter, jedenfalls keine mit Ziegenbeinen, behaart von oben bis unten und … ja, sie war sich für Momente sicher gewesen, Flötenklänge gehört zu haben. Aber hier gab es genug Schilf. So viel dazu. Der Wind musste auf den Schilfrohren geblasen haben! Für alles gab es eine natürliche Erklärung.

Ihre Handgelenke schmerzten, als hätte der Teufel sie aufgeschlitzt. Die Abdrücke von Kabelbindern waren deutlich zu erkennen. Elena richtete sich auf. Es war die erste milde Frühlingsnacht, sie lag neben dem Kanal, lag am Ufer zwischen Entenpärchen und Laubresten, fror, hielt sich den Kopf, suchte die Erinnerung.

Ja, sie hatte eine Unterhaltung geführt. An dem Seminar im Schloss hatte sie ohnehin nur teilgenommen, weil ihr Seniorpartner der Meinung war, als Patentanwältin hätte sie die Aufgabe, Erfinder über ihre Rechte aufzuklären. Obwohl das ja nicht ihre Art war. Ihr Kopf brummte grauenvoll. Ein Kater war nichts dagegen. Wieder wehte ganz sacht der Klang einer Flöte herüber. Aber der Wind stand still, das Schilf bewegte sich um keinen Millimeter im Wind!

SABRINA

Der erste Gedanke, oder vielmehr das erste Gefühl, als ich mir über meinen Zustand klar geworden war, lautete: Bedauern. Es war zu Ende. Aus. Vorbei. Dass es so schnell gehen konnte!

Nicht ein Tropfen Blut befand sich mehr in meinem Körper. Bleich wie ein aufgequollener Schimmelpilz lag er in einer Lache Blut, die allmählich gerann.

All die hochtrabenden Pläne: zu spät. All die Vorsicht, die Spökenkiekereien, die schweigsamen Stunden: umsonst.

PAN

Schon ulkig. Man tat jahraus, jahrein nichts als Flöte spielen. Besser gesagt, er hielt von den Besuchern des Schwetzinger Schlossparks den Schein aufrecht, er spiele Flöte. Die verbummelten Stunden des langen Winters, in denen sein üppiger Körper unter einer Schneedecke auf den Frühling gewartet hatte, waren zu einer Ewigkeit zusammengewachsen, aus der es kein Entrinnen gab. Und jetzt passierte was. Bevor die ersten Liebespärchen kamen, junge und alte, sich am Brunnen erfreuten, den Laubengängen, dem erhebenden Anblick des Schlosses. Bevor er Zeuge neuer eindringlicher, geschmackloser Zankereien wurde, Ehen zerbrechen sah, dabei zuschaute, wie Kinder gezeugt wurden, hatte etwas im Schlosspark Einzug gehalten, was den Frieden der Anlage störte und sein Herz – mochte es aus Stein sein oder nicht, es war nicht aus Stein, das dachten nur die Besucher – höher schlagen ließ: ein Mord.

Er hatte die Tat selbst leider verschlafen, weil er am

Vortag damit beschäftigt war, die Teilnehmer des Erfinderseminars zu bespitzeln. Erfinder und Tüftler fand er ganz interessant, aber sie waren die ersten, die sich in diesem März gebündelt ins Schloss wagten. Konzertbesucher waren steif und angepasst, Erfinder dagegen reichlich bescheuert.

Er legte seine Flöte neben sich ins Laub und bückte sich zu der jungen Frau hinunter, in deren hässlichem Körper kein Funken Leben mehr steckte. Ihre Nase war zu lang, die Wangenknochen zu hoch, das schwere Knochengerüst zu gut gepolstert. Solche sah er selten im Schlosspark. Jedenfalls nicht Arm in Arm mit einem Adonis, sondern eher allein, mit einer steilen Falte auf der Nasenwurzel. Ab und zu gelang es ihm, die Gedanken von Menschen zu hören. Das war, zugegeben, schwieriger, als den Katzen zu lauschen, die durch den Schlosspark streunten, aber er hatte durchaus genug Zeit, um zu üben. Doch Frauen wie die, die da tot lag, nicht weit von der Moschee im Gras, dachten meistens sehr ernsthafte Dinge. In solchen Köpfen war kein Platz für Romantik. Nur für Sorgen, logisches Kalkulieren, rationelle Entscheidungen. In diesem Kopf, das wusste er genau, war Spargel gewesen.

SABRINA

Hätte ich doch vorher einmal nachgedacht. Vernünftig! Ich hätte gelebt. Gut, ich war am Leben gewesen, aber ich habe nicht gelebt. Ich habe an meiner Zucht gearbeitet wie eine Verrückte, an meiner Erfindung, habe meine Absichten verfolgt und die Verwirklichung meiner Pläne vorangetrieben. Das Erfinderseminar sollte mein letzter Schritt sein auf dem Weg zum ganz großen

Erfolg. Wie gerufen kam der Bericht in der Schwetzinger Zeitung, das Seminar war wie für mich gemacht, denn die Vermarktung, der Weg zum Patent, das Rechtliche – davon hatte ich nicht den Hauch einer Ahnung. Ich hatte experimentiert. Meine Sorte war die widerstandsfähigste, ertragreichste, schmackhafteste, sie war kaum vom Wetter abhängig und versprach eine lange Saison, die früh einsetzte. Schmale, aber bruchfeste Stangen, runde, helle Köpfe, gleichmäßiger Wuchs. Attribute, die den Kunden etwas bedeuteten. Während ein Teil von mir hoch über dem Schlosspark schwebte, begleitet von einer Eule, die mit rauschendem Flügelschlag aus der Nacht geglitten war, sah ich den anderen, den vertrauten Teil meiner selbst leblos auf der Erde liegen. Es war Nacht. In meiner Brust steckte ein Messer.

ELENA

Mit den Daniel Düsentriebs im Seminar kam Elena schlecht zurecht. Sie war ein kühler Kopf und berechnete die Chancen neuer Patente auf der Basis von Analysen. Die meisten Tüftler, die im Jagdzimmer ihre Erfindungen anpriesen und sich die Köpfe heißredeten, achteten eher auf Bauchgefühle und gaben sich Begeisterungsstürmen hin, wenn eine Idee sie davonriss wie ein Tsunami. Ausgewachsene Menschen, das musste man sich mal vorstellen, glaubten daran, dass es tatsächlich möglich wäre, das Beamen zu erfinden. Und wollten von ihr, der Anwältin und Expertin, wissen, wie man sich eine Erfindung patentieren ließ, bei der man sich selbst verpixelte und über das Internet verschickte. Elena stand auf. Himmel, was war ihr schwindelig. Wie war sie in den Park gekommen?

Elena war kein Kind von Traurigkeit, aber eher ein ängstlicher Typ. Unwahrscheinlich, dass sie in einer warmen Frühlingsnacht das Schloss verließ, um einen Spaziergang zwischen all den leblos erscheinenden Pflanzen zu machen. Zwischen kahlen Bäumen, von denen man kaum glauben konnte, dass sie lebende Organismen waren.

Lebende – was? Die Erinnerung kroch zurück in ihren schmerzenden Schädel. Da war doch eine Frau gewesen, Sabrina, die Einzige, von der Elena annahm, dass sie nicht völlig durchgeknallt war, und die hatte sich mit ihr unterhalten wollen, aber nicht im Schloss. Die Wände haben Ohren, hatte Sabrina gewarnt und mit den Augen gerollt, und Elena war lächelnd ihren Mantel holen gegangen.

JAKOB

Er ließ sich nicht ausbremsen. Er doch nicht. Schon gar nicht von einer Frau! Wenn er die letzten anderthalb Jahre nicht seine alte Mutter hätte betreuen müssen. Wenn er nicht dies, wenn er nicht das … Er hätte die perfekte Spargelsorte längst gezüchtet und mit dem Saatgut einen Versandhandel im Netz aufgemacht. Das Zeug wäre ihm aus der Hand gerissen worden!

Doch halt, noch war nicht alles zu spät! Seit Tagen war es trocken, er hatte kaum Spuren hinterlassen. Niemand würde Sabrina so schnell vermissen. Die Anwältin wiederum hatte er clever ausgeknockt. Rohypnol hieß das Mittel der Wahl! Jakob hatte es für seine Mutter besorgen müssen. Sie hatte solche Angst vor dem Tod gehabt und ihn angefleht, ihr etwas gegen die Panik zu geben, wo sie doch über 18 Monate lang Tag und Nacht auf den schwarzen Vogel gewartet hatte.

Nur: Mit Fehlern war zu rechnen. Er machte Fehler. Er war nachtblind, und dass er im Dunkeln schlecht sah, kratzte an seinem Selbstbewusstsein.

Hat jetzt keinen Sinn, dachte er, hat keinen Sinn. Er musste sein Messer wiederkriegen. Sabrina hatte sich nämlich gewehrt. Er hatte es wie Suizid aussehen lassen wollen. Leider war die Frau rabiat, wild entschlossen und auch noch einen Kopf größer als er. Er hatte den Zweikampf bestanden, aber vor Aufregung das Messer in ihrer Brust stecken lassen.

Verdammt. Er sehnte sich nach seinem Bett. Doch da musste er jetzt durch. Er schritt durch den Park. Versuchte es mit Abkürzungen. Quetschte sich durchs Dickicht, Zweige peitschten ihm ins Gesicht. Er hatte bei der Anmeldung einen falschen Namen und eine getürkte Adresse angegeben. Niemand würde ihn finden. Nur das Messer, das würde er nicht gerne verlieren. Und die Fingerabdrücke … Jakob fuhr zusammen, weil er meinte, hinter sich Schritte zu hören. Nein. Nicht Schritte. Hufe! Wie die eines Pferdes oder vielmehr einer Ziege. Er hielt inne. Ziegen im Schlosspark? Konnte nicht sein. Wo ging es zu dieser verdammten Moschee? Schwaches Mondlicht strich durch den Park und brach sich auf den Kanälen, die den Landschaftsgarten durchzogen. Er würde seine Spargelsorte patentieren lassen und sie ›Sabrina‹ nennen. Ach, Unsinn. Nur das Messer brauchte er. Das Messer.

SABRINA

Dass ich nichts fühlte, nicht die Milde des Frühlingsabends, aber auch keine Aufregung oder Furcht, keinen von diesen diffusen Zweifeln, die mich mein bisheriges Leben lang begleitet hatten – das war etwas Neues, Schönes für mich. Die Eule, die mir Gesellschaft geleistet hatte, ließ sich auf dem Wipfel eines Baumes nieder. Ich wusste nicht, was ich nun tun sollte. Scherte sich überhaupt jemand um mich? Würde mich jemand abholen? Wer sollte das sein, und wo wurde ich erwartet?

Von hier oben erschienen mir das Schwetzinger Schloss und der Park noch bezaubernder als aus der Perspektive der Erdenbewohnerin, die ich 37 Jahre lang eingenommen hatte. Mein toter Körper unter mir übte eine eigentümliche Anziehungskraft auf mich aus. Als könnte ich mich nicht lösen, flog ich in weitläufigen Kreisen über ihn hinweg, um schnell wieder zu ihm zurückzukehren. Zu einer Frau von beinahe zwei Metern Größe mit schweren Knochen und dichtem Haar, das nun durchtränkt von Blut auf der blanken Erde festklebte.

Auch jemand anders schien von meiner Leiche fasziniert. Kein Mensch, aber ein Wesen … wie konnte ich sicher sein … ein Kerl jedenfalls, nicht schön, über und über behaart, der ratlos neben meinem rechten Fuß stand und in meine gebrochenen Augen schaute.

PAN

Er hatte der anderen Frau die Fesseln gelöst und war dann gegangen. Aus Schüchternheit, aber auch wegen diverser schlechter Erfahrungen. Bei seinem Anblick erschraken die meisten zu Tode, erstarrten zu Salzsäulen oder ließen sich in ein Schilfrohr verhexen, nur um vor ihm in Sicherheit zu sein. Die Panik konnte er nicht nachvollziehen, er fand sich ganz o. k. Aber die Tote würde ja nicht mehr wegrennen, und so stand er gedankenverloren da und genoss ihren Anblick.

Im Schwetzinger Schlosspark hatte er bislang keine Toten gesehen. Hier war man quicklebendig. Betrübt kratzte er sich den Kopf, fuhr sich durch das wollige Haar. Zu dumm, dass er den Mord nicht mitbekommen hatte! Aber was würde ihm sein Wissen um den Mörder schon nützen. Niemand würde ihm glauben oder auch nur auf ihn hören. Was Menschen fürchteten, dem entflohen sie. Sein Flötenspiel, das er dem einen oder anderen Liebespaar feilgeboten hatte, versuchsweise, verstand sich, hatte nur zu Verwirrung und Chaos geführt, weil die Frauen bei seinem Anblick schreiend davonrannten und die Männer hinterherflitzten, um zu retten, was zu retten war. Unschlüssig spielte er ein paar Kadenzen, während er mürrisch auf die Leiche herabblickte.

Er fand, dass das Messer den Körper verschandelte. Schon griff er nach dem Mordwerkzeug, stellte einen Huf auf die Hüfte der Toten und wollte mit aller Kraft ziehen.

SABRINA

Der Kerl musste mir wohlgesonnen sein. Das Messer in der Brust meines toten Körpers störte mich. Es schien mich zu binden, festzunageln an diesem Ort, obwohl ich doch streng genommen von der Materie befreit war. Dieser Typ war nicht mein Mörder. Ich hatte von dem Schatten, der aus dem Dunkel auf mich zugeschnellt war, wenig gesehen, aber ich hatte mich gegen ihn zur Wehr gesetzt, und eines wusste ich gewiss: Er war nicht annähernd so behaart wie der Kerl, der sich nun an mir zu schaffen machte. Nein. Derjenige, dem ich mit Sicherheit einige bierdeckelgroße Hämatome zugefügt hatte, hatte sich glatt und kahl angefühlt.

Etwas huschte aus der Finsternis zwischen den Bäumen hervor. Mein Warnruf verhallte ungehört, ich selbst hatte ihn nicht wahrgenommen. Meine Stimme war, genau wie mein Körper, von mir gegangen, und ich spürte den Abschied mit leidenschaftlicher Trauer. Ich war nur abgelenkt von der Furcht, dem Kerl, der nun nach dem Messer griff, das in meiner Leiche steckte, könne ein Leid geschehen. Er sorgte sich um meine sterbliche Hülle, was mich rührte. Der zweite war nun ganz nah heran. Er hielt einen Ast in beiden Händen, den er hob und über seinem Kopf schwang.

ELENA

Mit jedem Schritt wurde der Kopfschmerz heftiger. Sie konnte doch nicht so viel getrunken haben. Nur ein kurzer Digestif in Gesellschaft von Jakob Salzmann, bevor sie sich mit Sabrina in den Schlosspark aufgemacht hatte. Elena war Alkohol durchaus gewöhnt, zur Entspannung ein Likör hier oder ein Sekt da. Und über die Einsamkeit, diese höhnische Leere in ihrem Leben, konnte auch nur manches Glas hinwegtrösten.

Sie stolperte.

Wo steckte Sabrina? Nur Sabrina konnte sie in diese dumme Situation gebracht haben. Elena würde den Teufel tun und diese spargelverrückte Närrin mit Informationen zur Patentierung versorgen. Ihr war kalt, und sie verspürte das unsägliche Verlangen nach etwas Saurem, nach einem Bismarckhering oder einer Gurke, um den faden Geschmack aus ihrem Mund zu vertreiben.

Orientierung war nie Elenas Stärke gewesen. Vor allem nicht im Dunkeln. Sie irrte durch den Schlosspark, als müsse sie das Amazonasbecken durchqueren.

JAKOB

Seltsamer Typ, dieser Heini. Könnte sich auch mal wieder rasieren. Jakobs Herz hämmerte und stampfte. Aber er hatte auch dieses Duell gewonnen. Nun hieß es, so rasch wie möglich aus dem Park zu kommen, zum Auto, nur zum Auto, und loszufahren. Unterwegs das Messer wegzuwerfen, in den Rhein, den Neckar oder irgendeinen anderen verdammten Fluss. Oder zu vergraben. Oder zu …

Vor ihm trat eine Frau auf den Weg. Er erkannte sie zuerst nicht, sah nur die zierliche Figur. Dann brach ein Mondstrahl zwischen den Bäumen hervor, und er erkannte die Anwältin.

Mit einer flinken Bewegung verbarg er das Messer unter seinem Anorak.

ELENA

»Herr Salzmann?«

Der Angesprochene nickte lächelnd. »Sind Sie auch eine Nachtschwärmerin?«

»Normalerweise nicht«, erwiderte Elena zögernd.

»Es mag der Mond sein«, sagte Jakob und zeigte zum Himmel.

Elena war froh, nicht mehr allein durch die Dunkelheit zu irren. »Haben Sie Sabrina Wanderknecht gesehen?«

Er schüttelte den Kopf. »Müsste sie nicht längst im Bett sein? Heute sind wir alle schrecklich geschlaucht. Es war ein anstrengender Tag.« Vertraulich neigte er sich vor und beugte sich zu ihr. »Sie haben uns ja mit Fakten schier erdrückt, Frau Dr. Stegner!«

SABRINA

Ich landete weich auf der Erde, mitten im französischen Teil des Gartens. Jakob, dieser Stümper, dieser abscheuliche Eiferer, hatte Elena am Wickel. Elena, die auf unserem kleinen Spaziergang vorhin – ja, ich war vorhin tatsächlich noch am Leben gewesen – an einem der Kanäle zusammengesackt war, woraufhin Jakob aus den Büschen getreten war. Da liefen sie nun, vor mir, ganz gemächlich auf das Schloss zu, Jakob redete auf Elena ein und berührte dabei ihren Ellenbogen. Und Elena durchschaute nichts. Die tolle, eiskalte Anwältin, die das Patentrecht nachts rückwärts träumte und den Erfindern ihre Talente neidete. Ich hätte eine wie Elena gebraucht, um letzte Fragen zu klären, aber das war jetzt nicht mehr wichtig. Nichts war jetzt mehr wichtig. Und irgendwie, auf eine ganz ungewohnte Art, erschien mir die Aussichtslosigkeit tröstlich. Unschlüssig stand ich da und sah den beiden nach. Die Eule war wieder da. Lautlos glitt sie an mir vorbei.

PAN

So weit muss man sinken! Ich, ein Gott, werde im Zweikampf von einem Menschen besiegt! Der Kerl war offenbar so kurzsichtig, dass er bei meinem Anblick nicht in Panik ausbrach, sondern einen Ast schwang, und nur durch den lauten, schrillen Schrei einer Frau aufgeschreckt, konnte ich mich rechtzeitig zur Seite werfen. Wir rangen kurz miteinander, ich und der Typ, dann flüchtete ich mich ins Dunkel zwischen die Bäume.

Woher war die Stimme der Frau zu mir gedrungen? Seltsamerweise kam es mir vor, als warnte sie mich aus der Luft!

Ehrensache, dass ich dem Tölpel auf den Fersen blieb. Irgendeine Gelegenheit würde sich schon ergeben, ins Remis zu gehen. Dann traf er auf eine andere Frau. Mannomann, was heute Abend in unserem beschaulichen Schlosspark so abging. Die beiden machten sich in Richtung Schloss auf den Weg, und ich sah zu, dass ich zum Brunnen kam, dem geeigneten Ort, um alles ganz genau im Auge zu behalten. Unsereiner kannte ein paar Abkürzungen. Ich fläzte am Brunnen und sah den Herrschaften entgegen. Ein Liebespaar waren die nicht. Das roch ich zehn Meter gegen den Wind. Na gut, es war windstill, aber hätte es Wind gehabt – Sie verstehen, was ich meine.

ELENA

Jakob Salzmanns Nähe war ihr unangenehm; gleichwohl schätzte sie seine Anwesenheit. Die Unruhe und Nervosität ließen nach, und ihre Fähigkeit, klar zu denken, gewann wieder die Oberhand. Allerdings plapperte Salzmann drauflos, als gelte es das Leben.

Elena schaltete auf Durchzug. Sie ging neben ihm her, genoss den Anblick des Schlosses, auf das sie zuspazierten, atmete die milde Nachtluft und dachte daran, dass es nicht mehr lang dauern würde, bis hier wieder Blumen sprössen und Brunnen plätscherten. Die ganze herrliche Anlage war nur dazu ausgerichtet, die Besucher zu erfreuen, ihr Herz zu öffnen für den Zauber der Natur und der Kunst, der Symmetrie und –

Elena erstarrte. Da stand einer, direkt am Brunnen vor

ihnen. Vielleicht noch 50 Meter entfernt. Ein ... ein Kerl! Die Hände hatte er in die Hüften gestützt. Über und über war er behaart. Es schien, als begänne die Luft über seinem breiten Kopf zu glühen. Sie sah zwei Hörner ... Elena packte das Grauen.

»Schauen Sie!« Sie hängte sich an Jakob Salzmanns Arm. »Schauen Sie doch!«, keuchte sie.

Der Mann japste, strauchelte, und Elena wurde blass vor Zorn. Einmal brauchte sie einen Beschützer, und dieser Volldepp kullerte über seine eigenen Zehen!

JAKOB

Er konnte nicht behaupten, dass diese Nacht eine besonders erfolgreiche in seinem Dasein gewesen wäre. Nicht, nachdem das Leben ihn nun völlig unkompliziert verließ. Es ging schnell und er fürchtete sich nicht, nur ein leiser Ärger schlich sich herbei. Er hatte es vermasselt. Oder, anders gesagt, die Frauen hatten es vermasselt. Dieses hysterische Weib, das sich an seinen Arm geklammert hatte. Sie musste vor einer Eule erschrocken sein, die mit leisem »Huhuu« an ihnen vorbeigeflattert war. Er war gestolpert, hatte die Balance verloren, das Messer war unter seinem Anorak herausgerutscht und er war dummerweise in die Klinge gestürzt. Mitten ins Herz war sie ihm gefahren. So schnell konnte man sterben! Wenn er da an den tagelangen Todeskampf seiner Mutter dachte ... Jakob Salzmann verließ seinen Körper und verharrte unschlüssig. Schade, dass er über die letzte Nacht seines Lebens nichts Besseres sagen konnte, als dass er auf ganzer Linie versagt hatte.

PAN

Die Sache mit der Panik funktionierte immer. Ein Signal dafür, dass auch Furcht zu etwas gut ist. Er selbst fand es zwar nicht erfreulich, dass ausgerechnet die Frauen bei seinem Anblick in Angst und Schrecken ausbrachen und unbedachte Dinge taten – und, bei Gott, alle, die ihn kannten, wussten um sein Leid! –, aber in diesem Fall … nun, er wollte sich darüber kein Urteil erlauben.

Als die Kriminaltechnik, die uniformierten Polizisten und die Kripo den Schlosspark in ihren Besitz brachten, hatte er sich längst auf seinen angestammten Platz zurückgezogen. Wie hingegossen lümmelte er da, blies in seine Flöte und lauschte den Trillern, die unter einem klaren Frühlingshimmel in die Unendlichkeit strebten.

HARALD SCHNEIDER
STURZTRUNK

Es hätte so ein schöner Tag werden können.

Jedenfalls bis zu dem mysteriösen Anruf, den ich heute morgen erhielt.

»Hallo, Reiner«, begann das Telefonat relativ harmlos. Ich erkannte meinen Freund Jacques Bosco sofort an seiner Stimme, doch sie ließ mich nicht zu Wort kommen. »Hier ist der automatische Anrufapparat von Jacques. Wenn ich nicht alle 24 Stunden einen Knopf neben meinem Telefon drücke, wirst du angerufen. Reiner, bitte gehe zu mir nach Hause. Du weißt, wo du suchen musst. Bitte beeile dich, mir muss etwas passiert sein.«

Geschockt hielt ich zu dieser frühen Morgenstunde den Hörer in der Hand. Es war noch nicht lange her, da hatte sich mein Freund, der Erfinder, mit dem saudi-arabischen Geheimdienst angelegt. Nur mit viel Glück war es gelungen, dieses Abenteuer unbeschadet zu überstehen. Ich mochte mir nicht ausdenken, was Jacques dieses Mal ausgeheckt hatte. War die Angelegenheit mit dem Geheimdienst doch noch nicht ausgestanden? Ich sprang in meine Schuhe, schnappte mir meinen Einsatzkoffer und verließ das Haus.

Normalerweise wäre ich in ein paar Minuten zum Dienstbeginn in die Kriminalinspektion Schifferstadt gefahren. Stattdessen war nun der Kestenbergerweg mein Ziel, wo Jacques seit vielen Jahren wohnte. Unterwegs rief ich verbotenerweise mit meinem Handy auf der Dienststelle an und meldete, dass ich mich ein wenig verspäten würde. Jacques war einer der letzten Allgemeingelehrten dieser Welt. Bereits als Kind hatte ich in seinem Labor Verstecken gespielt. Und in meiner Schulzeit war er mir stets ein guter Berater gewesen. Wenn während der Mathearbeit auf dem Parkplatz sämtliche Lehrerautos gleichzeitig zu hupen begannen oder die Uhr, die die Pausenglocke steuerte, auf einmal den Turbogang einlegte, um uns zu verkürzten Schulstunden zu verhelfen, dann war allen klar, dass ich dahintersteckte. Jacques hatte immer ein paar Tricks auf Lager, die er mir bereitwillig verriet. Aber so gut wie nie erfand er Dinge, um sie wirtschaftlich zu vermarkten. Er erfand sie nur, um sich selbst zu beweisen, dass seine Ideen realisierbar waren. Viele Sachen werden wohl erst in ein paar Jahren von jemand anderem zufällig wiedererfunden werden.

Zu Jacques' altem Siedlerhäuschen hatte ich zwar keinen Schlüssel, aber als Kriminalhauptkommissar und stellvertretender Dienststellenleiter gab es für mich Möglichkeiten des Zugangs, die die Bevölkerung besser nie erfahren sollte. Jede größere Dienststelle besaß das Zweitschlüsselsystem Open-all, mit dem sich 99 Prozent aller Türen öffnen ließ. Meist lag das Open-all in meinem Einsatzkoffer.

Die Wohnung des Erfinders war extrem widersprüchlich eingerichtet. Tapeten mit großen Blumenmustern, wuchtige Eichenfurnierschränke und ein Telefon mit Wählscheibe zeugten von längst vergangenen Jahrzehnten, als Jacques' Frau noch lebte. Zwischen diesen Museumsstücken standen und lagen seine hochmodernen Versuchsaufbauten herum. Er schien zurzeit mit chemischen Stoffen zu experimentieren. Reagenzgläser, Glaskolben und anderes Zeug waren mit Kunststoffschläuchen verbunden, durch die seltsame Flüssigkeiten tropften. Ich hatte nicht die leiseste Ahnung, um was es sich im Einzelnen handelte. Neben dem Wählscheibentelefon befand sich ein chromglänzender Kasten, der mit dem Hörer verdrahtet war. Typisch Jacques, dachte ich. Ich durchsuchte zunächst sämtliche Räume, um sicherzustellen, dass mein Freund nicht im Haus war. Vielleicht hatte er ja einen Schlaganfall erlitten? Zum Glück bewahrheitete sich dieser Verdacht nicht.

Anschließend ging ich zum Telefonschränkchen und holte aus der obersten Schublade ein Adressregister heraus. Und tatsächlich, unter meinem Namen – Reiner Palzki – lag ein kleiner zusammengefalteter Zettel. Spannender hätte er es nicht machen können.

›Lieber Reiner, entschuldige bitte die Art und Weise meiner Kontaktaufnahme. Dieses Mal brauche ich dich wirklich! Ich bin einer sagenhaften Erfindung auf der Spur, die die Welt verändern wird. Was heißt die Welt, es wird die Menschen verändern! Dummerweise hat das jemand von der Brauerei Globa mitbekommen. Meine Erfindung darf nicht boykottiert werden, sie ist ein Segen für die Menschheit. Dein Jacques.‹

Nachdenklich las ich den Brief ein zweites Mal. Warum hatte mein Freund nicht Klartext geschrieben? Diese kryptischen Andeutungen halfen mir im Moment nicht weiter. Was sollte eine Brauerei mit seiner angeblich sagenhaften Erfindung zu tun haben? Um was für eine weltbewegende Neuschöpfung handelte es sich überhaupt?

Die Brauerei Globa war mir bekannt. Sie war erst vor

wenigen Jahren gegründet worden und hatte sich seitdem zum Platzhirsch in der Vorderpfalz entwickelt. Das Unternehmen war auf der grünen Wiese aus dem Boden gestampft und mit einem gewaltigen Werbeetat eingeführt worden. Seitdem war das Globa-Bier in aller Munde. Als Spezialität der Brauerei galt ein Lagerbier, das mit einem vierfachen Gärverfahren hergestellt und als vierlagiges Globa-Bier im Markt eingeführt wurde.

Was sollte ich tun? Offiziell ermitteln? Das war mir im Moment ohne Rücksprache mit meinem Vorgesetzten und den Kollegen zu heiß. Ich rief meinen Freund Ferdinand Jäger an, der in einer Mannheimer Brauerei der Leiter der Abteilung Betriebsbesichtigung war. Er versprach mir, sich sofort mit seinem Globa-Kollegen in Verbindung zu setzen und ihm eine mit mir abgesprochene Geschichte aufzutischen, damit ich mir mehr oder weniger inkognito die Globa-Brauerei ansehen konnte.

So kam es, dass ich bereits eine halbe Stunde später Richtung Süden fuhr. Die Globa-Brauerei befand sich auf dem Gelände des ehemaligen Speyrer Flugplatzes. Der große Mannheimer Flugplatzbruder hatte die beinahe zahlungsunfähige linksrheinische Flugplatzgesellschaft in Speyer übernommen und wenig später in Heuschreckenmanier plattgemacht. Die Verwertung des Geländes brachte der Mannheimer Gesellschaft mehr ein als der damalige Kaufpreis. Und einen Konkurrenten war man ebenfalls los. So funktionierte die Zusammenarbeit in der Metropolregion. Ein ehemaliger Vorstandschef eines Versicherungskonzerns hatte sofort zugeschlagen und seine gesammelten Jahresprovisionen in den Kauf des Grundstücks und den Bau der Brauerei investiert.

»Guten Tag, Herr Palzki«, begrüßte mich Herr Herr an der Pforte der Brauerei Globa. »Mein Nachname ist Herr. Bitte ersparen Sie mir, Ihnen meinen Vornamen zu nennen. Meine Eltern waren Witzbolde.«

Ich wusste längst von meinem Freund Ferdinand, dass Herr Herr mit Vornamen Hermann hieß. Herr Hermann Herr, das klang wirklich kurios. Aber es ging noch besser: Einmal hatten wir als Zeugin eine Rosa Schlüpfer zu befragen.

Mit seiner Elvistolle und den langen Koteletten grinste mich Herr an. »Sie sind also die Vorhut der Schifferstadter Kriminalinspektion?«

»Das ist noch nicht sicher«, erwiderte ich. »Ich muss nämlich erst meinen Chef überzeugen.«

Vor wenigen Monaten hatten wir einen neuen Dienststellenleiter bekommen. Klaus Pierre Diefenbach, der wegen seiner Initialen nur KPD genannt wurde, hatte man wegen mehreren Verfehlungen vom Polizeipräsidium Ludwigshafen nach Schifferstadt aufs Land strafversetzt. Das alleine wäre noch nicht so schlimm gewesen, doch stellte sich bald heraus, dass KPD Wert auf gepflegte Etikette legte und ein absoluter Gourmet war. Tanzten wir bei unseren früheren Betriebsfeiern nachts biertrinkend auf den Bierzelttischen zu ›Highway to hell‹, so waren es jetzt eher gediegene Veranstaltungen mit Krawatten- und Weinzwang. Beides ließ mich und viele Kollegen bisweilen an Fahnenflucht denken. Trotzdem würde ich demnächst einen Anlauf machen und versuchen, KPD zu einer Brauereibesichtigung zu überreden. Vielleicht konnte mich Herr Herr als kleinen Nebeneffekt meiner geheimen Ermittlungen mit guten Argumenten versorgen. Die vor ein paar

Monaten unter KPDs Leitung stattgefundene Weinprobe war jedenfalls in einer Katastrophe geendet. Und das lag nicht nur an dem Kasten Bier, den die Kollegen in den Weinkeller eingeschmuggelt hatten.

»Dann kommen Sie mal mit«, begann Herr Herr mit der Führung. »Normalerweise führe ich nur größere Gruppen durch den Betrieb. Aber wenn wir wie in Ihrem Fall die Chance haben, eine ganze Polizeidienststelle zu Besuch zu bekommen, strenge ich mich natürlich besonders an. Fangen wir im Sudhaus an.«

Er führte mich in ein helles, mit riesengroßen Panoramascheiben ausgestattetes Gebäude, das hauptsächlich aus einem Saal bestand. In seinem Innern befanden sich fünf oder sechs gewaltige Kessel, die teilweise im Boden eingelassen waren. Herr Herr warf mit Begriffen wie Mälzen, Maischen, Läuterbottich um sich, auf die ich mich heute nicht konzentrieren konnte. An einer Seitenwand befand sich eine mehrere Meter lange Schalttafel, an der ein schmächtiges Kerlchen stand. Er legte einen Schalter um und kam anschließend zu uns. Er nickte meinem Führer zu und gab mir seine sehnige Hand.

»Mein Name ist Port, ich bin der Braumeister. Herr Herr hat Sie angekündigt.«

Ein Braumeister, der an Untergewicht zu leiden schien, hatte für mich etwas Groteskes. Es kam mir so vor, als bestünde Port nur aus Knochen mit Hautüberzug. Vielleicht war er krank, aber ich wollte ihn keinesfalls darauf ansprechen.

Wir smalltalkten eine Weile und ich fragte ihn, was in dem Kessel passierte, neben dem wir die ganze Zeit standen. Er hob einen Deckel ab, der einen Durchmesser von bestimmt einem Meter hatte, und ließ mich hineinschauen. Der Kessel war fast leer, nur am unteren Ende wurde eine trübe, dickflüssige Brühe mit einem schnell drehenden Gerät vermischt.

»Das ist der Läuterbottich«, klärte mich Braumeister Port auf. »Hier werden die Feststoffe aus dem Sud gefiltert. Damit die Würze ablaufen kann, muss das Hackwerk ständig den Treber umwälzen. Wenn Sie da reinfallen, kommt jede Hilfe zu spät. Außerdem erhält dann das Bier einen unerwünschten Beigeschmack.« Er lachte und dabei rutschte sein offener Kittel etwas nach hinten.

Und genau in diesem Moment konnte ich es sehen: In seiner Brusttasche steckte ein Kugelschreiber. Einer, den ich kannte. Ihn gab es auf der ganzen Welt nur ein einziges Mal. Jacques' Erfindung war ein Meisterwerk. Er hatte mir vor langer Zeit einmal erklärt, welche Geheimnisse der Stift verbirgt. Ich war von der Menge der Funktionen dermaßen erschlagen, dass ich mir nur die wenigsten davon merken konnte. Neben einem GPS-Empfänger und einem hochwirksamen Metalldetektor war ein Starkstromakku eingebaut, mit dem der Stift zu einem Elektromagneten umfunktioniert werden konnte. Für einen Außenstehenden wirkte bereits das Farbenspiel des Kugelschreibers, als ob es nicht von dieser Welt war. Der Stift schimmerte in Regenbogenfarben, die sich ständig neu vermischten und die Augen der Betrachter magisch anzogen. Ich vermutete, dass Port den Kugelschreiber alleine aufgrund der wechselnden Kolorierungen eingesteckt hatte, ohne die eigentlichen Funktionen des Gerätes zu kennen.

Jetzt wusste ich, dass mein Freund hier war. Was mir fehlte, war ein Plan.

Herr Herr ließ mir zunächst keine Zeit, darüber nachzudenken. »Kommen Sie, gehen wir rüber in die Abfüllung und ins Lager.«

Der Lärmpegel in der vollautomatischen Abfüllung war immens. Auf langen Laufbändern wurden die Flaschen gesäubert, befüllt und in den Kästen verstaut.

»Wenn Sie ein Argument für die Brauereiführung brauchen, empfehle ich Ihnen, über Wasser zu sprechen.«

»Wasser?« Ich starrte meinen Brauereiführer ungläubig an.

»Ja, genau«, antwortete er und lächelte schelmisch. »Wasser ist die Hauptzutat bei Bier und Wein. Das Wasser für unser Bier wird aus Tiefbrunnen gefördert. Es ist mehrere 1.000 Jahre alt und absolut sauber. Es hat Trinkwasserqualität.«

»Und wie ist das beim Wein?«, fragte ich neugierig.

»Na, Herr Palzki, das sollte Ihnen auch von allein klar sein. Beim Wein stammt das Wasser aus den Trauben. Und das wiederum kommt vom Regenwasser. Wenn Sie Ihrem Chef diesen Aha-Effekt entlockt haben, brauchen Sie nur noch Schlagworte wie saurer Regen und so weiter einfließen lassen, dann haben Sie so gut wie gewonnen. Mit diesen Argumenten wurde bisher jeder Weintrinker zum Biergenießer.«

Wo er recht hat, hat er recht, dachte ich mir und auf Anhieb fiel mir nichts ein, was seiner Theorie entgegensprechen könnte.

»Jetzt weiß ich auch, warum ich nach dem Genuss von Wein immer Sodbrennen bekomme«, antwortete ich. »Das liegt am sauren Regen.«

Herr nickte. »Wissenschaftlich ist das vielleicht schwer

zu belegen, aber das könnte durchaus sein. Wo wir gerade beim Thema Wasser sind, kann ich Sie einen Moment alleine lassen? Ich muss auf die Toilette.«

So kam es, dass ich Sekunden später ohne Begleitung im Getränkelager stand. In jeder anderen Situation würde ich zu einer gediegenen Bierprobe übergehen, doch ich hatte einen Auftrag. Ich lief aus der Halle und in Richtung Sudhaus. Mir war aufgefallen, dass hinter einem der Kessel eine Treppe ins Untergeschoss führte. Da ich als Kind regelmäßig die Fünf Freunde von Enid Blyton gelesen hatte, wusste ich, dass es ›unten‹ immer irgendwelche Geheimnisse gab. Ich wartete, bis der Braumeister gelangweilt auf seine Schalttafel blickte und schlich sodann die Treppe nach unten. Hier konnte man die unteren Teile der Kessel sehen. Am Rand des Kellers befanden sich mehrere Türen. Die erste stand offen und ich konnte in einen Aufenthaltsraum blicken. Die dritte Tür erregte meine Aufmerksamkeit. Sie war abgeschlossen und der Schlüssel steckte. Ich schloss auf, zog den Schlüssel ab und schob ihn in meine Hosentasche. Sekunden später stand ich in einem provisorisch wirkenden Labor Jacques gegenüber, der sich mir sofort um den Hals warf.

»Gott sei Dank, dass du da bist, Reiner. Warum hast du so lange gebraucht?«

Tolle Begrüßung, fand ich. Da er eventuell unter Schock stand, ging ich nicht darauf ein. »Was machst du wieder für Sachen, Jacques? Welche Erfindung soll dieses Mal die Welt revolutionieren?«

Der Erfinder zeigte auf eine Ansammlung von Tabletten, die auf einem Tisch lagen. »Allein in Deutschland gibt es im Straßenverkehr jährlich 3.000 Tote, bei denen Alkohol die Ursache war. Von den Verletzten ganz zu schweigen. Dann gibt es mehrere 100.000 Alkoholabhängige, die Krankenkassen geben jährlich Milliarden Euros für alkoholbedingte Folgekrankheiten aus.«

Ich verstand nicht. »Willst du eine Antialkoholkampagne starten?«

»Ach wo. Ich will den Menschen ihren Rausch belassen, aber sie von den Auswirkungen verschonen.«

»Du sprichst in Rätseln. Kannst du dich genauer ausdrücken?«

»Schau dir die Tabletten an. Es sind Biertabletten. Die roten sind Pils, die blauen Lager und die grünen Export. Eine Tablette entspricht einer Flasche Bier. Du lässt eine Tablette auf der Zunge zergehen und erhältst dabei den Geschmack des gewünschten Bieres. In meinen Tabletten ist aber kein Alkohol enthalten, der ins Blut gehen könnte. Die Wirkstoffe gehen direkt ins Gehirn. Nach einer Minute hast du genau den gleichen Effekt, als wenn du eine Flasche Bier trinken würdest. Je mehr Tabletten, desto stärker der Rausch.«

Verwundert starrte ich auf die bunten Pillen. »Was ist daran anders? Die Leute haben einen Schwips und setzen sich hinters Steuer. Da ist es egal, ob Alkohol im Blut nachweisbar ist oder nicht.«

»Ich bin noch nicht fertig, mein Freund. Die Wirkung lässt nach exakt einer halben Stunde nach. Dann bist du schlagartig wieder nüchtern. Die Tabletten haben das Zeug zu einem Blockbuster.«

So langsam verstand ich. »Deswegen hat dich Port entführt. Er will nicht, dass du die Pillen auf den Markt bringst.«

Jacques ging zu einem Versuchsaufbau am Rande des Labors. »Nein, die Bierpillen sind ihm egal. Er will, dass ich neben den Bierpillen auch ungefährliche Drogen entwickle. Im Prinzip eine gute Idee, da mein Wirkstoff nicht abhängig macht. Aber ich fürchte, Port will das Geschäft alleine machen und mich nach getaner Arbeit beseitigen.«

»Das glaube ich auch«, bestätigte ich ihm. »Dann lass uns mal abhauen.«

Leider klappte der Rückzug nicht zu unserer Zufriedenheit. Port stand gerade vor dem offenen Läuterbottich, als wir die Treppe heraufschlichen. Sofort zog er eine Waffe.

»Kommen Sie doch näher, meine Herrschaften«, bedrohte er uns. »War die Polizei also gar nicht zufällig bei uns im Haus.«

Langsam, um ihn nicht zu einer Kurzschlussreaktion zu verleiten, gingen wir auf ihn zu.

»Woher wussten Sie, dass ich den Erfinder bei mir aufgenommen habe?«, fragte er drohend, während er auf meinen Kopf zielte. Auch wenn dies nicht das erste Mal in meinem Leben war, hinterließ solch eine Bedrohung bei mir wie immer ein ungutes Gefühl.

»Der Kugelschreiber war's«, antwortete ich, um Zeit zu gewinnen.

Port stutzte. »Ja, ein wirklich schönes Ding.« Er zog es aus seiner Brusttasche und klickte daran herum. »Er wird mich immer an Sie beide erinnern.«

»Haben Sie schon die goldene Mine entdeckt?«, mischte sich Jacques ein. »Dazu müssen Sie den kleinen goldenen Hebel nach unten drücken.«

Der Braumeister fiel auf dieses simple Ablenkungsmanöver herein. Während er weiter seine Waffe auf uns richtete, folgte er Jacques' Anweisung. Es gab einen lauten Schlag, begleitet von einem Blitz, und Port flog rückwärts direkt in den Kessel.

»20.000 Volt bei 30 Ampere«, meinte Jacques trocken. »Ein Meisterwerk.«

Wir gingen die fünf Schritte zum Kessel und schauten hinein. Die Szene, die sich uns bot, war hochgradig widerlich. Diese Charge Bier würde man aller Wahrscheinlichkeit nach entsorgen müssen.

Im gleichen Moment kamen mehrere Polizeibeamte ins Sudhaus gestürmt, darunter mein Lieblingskollege Gerhard Steinbeißer.

»Was tut ihr denn hier?«, fragte ich ihn erstaunt.

»Nachdem du nicht zum Dienst angetreten bist, haben wir nachgeforscht. Hätte ja sein können, dass dir etwas passiert ist.«

»Was sollte mir schon passieren?«, antwortete ich.

Gerhard ging zum Kessel und schaute hinein. »Was ist da drin?«

»Da ist der Ex-Port drin.«

»Der Export? Seit wann ist Export männlich?«

»Das war er ganz bestimmt. Bis eben halt.«

Nachdem wir den Kollegen alles erklärt hatten, ging ich mit Jacques nach unten ins Labor. Ich betrachtete die Tabletten und nahm drei rot schillernde Exemplare in die Hand. »Und die funktionieren wirklich einwandfrei?«

Jacques sammelte gerade seine Sachen ein und drehte mir den Rücken zu. »Genauso wie ich es dir beschrieben habe, Reiner.«

Ich warf mir die drei Pillen wie einen Sturztrunk in den Rachen. Auf den Geschmack würde ich im Moment verzichten können, allein die Wirkung war meine Belohnung für Jacques' Befreiung.

»Wenn nur diese blöden Nebenwirkungen nicht wären«, ergänzte nun mein Freund, während er sich zu mir umdrehte.

»Welche Nebenwirkungen?«, schrie ich in höchster Panik.

»Na ja, für die Wirkstoffe brauche ich einen Katalysator. Und der ist noch nicht so ganz ausgereift. Du bekommst zwar deinen Rausch, aber gleichzeitig auch einen sterilen Darm, wenn du weißt, was ich meine. Vor einer Darmspiegelung ist das sicherlich eine feine Sache, aber beim Biertrinken?«

Ich spürte, wie sich die Wirkstoffe langsam in meinem Gehirn ausbreiteten. Parallel dazu brodelte es in meinem Gedärm. Gleich würde es eine Explosion geben. Ich rannte um mein Leben.

Es hätte so ein schöner Tag werden können.

FRANZISKA STEINHAUER

JURISTISCHER BEISTAND

Wenn Marius Grundlach gefragt wurde, woher er stamme, antwortete er stets mit der gebührenden Portion Stolz: »Aus der Kurpfalz. *Der* Gegend für Erfinder und geniale Entwicklungen.« Daran schloss sich in der Regel – logisch – die Frage des Gesprächspartners nach Grundlachs eigenen spektakulären Erfindungen an.

»Leider noch nichts, was das Zeug dazu gehabt hätte, mich unsterblich berühmt zu machen«, verneinte er dann mit leiser Zerknirschung. »Erfunden habe ich schon eine ganze Menge! Die Sache mit dem Patent ist bei uns ein bisschen schwierig.«

Das streifte allerdings die Wahrheit nur am Rande.

Grundlachs eigentliches Problem bestand darin, dass all seine Neuentdeckungen bereits als Patent angemeldet waren – er also schlicht zu spät kam.

Manchmal um Jahrzehnte!

Oft genug auch nur um ein paar Wochen oder Tage.

Es zermürbte ihn.

»Weißt du noch? Damals, als ich den Induktionsherd erfunden habe? Da schreibt mir doch der Heini von Patentanwalt, den gäbe es schon lange. Ich käme mal wieder mit einem Plagiat. Plagiat! So eine Frechheit!«

Die Zuhörer an der Bar im Café Lello verdrehten genervt die Augen. All die Geschichten des glücklosen Tüftlers hatten sie in den letzten 20 Jahren schon viel zu oft gehört. Im Grunde waren sich alle einig. Wenn der Marius mal was erfinden würde, mit dem er in die Geschichte einginge, wäre das ein echtes Wunder!

»Vielleicht kannst du mal was für die Landwirte entwickeln«, schlug Kuno vor. »Eine neue Art von Erntemaschine, zum Beispiel. Für Gurken oder Spargel. Erdbeeren! Dann müssen die Bauern nicht mehr die teuren Leiharbeiter einstellen! Gibt doch eh in jedem Jahr Probleme mit dem Arbeitsamt.«

»Arbeitsagentur!«, korrigierte Jupp, der Wirt, energisch. »Arbeitsämter gibt es schon seit Jahren nicht mehr!«

»Ja, ja. Aber die Arbeitslosen, die gibt's leider noch!«, maulte Kuno und legte nach: »Aber die kannst du ja nicht zum Spargelstechen einsetzen. Wegen Folter! Der Rücken wird dabei nämlich ganz ordentlich belastet und das können nur die Saisonarbeiter wegstecken!«

»Ach, weißt du, Kuno, so eine Maschine würden die Bauern am Ende gar nicht kaufen wollen! Stell dir vor, wir bauen so eine Erntemaschine mit speziellen Umrüstmodulen nach, damit der Landwirt sie vielseitig einsetzen kann. Für Gurken und Spargel oder für Kartoffeln und Wein! Dann müsste sie spezielle Sensoren haben, die das Erntegut erkennen, es richtig behandeln. Was würde wohl passieren, wenn sie die Reben knapp über dem Boden kappte? Sie braucht eine Optik, eine Computersteuerung. Vielleicht einen Fachmann, der sie programmiert. Nein, nein, das wird zu teuer. Und je komplizierter die Maschine, desto kostspieliger die Wartung«, winkte Grundlach ab. »Erfindungen müssen heutzutage nicht nur genial, sondern vor allem finanzierbar sein.«

»Da wäre es wohl dieser Tage schwer für den Benz!«, lachte Jupp und die anderen stimmten ein.

»Haushaltshelfer!«, kam der nächste Vorschlag, diesmal von Jürgen, einem jungen, etwas schnöseligen Bankangestellten. »Meine Frau jammert immer über die viele Arbeit. Bügelwäsche ist für sie eine besondere Belastung. Könntest du nicht Genialität und Wirtschaftlichkeit so verbinden, dass meine Sabine glücklich wird?«

»Ich hab neulich in einer Zeitschrift eine ›Bügelpuppe‹ gesehen. Der ziehst du das zerknitterte Hemd an und sie bläst sich auf. Danach musst du ihr das faltenfreie Hemd nur wieder ausziehen und es in den Schrank hängen!«, erklärte Dirk schmunzelnd. »Wäre das nichts für deine Sabine? Wer weiß, was die Puppe noch so an Dienstleistungsprogrammen hat. Es stand auch nichts über ihr Geschlecht in dem Artikel.« Er feixte in die Runde.

»Und einen selbsttätigen Staubsauger gibt es auch schon. Der ist rund und fährt durch die Wohnung, bis alles sauber ist. Danach dockt er sich wieder an der Ladestation an und wartet auf das nächste Hundehaar.« Jupps Stimme dröhnte durch den Raum.

Die versammelten Gäste lachten.

Grundlach überlegte, ob sie sich nicht vielleicht über ihn lustig machten. Marius Grundlach, Spross einer Familie, die durchaus einige Genies hervorgebracht hatte, der noch immer nichts vorweisen konnte.

Selbst seine Mutter wurde nicht müde zu lamentieren. Er sei doch schließlich die Hoffnung der Familie, nachdem schon sein Vater nichts Nennenswertes zustande gebracht hatte. Also sei es nun an ihm, die Familienehre zu retten. Er seufzte und sah in die vom Alkohol geröteten Gesichter, die nebelverhangenen Blicke der anderen und schämte sich.

Manchmal kam es ihm so vor, als erwarte die Kurpfalz eben mehr von ihm.

Mehr jedenfalls als sinnlose Haushaltsmaschinen, die spätestens beim zweiten Arbeitseinsatz explodierten.

Hatte er sich nicht ausreichend bemüht?

Konnte es sein, dass in seiner Garage der Ansatz zu einer Erfindung lag, die ihm zu Weltruhm verhelfen konnte – und von ihm schlicht übersehen worden war?

Bestimmt musste er sich nur ein bisschen intensiver mit den aktuellen Problemen seiner Zeit auseinandersetzen und schon entstünde eine zündende, entwickelbare Idee!

Plötzlich empfand er die freundliche Farbgebung im Lello als Belastung. Rot und weiß. Sollte frisch wirken – und das tat es wohl auch. Die meisten Gäste schienen das angenehme Ambiente zu genießen, sahen durch die großen Fenster nach draußen, winkten Freunde herein, stießen auf Erfolge an.

Grundlach hatte genug!

Er nickte den anderen zu, zahlte frustriert seine Zeche und machte sich auf den Heimweg.

Es regnete.

Wie passend!

Nachdenklich schepperte er eine verbeulte Dose über den glänzenden Asphalt.

Die Gesellschaft kämpfte gegen Überalterung und Demenz. Das war eine Aufgabe für die medizinische Forschung – eine Erfindung, eine mechanische oder computergesteuerte Maschine konnte hier nichts ausrichten. Fütter- und Pflegemaschinen hatten Forscher in Asien längst entwickelt und Grundlach schüttelte sich angewidert. So etwas Menschenverachtendes wollte er gar nicht erfinden! Matratzen gegen Dekubitus waren schon im Einsatz, ferngesteuert bedienbare Betten ebenfalls. Selbst Fieberthermometer, die man in keine Körperöffnung mehr schieben musste, gab es bereits!

Frustriert stapfte er weiter.

Er hatte keinen Blick für die Menschen, die ihm fröhlich entgegenkamen, spürte nur den Hauch einer Erinnerung an glücklichere Tage mit Monika, als er das Hinweisschild ›Lustgarten‹ passierte.

Seine Welt war grau.

Hotels und Krankenhäuser brauchten Personal und Arbeitsstunden für einfache Serviceleistungen, wie zum Beispiel das Beziehen von Betten. Ein Hoffnungsblitz! Der sofort verlöschte. Eine Bettenbeziehmaschine würde entweder bedeuten, das Personal müsste mit Bett und der vorgesehenen Wäsche zu dem riesigen Automaten kommen – oder die Maschine wäre durch die Gänge zum Bett zu bewegen. Das war schon aus Platz- und Sicherheitsgründen gar nicht möglich. Bei einem Brand blockierte am Ende die Maschine den Weg in die Freiheit! Nein, das war keine gute Idee!

Grundlach trat zornig – aus Rücksicht auf seine Zehen dennoch kraftlos – gegen einen Lampenmast. Wenn ich mir ein paar Tage freinehme, grübelte er trotzig, nicht zur Arbeit gehe, dann fällt mir mit Sicherheit was ein!

»Lüg dir nicht ständig in die eigene Tasche!«, zischte er sich wütend zu. »Das hast du schon ausprobiert! Es funktioniert nicht.«

Selbst Monika, seine Frau, die früher immer gern betonte, sie liebe ihn mit oder ohne geniale Erfindung, mäkelte neuerdings über seinen hartnäckig ausbleibenden Erfolg.

»Deine Mutter wäre so glücklich, wenn du noch vor ihrem Tod beweisen würdest, was in dir steckt«, hatte sie kürzlich verkündet und ihm einen aufmunternden Klaps auf den Hinterkopf gegeben.

Die Gingkotabletten auf der Ablage im Bad hatte er lange Zeit ignoriert.

Von einem Tag auf den anderen war die Schachtel kommentarlos wieder entfernt worden, doch Marius glaubte bemerkt zu haben, dass Monikas Essen einen neuen Beigeschmack entwickelte, seit sie die Mahlzeiten schon auf Tellern portioniert auf den Tisch brachte.

Für ihn war damit alles klar.

Gut, erlaubte er sich einen Schuss Ironie, wenigstens mischte sie ihm kein Toxin unter die Soße, um den unnützen Mitesser loszuwerden. Da konnte er sich immerhin glücklich schätzen.

»Vielleicht sollte ich ein Instant-Analyse-Gerät entwickeln, das Proben innerhalb von Sekunden auf alle gängigen Gifte überprüft«, flüsterte er sich zu und versuchte ein sardonisches Lächeln, das ihm aber gründlich misslang.

Verzweiflung breitete sich in seinem Denken aus.

Feuermelder, Sprinkleranlagen – all diese nützlichen Dinge gab es schon. Recyclinganlagen für Papier und Kunststoffe!

Er verlangsamte seinen Schritt, je näher er seinem Zuhause kam.

»Liebling!«, hörte er eine Stimme in der Nähe rufen und zuckte zusammen. »Ich fahre schon mal den Benz raus. Kommst du dann? Das Konzert beginnt in einer Dreiviertelstunde!«

Neidisch wartete er, bis der Nachhall dieser Worte in seinem Inneren verklungen war. Oh ja. Auch er träumte fast jede Nacht von Dialogen wie: »Ich weiß nicht, wie ich das hinkriegen soll!«, »Nimm doch den Grundlach. Damit klappt's immer!«

Zugegeben, manche der Erwiderungen, die sein Geist nachts eifrig produzierte, klangen wie die freundliche Einladung auf einen Kurzen. »Trink doch erst mal einen Grundlach!« – aber wenigstens waren sie positiv besetzt und sein Name kam darin vor.

Hoffentlich hatte Monika was Schönes gekocht. Seine Überlegungen entfernten sich für eine Weile von seinem persönlichen Unglück und kreisten um eine angenehmere Thematik. Marius dachte an Bratkartoffeln mit Fleischkäse und Spiegelei. Er liebte es kräftig-deftig.

Ungesund, sicher. Aber schließlich stand so etwas nur äußerst selten auf Monikas Speiseplan. Sie kochte eher modern. Keine Linsen mit Spätzle und Saitenwürsten. Sie briet Vogelfleisch, am liebsten Pute, und servierte es dann an Salat mit einer leichten Vinaigrette.

Aber mit ein bisschen Glück – vielleicht war gerade heute ein Tag für Hausmannskost!

Erwartungsvoll schnupperte er, als er das Treppenhaus betrat. Ein Duft, wie ein Versprechen hing darin. Das musste nicht unbedingt aus seiner Wohnung stammen, er schraubte seine Sehnsüchte ein wenig herunter. Andere Frauen brieten Kartoffeln als Liebeserklärung.

Doch mit jeder Stufe wurde der Duft intensiver.

Ob Monika sogar seine Kartoffelschälmaschine ausprobiert hatte?

Vor der Wohnungstür konnte er das verführerische Aroma deutlich wahrnehmen: Bratkartoffeln! Zwiebeln! Voller Vorfreude stieß er die Tür auf.

Monika saß im Wohnzimmer und telefonierte.

Marius schlich näher, wollte ihr einen zarten Überraschungsbegrüßungskuss in den Nacken hauchen, da stutzte er unvermittelt.

»Ja – ich verstehe dich schon«, versicherte Monika gerade entnervt. Ihre Stimmung war ohne Schwierigkeiten an ihren Bewegungen zu erkennen, ihren Tonfall behielt sie bestens unter Kontrolle. Fasziniert beobachtete er, wie seine Frau sich den Hörer zwischen Ohr und Schulter klemmte, um beide Hände frei zu haben, sich mit der lang gestreckten Rechten eine Sandblattfeile angelte und den Nagel ihres linken Daumens zu bearbeiten begann.

Marius hielt den Atem an.

War sich gar nicht bewusst, dass er lauschte.

»Ja, bestimmt!«, bestätigte Monika ihrem Gesprächspartner im Hörer. »Sicher, ich weiß, dass du nur willst, dass er glücklich ist. Das geht mir doch auch so. Schließlich bin ich seine Frau! Wenn ich nur wüsste, wie ich ihm helfen kann, würde ich nicht eine Sekunde zögern. Sogar mein Diplom habe ich abgehängt.«

Marius Grundlach war tief getroffen.

Vorsichtig wich er einen Schritt zurück. Tauchte in die Dunkelheit des Flurs ein.

Stimmt!, erkannte er, der Rahmen war weg.

»Es macht mich krank, dass es ihm einfach nicht gelingen will, sich seinen großen Traum zu erfüllen!«

So weit war es also schon!

Monika litt. Seinetwegen.

»Ich habe heute Bratkartoffeln gemacht – seine Schälmaschine? Nein, Gott bewahre! Die macht aus großen ovalen Kartoffeln winzige Kugeln. Murmelgroß etwa. Das behalte ich aber besser für mich. Er soll nicht schon wieder einen solchen Rückschlag einstecken müssen.«

Es war noch schlimmer! Monika sagte ihm nicht einmal mehr die Wahrheit. Wollte ihn schonen.

Oh, Gott. Wie peinlich! Erniedrigend!

Selbst der Appetit auf Bratkartoffeln war ihm inzwischen gründlich vergangen.

Geräuschlos schob er sich zur Wohnungstür zurück. Öffnete sie leise. Schloss sie dann mit einem harten Ruck.

»Marius, Liebling«, flötete Monika sofort in seine Richtung, »ich sitze hier im Wohnzimmer und telefoniere mit deiner Mutter!«

»Glei-heich!«, zwitscherte der enttäuschte Erfinder zurück.

Geräuschvoll schlüpfte er aus den Straßenschuhen, kam sich vor wie ein verlogener Schmierenkomödiant.

Bloß gut, dass Monika ihn nicht im Flur ertappt hatte.

»Muttilein, Marius ist gerade gekommen – sicher hat er einen Bärenhunger. Ich muss jetzt Schluss machen«, säuselte seine Frau, klapperte das Telefon auf den Couchtisch und schwang sich auf die Beine.

»Liebling, wie war dein Tag?« Sie drückte ihm einen beiläufigen Kuss auf die Wange, ließ ihn gar nicht erst zu Wort kommen, sondern plapperte sofort weiter: »Stell dir nur vor, was heute passiert ist! Frau Müller ist bei der Kehrwoche gestürzt! Der Notarzt hat bedenklich geguckt und meinte, sie habe sich bestimmt das Bein gebrochen. Ihr Sohn ist doch Anwalt, nicht wahr? Der wird bestimmt die Wohnungsgenossenschaft verklagen, weil die eigentlich gar nicht zulassen dürfte, dass eine so alte Dame noch selbst den Hausflur wischen muss. Er hat richtig getobt, kann ich dir sagen. Er meint, ab einem bestimmten Alter müsse eine Putzkraft gestellt werden!«

»Der Sohn von Frau Müller ist Patentanwalt! Ich fürchte, er weiß nicht einmal, wie man eine solche Klage im Mietrecht formuliert!«

»Oh weh. Glaubst du? Dabei hat seine Mutter so gehofft, dass das klappt.«

»Monika, ich bin ganz sicher, das Gericht würde entscheiden, der Mieter müsse die Kosten für die Putzhilfe selbst übernehmen. Wenn ein Urteil den Vermieter dazu verpflichtete, würden die anfallenden Kosten einfach auf die Miete aller Parteien umgelegt und ein zuverlässiger Kehrwochenservice engagiert. Alle müssten dafür aufkommen.«

Monika starrte ihn ungläubig an.

»Auch die, die selbst putzen möchten?«, fragte sie vorsichtshalber nach.

Marius nickte.

»Das würde Herr Günther nie tun!«, verkündete seine Monika naiv.

Grrundlach überlegte, ob er die Diskussion fortsetzen wollte, entschied sich für nein und antwortete: »Wahrscheinlich hast du recht, meine Liebe.«

»Oh – Marius, ich habe extra Bratkartoffeln für dich gemacht!«

Als er wenig später angeekelt auf seinen Teller stierte, kam er sich vor wie ein Widerling.

»Schmeckt es dir nicht?«, erkundigte sich Monika besorgt.

»Aber natürlich schmeckt es mir. Das ist mein Lieblingsgericht! Vielleicht war das letzte Bier nicht ganz in Ordnung«, scherzte er abschließend ohne echten Schwung. »Mir ist ein wenig flau.«

Statt einer Antwort klatschte Monikas feuchte Hand gegen seine Stirn. »Fieber hast du jedenfalls nicht!«, behauptete sie resolut.

»Nein, natürlich nicht. Es ist alles in Ordnung«, beteuerte Marius gegen jede Überzeugung.

Nichts war in Ordnung.

Ab Morgen musste sich endlich etwas ändern!

Nein, falsch!, korrigierte er in Gedanken.

Ab Morgen wird sich etwas ändern!

Am nächsten Morgen erwachte Marius durch das nervige Zirpen des Weckers.

Das allein war schon ungewöhnlich. Seine Nächte waren sonst eher unruhig, Schlaf stellte sich selten und nur in kurzen Phasen ein. Stets war er lang vor dem Wecker wach und starrte die Decke an, während auf das Zirpen wartete.

Ein gutes Omen!

Bestimmt!

Alles wird sich ändern!

Frohen Mutes machte er sich auf den Weg – wie Monika glaubte zu seinem Büro bei der Versicherung –, in Wahrheit jedoch zur Adresse von Dr. Paul Müller.

Und genau dort fand seine Glückssträhne ihr jähes Ende. Herr Dr. Müller sei nicht zu sprechen, beschied ihm eine gesichtslose weibliche Stimme aus der Gegensprechanlage. Später könne er es gern noch einmal versuchen, aber gerade heute habe Dr. Müller viele Termine und wenig Zeit.

Unschlüssig, mit hängenden Schultern, stand er noch immer dort, als sich unerwartet die Tür öffnete. Zwei junge Männer traten auf die Straße heraus.

Offene Gesichter, Ferienbräune, legere, teure Kleidung, registrierte Marius automatisch.

»Jens Müller, mein Name«, stellte sich der Blondgelockte arrogant vor.

»Mike Koppler«, zog der Brünette hastig nach.

»Mein Vater hat sie abgewimmelt, stimmt doch?«, fragte der Müllersohn und grinste breit, als Marius nickte. »Das bedeutet, dass Sie die Regeln nicht beherrschen.«

»Sieht ganz so aus«, antwortete Marius Grundlach zurückhaltend.

»Sie wohnen hier in der Erfinderschmiede Deutschlands«, belehrte ihn der Blonde. »Patentanwälte leben in dieser Region wie Maden im Speck. Schlaraffenland!«

»Aha?«

»Angebot und Nachfrage. Schon davon gehört?«

Dabei betonte der junge Mann die Worte so eigenartig, dass es Grundlach schien, er gäbe ihnen eine neue Bedeutung.

Hatte er in den letzten Jahren keinen Erfolg gehabt, weil er etwas falsch machte? Die beheizbaren Schuhe, der Winterpulli mit Radioempfang, die Wanderflasche, die leer keinen Platz mehr wegnahm, der variable Koffer, der motorbetrieben hinter seinem Besitzer herrollte und ihn dank einer besonders sensiblen Optik selbst im Gedränge nicht verlor, die Handtasche, die beim Zugriff Unbefugter kräftige Stromschläge austeilte – all das hatte man doch schon angemeldet gehabt. Lag das tatsächlich daran, dass er die Regeln des Spiels nicht beherrschte? Und welche mochten das sein?

Ratlos fuhr sich Grundlach über sein Kinn.

Bei einem Latte Macchiato im Café um die Ecke erfuhr der verhinderte Erfinder, warum er erfolglos und nicht berühmt war: Man musste so ein Ding einfädeln!

Und das Beste: Der Müllersohn war über diese Praktiken verärgert und bot Grundlach einen besonderen Deal an.

Bares für den Kontakt. Die Erfindung wird Patent. Grundlach berühmt. Am Ende habe der Tüftler sicher nichts dagegen, dass der Sohn von seinem Vater das eingesetzte Startkapital zurückforderte – mit dem Wissen um die unsägliche Verstrickung von Kapital und Patent. Der Vater zahlt das Geld an seinen Sohn zurück, der teilt mit dem Erfinder. Das sei keine Frage, denn käme raus, dass sein Vater sich für die Patentanmeldung extra bezahlen ließe, wäre die Kanzlei am Ende. Marius war es gleichgültig. Sollte der junge Mann seinen Vater ein wenig erpressen, ginge ihn das schließlich nichts an – und so bekäme er, Grundlach, die Hälfte des

Geldes zurück, das er ursprünglich investiert hatte. Fifty-fifty.

Dann rückte Müller junior mit seinen konkreten Vorstellungen heraus.

»5.000 Euro?«, fragte Grundlach entgeistert, schnappte nach Luft und überlegte parallel, wie er, natürlich von Monika unbemerkt, an das Geld kommen könnte.

»Na klar, 5.000 Euro! In so einem Fall muss man schon ein bisschen klotzen – sonst läuft das nicht!«, versicherte der Bursche selbstbewusst.

»Das ist eine ziemlich große Summe.« ›Ich weiß gar nicht, wie ich das meiner Frau erklären soll‹, hätte er beinahe hinzugefügt, doch in letzter Sekunde fiel ihm ein, wie albern und klein ihn das wirken lassen würde. Männer im Alter seiner neuen Geschäftspartner hatten schlicht noch keine Vorstellung von den Gegebenheiten und Zwängen einer Ehe – ihnen wäre Marius wie ein bedauernswertes, armseliges Würstchen vorgekommen.

Viel Überredungskunst war ohnehin nicht vonnöten. Das unerkannte Genie war nur zu gern bereit, die sich bietende Chance zu nutzen.

»Nur nicht ungeduldig werden!«, mahnten die beiden bei ihrem nächsten Treffen, während sich Grundlach wie ein Geldräuber vorkam, als er ihnen das heimlich vom Sparbuch ›geliehene‹ Geld überreichte. »Nur die Ruhe bewahren. Wir melden uns.«

Marius tat, was man ihm empfohlen hatte.

Er verhielt sich ruhig und wartete.

»Stell dir vor, die Frau Müller ist wieder aus dem Krankenhaus zurück. Die Operation war ja komplikationslos verlaufen. Ein bisschen Schmerzen noch beim Treppensteigen, aber sonst ist alles gut«, freute sich Monika eines Abends, während sie das Essen portionierte.

Ach ja, erinnerte sich Marius, der Monika mit gesundem Misstrauen beobachtete, die alte Dame war ja bei der Kehrwoche gestürzt. Wollte nicht dieser Dr. Müller …?

»Was ist denn aus der vom Vermieter zu bezahlenden Haushaltshilfe für die Kehrwoche geworden?«, erkundigte er sich süffisant.

»Nichts!«, seufzte Monika enttäuscht. »Eigentlich sollte das ja der Enkel übernehmen – also das Putzen, meine ich. Aber daraus wird jetzt erstmal nichts. Der Jens hat überraschend beim Pferderennen gewonnen – 5.000 Euro! Die verjuxt er zurzeit mit seinem Freund Mike in der Karibik! Da fehlt eben doch die ordnende Hand der Mutter. Halbwaise, und der Vater hat kaum Zeit.« Monika zog die Stirn missbilligend in tiefe Furchen. »Mit dem Freund auf nach Kuba! Mit gerade mal 19! Also wirklich!«

Von der Entrüstung seiner Frau bekam Marius Grundlach nur noch wenig mit. Sein schmächtiger Körper wurde von einem heftigen Hustenanfall geschüttelt und Monika fürchtete schon um sein Leben, während seine Gedanken sich an ›5.000 Euro‹, ›gewonnen‹ und ›Kuba‹ festgebissen hatten und diese Worte sein Hirn hin und her schüttelten, wie Haie es mit ihrer Beute tun.

Endlich lehnte er sich keuchend zurück, das Gesicht rotbläulich verfärbt, Atmung und Puls hoffnungslos außer Kontrolle.

»Geht es wieder?«, fragte Monika besorgt und tätschelte ein wenig ratlos seinen Rücken. »So schlimm ist das mit dem Jungen nun auch wieder nicht. Und du kennst ihn doch gar nicht!«

In den folgenden Tagen machte Marius Grundlach eine umwerfende Entdeckung: Hass beflügelte den Geist, Rachedurst seine Kreativität.

Zufrieden bemerkte Monika, dass der ruhelose Erfindergeist wieder in den Körper ihres Mannes zurückgefunden hatte.

Marius Grundlach schweißte, Funken stoben durch die Garage, Kabel wurden verlegt, ein Starkstromanschluss musste beantragt werden. Er traf sich kaum noch mit den anderen in der Kneipe, und wenn er jetzt spät nach Hause kam, roch er nicht nach Alkohol, sondern rauchig und verschwitzt. Eine neue Zuversicht erfüllte sie, und es bereitete ihr keine Mühe mehr, ihre Schwiegermutter zu trösten.

Als er die letzte Schweißnaht gesetzt hatte, klatschte sich der Erfinder auf beide Oberschenkel.

Es würde funktionieren.

Kein Zweifel.

Auch Monika war beeindruckt, als sie die Anlage, natürlich ohne Wissen ihres Manns, besichtigte.

Fachkundig prüfte sie die Anschlüsse.

Es würde funktionieren.

Ohne Zweifel.

»Und? Was ist das nun, was wir uns ansehen sollen?«, fragte Jens Müller arrogant und sah sich mit großen Augen in der dunklen Werkstatt um. Mike schwieg beklommen – vielleicht drückte ihn sein Gewissen.

»Das«, verkündete Marius großspurig, »ist eine Zeitmaschine!«

»So ein Quatsch!«, murrte der Müllersohn. »So was gibt es nicht!«

»Aber ja doch! Könnt ihr euch an die Folge erinnern, in der Clark Kent die Zeit zurückdrehte, um seine Lois zu retten? Die Drehbuchschreiber bewegten sich ziemlich nah an der Realität. Heutzutage können Wissenschaftler die Zeit bis zum Urknall zurückkurbeln. Gut, das kann ich nicht – aber ein paar Jahrtausende geht es ziemlich problemlos.«

Er griff nach einer dunklen Ebenholzkiste. Rückte sie aus der Finsternis direkt in den Fokus der Schreibtischlampe.

»Ich wusste ja, dass ihr beide skeptisch sein würdet. Deshalb habe ich mir erlaubt, einen Beweis mitzubringen.« Er hatte seine Stimme geheimnisvoll gesenkt und das schien die jungen Männer in der unheimlichen Werkstattatmosphäre zu beeindrucken.

»Einen Beweis?«, flüsterte Mike mit runden Augen, die das Kästchen fixierten.

»Ja. Es war nicht ganz ungefährlich. Aber was war im alten Rom schon ohne Risiko?«

»Im alten Rom?«, keuchte nun auch der Sohn des Patentanwalts. »Sie waren dort? In Rom?«

»Klar. Und ich habe mir einen dramatischen Höhepunkt der römischen Geschichte ausgesucht. Schließlich wollte ich nicht mit irgendetwas x-Beliebigem zurückkommen. Ich habe gesehen«, hier legte Grundlach eine dramatische Pause ein, »wie Julius Cäsar ermordet wurde.«

»Wow! Echt?«

»Natürlich. Ich stand im Hintergrund und habe alles beobachtet. Deshalb weiß ich jetzt auch, dass der Anschlag für Cäsar nicht so überraschend kam, wie es in manchen Geschichtsbüchern steht. Er hatte ganz klar eine Ahnung. Aber dass es ausgerechnet Brutus sein würde, der ihn im Sinne des Wortes ans Messer lieferte, ahnte er wohl nicht. Ich hörte echte Überraschung aus den Worten ›Et tu, Brute‹.«

»Krass!«

Der Schein der Lampe verlieh Grundlachs Gesicht etwas Magisches.

Die Besucher hingen an seinen Lippen, konnten den Blick nicht mehr von dem Kästchen lösen.

»Es war totenstill. Cäsar stürzte, alle sammelten sich schweigend um ihn und stießen ihm den Dolch in den Körper. Das einzige Geräusch waren die verhaltenen Schmerzenslaute von Cäsar, wenn erneut zugestochen wurde. Unheimlich.«

»Und dann?«, fragte Jens atemlos.

»Sie wandten sich alle ab, während Cäsar sein Leben aushauchte. Danach drängten sie lautlos in Richtung Tür. Einer öffnete das Portal auf ein Zeichen der anderen hin, trat hinaus, um die Menge zu informieren.« Wieder schob Grundlach eine Schweigeminute ein. «Und während sie alle damit beschäftigt waren, den sterbenden Körper zu ignorieren, trat ich rasch neben den Diktator und brachte den Dolch an mich!«

»Sie haben WAS gemacht?«, ächzte Mike atemlos.

»Ich zog den Dolch aus der Wunde, schnitt ein Stück von der Toga ab und reiste zurück.« Dabei öffnete er einen winzigen Riegel an der Kiste und klappte den Deckel zurück. »Dies ist der Originaldolch, mit dem die Senatoren Cäsar töteten. Seht ihr, es klebt sein eingetrocknetes Blut daran! Und die Toga war natürlich ebenfalls voller Flecken.«

»Das gibt's doch nicht!« Mikes Finger zuckten in respektvollem Abstand über das wunderbar gearbeitete Mordinstrument. Eine ziselierte Klinge, mit einem gravierten Datum in römischen Zahlen. Der Griff war aus Elfenbein gearbeitet, zeigte eine Kampfszene aus dem gallischen Krieg.

»Sogar am Griff ist Blut.« Auch Jens Müller staunte unverhohlen.

»Sie haben das Messer immer wieder aus dem Körper rausgezogen und neu zugestochen. Dabei wurde der Griff natürlich schmutzig. Und seht mal, wie wunderbar edel diese Toga war. Ganz weich. Einer hat sogar seine Hände an dem Stoff abgewischt, nachdem er den Dolch in Cäsars Bauch gerammt hatte. Und ich stand hinter einer Säule und war kaum eine Armlänge von ihm entfernt!«

»Mann!«, keuchten die jungen Männer unisono.

Plötzlich kehrte der misstrauische Ausdruck in Jens' Augen zurück. »Ihre Geschichte hat einen Haken! Sie sind wieder hier. Wie soll das funktioniert haben?«

»Zeitschaltuhr. Ich bin doch nicht blöd. Wenn ich niemanden in mein Geheimnis einweihen will, muss ich allein von hier nach dort und dort nach hier reisen können. Der Ausflug hat 30 Minuten gedauert, dann war ich zurück. Alles dran!«

Marius Grundlach sah seine Besucher skeptisch an. »Für Sie beide ist das vielleicht doch zu riskant.«

Befriedigt registrierte er die Enttäuschung, die in ihre Gesichter zog.

»Ein bisschen Risiko schadet uns nicht!«, behauptete Müller junior nach einer Schrecksekunde.

»Ach, ich weiß nicht. Ehrlich gesagt, es wäre mir nicht angenehm, ausgerechnet jetzt mit Ihrem Vater in einen ernsten Konflikt zu geraten«, zierte sich der geniale Tüftler.

»Wir werden ihm sagen, dass wir freiwillig die Maschine benutzt haben!«, beteuerte Jens eifrig. »Es wird keinen Ärger wegen der Sache für Sie geben! Bestimmt nicht!«

»Na, ich weiß nicht. Ich bin ein gesetzter Herr und kann mit meinem Leben tun und lassen was ich will. Aber wenn ich Sie beide in Gefahr brächte, hätte das eine andere Qualität.«

»Und das will ein wagemutiger Erfinder sein!«, verlegte sich Mike auf Häme. »Einer, der so ängstlich ist, wird nie berühmt. Da muss man schon mal was wagen!«

Marius Grundlach gab sich besorgt. Zögerte. Schien endlos die Risiken abzuwägen. Dann endlich stellte er die Frage, auf die die jungen Männer gewartet hatten: »Also, sind Sie wirklich ganz sicher, dass Sie die Maschine ausprobieren wollen?«

Die beiden sahen sich nicht einmal an und nickten dennoch synchron.

Grundlach grunzte zufrieden und legte den Dolch zurück.

»Gut, dann nehmen Sie bitte schon mal Platz. Anschnallen. Und nun das Wichtigste: Wohin soll die Reise gehen?«

Nun ihr kleinen miesen Ratten, freute er sich, ist euer

Ende nah! Ich werde der Polizei gegenüber behaupten, ihr wärt hier eingebrochen und dabei sei es dann zu diesem schrecklichen Unfall gekommen. Grundlach warf einen Blick auf die lange Stange, die er später, wenn sich die Sache erledigt hatte, am Schalthebel befestigen würde. Es musste so wirken, als hätten die Freunde die Maschine selbst in Gang gesetzt. Und es verbockt, freute sich Grundlachs innere Stimme. Er griff nach dem Metallrohr und ließ es seitlich in Richtung Maschine kippen. Wie erwartet, packte Jens Müller zu. »Hoppla! Nicht, dass Sie jetzt noch was kaputt machen!«

»Danke! Ne, ne. Von so einem kleinen Schlag geht hier nichts kaputt!«, lachte der Erfinder und achtete sorgfältig darauf, die frisch gewonnenen Fingerabdrücke nicht versehentlich zu verwischen.

Vielleicht konnte er, Grundlach, dem sauberen Herrn Anwalt sogar noch eine Mitschuld unterschieben. Spionage zum Beispiel. Der Vater stiftete seinen Sohn an, beim Erfinder nachzusehen, woran der gerade arbeitete – und dabei … Eine wahre Tragödie.

Er war so mit seinen vor Hass sprühenden Gedanken beschäftigt, dass er die Antwort der beiden überhört hatte.

»Wohin?«, musste er nachfragen und ärgerte sich über den senilen Eindruck, den das auf die Jugend machen musste.

»Können Sie uns in die Zukunft bringen?«

»Klar«, brummte das Genie und setzte tonlos hinzu: In eine ewige Ruhe auf unendliche Zeit.

Mit dem Kaninchen hatte es schließlich auch geklappt. Das bisschen Sauerei – kein Problem bei der Beseitigung.

Der Geruch hatte allerdings tagelang in der Werkstatt gehangen. Das würde diesmal noch viel schlimmer sein. Aber egal! Einen Grundlach legte man nicht aufs Kreuz. Klar, das Geld war weg, das musste er Monika bei Gelegenheit erklären. Seine Frau würde das nicht gut aufnehmen, wusste er, das Geld war für die geplante Kreuzfahrt zum 25. Hochzeitstag angespart. Marius hasste den Gedanken an Reisen und längere Abwesenheiten von zu Hause. Schon übers Wochenende wegzufahren, war ihm ein Gräuel.

Für diesen Griff in die Familienkasse würde er mit Sicherheit gewaltig leiden – Monika verwandelte sich bei Ärger gern in eine wahre Furie. Seit über zwei Jahren schwärmte sie nun schon über diese Kreuzfahrt, plante Landgänge und Besichtigungstouren – er spürte eine deutliche Schwäche in den Knien. Nun, redete er sich gut zu, umbringen wird sie mich nicht deswegen.

Aber diese beiden Schnösel würden jetzt bezahlen!

Gewissenhaft überprüfte er die Gurte und legte eine Klappstange über die Sitze, die er an der Seite verriegelte.

»Damit sich beim Schleudern nichts lösen kann. Das wäre zu gefährlich.«

Er trat ans Schaltpult und stellte für die beiden gut sichtbar 2340 ein, gab sich den Anschein, konzentriert die Anzahl der notwendigen Umdrehungen pro Sekunde zu berechnen, und drehte an einem der anderen Räder, um auch das der Maschine vorzugeben.

Der Müllersohn und sein Freund waren jetzt ziemlich blass und ungewöhnlich schweigsam geworden.

»Was, wenn man uns als fremd erkennt und Jagd auf uns macht?« Mikes Stimme zitterte.

»Das passiert nicht. Niemand wird sich 2340 auch nur einen Deut um euch scheren«, versicherte Grundlach und grinste, denn schließlich war das die reine Wahrheit.

»Und die Zeitschaltuhr?«

»Die stelle ich jetzt ein. Wie lang soll euer Trip denn gehen?«

»Nicht länger als eine halbe Stunde. Wir sind noch verabredet«, verkündete der Sohn des Patentanwalts großspurig.

Gespannt beobachteten die Freunde jede Bewegung des Erfinders.

»So, alles eingestellt. Aber bevor ich euch diesen Freiflug spendiere, erzähle ich euch noch was. Mannheim ist zwar die zweitgrößte Stadt Baden-Württembergs – und doch, was Neuigkeiten und Gerüchte betrifft, nicht größer als ein Weiler. Deshalb weiß ich sehr genau, wo meine 5.000 Euro geblieben sind! Heute ist für euch beide Zahltag. Habt Ihr nicht gewusst, dass man mit den Träumen anderer keinen Schindluder treiben darf?«

Ihre Antwort wartete er gar nicht ab.

Er riss den großen Metallhebel zu sich heran, der den Stromkreis schloss.

Was dann geschah, ging als Mannheimer Nacht des Grauens in die Annalen ein.

Blieb tatsächlich fest mit dem Namen Grundlach verbunden.

»Spaziergänger haben lautes Geschrei aus der Garage gehört und einen Blitz gesehen! So etwas ist mir in all meinen Dienstjahren noch nicht untergekommen. Entsetzlich! Glück im Unglück, dass es nicht auch noch gebrannt hat.« Der Kommissar schüttelte sich. »Was für eine Höllenmaschine hat Ihr Mann denn da gebaut?«

»Ich weiß es nicht! Er war in der letzten Zeit jedenfalls sehr beschäftigt. Aber was genau er plant, hat er nicht erzählt. Es sollte wohl eine Überraschung werden. Alle Hoffnungen hingen an diesem neuen Projekt!« Monika schluchzte und wischte ein paar Tränen von den Wangen.

»Drei Tote! Und bei dem Ding ist nur die Sicherung rausgesprungen. Unglaublich. Wenn ich die reindrehe, funktioniert das Teil wahrscheinlich sofort wieder«, erklärte der Techniker des Teams nicht ohne Bewunderung. »Er muss irgendeinen Fehler bei der Verkabelung gemacht haben – deshalb standen der Schalthebel und die Sitze plötzlich unter Strom. Ein furchtbarer Unfall. Mein Beileid, Frau Grundlach.«

Monika nickte.

Schon bald nach der Beerdigung kehrte Ruhe ein. Das Getuschel der Nachbarn wurde leiser, die eigenartigen Blicke, die Monika Grundlach verfolgten, seltener. Es wäre sicher nur eine Frage der Zeit und die lästigen Anrufe ihrer heulenden Schwiegermutter hörten auf. Schließlich war das familiäre Band zwischen ihnen gerissen. Die Werkstatt wurde wieder freigegeben – gehörte jetzt Monika allein. Vielleicht wäre es eine gute Idee, sie nach einer angemessenen Trauerphase zu verkaufen, überlegte die Witwe vernünftig.

Am zweiten Sonntag nach dem Unfall, wie auch Monika es offiziell bezeichnete, stand Paul Müller unerwartet vor ihrer Tür. Dezent verpackt, hatte er eine Flasche teuren Champagner mitgebracht.

»Nun brauchen wir uns ja nicht mehr zu verstecken! Unsere Beziehung kann endlich öffentlich werden! Auf dich!«, prostete er ihr zu.»Ist es nicht wunderbar, wie sich manchmal im Leben alles mit einem Schlag zum Guten fügt?«, kitzelte seine Stimme in ihrem Ohr. »Mein Sohn wäre nie ein guter Patentanwalt geworden. Zu viel kriminelle Energie! Weiß der Henker, wo der Kerl die 5.000 Euro für die Kubareise ergaunert hatte!«

»Aha«, war das einzige, was Monika dazu sagen wollte.

»Und wir können jetzt endlich das viele Geld genießen, das deine Patente dir eingebracht haben! Zum Glück hat dein Mann nie nachgefragt, wie der Erfinder heißt, der die Patente kurz vor ihm hatte schützen lassen.«

»Prost!«, forderte Monika energisch. Sie hatte kein Interesse daran, dieses Thema zu vertiefen.

Zärtlich platzierte Dr. Müller seine heiße Hand auf dem Oberschenkel der Witwe.

»Wir sollten mit der Hochzeit nicht über Gebühr lang warten«, sülzte er dabei und sie spürte seine sabbernden Lippen an ihrem Hals.

»Hochzeit?« Es tat ihr fast ein wenig leid. Sie hatte nicht geplant, das Wort derart schrill in den Raum zu entlassen. Und seine häufige Verwendung der Wortes ›wir‹, gefiel ihr nun wirklich nicht!

»Aber ja! Du willst es doch auch!«, drohte er grinsend. »Schon weil Ehegatten nicht zu einer Aussage vor Gericht gezwungen werden können, nicht wahr?«

Zum Abschied schenkte sie ihm den Schlüssel zu Marius Grundlachs Garage.

»Was das wohl für eine Maschine sein sollte«, murmelte Dr. Müller und steckte gerührt diesen Beweis ihrer Liebe in die Sakkotasche. »Es muss eine faszinierende Sache gewesen sein.«

»Vielleicht eine Maschine, die den Benutzer mitten in eine Romanhandlung katapultiert. Das wäre wirklich reizvoll. Ich wäre dann gern bei ›Herr der Ringe‹ dabei, wie Gandalf seine Freunde trifft, nachdem sie sicher waren, er sei gestorben. Oder ich könnte mit ihm zusammen das Auenland besuchen«, seufzte Monika versonnen.

Sollte er doch ruhig nachsehen gehen!

»Frau Grundlach, kann ich noch etwas für Sie tun?«, erkundigte sich die freundliche Ärztin besorgt.

Monika schüttelte nur stumm den Kopf.

»So ein Idiot!«, beschwerte sich der Kommissar. »Überall Warnhinweise! Da nimmt man doch nicht an, dass jemand an den Gerätschaften herumfummelt. Sie, Frau Grundlach, trifft jedenfalls keine Schuld. Komisch ist nur, dass wieder Strom floss. Ich dachte, die Kollegen hätten alles ordnungsgemäß abgehängt. Und dann zischt der volle Saft durch den Schalthebel. So ein Unglück, so eine furchtbare Tragödie!«

Monika hätte ihm erklären können, woran das lag, sie wusste auch, warum – hielt es aber für sehr viel klüger, nichts dazu zu sagen. Ihre Finger tasteten nach der Diplomurkunde, die sie vorsichtshalber unter das Polster des Sofas geschoben hatte. Ingenieursdiplom Elektrotechnik.

Und von Erfindern und Patentanwälten würde sie sich auf all den Reisen, die sie ab jetzt unternehmen wollte, immer fernhalten.

»Es ist schon erstaunlich, wie klein so ein Mensch werden kann, kaum wiederzuerkennen. Der Tod verändert einen eben gewaltig«, sinnierte der Kommissar und Monika stimmte dieser fast philosophischen Wahrheit aus tiefstem Herzen zu.

GISELA SACHS

1. PREIS DER JURY: HÜHNCHEN UNTER DER NECKARBRÜCKE

»Nimm das, das wird dir gut tun«, sagte die rauchige Stimme hinter mir. »Sind selbst gedreht und ist guter Stoff drin.« Der Typ, der hinter mir spricht, sieht heruntergekommen aus mit seinen alten verfleckten, stinkenden Klamotten, guckt mich aber mit treuherzigem Blick an und so nehme ich diese seltsame Einladung dankend an.

Ich rauche sie schweigend, diese geschenkte und selbst gedrehte Zigarette in Trichterform des mir unbekannten Spenders und werde dabei zunehmend ruhiger.

»Komm mit mir, ich kenn ein paar Kumpels da lassen wir es uns noch besser gehen«, meint der neue Bekannte. Ich folge ihm, weiß nicht wohin und nicht mit wem …

Die Wege in den Weinbergen sind geteert, man kann dort gut laufen und fast die gesamte Stadt am Neckar überblicken. Die Wasserdunstwolken des in der Nähe gelegenen Kernkraftwerkes sprenkeln weiße Flecken auf den ansonsten blauen Himmel.

Inmitten von Rebstöcken mit Trollinger-Lemberger und Samtrot-Trauben haben sich ein paar seltsame Gestalten breitgemacht. Genauso breit lacht der Freund meines Bekannten als er sieht, dass Besuch mitgebracht wurde.

»Wir frühstücken gerade«, grölt einer der zerlumpten Typen.

»Setzt euch, Kaffee fällt aus, Kekse sind noch da.«

»Greif zu«, werde ich aufgefordert. Bei mir hat es schnell Klick gemacht, als ich das präparierte Gebäck gegessen habe. In mir ist schlagartig alles ganz ruhig, mir ist wohlig warm und das gefällt mir. Sehr sogar. Die neuen Freunde meinen es gut mit mir. Die Welt ist schön.

Die Mama ist tot, war der erste Gedanke nach meinem ersten Trip und mein entsetzter Schrei hallt durch die Weinberge.

»Nimm was, damit du wieder ruhiger wirst, du Spinner«, meint einer meiner neuen Freunde und rammt mir mit voller Wucht seine knochige Faust in den Magen. »Das erste Mal war eine Einladung, jetzt musst du dafür bezahlen«, werde ich unsanft belehrt.

»Wir haben nichts mehr hier, treffen uns aber jeden Abend um 18 Uhr unter dem alten Ahornbaum vor dem Friedhof, wo der Eugen dich aufgelesen hat. Da kannst du kaufen, was du brauchst.«

Noch ist mir nicht klar, was ich brauchen und kaufen könnte. Mir schwirrt der Kopf und über mir – unter den Dunstwolken des fernen Kraftwerkes – schwirren Mücken hoch und runter. Mein leerer Blick folgt ihnen nach, ebenfalls hoch und runter …

Heute Abend also, an dem alten Baum am Friedhof. Ich schaue dem Rauch nach, der aus dem großen Abzug der elektrischen Versorgung steigt, woraus sich suspekte Wolken formen und langsam am Himmel gen Süden ziehen. Es werden viele Wolken nachgeschickt. Eine, noch eine und noch eine. Heute Abend besuche ich Mama auf dem Friedhof …

Nach der großen Eisentür muss ich nach links laufen, da protzt dann die riesige Steinsäule mit der Inschrift ›Hinauf zum Licht‹. An der gehe ich vorbei, so komme ich geradewegs zu Mamas Grab. Auch eine Holzbank steht in unmittelbarer Nähe, soviel ist mir in Erinnerung geblieben. Bis an diese kleine, ziemlich vermoderte Bank schaffe ich es – weiter nicht. Wie von Furien gehetzt, renne ich den gleichen Weg wieder zurück, den ich hergekommen bin … Ich komme morgen wieder Mama. Versprochen!

Heute ertrage ich es nicht auf dein Grab zu sehen. Morgen vielleicht …

Ich habe nicht auf die Uhr geschaut, und als ich den menschenleeren traurigen Ort verlasse, ist es bereits dunkel. Ich werde schon erwartet. Unsanft umschlingt eine kräftige Hand meinen Hals. Ich erstarre vor Schreck. Jetzt wieder die wohlige Wärme wie nach dem Verzehr dieser Kekse spüren zu können, erscheint mir sehr verlockend. Der Typ kommt schnell zur Sache, will mir Dope verticken. Er trägt einen abgewaschenen Pulli und vergammelte Jeans. Seine Turnschuhe haben Löcher. Die Ärmel des Pullovers hat der Kerl hoch gewickelt und so kann ich seine frischen Schnittwunden an seinen Armen gut erkennen. Ein Ritzer. Sie überkreuzen die schon vernarbten und man sieht tröpfchenweise hellrotes Blut.

»Glotz nicht so blöd, du verfickter Arsch«, werde ich von ihm angepflaumt, während er mir seine geöffnete Hand entgegenhält. Ich kratze aus meinen Jackentaschen einige Münzen zusammen und gebe sie dem vergammelten Typen. Er scheint zufrieden zu sein und verschwindet wortlos. Von den anderen Kumpels ist nichts zu sehen.

Ich habe nicht danach gefragt, was mir gegeben wurde, war mir auch egal. Schnell breitet sich eine angenehme Wärme in meinem Körper aus, zieht bis hoch in den Kopf. Ich öffne die quietschende Eisentür nochmals, renne wie von Sinnen zurück an Mutters Grab.

Kopfschüttelnd schauen mir ein paar der letzten Besucher dieses Tages hinterher. Ich bin atemlos, als ich vor Mamas Grab stehe.

»Was essen wir heute Abend«, frage ich sie?

Als ich keine Antwort bekomme und mir bewusst wird, wo ich mich befinde, wird mir schlecht. Meine Beine, weich wie Gummi, knicken unter meinem unendlich schweren Körper weg.

Die Toten aus den umliegenden Gräbern tanzen in ihren weißen Totenhemden um mich herum, laden mich ein in ihren Reigen. Der mystische Totentanz wird von schauerlichen Gesängen begleitet. Die Töne sind hoch und schrill. Sie tun mir in den Ohren weh. Die Mama tanzt auch mit, winkt mir einladend zu, lacht hell auf, strahlt.

Ich erwache irgendwann in der Nacht, als etwas über mein Gesicht läuft. Das Etwas spüre ich noch, als es mein Gesicht schon längst verlassen hat. Es war eine Ratte und ich liege auf Mamas Grab inmitten rosaroter Moosröschen und weißem Schleierkraut. Ich übergebe mich.

So schnell mich meine wackeligen Beine noch tragen können, renne ich auf den Ausgang des Friedhofs zu. Das alte Eisentor ist abgeschlossen, als ich dort ankomme. Im Bewusstsein, hier die weitere Nacht verbringen zu müssen, muss ich mich vor Panik nochmals übergeben. Ich passe aber auf, dass ich kein Grab beschmutze.

Mein Herz rast, mein Hals wird immer enger, kalter Angstschweiß durchweicht meine Kleidung, mein Körper fährt wie meine Gefühle Achterbahn mit mir. Der Brustkorb ist in einem Schraubstock eingespannt. Ich stehe Todesängste aus. Wache oder träume ich? Ich weiß es nicht und begebe mich torkelnd nochmals Richtung Eisentür, rüttele wie verrückt daran und versuche schließlich darüber zu klettern. Mein müder Körper ist kraftlos und mit einem Plumps lande ich schnell wieder auf dem harten, geteerten Boden. Zum Aufstehen kann ich mich nicht aufraffen, bleibe einfach liegen. Ich bin so verdammt müde.

Durch ein kräftiges Schütteln meiner Schultern werde ich irgendwann aufgeweckt. Es ist der Mann aus der Friedhofsverwaltung, der mich so unsanft aus meinem Chillout schüttelt. Der aus der Ordnung kommende Mensch behandelt mich wie Dreck, wie stinkender Abfall, und mir wird meine Rangordnung schnell bewusst. Ich weiß um meine Erbärmlichkeit. Der aus der Ordnung kommende Mensch auch.

Wie ein angeschossenes Wild beiße und trete ich um mich, treffe den Wachmann im Gesicht. Der geordnete Mann hat ein Handy dabei und die von ihm angeforderte Streife ist rasch da. Man schafft mich in die Psychiatrische Landesklinik, in unmittelbarer Nähe der schönen Neckarstadt Heilbronn inmitten idyllischer Weinberge, angeschnallt auf einer Trage.

Dieser so würdelose Zustand macht mich noch wütender und ich brülle aus Leibeskräften und so laut ich kann. Das daraus resultierende Ergebnis ist eine verabreichte Beruhigungsspritze meiner Erstversorger. Die Zweitversorger legen kräftig nach und ich weiß nicht, wie lange ich danach geschlafen habe. Ich weiß nicht welcher Tag und wie spät es ist, als ich aus der Obhut der Klinik entlassen werde. Meine Uhr habe ich noch, aber kein Geld mehr. Ich gehe zu Fuß heim.

In der Wohnung hat sich nichts verändert, wie auch, war ja keiner da. Als ich Mamas Spuren in der Wohnung entdecke wird mir speiübel. Da steht ihr Parfüm im Bad – durch den leichten Veilchenduft, der wie eine luftige Wolke noch schwach durch die Wohnung schwebt, kann ich sie förmlich spüren. In der Küche finde ich noch Reste der letzten Pizza, die wir zusammen gegessen hatten. Im Wohnzimmer liegen wie immer die orangenen und gelben Sofakissen auf der hellbeigen Couch – mit perfektem Schlitz in der Mitte. Mama hat da immer mit der flachen Hand reingehauen. Mich schüttelt ein Weinkrampf, als ich daran denke. Hier kann ich nicht bleiben.

Zum zweiten Mal in meinem Leben schlafe ich im Freien. Dieses Mal unter einer Brücke am Neckar in der Nähe eines Altersheimes – freiwillig noch, später nicht mehr. Ich muss aus der gemeinsamen Wohnung von Mama und mir raus – sie ist zu groß für mich als Hartz-IV-Empfänger, meint das für mich zuständige Amt. Es macht mir nichts aus, dass ich da raus muss, die Erinnerungen dort sind für mich unerträglich.

Der Platz unter der Neckarbrücke ist belebt, das hätte ich nie gedacht. Hier hat jeder seinen festen Platz. Feste Hack- und Rangordnung. Ich bin einer der besseren Penner, meine Kleider sind noch nicht allzu verschlissen und meine Tage noch hell. Die meisten der Typen sind schon am Tage zugekifft oder total besoffen.

Eine Frau ist auch dabei. Tagsüber sieht man sie meist nur schlafend, bei Nacht geht sie anschaffen, um ihren Stoff bezahlen zu können. Sie ist ganz nett, die junge Frau, die sich Alice nennt. Die Penner, die hier ihre Nacht verbringen, dürfen sie kostenlos benutzen. Solche Dinge machen ihr schon lange nichts mehr aus.

Alice mag mich, leiht mir sogar Geld, damit ich mir Stoff beschaffen kann. Die Beerdigung meiner Mutter auf dem Heilbronner Hauptfriedhof hat meine allerletzten Geldreserven aufgebraucht. Ich beschütze als Gegenleistung meine Pennerfreundin vor lästigen Übergriffen. Ungewollt bin ich ein Zuhälter geworden.

Die Tage kreisen in meinen Gedanken nur noch um die Beschaffung neuer Drogen. Der Bergahornbaum mit seinen geschlitzten Blättern vor dem Krematorium ist mir ein allzu vertrauter Anblick geworden. An Mutters Grab gehe ich nicht mehr, obwohl es nur ein paar Schritte weiter entfernt liegt. Das schaffe ich nicht. Ich schäme mich in meinen lichten Momenten. Der Mensch möchte anerkannt sein, Spuren hinterlassen – das tue ich, aber was sind das für Spuren? Ich bin ein ausgebranntes Seelenwrack!

Heute hat Alice nicht viel Geld mit nach Hause gebracht, unter die Brücke. Für unseren Drogenkonsum wird es nicht reichen. Ich merke schon, dass ich rasch etwas brauche und klaue zum ersten Mal in meinem Leben. Den Kaugummi aus der Tasche meines Sitznachbarn in der Grundschule habe ich nicht mitgezählt, der beschert mir aber

Kopfzerbrechen. Die Mama war damals so sehr traurig und hat geweint. Ihr ungläubiges, mich ratlos anschauendes Gesicht verfolgt mich schon den ganzen Tag.

Ich habe einer Besucherin des Altenheimes in der unteren Neckarstraße die Handtasche aus der Hand gerissen. Das ging schnell, die schon ältere und gehbehinderte Dame konnte nicht vor mir davon-, geschweige denn nachlaufen. Außer den Kreislauftropfen Korodin waren nur noch ein Schächtelchen Baldrianperlen, Johanniskrautdragees von Schlecker und eine Stange mit Pfefferminzbonbons in ihrer abgewetzten braunen Kunstledertasche. Das Zeug lasse ich ihr, das Geld aus ihrem Geldbeutel nehme ich mit.

Die Oma guckt mich nur an, sagt keinen Ton. Und das ist für mich schlimmer als großes Geschrei – sie hat den Blick meiner Mutter. Der Stoff lässt mich das momentan gnädig vergessen. Aber nicht lange, der nächste muss her!

Alice bedient gerade die Fixer unter der Nachbarbrücke. Bei denen hat sich der Eugen angesiedelt und so muss ich nicht täglich den weiten Weg bis zum Hauptfriedhof machen. Die Szene hat sich an den Heilbronner Hauptbahnhof verlagert. Meine Szene jedenfalls. Alice bringt Essen und Stoff mit. Wir sind zufrieden.

Am Bahnhof kann ich heute mein Hühnchen Alice nicht finden. Ich schaue in jeden Winkel unserer Verstecke. Die anderen Mädels sind gerade auf Trip oder auf Tour, nicht anwesend, weder physisch noch psychisch. Martin der Stricher war es dann, der Alice als letzter gesehen haben will. Sie stieg zu einem alten Freier in einen grünen Opel mit Heilbronner Kennzeichen, erzählt er mir. Ich sehe mein Hühnchen nie wieder lebendig …

Ich vermisse das regelmäßig angeschaffte Geld von Alice. Sie selbst vermisse ich nicht, obwohl mir ihre kostenlosen körperlichen Zuwendungen guttaten. Meine zwei gesunden Hände packen's aber noch.

Martin der Bahnhofsstricher ist immer öfter Gast bei mir. Er meint es ernst, hat sich verliebt in mich, mir aber geht es nur um meinen täglichen Stoff. Den besorgt er mir mit mütterlicher Hingabe und vorerst noch ohne Gegenleistung. Wir spritzen gemeinsam. Die Grenzüberschreitung zum Stricher, um den teuren Stoff bezahlen zu können, fiel mir nicht allzu schwer.

Ich bin schon grenzenlos, mein Körper mittlerweile zur unbrauchbaren verlotterten Hülle geworden. In Erwartung des nächsten Schusses zittere ich erbärmlich. Den Oberdealer Pat bekomme ich nie zu Gesicht. Martin, mein Liebhaber, nimmt mir diese Arbeit ab …

In der Nähe des Bahnhofes liegt die Festwiese unserer Stadt. Da ist es schön. Unter der Brücke dort ist es einsam, obwohl ein Radweg daran vorbeiführt. Martin besitzt noch ein altes Rad und auf dieses packen wir unsere Habe. Es sind nur ein paar alte Schachteln, die wir mit Schnüren an das klapprige rostige Rad gebunden haben. Martin hat das ursprünglich blaue Rad aus dem Neckar gefischt. Die Farbe ist noch gut erkennbar.

Die stille Bleibe hier gefällt uns gut und wir fühlen uns da ziemlich sicher. Die leeren Spritzen werfen wir in hohem Bogen in den Neckar. Meist ist es Martin, der weiter wirft. Martin bleibt der Sieger, ich für gewöhnlich der Verlierer …

Auf der Festwiese ist es heute ungewöhnlich laut. Aussteller für das kommende Frühlingsfest reisen geschäftig an und ab. Eine Achterbahn wir aufgebaut, Sicherheitskräfte zum Kontrollieren brüllen herum. Als ich Schüsse höre, schüttle ich meinen Freund wach. Ich will weg von hier und er soll mit!

Als weitere Schüsse durch die Gegend knallen, muss ich den Martin heftiger schütteln. Sein Kopf pendelt hin und her, schlägt hart auf den Boden auf, er reagiert aber immer noch nicht. Leider muss ich fester zuhauen und trete ihm mit voller Wucht gegen das Schienbein. Ergebnislos! So eine Tussi, die wir irgendwo und irgendwann aufgegabelt haben, fängt an rumzukreischen. Ich klatsch ihr eine. Ihm haue ich notgedrungen meinen schweren Stiefel in die Fresse, ganz totmachen will ich ihn nicht, ich brauche ihn noch …

Martin wird erst durch die Sirenen der Polizeistreifen so richtig wach. Endlich kapiert er und wir schleichen uns den Hang hinauf zur Straße. Die Schlampe ziehen wir hinter uns her.

Weiber sind Ballast. Die dumme Tusse schreit wieder laut rum und ich halte ihr mit meiner freien Hand ihr aufgesperrtes Maul zu. Sie beißt ziellos um sich, trifft mit ihren spitzen Zähnen meine Nase, aus der sofort das Blut in Strömen fließt und ich benutze jetzt zornig beide Hände um dieses riesige Maul nicht mehr sehen zu müssen. Ihre blauen Augen werden immer größer, geistlos wie eine Kuh glotzen diese mich an. Ich werde noch wütender und drücke zu, immer fester.

Kurz darauf liegt sie vor mir auf dem Boden und hat endgültig aufgehört zu schreien und zu zappeln. Ich lasse sie liegen und laufe Martin zum Bahnhof hinterher. Er fragt mich nichts. Abends finden wir uns dann pünktlich um 18 Uhr unter dem Bergahornbaum am Friedhof wieder. Aus der Nähe ertönt ein Martinshorn.

Die Eisentür des Friedhofes knarrt laut. Mit schleichenden Schritten und hängenden Schultern verlässt ein nach allen Seiten sich umblickender Mann den Friedhof. Sein schwarzer Schlapphut verdeckt sein halbes Gesicht. Er kommt mir irgendwie bekannt vor. Es ist Pat, der Nachschub unter dem Ligusterstrauch am Krematorium versteckt hat, klärt Martin mich auf. Pat erledigt seine miserablen Geschäfte weitgehend schweigend. Die Süchtigen reden nicht allzu viel untereinander. Es geht ums Geschäftliche, um die Befriedigung des Körpers, die Seele bleibt außen vor.

Eugen hat uns alte Zeitungen vom Papiercontainer zum Schlafen mitgebracht. Wir nehmen sie dankbar an, es schläft sich mit Unterlage doch besser, als auf der nackten Erde. Auf der ersten Seite der örtlichen Zeitung springt uns ein Artikel entgegen. Am Festplatz in der Nähe der Brücke, unter der wir unser Lager hatten, wurde eine Polizistin erschossen.

Eine mehr tot als lebendige Frau wurde in der Nähe des Hauptbahnhofs aufgefunden. Man hat die geschundene Frau in den Weisenhof nach Weinsberg gebracht. Das Klinikum hat einen guten Ruf und eine schöne Lage. Ihr wird es gefallen dort. Gewissensbisse verspüre ich keine.

Heute Mittag findet in der Kapelle am Friedhof eine Trauerfeier statt. Der Vater eines Gemeinderatmitgliedes der Stadt wird bestattet. Da gibt es örtliche Prominenz und somit Sicherheitspersonal und zu viele Bullen.

Vorläufig siedeln wir deshalb an unser Plätzchen in die Weinberge um. Inmitten Trollinger- und Samtrot-Trauben gefällt es uns gut. Die Reben sind kräftig gewachsen, seit ich das erste Mal hier war. Die Wasserdunstwolken des in der Nähe gelegenen Kernkraftwerks ziehen den blauen Himmel entlang. Ich habe ein Déjà-vu …

Unter dem Schwirren von Mücken sehe ich den davonlaufenden Pat. Ich erkenne ihn an der Art wie er seinen schwarzen Hut trägt, schaue ihm nach bis er außer Sichtweise ist. Über mir formatieren sich Wolken.

»Da nimm dir einen Keks«, höre ich leise eine verrauchte Stimme hinter mir.

Dankend lehne ich ab, ich will was von dem, was Pat mitgebracht hat. Es ist teuer und ich gebe dem übelriechenden Dealer meine silberne Uhr dazu, die ich zum letzten Weihnachtsfest von Mama bekommen habe. Mir ist schleierhaft, wie ich es so lange geschafft habe, sie noch zu behalten. In mir stirbt etwas, als ich sie dem Dealer gebe.

Nach dem Schuss geht es mir aber wieder gut und ich mache mich auf den Weg zu Mamas Grab. Darauf liegt ein frischer Strauß rosaroter Moosröschen mit weißem Schleierkraut. Es brennt eine Kerze und an dem Docht erkenne ich, dass diese noch nicht lange brennt. An dem Krematorium angekommen, drehe ich mich kurz um und entdecke Pat. Schweigend steht er da und schaut mich an. Ich drehe mich abrupt um und verlasse nachdenklich den Friedhof.

Ich suche mir einen anderen Weinberg für die Nacht. Die nächsten Tage bin ich mit Stoff versorgt und froh, diese jämmerlichen, mich täglich umgebenden Gestalten nicht sehen zu müssen. Ich suche mir für mein Bedürfnis nach Alleinsein den hoch gelegenen Staufenberg aus. Neben dem Steinkreuz links habe ich einen für mich angenehmen Platz gefunden. Ich peile die Steinbank an, die Steine haben die Sonne gespeichert und ich spüre angenehme Wärme, als ich mich darauf setze. Eine Eidechse huscht erschreckt davon. Als ich ihr nachschaue, sehe ich zwei leere Spritzen auf dem Boden liegen. Ich bin nicht alleine hier, das wird mir schnell klar.

Unter dem Steinkreuz am Staufenberg werden regelmäßig Blumen hingelegt, die genauso regelmäßig wieder zerstört werden. Heute sind sie noch da und sind auch noch schön. Ein ausgedientes Gurkenglas von Aldi dient als Vase. Schweigend stehe ich davor. Ehrfurcht überfällt mich. Während ich da stehe, entdecke ich eine schlafende Gestalt zwischen den Reben. Die Sonne scheint grell auf den Mann mit seinem schwarzen Hut, den der Unbekannte als Schutz über sein Gesicht gelegt hat. Eilends mache ich mich davon. Ich krebse mühselig den steilen Hang zwischen den Rebstöcken links des Steinkreuzes runter und erreiche viel später als gedacht den lieblichen Fleiner See. Beim Bergablaufen meldet sich regelmäßig mein Knie mit Schmerzen …

Pferde spielen auf der Koppel neben den Weinbergen. Die Sonne verfängt sich spielerisch in dem satten Rot der glänzenden, gepflegten Tierleiber. Die kerzengeraden und riesengroßen Pappeln entlang des kleinen Sees wiegen sich leise im Wind und ich mich in Sicherheit. Friede zieht in mein Herz ein. Ich habe doch noch einen Spaltbreit offen.

Ich schwimme gemächlich in dem dreckigen See. Er ist nicht gerade ein Musterbeispiel an Sauberkeit, für mich aber der reinste Luxus. Wasser habe ich schon ein Weilchen nicht mehr auf meiner Haut gespürt. Ein paar Enten teilen sich schnatternd mit mir das nasse Vergnügen, bis ich laut fluchend in einer Schlingpflanze hängen bleibe. Erschreckt schwimmen sie davon.

Von der Schlingpflanze bin ich bald darauf befreit, stoße mit meinem rechten Fuß aber gegen einen anderen Gegenstand, der hier gefangen gehalten wird. Ich ziehe daran – es sind die Haare von Alice. Ich habe mein Hühnchen gefunden. Unglaublich …

Ich musste Alice mit einem Stein beschweren und wieder den Schlingpflanzen zurückgeben. Was hätte ich anders auch tun sollen? Als sie Wochen später von einem einsamen Angler gefunden wurde, war dessen Schrecken groß. Der Mann musste psychologisch betreut werden. Alice wurde obduziert und anhand der DNA konnte man feststellen, dass es eine Verbindung zu der Frau gibt, welche ich am Neckar zu Brei geschlagen habe. An beiden Orten gibt es also auch meine Spuren.

Leise wiegen sich die Palmen im Wind. Eine warme Brise feuchtschwüler Luft streichelt meine Haut. Neben mir liegt wohlig seufzend eine langhaarige Blondine mit Endlosbeinen. Wo die aber herkommt und wie ich nach Mallorca gekommen bin, das weiß ich nicht mehr.

Die Wasserstoffblondine spricht nur Spanisch und heißt Maria. Wir verständigen uns per Handzeichen. Es ist für mich eindeutig, wenn sie mir die Flasche mit dem Sonnenmittel in die Hand drückt und auf ihren Rücken deutet. Für die anderen Dinge des Lebens findet sie auch die passenden Handzeichen. Ihre Oberarme sind zerschnitten, sprechen eine mir vertraute Sprache und ihr restliches Verhalten auch. Sie nimmt ungefragt die Stelle von Alice ein. Zum zweiten Mal in meinem Leben bin ich ungewollt zum Zuhälter geworden …

Das Heroin kommt einmal wöchentlich per Flugzeug – aus Deutschland. Aus deutschen Landen frisch auf den Tisch, habe ich vorhin in einer Zeitung gelesen. Ich lache mich fast kaputt. Unser Dealer ist schlau, versteckt das Zeug in Gläsern mit Babybrei, wird von einer Mutter mit Kleinkind begleitet. Klappt reibungslos. Hühnchen Nummer zwei erledigt das mit dem Flugplatz perfekt. Aus der ›Heilbronner Stimme‹, mitgebracht von Maria, erfahre ich Neues aus der alten Heimat.

Die Dealer wurden aus der Heilbronner Innenstadt verbannt. Unter den Neckarbrücken ist es weitgehend clean. Ein paar der ehemaligen Junkiekumpels sind tot, haben sich unreines Zeugs gespritzt und sind den Höllentod gestorben. Das Phantom von Heilbronn wird immer noch gesucht.

So viele Neuigkeiten an einem Tag kann ich kaum aufnehmen, berührt mich in meinem Alltag auch nicht wirklich.

Heute kam Maria ohne Stoff vom Flughafen zurück. Wir haben aber genügend Geld, um nach Deutschland fliegen zu können. Meine Gedanken gefallen dem Hühnchen gut. Sie kann inzwischen gut Deutsch und ich bin sehr stolz darauf, ihr das beigebracht zu haben.

Wir landen bei grauem Nieselwetter auf dem Flugplatz in Stuttgart. Hühnchen friert, sie hat keine Jacke in ihrem Handgepäck. Ich habe eine dicke Jacke an, friere aber trotzdem. Es ist Zeit für Nachschub und ich peile die nächste Flughafentoilette an. Danach fahren wir mit dem Zug nach Heilbronn. Es tut gut, die vertraute Umgebung zu sehen. Ich zeige der Kleinen meine Heimat. Sie gefällt ihr auch. Back at Home! Maria kann auch hier arbeiten.

Die Gesichter der Szene sind andere, die Mimik der Gestalten die gleiche wie überall. Szene ist Szene. Man weiß voneinander. Von dem Oberdealer Pat aber hat niemand mehr etwas gehört. Er hat es gut verstanden seine Spuren zu verwischen …

Seit dem Polizistenmord gibt es erhöhte Sicherheitsmaßnahmen in Heilbronn. Wir dürfen nicht auffällig werden. Die Gruppe der Dealer und Kiffer rund um die Kilianskirche inmitten der Fußgängerzone hat sich deshalb aufgelöst. Nur ein paar harmlose Bettler sitzen dort noch herum.

Unseren Stoff bekommen wir nun von einem Politiker aus der Nachbarstadt Neckarsulm. Dieser hängt schon lange selbst an der Nadel und sein Stoff soll rein sein. Der angesehne Mensch hat sich in Maria verguckt, ihr eine schicke Wohnung und ein Konto bei der Kreissparkasse eingerichtet. Die monatliche Zuwendung reicht für uns beide. Der Kerl hat Geld und wir lassen es uns gut gehen …

Heute Mittag besuche ich meine Mama auf dem Friedhof. Maria nehme ich nicht mit, die würde der Mama nicht gefallen. Meine Beine wackeln wie Pudding, als ich den in Stein gemeißelten Spruch ›Hinauf zum Licht‹ lese. Für mich wird es bald darauf eine Abfahrt in die Hölle. Auf Mamas Grab brennt eine Kerze. Ein Herz aus rosaroten Moosröschen ziert ihr Grab. Darauf sitzt ein kleines weißes Täubchen aus Ton. Die Inschrift auf dem Grabstein erzählt mir von Mamas Todestag. Er ist heute und ich habe ihn vergessen. Ich weine bitterlich und schleppe mich schluchzend auf die nächstgelegene Bank. Mitleidige Blicke folgen mir. Ich beachte sie nicht und gehe zurück ans Grab meiner geliebten Mutter. Wer hat den Grabstein in Auftrag gegeben, wer hat ihn bezahlt, wer hält das Grab in Schuss? Fragen über Fragen überfallen mich schuldbewusst – an solche Dinge habe ich die ganze Zeit nicht gedacht. Ich drehe durch, schleudere laut schreiend die Moosröschen samt Vase und Schleierkraut ins nächste Gebüsch und falle in ein schwarzes Loch. Horrortrip am Grab der Mutter …

Schweigend schauen mich zahllose Totenköpfe mit ihren großen, höhlenartigen Augen an. Madenteppiche ziehen über ihre schneeweißen Gewänder. Ich spüre die ekligen Fühler von Laubheuschrecken überall an meinem geschundenen Körper. Die Luft riecht süß nach verwesenden Leichen. Reihum bewegen sich Erdmassen, kriechen immer mehr Leichen aus ihren Gräbern heraus. Vampire springen lautlos aus Sträuchern, von Bäumen, fallen vom Himmel herunter, sind überzählig. Sie wollen das Blut der gerade Gestorbenen, ihre Seelen interessieren sie nicht. Riesige Wolken fliegender Insekten umschwirren die eitrigen Wunden der elend gemarterten Körper. Die schnellen Flügelschläge erzeugen eine schauerliche Musik. Sie peitscht mir in und um meine Ohren. Der Stoff dieser politischen Sau war wohl doch nicht so rein …

KERSTIN LANGE

2. PREIS DER JURY: GENIESTREICH

Konstantin liegt auf seinem Bett im Dachzimmer der Familienvilla in Mannheim und wartet. Vor seinem inneren Auge sieht er bereits die Visitenkarte: ›Konstantin von Metzner – Geschäftsführer‹.

Bald wird es soweit sein. Mit 21 Jahren wäre er der jüngste Geschäftsführer, den es je in seiner Familie gegeben hat. Er hat keine Angst vor dieser Aufgabe, er entstammt schließlich einer Familie, die auf eine jahrhundertealte Tradition von Erfindern, Entdeckern und erfolgreichen Geschäftsleuten zurückblicken kann. Einer Familiensaga nach hatte Konstantins Großonkel zweiten Grades den Nylonfaden entdeckt, lange bevor Wallace Hume Carothers sich ihn 1935 in Amerika patentieren ließ. Der Nylonfaden brachte Konstantin erst auf die geniale Idee.

Bis vor einer Woche zweifelte Konstantin nicht daran, dass er innerhalb der Firma einen Posten erlangen würde, der ihm wenig Arbeit, viel Prestige und angemessene Bezüge einbringen würde. Ihn interessierte das Import- und Exportgeschäft wenig, vor Bilanzen graute es ihm. Es gab Mitarbeiter in der Firma, die für die Führung des Unternehmens weitaus besser geeignet waren.

Doch nach dem Tod seiner Mutter fehlte ihm die Unterstützung in der Familie. Sie hatte bereits sehr früh begonnen, in ihm nach verborgenen Talenten zu suchen. Als

Vierjähriger lernte er Geige spielen; sein Lehrer bescheinigte ihm geringes musikalisches Gehör und hundertprozentige Talentfreiheit. Seine Mutter gab nicht auf: Tennis, Golf, Malen und Bildhauerei, Chemiebaukasten und Heimwerken. Keine dieser frühkindlichen Förderungen ergaben Hinweise auf besondere Fähigkeiten. Das bestärkte seine Mutter in ihrer Überzeugung, dass er hochbegabt sei. Ihrer Meinung nach langweilten ihn einfache Aufgaben. Zu gegebener Zeit würde sich sein Genie entfalten.

Während seiner Schulzeit brauchte er aufgrund finanzieller Zuwendungen gegenüber Rektoren und Fördervereinen kein Genius zu sein und bekam sein Abitur nahezu geschenkt. Nur einmal ereignete sich ein kleiner Zwischenfall. Ein Mathematikreferendar unterstellte ihm geringe Empathie, gepaart mit einer im Vergleich zu den Mitschülern verminderten Intelligenz. Ein Skandal! Seine Mutter erklärte die schlechten Noten mit Unterforderung – aufgrund seiner überdurchschnittlichen Klugheit – und sein Vater sorgte für die Versetzung des jungen Mannes. Alles eine Frage des Geldes, und Geld war in der Familie von Metzner stets mehr als genug vorhanden.

Zu der Zeit begleitete Konstantin seinen Vater zu Angelausflügen, manchmal auch zur Hochwildjagd im Käfertaler Wald. Obwohl er das Jagen und Töten nicht unangenehm fand, hantierte er mit der Waffe so ungeschickt, dass sein Vater das Interesse an ihm verlor. Andere Kinder wären vielleicht an der mütterlichen Erwartungshaltung und an dem väterlichen Desinteresse verzweifelt, Konstantin hingegen blieb demgegenüber gleichgültig. Er vertraute sich selber und dem Vermögen der Familie. Was sollte passieren?

Diese Sorglosigkeit endete mit dem plötzlichen Tod seiner Mutter. Umso mehr freute sich Konstantin über den Wunsch seines Vaters, ihn einen Tag nach der Beerdigung zu sprechen.

Er saß erwartungsvoll im Sessel, während sein Vater vor dem Schreibtisch auf und ab lief.

»Konstantin, es wird Zeit, dass du etwas leistest. Ich unterstütze dein Nichtstun nicht weiter.« Er vermied es, seinem Sohn ins Gesicht zu sehen. »Ich bin es leid, für deine Schulden aufzukommen, und dein Leben angenehm zu gestalten. Zeig mir endlich, dass du meine Unterstützung verdienst.«

Konstantin wagte kaum zu atmen, wusste nichts zu erwidern und wartete ab.

»Zeige mir ein einziges Mal, dass du in der Lage bist, eine Herausforderung anzunehmen, sich ihr zu stellen und Lösungen zu entwickeln. Egal in welchem Bereich. Ein Hilfsprojekt im Ausland, eine karitative Aktivität in einer Organisation. Irgendetwas. Einen Monat gebe ich dir. Wenn du mich bis dahin nicht überzeugt hast, streiche ich dir den Unterhalt und du kannst dir woanders einen Job suchen.«

Was für ein Schock. Sein Vater wollte ihm den Geldhahn zudrehen. Porsche? Auf Wiedersehen! Kreditkarte? Adieu! Partys in den angesagten Clubs? Lebewohl!

Diese Aussichten gefielen ihm nicht. Ganz und gar nicht. Während er sich seine Zukunft düster ausmalte, keimte in seinem Innern eine Idee, die ihn nicht mehr losließ. Je stärker er sie verdrängte, umso intensiver kehrte sie zurück.

Dies war der Moment, den ihm seine Mutter immer

prophezeit hatte: »Zu gegebener Zeit wird sich dein Genie entfalten.«

Es konnte nicht anders sein, der Moment war da. Was hatte sein Vater von ihm verlangt? Eine Herausforderung meistern? Gerne. Wenn seine Zukunftsaussichten keine ernst zu nehmende Bedrohung waren, was dann? Er nahm die Herausforderung an, stellte sich ihr und entwickelte eine Lösung.

Wie bei allen Erfindungen entsprang auch dieser Geniestreich einer sehr einfachen Überlegung. Um es – leicht abgewandelt – mit Newton zu sagen: Erfolg kann man, wenn überhaupt, nur durch Einfachheit erringen. Actio – Reactio. Eine kleine Handlung würde viele Probleme auf einen Schlag lösen.

Gleich hat er das Ziel erreicht. In drei Minuten wird sein Vater nach Hause kommen, das Arbeitszimmer betreten, die Aktentasche ablegen, seine private Post durchsehen. Dann geht er die Steintreppe zum Weinkeller hinunter, um einen Rotwein für den Abend auszuwählen. Meist greift er zu einem Bordeaux, den er dekantieren muss. Sein Vater hält an seinen Gewohnheiten fest. Aber der heutige Abend wird anders verlaufen. Die Nylonschnur – dem Großonkel zweiten Grades sei Dank – wird Konstantin nach dem Sturz entfernen und dann umgehend den Notarzt alarmieren. Niemand wird ihn verdächtigen. Jeder weiß, wie gefährlich die schmale, steile Kellertreppe ist.

Acht Minuten sind vorbei. Zeit, den Erfolg seiner Aktion zu überprüfen. Konstantin öffnet die Tür und bleibt oberhalb des Treppengeländers verdutzt stehen. Sein Vater unterhält sich mit Maria, der Haushaltshilfe.

Was macht die denn hier?, denkt er und flucht innerlich.

Maria erklärt sich: »Morgen früh kann ich nicht, deshalb bin ich heute Nachmittag gekommen. Sie haben doch nichts dagegen?«

Sein Vater schüttelt den Kopf, dabei hasst er es, wenn seine gewohnten Abläufe durcheinandergebracht werden. In dieser Hinsicht bin ich ihm ähnlich, stellt Konstantin zerknirscht fest. Er hat keine Angst um Maria, sie geht nie in den Weinkeller, aber er kann keinen Zeugen gebrauchen. Er ruft »Hallo zusammen« und eilt hinunter, auf Socken, nicht darauf achtend, dass die Treppe noch nass von Marias Putzwasser ist. Im Fallen begreift er, was passiert. Doch kein Geniestreich, denkt er, bevor er mit seinem Kopf auf die Kante der Stufe schlägt.

KLAUS-PETER WALTER

3. PLATZ DER JURY: DER KLASSENPRIMUS

oder: Vorbeugende Maßnahmen zur Sozialstatus-Sicherung Minderjähriger

(SiSo) Plötzlicher Tod. Am gestrigen Nachmittag kehrte der Automobilhändler Zbigniew K. von einem Kundenbesuch zurück in sein Büro in der Mannheimer Innenstadt. Seiner Sekretärin gegenüber klagte er noch über sein schlechtes Befinden, bat sie, einen Arzt zu rufen und brach dann an seinem Schreibtisch zusammen. Der herbeigerufene Notarzt konnte nur noch den Tod des Polen feststellen. Todesursache ist vermutlich eine Vergiftung mit einem chemischen Kampfstoff. Daher besteht der Verdacht, dass Zbigniew K. in illegale Geschäfte mit Bio- oder Chemiewaffen verwickelt war.

(Aus: Mannheimer Morgen, Donnerstag voriger Woche).

Ich gehe aufs Karl Friedrich. Das älteste, das klassische Gymnasium in Mannheim. In die 7. Naturwissenschaftliches Profil. Natürlich bin ich Klassenprimus. Auch in den Fächern, die wir noch gar nicht haben. Chemie zum Beispiel. Mein Vater ist nämlich Apotheker in Mannheim. Sie kennen doch sicher die ›RN-Apotheke‹ in der Lameyſtraße? Die gehört Paps. ›RN‹ steht für Rhein-Neckar. Wahnsinnig fantasievoll! Aber seit Pharmazeuten mehr als eine Apotheke führen dürfen, ist er auf Expansionskurs gegangen. Seit letztem Jahr besitzt er RN-Filialen in Sandhofen und in Käfertal. Und die Eröffnung einer vierten in Seckenheim nächstes Jahr steht bereits fest. Jetzt kommt er nie vor neun, halb zehn Uhr abends nach Hause und steht kurz vor einem fünffachen Bypass. Obwohl der Wirtschaftsteil der Frankfurter Allgemeinen voll davon ist, scheint mir ›Get big fast‹ in Zeiten der globalen Wirtschaftskrise keine gute Unternehmensmaxime zu sein. Schon gar nicht für einen Einmannbetrieb und ein paar Vierhundert-Euro-Jobberinnen.

Paps liebt Mannheim über alles. Um ein Haar hätte er mich deshalb Manno genannt. Mutsch war für Pablo. Sie konnte sich aber nicht ganz durchsetzen. Jetzt heiße ich Siegfried. Passt aber trotzdem nicht. Ich bin dunkelhaarig und eher klein. Weil ich optisch mehr auf Mutsch herauskomme. Ihre Vorfahren stammen aus Südamerika. Alles Indianer, wahrscheinlich. Nein, natürlich nicht! Alles Conquistadores aus Spanien, letztlich. Garcia y Ramirez de Castro y Arragones oder so etwas. Der letzte macht gefälligst die Tür zu! Wir waren letztes Jahr mal dort. Ich habe ungefähr zwanzigtausend Cousinen, und alle wollten mich zur Begrüßung umarmen und küssen. Widerlich! Und dieses ständige Getuschel und Gekicher und Gekickel! Ich war froh, als wir wieder zu Hause waren!

Obwohl ich aussehe wie Mutsch, sagen alle ›Siggi‹ zu mir. Klingt wie eine Kurzform von Sieglinde! Kotz! Spei! Würg!

Aber als Kind bin ich ansonsten ein optimales Produkt, ich liefere optimale Ergebnisse: Ich rauche nicht, trinke nicht und treibe mich nicht auf der Straße herum wie viele meiner doofen Mitschüler. Deshalb mischt sich auch niemand in meine Angelegenheiten ein. Friemchen, also Frau Wohlthat, macht den Haushalt, kocht das Essen und das alles und ich habe meine Ruhe. Für meine Bücher. Meinen Laptop. Meine Chemiekästen. Wie gesagt, ich bin der Klassenprimus.

Ich tue aber auch etwas für meinen hohen Sozialstatus. Ich brauche keine Markenklamotten. Mir ist es egal, ob meine Hosen von Abercrombie & Fitch sind. Gefallen müssen sie mir, finde ich. Nur neulich habe mir so ein Paar widerliche Sackhosen, einen viel zu großen RTL-Ferrari-Anorak, eine Baseballmütze von Redbull und einen Eastpack-Rucksack gekauft. Ich hängte sogar einen Udo-Anhänger hinten dran. Nein, nicht Udo Jürgens! Udo der Hamster! Das Maskottchen der SAP-Arena. Wie ein Arschloch sah ich aus. Aber manchmal müssen Tarnkappen eben sein. Siehe Zwerg Alberich, Siegfried-Saga Kapitel Dings, Vers Bums. War'n Scherz! Es gibt nämlich Menschen, die gefährden meinen wohlverdienten Wohlstand. Mutsch zum Beispiel.

Mutsch hat nichts zu tun, außer vielleicht Klamotten einzukaufen und alles nach ein paarmal Tragen gleich der Bolivienhilfe zu spenden. Ich glaube, sie gibt lieber etwas weg als in die Reinigung. Betriebswirtschaftlicher Dummfug, wenn Sie mich fragen! Ihr Studium hat sie aufgegeben, weil ich unterwegs war. Japanologin hatte sie werden wollen. Kann außer ihrem Spanisch ganz gut Japanisch. Manchmal übersetzt sie sogar etwas. Aber nicht oft. Sie macht lieber rum. Leider nicht mit einem Caballero oder einem Japaner. Das wäre unter bestimmten Bedingungen gerade noch akzeptabel. Die Japaner haben immerhin die sieben Samurai hervorgebracht.

Aber Mutsch hat einen Polen. Einen Schrotthändler. Zbigniew Kowałewski. Sbischek, wie Mutsch ihn nennt. Sbischek bedient wirklich jedes Klischee, das man sich denken kann. Lässt kein einziges aus. Damit befindet er sich weit unter unserem Niveau. Meilenweit. Behauptet, er wäre Spediteur und mache Auto-Import-Export. Gibt mir immer zwanzig Euro, streicht mir über den Kopf und fragt »Okay, Chłopczyk?« Kleiner! Als wäre ich drei Jahre alt! Depp!

Auf Sbischeks Hof stehen allerhand Nobelschlitten herum. Ziemlich verrostet die meisten. Und geklaut wahrscheinlich, aber das kann ich nicht beweisen. »Kaum gestohlen, schon in Polen«, sagen die Erwachsenen immer. Prägnante Formel für illegalen Import-Export, würde ich sagen.

Sein Büro befindet sich neben dem Hof über einer Kneipe, ›Zum Adlerhorst‹. Wahnsinnig fantasievoll! Ist so 'ne Art Fankneipe für Eishockeyfreaks. Zu dem Büro kommt man über eine Außentreppe ungesehen hinauf. Auf dem Gang vor den Fenstern liegt so viel Müll herum, dass man die Leute drinnen stundenlang observieren kann, ohne entdeckt zu werden.

Seine Sekretärin ist so eine angemalte Tussi. Orlanda Tyńska. Mit riesenlangen rot lackierten Fingernägeln und einem rot gefärbten Wuschelkopf. Sieht echt gefährlich aus. Kann reden wie ein Wasserfall. Besonders am Telefon.

Ich bin ihr auch schon einmal so begegnet. Sie schaut einen an, als wollte sie einen gleich krallen und auffressen. Wenn ich sie sehe, gucke ich immer, ob sie irgendwo ihren Besen geparkt hat, die alte Hexe. Sie kann nicht richtig Deutsch. Weil sie auch eine Polin ist. Sie flucht immer, wenn etwas nicht klappt, mit ihrer heiseren Stimme. »Cholera!« und »Kurwa!« Wahrscheinlich heißt das Scheiße oder so, aber solche Ausdrücke benutze ich nicht. Ich bin ja nicht meine dämlichen Mitschüler. Sbischek und Orlanda haben auch etwas miteinander. Ich hab's gesehen. Aber wenn das Liebe sein soll …

Also, Mutsch gefährdet meinen Sozialstatus. Angenommen, Paps käme dahinter, dass Mutsch mit Sbischek in die Kiste springt. Dann würde er sich scheiden lassen, behielte aber seine drei Apotheken und Mutsch und ich säßen auf der Straße. Es gibt da nämlich einen Ehevertrag. Mutsch war so dämlich, den zu unterschreiben. Sie verzichtet darin im Falle einer Scheidung auf fast alles. Ich würde meinen hohen Sozialstatus verlieren und müsste mich meinen doofen Mitschülern anpassen. Müsste Markenklamotten tragen wie sie: würde die Mittel verlieren, um der Klassenprimus zu bleiben. Vor allem die Zeit, die ich brauche. Zum Lesen und Forschen. Totaler Nightmare! Und das Studium müsste ich mir wahrscheinlich abschminken. Und die Anstellung als Entwicklungsleiter in einer großen Firma. Zum Beispiel bei Hoffmann-LaRoche, vormals Boehringer-Mannhein. Oder in Ludwigshafen, bei der BASF. Das aber darf nicht sein! Deshalb beschloss ich, dass Sbischek aus Mutschs Leben verschwinden müsse. Zuerst habe ich alles wie ein richtiger Detektiv ausgekundschaftet. Deshalb saß ich auch stundenlang im Müll vor Sbischeks Büro. Ich habe dann mit meinem Handy Fotos von ihm und Orlanda gemacht. Mann, das war vielleicht scheißkalt! Es war nämlich mitten im Dezember, kurz vor Weihnachten. Bis ich die Bilder hatte, die ich brauchte, war ich blau gefroren. Aber die Aufnahmen waren gut, weil die beiden das Licht nicht ausgemacht hatten. Es gibt nämlich kein Haus gegenüber, und niemand kann ihnen ins Fenster gucken. Von mir wussten sie nichts.

Die Fotos von Mutsch und Sbischek waren einfacher zu machen. Da brauchte ich nur eine Webcam am Schlafzimmerfenster anzubringen. Sah aus, als hätte jemand von draußen hinein fotografiert. Ein Klick auf ›Druck S-Abf‹, und schon hatte ich wunderbare Screenshots. Mutsch sieht ja ohne Klamotten ganz gut aus. Sbischek weniger. Er hat eine Mordswampe. Mit dicken, schwarzen Haaren drauf. Und genauso schwarzen Haaren auf dem Rücken. King Kong ist nichts dagegen. Vielleicht mögen manche Frauen ja solche masurischen Waldbären. Paps hat übrigens kaum Haare. Nicht mal mehr auf dem Kopf.

Ich habe lange überlegt, was ich zuerst schicken soll. Schließlich entschied ich mich für ein paar Fotos von Mutsch und Sbischek in trauter Zweisamkeit. Ich druckte sie aus, packte sie mit Einmal-Handschuhen aus der RN-Apotheke in einen Umschlag und schickte sie Mutsch. Mit einem freundlichen Anschreiben, dass sie demnächst gebeten werde, 10.000 € bereitzuhalten. Man würde sich wieder melden.

Nun bin ich nicht so blöd, einen solchen Brief aus Buchstaben zusammen zu klabustern, die aus der FAZ oder dem Mannheimer Morgen ausgeschnitten waren. Und dann womöglich noch die Reste in die blaue Tonne vorm Haus zu schmeißen. Nee – ich habe einfach zwei Zeitungsseiten eingescannt, mit dem Bildbearbeitungsprogramm die Buchstaben ausgeschnitten, die ich brauchte, sie zusammengesetzt und alles ausgedruckt. So hinterlässt man im Ernstfall wenigstens keine Fingerabdrücke.

Dass Paps den Brief versehentlich in die Finger bekam, also die Gefahr bestand nicht. Er ist ja nie da, und ich hatte den Brief nicht an eine der Apotheken adressiert, sondern nach Hause, c/o Mutsch. Nur kein Risiko.

Die war dann ein paar Tage ziemlich neben der Spur. Klar, hatte eine Scheißangst, dass jemand die Knete haben wollte. Ich ließ sie zappeln. Was sie aber nicht hinderte, sich weiter mit Sbischek zu treffen. Und ihm alles zu erzählen, denn er begann, mit einer geladenen Pistole herumzulaufen.

Allmählich wurde mir das mulmig. Die Situation drohte zu eskalieren! Also zündete ich die zweite Stufe meiner Rakete. Ich schickte Mutsch die Bilder von Sbischek mit Orlanda.

Nein, Mutsch warf ihn nicht achtkantig hinaus, als er das nächste Mal aufkreuzte! Mutsch wusste nämlich Bescheid. Orlanda ist nicht nur Sbischeks Sekretärin. Sie ist auch Sbischeks Frau. Hatte ich keine Ahnung von gehabt. In Polen können die Frauen nämlich schon immer ganz anders heißen als ihre Männer.

Jetzt musste ich zu härteren Bandagen greifen! Als Sbischek wieder bei Mutsch drin war (im Schlafzimmer, meine ich), nahm ich seine Autoschlüssel von der Garderobe und scannte den Code mit so einer lernfähigen Fernbedienung für Garagentorheber, die ich zweckdienlich modifiziert hatte. Und dann ging ich in mein Labor über der Garage. Wenn man einen chemischen Stoff herstellen will, legt man sich zuerst alles was man braucht zurecht. Dann ging ich mit meinem Computer übers Internet in die Medikamenten-Bestellliste meines Vaters und orderte, was ich benötigte. Ich wollte Ricin zum Einsatz bringen, wie die Terroristen. Das Rezept hatte ich aus dem Internet. www.osama-bin-laden.com. War'n Scherz! Steht alles bei Wikipedia!

Ich sorgte dafür, dass alles bezahlt, aber als Aspirin verbucht wird. Wenn jemand fragt, fehlt nur eine umfangreiche Lieferung Kopfschmerztabletten. Paps ist nämlich ebenfalls dämlich. Er benutzt als Login Mutschs Vornamen und meinen Geburtstag. Ich habe ihn schon immer vor so einem Leichtsinn gewarnt, aber Erwachsene glauben ja, sie bräuchten auf Kinder nicht zu hören.

Nun, und dann führte ich einige Experimente durch, bei denen es auf gute Lüftung meines Labors und auf die sorgfältige Benutzung von Anti-Aids-Handschuhen ankam. Es sollte ja den Richtigen erwischen, nicht mich.

Am Ende meines Experimentes hatte ich ein Löschpapier mit einer Flüssigkeit getränkt, die nicht weiter gefährlich war, solange sie nicht über fünfundvierzig Grad Celsius erwärmt wurde. Ich legte das Blatt in eine Tupperdose und verstaute sie in dem kleinen Partykühlschrank, in dem ich meine Chemikalien sicher aufbewahre.

Ja, und dann wartete ich, bis Sbischek das nächste Mal zu Mutsch kam. Ich hatte zwei Stunden Zeit. Länger blieb er nie. Er stellte sein Auto zwei Ecken weiter ab, nie vor dem Haus. Hielt das wahrscheinlich für clever. Dabei ist er mindestens so dämlich wie Mutsch und Paps zusammen. An seinem bevorzugten Parkplatz stehen nämlich Parkuhren mit einer maximalen Parkdauer von zwei Stunden. Also heißt es nach einer Stunde fünfzig Minuten: »Hosen hoch, Sbischek!«, und ab die Post. Sonst kommt die Politesse. Mutsch stellt sich dann noch einmal eine halbe Stunde unter die Dusche. Das macht sie immer, bevor Sbischek kommt und wenn er wieder weg ist. Weil sie ein Parfüm benutzt, das Paps nicht kennt, das aber den Sbischek in Fahrt bringt. Frauen! Also wenn ich mal groß bin – meine Frau braucht nach überhaupt nichts zu riechen.

Bis Sbischek zu seinem CLK kam, war ich schon dort gewesen, hatte die Türen mit der Fernbedienung entriegelt, die Tür hinten rechts geöffnet und meine selbst gebastelte Gasgranate mit verzögerter Wirkungsentfaltung in die Fahrgastzelle geworfen. Hinter den Beifahrersitz. Fiel zwischen den vielen leeren Eichbaum-Ureich-Flaschen gar nicht auf. Dann hatte ich die Türen wieder verriegelt und war auf meinem Skateboard zu Sbischek geflitzt. In meinem neuen Outfit.

›Gasgranate‹ klingt natürlich ein bisschen hochgestochen. Es war einfach eine Pappröhre mit drei starken Taschenlampenbatterien, um die ich Alufolie geknüllt hatte. Die Alufolie schließt die Batterien kurz und wird ziemlich schnell ziemlich heiß. Sie erhitzt das Löschpapier außen herum, und mein Giftgaseigenbräu wird freigesetzt. Ganz einfach. War übrigens meine Idee. No es un problema para mi, oder null problemo, wie Alf in seinem Rudimentärspanisch sagen würde. Bin ja Klassenprimus!

Als Sbischek auf seinen Hof fuhr, wartete ich schon eine ganze Weile im Schatten. Er hatte etwa eine halbe Stunde Fahrt hinter sich, wegen der Einbahnstraßen und den vielen Ampeln. Außerdem behindert bei uns mittwochs die Müllabfuhr den fließenden Verkehr. Sbischek parkte ziemlich schräg ein, stieg aus und wankte mit schwerer Schlagseite die Außentreppe zu seinem Büro hinauf. Es ging ihm schon richtig schlecht. So schlecht, dass er nicht einmal den CLK verriegelte. Ich zog mir dicke Gartenhandschuhe an, klemmte mir mit einem Gummiband eine Babywindel vor die Nase und holte unter dem Beifahrersitz hervor, was ich ins Auto geworfen hatte. Mein Löschpapier war dunkelbraun verfärbt und hatte das ganze Ricin abgegeben. Ich stopfte alles in meinen Eastpack-Rucksack und skatete davon. Auf dem Nachhauseweg kam ich an einem Müllauto vorbei und warf den Rucksack mitsamt Udo, den Batterien, den Handschuhen und der Windel im Vorüberflitzen hinein, genau in dem Moment, als die Presse hinunterging. Der Müllmann guckte nur mal kurz hoch und schimpfte irgendetwas. Ich verstand nicht, was. Wahrscheinlich darf man nichts selbst in den Müllwagen werfen. Keine Ahnung. Jedenfalls erkannte er mich nicht in meiner bescheuerten Kluft. Auch sonst niemand.

Zu Hause stopfte ich die Sackhose, den Anorak und die Mütze in einen Kleidersack für die Bolivienhilfe und stellte ihn zu den anderen vier bis fünf anderen dieser Art, die im Keller auf die nächste Abholung warteten. Am nächsten Morgen beim Frühstück – Paps war natürlich schon in einer seiner drei Apotheken – wartete ich bei einer Tasse guten Kakaos und einem Nutella-Brot in aller Ruhe darauf, bis Mutsch die Zeitung aufschlug und nach einem entsetzten Aufschrei hemmungslos zu schluchzen begann.

VITEN

Autoren und Herausgeber:

CLAUDIA SCHMID

*1960, lebt mit ihrer Familie in Mannheim. Die studierte Germanistin mit Abschluss Magister Artium, ist Redakteurin der Reise-Community Travunity und Dozentin bei der Abendakademie Mannheim. Sie ist eine der beiden Vorsitzenden der Räuber '77 Literarisches Zentrum Rhein-Neckar e. V. Im März 2010 erhielt sie einen Literaturpreis der Buchmesse im Ried. Nach zahlreichen veröffentlichten Kurz-Krimis erscheint ihr Roman-Debüt im Juli 2011 im Gmeiner-Verlag.

www.ClaudiaSchmid.de

CLAUDIA SENGHAAS

ist gelernte Buchhändlerin, leitet seit 20 Jahren eine Bücherei mit 17.000 Medien und ist zudem als Anwendungsbetreuerin für ein Regionales Rechenzentrum tätig. Sie ist Dozentin für Literatur, hat viele Bilderbuchkurse und Kinder-/Jugendbuchpräsentationen geleitet, präsentiert einmal im Jahr in Mosbach vor dem dortigen Literaturkreis neue Bücher und ist seit 8 Jahren als Lektoratsleiterin beim Gmeiner-Verlag beschäftigt.

Bei der Akademie des Deutschen Buchhandels in München hat sie 2003 die drei Lektoratsscheine inkl. Zertifikat erworben. Das Buch mit all seinen Facetten hat sie schon immer fasziniert und begeistert sie immer wieder.

Im Gmeiner-Verlag ist sie für die Programmauswahl, das Lektorat und als Herausgeberin für die Frauenreihe zuständig.

HARALD SCHNEIDER

Jahrgang 1962, lebt mit Frau und vier Kindern in Schifferstadt im Rhein-Neckar-Dreieck. Der Betriebswirt arbeitet in einem Medienkonzern im Bereich Strategieplanung. Bislang hat er sich vor allem als Autor von interaktiven Abenteuergeschichten und Rätselkrimis für Kinder einen Namen gemacht. Seine Erwachsenenkrimiserie um den kultigen Schifferstädter Kriminalhauptkommissar Reiner Palzki erscheint seit 2008 im Gmeiner-Verlag. Lesern der regionalen Tageszeitungen ist Palzki seit Jahren aus zahlreichen Kurzgeschichten und Ratekrimis gut bekannt. Im Internet ist er zu erreichen unter www.palzki.de.

Autoren:

MARLENE BACH

Marlene Bach wurde 1961 in Rheydt geboren und wuchs nahe der holländischen Grenze auf. Seit 1997 lebt sie zusammen mit ihrem Mann in Heidelberg und ist heute als Psychologin tätig. Nach ihrem Umzug in die Kurpfalz begann die begeisterte Krimileserin selbst Romane zu schreiben. 2006 erschien »Elenas Schweigen« (Emons Verlag), dem inzwischen drei weitere Bände um die burschikose Heidelberger Hauptkommissarin Maria Mooser folgten.

www.marlene-bach.de

MONIKA GEIER

Monika Geier, geboren 1970 in Ludwigshafen, kassierte bereits im Alter von 12 Jahren ihr erstes Autorinnenhonorar für eine Veröffentlichung in der »Bäckerblume« (»So lernte ich meinen Ehemann kennen«). Das Studium verdiente sie sich hauptsächlich als Malermodell. Heute ist sie Diplom-Ingenieurin für Architektur, stolze Trägerin der goldenen Wandernadel von Bayrischzell und lebt als freie Autorin in Thaleischweiler-Fröschen. Für ihr Krimidebüt »Wie könnt ihr schlafen« (1999) erhielt sie den Krimipreis *Marlowe* der Raymond-Chandler-Gesellschaft. Seither sind von ihr im Argument-Verlag erschienen: »Neapel sehen« (2001), »Stein sei ewig« (2003), »Schwarzwild« (2007) und »Die Herzen aller Mädchen« (2009).

PETER GOGE

Peter Goge ist das Pseudonym für einen in der Metropolregion Rhein-Neckar lebenden Mann im besten Alter. Als Lehrer für Deutsch, Sozialkunde und Ethik fordert und fördert er seine Schüler, mit denen er nach eigenen Angaben meist ein freundschaftliches und kooperatives Verhältnis pflegt. Peter Goge ist zweifach geschieden und kinderlos.

E-Mail-Adresse: petergoge@xmail.net

EDI GRAF

Die Leidenschaft des in Friedrichshafen geborenen Autors ist Afrika, die Krimis sind seine zweite Passion.

Nach Hörspielen, Kurzkrimis und Afrikaerzählungen legte er 2005 mit »Nashornfieber« und »Löwenriss« seine beiden ersten Kriminalromane vor. Linda Roloffs 3. Fall »Elefantengold« und die Fortsetzung »Leopardenjagd« folgten. Aktuell zur WM in Südafrika kam 2010 »Bombenspiel« auf den Markt.

In den Anthologien »Grenzfälle«, »Mords-Sachsen«, »… die Spur führt an die Mosel«, »Campusmord«, »Friesisches Mordkompott« und »Sterbenslust« ist er mit Kurzkrimis vertreten.

Edi Graf studierte Literaturwissenschaft in Tübingen und arbeitet seit 1983 als freier Redakteur.

MARKUS GUTHMANN

wurde 1964 in Pirmasens geboren und schreibt seit seiner Jugend. Sein erster Artikel für die Schülerzeitung hatte die APO zum Thema und fiel der Zensur zum Opfer. Seitdem veröffentlichte er zahlreiche Beiträge in verschiedenen Fachmagazinen, bis er schließlich den Weg zur Kriminalliteratur fand. Seine erfolgreichen Weinstraßenkrimis mit dem unkonventionellen Staatsanwalt Dr. Benedikt Röder und seinem Freund, dem Edelwinzer Hellinger, erscheinen im Emons Verlag.

Der studierte Wirtschaftsingenieur arbeitet im Management eines internationalen Konzerns und lebt mit Familie und Hund an der Deutschen Weinstraße, der pfälzischen Toskana.

www.weinstrassenkrimi.de

MARCUS IMBSWEILER:

Geboren 1967 in Saarbrücken, lebt seit 1990 in Heidelberg. Er studierte Musikwissenschaft und Germanistik und veröffentlicht regelmäßig Artikel im Bereich Feuilleton sowie wissenschaftliche Beiträge. 2010 erschien »Butenschön«, der vierte Band seiner Krimireihe um den Heidelberger Privatermittler Max Koller. Aktuelle Veröffentlichungen: »Frontsignale. Komponieren in Zeiten des Krieges« (2010), außerdem der Krimi »Himmelreich und Höllental« (2011, unter dem Namen Peter Paradeiser).

www.marcus-imbsweiler.de

WALTER LANDIN

1952 in Dirmstein/Pfalz geboren, Realschullehrer, Mitglied im VS und in der Krimi-Autorengruppe »Das Syndikat«. 1984 – erster Preis beim Mannheimer Kurzgeschichtenpreis, 1990 Förderpreis Literatur des Bezirksverbandes Pfalz, 2003 – zweiter Preis beim Agatha-Christie-Krimipreis, 2006 – Preisträger beim 3. Marburger Kurzdramenwettbewerb. Mehrere Einzelveröffentlichungen, zuletzt: 2007– »Mord im Quadrat«, Kriminalerzählungen (inzwischen in 5. Auflage, auch auf Doppel-CD als Hörbuch), 2008 – »Mannheimer Karussell«, Kriminalroman, 2009 – »Bluthitze«, Kriminalroman, alle im Wellhöfer Verlag Mannheim.

www.landin.de

KERSTIN LANGE

Kerstin Lange wurde 1966 in Bergneustadt geboren und lebt heute mit ihrer Familie in der Nähe von Neuss. Seit 2008 hat sie ihren ordentlichen Beruf aufgegeben und widmet sich ganz dem Schreiben. Sie ist Mitglied der Autorenvereinigung ›Mörderische Schwestern‹. Bisher wurden von ihr Kurzgeschichten in den Anthologien »Spuren«, »Krimineller (Ruhr) Pott«, »Der Henker von Nürnberg«, »Nürnberger Morde« (Wellhöfer Verlag) sowie in »Weihnachtswundergeschichten« (Rowohlt Verlag) veröffentlicht.

www.kerstinlange.com

BERND LEIX

1963 geboren, studierte Forstwirtschaft und lebt mit seiner Familie in Alpirsbach im Schwarzwald. Der Revierförster arbeitete einige Zeit im Karlsruher Hardtwald, den er auch gerne als Schauplatz seiner Krimis wählt.

FANNY MORWEISER

Fanny Morweiser ist 1940 in Ludwigshafen am Rhein geboren. Sie besuchte das Humanistische Gymnasium ihrer Geburtsstadt und studierte anschließend drei Jahre an der freien Akademie in Mannheim. Heute lebt sie – verheiratet mit einem Richter – als freie Schriftstellerin in Mosbach.

Zwischen 1971 und 2003 hat Fanny Morweiser bei Diogenes in Zürich zwölf Bücher veröffentlicht, zuletzt den Roman ›Un joli garçon‹.

2003/2004 war sie ›Deidesheimer Turmschreiber‹.

Zahlreiche Erzählungen der Autorin erschienen in Zeitschriften und Anthologien. Zwei Geschichten wurden verfilmt.

NORA NOÉ

1952 im Mannheimer Jungbusch geboren. Das Arbeiterkind strampelt sich hoch, nach 11 Jahren im Schuldienst, übernimmt sie für 20 Jahre die Leitung des Kunst- und Kulturbereiches der Volkshochschule Karlsruhe.

Sie schreibt Theaterstücke für Kinder und mehr als 20 musikalisch-literarische Programme. 2006 veröffentlicht sie ihren ersten Roman »Wer einmal einen Priester küsst«, danach folgen 2007 und 2009 die beiden Mannheim-Bestseller »Mitten im Jungbusch« und »Zwischen Jungbusch und Filsbach«. Im Herbst 2010 feiert ihre musikalische Komödie »Nierentisch und Caprifischer-Mannem in de 50er“ im Mannheimer »Schatzkistl« eine fulminante Premiere. Der gerade erschienene Bildband »Mannheims berühmte Töchter und Söhne« widmet ihr ein Kapitel, worüber sich das ehemalige Kind aus dem Jungbusch besonders freut.

Aktuell schreibt sie an ihrem ersten eigenen Mannheim-Krimi, bereitet den 3. Teil der Jungbusch-Filsbach-Saga vor und überlegt, welche ihrer vielen Projektideen sie danach zuerst aus ihrer Schublade zieht.

Die seit 2009 als Freie Schriftstellerin arbeitende Nora Noé, ist verheiratet und lebt in Mannheim und Mexiko.

www.noranoe.de

OLAF PAUST

Olaf Paust, geboren 1963 in Alfeld an der Leine, ist Hörfunk-Journalist und arbeitet für den Südwestrundfunk in Mainz. Er ist in der Pfalz aufgewachsen und war mehrere Jahre als Redakteur für die Pirmasenser Zeitung sowie für den Saarländischen Rundfunk tätig.

Paust ist ein Fan des klassischen Kriminalromans wie seine Bücher »Pfälzisches Roulette«, »Handicap 13«, »Das vierte Erbe« und »Nur ein Tag im Jahr« zeigen. Ähnlich sieht es bei seinen vielen Kurzgeschichten aus. Sie sparen unnötige blutrünstige Details aus und bieten dafür kriminalistische Spannung und lebendige Charaktere mit einem guten Schuss Ironie.

Olaf Paust ist selbst eifriger Krimi-Leser und –zuschauer (vor allem alter Schwarz-Weiß-Filme), sammelt Musik der 50er- und frühen 60er-Jahre und mag die Hobby-Schauspielerei auf der Bühne ebenso wie die norddeutsche Küste oder einen guten irischen oder schottischen Whisky. Paust ist verheiratet und hat eine zweijährige Tochter.

www.olaf-paust.de

REINHARD PELTE

Der Autor ist Diplommeteorologe und Ozeanograf. Er hat mehrere Jahre in Portugal gelebt und die Welt auf zahlreichen Fahrten zur See kennengelernt (Amerika, Afrika, Arabien, Mittelmeer, Karibik). Er ist verheiratet, hat zwei erwachsene Kinder, ist Weinliebhaber und raucht hin und wieder eine gute Zigarre.

Seine beiden Krimis »Inselkoller« und »Kielwasser« sind große Erfolge.

www.pelte.de

GISELA SACHS

Gisela Sachs, geb. 1953, mehrfache Schreibwettbewerbsträgerin, zahlreiche Veröffentlichenungen in verschiedenen Genren, Mitglied der Autorenvereinugung der Mörderischen Schwestern, naturbegeistert, engagierte Lesepatin, Weinliebhaberin, lebt, schreibt und wohnt mit ihrer Familie in der schönen Neckar- und Käthchenstadt Heilbronn.

CARLO SCHÄFER

*1964; Schriftsteller, sechs Romane, vier ins Russische übersetzt, zwei Jugendromane, Mitarbeit in Anthologien, bisher Kolumne im Titelmagazin, demnächst woanders. Seit 2004 Dozent an der PH Heidelberg am Institut für deutsche Sprache und Literatur und ihre Didaktik. Bis 2001 Hauptschullehrer.

www.carlo-schaefer.de

FRIEDERIKE SCHMÖE

Friederike Schmöe; Krimiautorin und Uni-Dozentin für Linguistik in Bamberg und Saarbrücken. Bislang veröffentlichte sie 14 Kriminalromane und etliche Kurzgeschichten. Sie leitet Kurse für kreatives, autobiografisches und wissenschaftliches Schreiben. Zurzeit arbeitet sie an ihrer neuen Krimiserie um die Ghostwriterin Kea Laverde. Zuletzt erschienen: »Wieweitdugehst«, Gmeiner 2010.

FRANZISKA STEINHAUER

Franziska Steinhauer wurde 1962 in Freiburg im Breisgau geboren. Sie studierte Pädagogik, mit den Schwerpunkten Psychologie und Philosophie. Seit über 20 Jahren beschäftigt sie sich mit den Auswirkungen frühkindlicher Traumata auf die seelische Entwicklung, soziopathologischen Störungen und psychischen Fehlentwicklungen. Seit 1993 lebt Franziska Steinhauer als freie Autorin mit ihrer Familie in Cottbus. Ihr aktueller Roman »Spielwiese« über die Frauenfußballweltmeisterschaft 2011 in Deutschland erschien zeitgleich mit dieser Anthologie.

www.franziska-steinhauer.de

KLAUS-PETER WALTER

Klaus-Peter Walter, Dr. phil., geboren 1955 in Michelstadt im Odenwald. Studium der Slawistik, Osteuropäischer Geschichte und Philosophie in Mainz. Freier Literaturkritiker, Lexikonmacher, Übersetzer und (Krimi-) Autor. Aktueller Roman: »Sherlock Holmes im Reich des Cthulhu«, Blitz-Verlag 2008.

THOMAS WÖRTCHE

Thomas Wörtche, geb. 1954 in Mannheim. Studium der Germanistik und Philosophie. Promotion 1987 an der Universität Konstanz. Seit 1984 freier Publizist beim Radio und bei Print- und Online-Medien. Beschäftigt sich mit Musik, Literatur und Bildern. Manchmal auch mit Krimis. Gründete die global crime-Reihe metro in Kooperation mit dem Unionsverlag, die er bis 2007 auch selbst herausgab. Tummelt sich gerne zwischen Wissenschaft & Boulevard. Letzte Buchveröffentlichung: »Das Mörderische neben dem Leben. Ein Wegbegleiter durch die Welt der Kriminalliteratur.« (Libelle, 2008). Lebt und arbeitet in Berlin.

Weitere Krimis finden Sie auf den folgenden Seiten und im Internet:
www.gmeiner-verlag.de

HARALD SCHNEIDER
Räuberbier

324 Seiten, Paperback.
ISBN 978-3-8392-1129-8.

BRAUEREISTERBEN Hauptkommissar Reiner Palzki aus Schifferstadt wird von seinem Freund Ferdinand Jäger, der für die Eichbaum-Brauerei tätig ist, um Hilfe gebeten: Mehrfach mussten in den letzten Wochen große Mengen Bier wegen unerklärlicher Geschmacksveränderungen vernichtet werden.

Kurz darauf kommt es zu einem Todesfall in der Brauerei. Als auch noch ein Arzt ermordet wird, in dessen Wohnung mehrere Dosen Hopfenextrakt gefunden werden, schwant Palzki langsam, dass die Mannheimer Traditionsbrauerei in ernsthaften Schwierigkeiten steckt …

BERND LEIX
Fächergrün

273 Seiten, Paperback.
ISBN 978-3-8392-1118-2.

GRÜN IST DIE GIER Fronleichnam. An diesem Feiertag im Juni schlägt für zwei alte reiche Brüder die letzte Stunde. Nach einem Ausflug auf die grünen Höhen des Schwarzwaldes sterben die ehemaligen Bauunternehmer so, wie sie gelebt haben: gemeinsam. In ihrem Gründerzeithaus in der Karlsruher Oststadt ereilt sie nach dem Genuss einer Flasche Rotwein ein grausamer Tod.

Das Team um Kommissar Oskar Lindt steht zunächst vor einem Rätsel. Erst, als die früheren Mitarbeiter der beiden – allesamt italienischer Herkunft – in den Fokus der Ermittlungen rücken, kommt Bewegung in den Fall …

GMEINER

Wir machen's spannend

PETER PARADEISER

Himmelreich u. Höllental

324 Seiten, Paperback.
ISBN 978-3-8392-1121-2.

ÜBER DEN WOLKEN Der Himmel ist auch nicht mehr das, was er einmal war. Einzelzimmer, Roomservice, ewige Seligkeit – aber auch ein heftiger postmortaler Brummschädel. Zumindest bei Erwin Knautschke, dem Privatdetektiv aus Freiburg. Frisch verstorben, geht ihm das Gesäusel der Paradiesbewohner schon bald auf die Nerven, Nektar und Ambrosia sind auch nicht sein Fall. Wenn er wenigstens wüsste, wie er zu Tode gekommen ist! Und was soll dieser rätselhafte Zettel um seinen Zeh? Knautschkes Spürsinn ist geweckt. Und bald schon ahnt er: Antworten findet er nur auf der Erde …

SILKE PORATH / ANDREAS BRAUN

Klostergeist

227 Seiten, Paperback.
ISBN 978-3-8392-1124-3.

GEFALLENER ENGEL Pater Pius, Superior des Spaichinger Konvents, feiert mit seinen Brüdern die Morgenmesse auf dem Dreifaltigkeitsberg. Als die Mönche in den kühlen Novembermorgen hinaustreten, fällt ein Mensch vom Klosterturm, direkt vor Pius' Füße: Es ist Hans-Jürgen Engel, der Bürgermeister der kleinen Stadt.

Kommissarin Verena Hälble aus Rottweil und ihr Kollege Thorben Fischer leiten die Ermittlungen. Als dem neugierigen Pater Pius beim Trauergespräch mit der Witwe »zufällig« ein Kontoauszug in die Tasche seiner Kutte flattert, mischt auch er sich ein …

GMEINER

Wir machen's spannend

Unsere Lesermagazine

2 x jährlich das Neueste aus der Gmeiner-Bibliothek

DIN A6, 16 S., farbig

10 x 18 cm, 16 S., farbig

24 x 35 cm, 20 S., farbig

GmeinerNewsletter

Neues aus der Welt der Gmeiner-Romane

Haben Sie schon unseren GmeinerNewsletter abonniert?
Alle zwei Monate erhalten Sie per E-Mail aktuelle Informationen aus der Welt der Krimis, der historischen Romane und der Frauenromane: Buchtipps, Berichte über Autoren und ihre Arbeit, Veranstaltungshinweise, neue Krimiseiten im Internet und interessante Neuigkeiten.

Die Anmeldung zum GmeinerNewsletter ist ganz einfach. Direkt auf der Homepage des Gmeiner-Verlags (www.gmeiner-verlag.de) finden Sie das entsprechende Anmeldeformular.

Ihre Meinung ist gefragt!

Mitmachen und gewinnen

Wir möchten Ihnen mit unseren Romanen immer beste Unterhaltung bieten. Sie können uns dabei unterstützen, indem Sie uns Ihre Meinung zu den Gmeiner-Romanen sagen! Senden Sie eine E-Mail an gewinnspiel@gmeiner-verlag.de und teilen Sie uns mit, welches Buch Sie gelesen haben und wie es Ihnen gefallen hat. Alle Einsendungen nehmen automatisch am großen Jahresgewinnspiel mit ›spannenden‹ Buchpreisen teil.

GMEINER

Wir machen's spannend